捧读

触及身心的阅读

桃花源密码

密码

海底天宫

何殇 著

河北出版传媒集团
河北人民出版社
石家庄

图书在版编目（CIP）数据

桃花源密码 ：海底天宫 / 何殇著 . -- 石家庄 ：河
北人民出版社， 2020.11
ISBN 978-7-202-14655-2

Ⅰ．①桃… Ⅱ．①何… Ⅲ．①长篇小说－中国－当代
Ⅳ．① I247.5

中国版本图书馆 CIP 数据核字（2020）第 016886 号

书　　名	**桃花源密码：海底天宫**	
著　　者	何　殇	
责任编辑	王云弟　　刘大伟	
美术编辑	于艳红	
责任校对	付敬华	
出版发行	河北出版传媒集团　河北人民出版社	
	（石家庄市友谊北大街 330 号）	
印　　刷	天津创先河普业印刷有限公司	
开　　本	787 毫米 ×1092 毫米　1/16	
印　　张	24	
字　　数	414 000	
版　　次	2020 年 11 月第 1 版　2020 年 11 月第 1 次印刷	
书　　号	ISBN 978-7-202-14655-2	
定　　价	45.00 元	

目 录

第一章
不打不相识

"马老板，是这儿吧？要不要我把你送进去？"张进步把车停到大门口。

我压抑着心头的无名火："不用，我自己进去。"

我跳下车，提了行李箱，径直朝大门走去。

家里小区是老小区，但楼却是新楼，新建成没几年，我父亲享受专家的待遇，分到了一户四室两厅的大房子。

小时候我觉得很大的院子，如今看来却很拥挤，各种私家车停得乱七八糟，只留下一条狭窄的通道。我拉着箱子，在车的缝隙里穿梭半天，才走到楼下。

动物研究所的老职工很多，都是知识分子，相互之间保持着克制的礼貌关系。

还不到9点，院子里就漆黑一片，没几家亮灯的窗户。我从包里拿出卡，刷开单元门，刚要开门，突然防盗门从里面打开，一个戴帽子的小个子男人匆匆走出来，与我迎面相撞，相互吓了一跳。我刚想说声不好意思，他却低着头从我身边钻出去，迅速离开。

虽然没看清楚他的长相，但我可以确定他并不是楼上的住户，也许是来走亲戚的吧，我想。

乘电梯上了18楼，两梯四户的楼道里漆黑一片，我跺了跺脚，又咳嗽了一声，声控灯也没有亮。我在心里骂着机关家属楼的物业，掏出钥匙，想用手机照亮打开门，才发现手机也要没电了。

摸索着开了门，家里漆黑无人。我脱了鞋，蹑手蹑脚地穿过走廊往里走，脚下"咚"一声，不知道踢在了什么上，虽然不太疼，却吓了我一跳。

我赶紧打开开关，灯光大亮，等眼睛适应了光线，面前的景象，让我忍不住叫出声来。

"我×，这是招贼了啊！"

平素一向整洁的客厅里，如今是一片狼藉，满地扔着各种书籍、纸张、画片，父亲压箱底的一堆国内外颁发的宝贝证书，也被随意扔在地上，最可恶的是还有脚印踩在上面。

我刚才一脚踢到的纸箱，原本就是用来装这些证书的。

我顾不上收拾，三步并作两步朝父亲的卧室冲过去，推门大喊一声："爸！"

卧室里没有人，屋里也被翻腾得杂乱不堪，就连墙上装框的标本画，都被卸下来扔在床上。

我又跑到奶奶的卧室，还是没人。奶奶有两个古旧的棕色箱子，平常都搁在衣柜顶上，我都没有打开过，现在却摊在地上，盖子掀开，里面倒是没什么值钱玩意儿，都是些印花纹的布，像是少数民族妇女戴的头巾披肩。

父亲和奶奶都不在家，这让我很是意外。回到客厅，我想给父亲打个电话，不知道是不是心慌，拿起听筒，拨了好几次号码，竟然都不对。

而这时手机残存的一点电量终于支持不住，自动关机，屏幕瞬间暗了下去。我赶紧从包里取出充电器，给手机充上电，在等开机的间隙，我从冰箱里拿了瓶冰水，大喝了几口，冰水让上火的身体迅速冷静下来。

我有意让身体的节奏慢下来，拿起手机解锁，拨通父亲的电话。

"嘟——嘟——嘟——"没有人接。我再拨，还是没人接。

身体里刚刚熄灭的火，死灰复燃，我似乎听到自己的心脏在猛烈地跳动，脑袋里嗡嗡作响，似乎有怪物想从太阳穴里钻出来。

虽然后来我经历了那么多不可思议的危机和险情，却没有一次能比得上此时此刻的紧张。

一瞬间有无数种影像在我脑袋里放电影，绑架？劫持？抢劫？车祸？甚至帝国主义阴谋窃取我国野生动物基因数据的电影情节，我都想到了。

如果说父亲身上还有点科学家的剩余价值可以榨取，那奶奶呢？她一个体弱多病的老太太，怎么会值得动如此干戈？

别人遇到事，我们会劝他们往好处想，可一旦落到自己身上，想到的却全是坏事。

这时，我又想到一种比较坏的可能，会不会是我的催债人上门讨债，带走了我的家人，用以威胁我。要真是如此，无论是谁，我一定让他下半辈子不在轮椅上，就刻在石碑上。

我把自己的债主想了一圈，一个在市国资委上班，前途无量，不可能是他；一个自己开装修公司，生意兴隆，也不可能是他；还有一个是大名鼎鼎的设计师，被人绑架的可能，比绑架人的可能性更大。想来想去，只有派张进步来的刘总的可能性最大。

张进步就是刚才送我到小区门口的家伙。我投资露天煤炭生意失败，欠下了巨额债务，其中就有这张进步来讨的属于刘总的一百二十万。昨天，张进步带着人找到我要债时，我正好接到父亲的电话，他告诉我奶奶病了，想要见我，要我尽快回家。

我告诉张进步我没钱，他说让我多少先还一部分，并向我保证不会再有人找我。但我实在是拿不出，就把跟了我三年的那辆丰田霸道的钥匙给了他。也不知道他怎么想的，只说车子先帮我开着，就当个临时抵押，若我要用车他随时可以当我司机。

我心烦意乱，用手机订了张第二天上午回西安的火车票，找了家旅馆住下。半夜，我被噩梦吓醒之际，下意识伸手去摸旁边的手机，却摸到一条毛茸茸的大腿。原来，张进步怕我像别的欠债人一样跑路了，不知道怎么进了我的房间，还睡在我边上。我只好把家里的情况告诉他。没想到他竟要求我把火车票退了，非要自己开着那辆丰田霸道送我回来……

我当即给张进步拨电话，刚响了两声，电话就接通了。

"马老板，要出车吗？"电话里传来张进步的声音，听着背景里有音乐的声响。

我问："你在哪儿？"

"大浪淘沙……"

"别吟诗，好好说话，在哪儿？"

"我就在大浪淘沙洗浴中心啊，皇后大酒店知道吗？就在旁边。"

"你到我家来一下。"

"现在吗？"张进步对我提出的要求似乎很吃惊。

"是的，现在！立刻！马上！"

我听见自己的声音从牙关里挤出来，还伴随着挤压牙齿的咯吱声。

张进步在电话那端沉默了一会儿，我听见他对别人说："房间先不开了，我有点儿急事儿，晚点儿再过来。"他又对我说，"请马老板稍等片刻，我马上到。"

我像一只烧红的铁板上的鸭子，急得在房子里走来走去，先到厨房架子上拔出一把刮鳞刀，掂了掂觉得不称手。又到房间的书架顶上，找到棒球棍，那是我大学时为跟校外流氓打架准备的，还一次都没用过，想不到今天它要开荤了。

十分钟仿佛和十年一样长，我的电话终于响了。

张进步说："马老板，我到了，是你下来，还是我上去？"

"你上来，高楼18层4号。"

没过一会儿，听到楼道里有跺脚和咳嗽的声音。

"这怎么灯坏了也没人管，黑黢黢的，野生动物研究所的人都跟动物一个习性……"张进步絮絮叨叨地朝门口走过来。

我手提棒球棍迎上去。

"马老板，你这么急找我来，是不是弄到钱了？……哎，你这干什么玩意儿！……"

趁着他进门没注意，我照着他的脑袋一棍子就抡了上去，想不到看上去笨拙的张进步，遭遇攻击，反应居然特别灵敏，身体一侧敏捷地躲开我的棍子，一把就抓住了我的胳膊，顺势用双手箍住了我的身体。

"马老板，你这也太不仗义了，不还钱也不能杀人嘛……"张进步虽然抱住了我，嘴上却一点儿也没停下来。

"你们不仁，别怪我不义，干这么卑鄙无耻的事，老子绝不会放过你们。"我使劲想挣脱，可是走廊空间小，施展不开，就把他往客厅里带。

张进步似乎被我骂蒙了："卑鄙无耻？你把话说清楚，谁卑鄙无耻？我张老三在江湖上混了这些年，讲义气讲得有口皆碑，连缅甸军阀也不敢骂我卑鄙无耻。……"

到了客厅里，空间大了，能施展开，我使出寸劲，捏手为锥，突然发力，击打在张进步肋下，他吃了痛，惨叫一声，向后退去，后背撞在餐桌上。

我摆脱纠缠，扔掉棒球棍，握紧双拳冲他扑过去。想不到他竟然避而不战，躲到了餐桌后面，绕起圈子，一边绕一边喊："马龙，你疯了吧？世道真变了，欠债的追着要债的打。……哎哟，你不是说你奶奶病了吗？人呢？骗我呀？"

他一边跑，一边喊，几次三番避开了我的攻击。

"你再追我，我就不客气了。"他气喘吁吁地抢起一把餐椅，但并没有砸过来，却暂时阻止了我的追击。

他趁此空当，眼睛上下左右瞅了一圈，突然鬼一般大喝一声："我知道了，你这是家里招贼了，憋着火，找我出气是吧？"

浑身冒汗的我，盯着张进步，看他的神情，似乎真不知道发生了什么事。

我问他："真不是你干的？"

"干什么？盗窃呀？你太小看我张老三了吧，你去云南打听打听我是干什么的，这种偷鸡摸狗的事儿，我手下的小弟们都不屑干。"

他似乎受到了莫大的侮辱，气呼呼地瞪着我，嘴角吹着白沫。

经过这么一番折腾，我也从刚才的暴怒中恢复了理智，就直接问他有没有动我的家人。

他断然否认："动个屁，这是法治社会，我们出来要债也是为了吃饭，哪有饭还没吃先砸锅的？"

在他的赌咒发誓下，我终于消除了对他的怀疑。

我问他："除了你之外，刘总还会不会再派其他人过来？"

张进步说："绝对不会，对刘总来说，你这点钱不值得。"

我想了想，觉得他说得对。

"你把椅子放下吧，我不打你了。"我带着一丝歉意对他说。

我们俩就挨着餐桌面对面坐下来，互相看着对方，想到刚才的场景，忍不住笑起来。我起身从冰箱里拿了罐啤酒给他，他猛灌了几口，悠悠站起来，把整个房间转了一圈。

"马老板，你家这是有什么宝物被人惦记上了吧？"

"我家要有宝物，我还能招上你？"我不以为然。

"不对，你没说实话，也许你自己都不知道。"他郑重其事地说，"普通小贼入户，第一目标是现金，其次才是金银珠宝，物件不好判断真假，除此之外，一般都不动其他东西。你看看现在的情况，翻箱倒柜，书呀画呀扔了一地，还有这些不值钱的玩意儿，这是贼故意给警察留证据吗？"

经张进步这么一说，我也察觉出其中的蹊跷。

张进步继续说："这贼呀，一看就是冲着特定目标来的。"

他拽着我，来到书房门口。

"你发现没，书房翻得最彻底，抽屉和柜子都翻过了，连书架顶上都没放过，这是什么精神？这是日本鬼子搜查我党密码本的三光精神。"

他灌了一口啤酒又说："你好好想想，你家究竟有什么价值连城的传家宝，要真被人弄走了，那就损失大了。"

看着他煞有介事的样子，我搜肠刮肚地想了半天，还是没有任何头绪。就算真有什么值钱的东西，丢就丢了，我现在最担心的是我爸和我奶奶。

张进步看出了我的担心，神态轻松地说："放心吧，你家人不会有事的。"

"你怎么知道？"我问他。

"你这是关心则乱，你想想，这里是机关家属院，都是熟面孔，来个生人都会被人盯上，何况两个大活人被人明目张胆地绑走。另外，这楼上已经住满人了，真有外人破门而入，只要喊一嗓子，保证全楼的人都过来，就刚才咱俩的动静，估计有人都报警了。"

"综上所述，"张进步不慌不忙地点了支烟，"我判断你家人肯定是有事出去了，这才被小贼乘虚而入。当然，这贼绝不是临时起意，而是预谋了很久。俗话说得好，不怕贼偷，就怕贼惦记……"

张进步的长篇大论，被咚咚的敲门声打断。我俩对视一眼，他示意我去开门。

"谁？"我警觉地站起来。

"派出所的，麻烦开一下门。"门外是一个洪亮的声音。

我把门打开，门口站着两个警察和一个年轻保安，保安我认识，他经常在院子里巡逻。

张进步猜得没错，正是因为我们刚才的动静，不知道惊动了哪家邻居，给保安打了电话，保安又报了警。

警察进门后，面对满地的狼藉一脸狐疑，我临时起意，赶紧解释说是我要搬出去住，正在收拾东西。年长的警察看了看保安，保安证明我的确是业主的儿子。

另一位年轻的警察很客气地教训了我几句，让我不要打扰邻居休息，我自然满口答应。张进步过来敬烟递水，警察没接烟，每人拿了一瓶冰镇矿泉水，聊了几句闲话，就离开了。

张进步说："没错吧？你就把心放到肚子里，老爷子和老太太在跟你捉迷藏呢。"

然后，他口气一转，"马老板，你再好好想想……"

我对他有点生气，粗暴地打断了他："没什么好想的，别说我家没有传家宝，就算有，跟你有什么关系？"

"马老板你别生气，我不问了，将心比心，我要有传家宝，也不会到处给人说，毕竟财不外露，是吧？"他倒是自带舷梯，说下就下，坐在旁边闭目塞听，当起了哑巴。

我蹲下来收拾东西，看见一本证书上有一个新鲜脚印，脑子里一闪念，想起在楼下单元门口迎面撞上的那个小个子。他急匆匆的，会不会就是进入我家的窃贼？

我后悔自己的大意，没看清他的脸。不过，楼道和电梯里有监控，明天专门去物业查看一下，看能不能找出这个人。

突然，座机电话响起急促的铃声，我心头一紧，下意识抬头，看见张进步脸上也露出紧张的神情。

第二章
奶奶去世了

◀ ‖‖‖‖‖‖‖‖‖‖‖‖‖‖‖‖ ▶

我忐忑不安地走过去接起了电话。

听筒里传来父亲熟悉的声音："你到家了？"

与此同时，我听见一个巨大的石块，在我身体里扑通一声落了地。

"爸，你在哪儿啊？怎么不接我电话？奶奶呢？"我赶紧问。

"我们在西京医院，刚才几个专家正在开会分析你奶奶的病情。……"就算隔着电话，我依然听出了父亲的疲惫。

"奶奶现在怎么样？"我问。

父亲沉默了片刻，说："情况不乐观，电话里说不清楚，见面再说吧。"

挂了电话，我看见张进步眼巴巴地看着我。

"谢谢你！"我对他说。

"什么？"张进步对我突变的态度，一时没反应过来。

我说："你分析得没错，我爸和奶奶正在医院，没有安全问题。"

"那你为什么看上去这么沉重？"张进步敏锐地捕捉到我心情的低落。

我把父亲的话转述给他，并请他立刻送我去西京医院。

父亲是国内知名的动物学家，享受着优渥的待遇，虽然退休了，还是能享受一些专家才有的特殊待遇，比如医院的高级病房。

询问了前台值班的护士，我找到走廊尽头的高级病房，轻轻地推开门，走进病房。房间里亮着灯，我看见奶奶闭着眼躺在病床上，神色安详，旁边也没有我想象的一大堆医疗器械。我蹑手蹑脚地走过去，尽量不发出任何声音。

"你回来了。"闭着眼睛的奶奶突然说，"我还以为等不到你了。"

奶奶缓缓睁开眼，眼睛里满是慈爱。到现在我对她的病情依旧一无所知，但看她的面容和神态，似乎并没有父亲说的那么严重。

"我还以为您睡着了呢。"看到她一切如常，我说话也就随意了很多。

奶奶用眼睛示意我坐到她旁边。

"我爸呢？"

"出去半天了，"奶奶脸色突然有些肃然，"说是跟专家问我的病情去了，瞎折腾。"

我当然听出奶奶的言外之意是什么，跟大多数老年人的看法一样，生老病死是自然规律，年纪大了，就不要花钱买命受罪了，……不外如是。她说归她说，我们绝不会这么想。

我和奶奶闲聊了一会儿，父亲回来了，他神色沉重，看见我也是心不在焉地随口问了两句，就坐在沙发上沉默了。

奶奶突然对父亲说："渝声，这两天你也累了，回去休息吧，今天晚上就让小龙陪我。"

父亲似乎正在沉思中，没有听到奶奶的话。

"爸——"我叫他。

"怎么了？"父亲猛然回过神来，看着我。

"奶奶说让你早点儿回家休息，晚上有我在这儿陪她，你放心吧。"看着疲惫的父亲，我有些心疼，虽说他仍是人子，可毕竟是个退休老头儿了，长时间劳累根本吃不消。

"那怎么行？"父亲突然大声说，他夸张的反应，让我有些奇怪。

我正不知道该说什么，奶奶说话了。

"有什么不行，这几天你没日没夜的，万一累出毛病怎么办？小龙都三十出头的人了，还照顾不了我个老太婆吗？"奶奶说话说得有些急，咳嗽了好几声。

父亲慌忙走过来，轻轻拍着奶奶的前胸，让我给奶奶倒杯温水。

"妈，别这么着急，我这不是担心小龙刚回来，还不了解情况嘛。"在母亲面前，年纪再大都只是个孩子。

奶奶抿了一口水，说："他是不了解，难道你了解？这都住进来好几天了，也没个准信儿。"

父亲说："您别急，专家今天才到，才开完病情分析会，正在制定治疗方案，尽快实施治疗。"

"那你说，我究竟得了什么病？"奶奶目光如炬，盯着父亲。

父亲放下手里的水杯和汤匙，扭头看了我一眼，又转回去，握住奶奶的胳膊。

"妈，我是个做研究工作的，一辈子讲科学用科学，没说过假话，既然您问，我就实话实说。"

奶奶突然问："是癌症吗？"

父亲摇摇头："不是癌症，初步判断是一种叫肌肉骨化症的病。这种病非常罕见，全世界范围内也少有病例。但这种病的患者都是在年纪很小的时候就发病了，像您这么大年纪才突然患病的，之前从来没有过。"

我赶紧问："是霍金那种吗？"

父亲说："不是，霍金是渐冻人症，主要病因是运动神经元损伤。而肌肉骨化症，属于基因突变，具体突变原因，医学界还没有定论。"

听父亲这么说，我才知道他在电话里说的"不容乐观"是什么意思。虽然我第一次听说肌肉骨化症这种病，但仅从字面意思可以判断出，得了这种病的人，肌肉会变成骨头，……那就是"石头人"吗？细思恐极，我强制自己不再联想下去。

奶奶喃喃自语："想不到是真的……"

我和父亲几乎是同时问道："您说什么？"

奶奶笑着摇摇头："没什么，渝声，不早了，你回去休息吧，我和小龙说说话。"

父亲还想说什么，却没说出来，只是点点头。转身要出门的时候，他突然对我说："小龙你出来，还有点别的事我想问你。"

我跟在父亲身后出了门，经过长长的走廊，他没有说一句话，直到来到楼下，出了骨科大楼，他才长叹一口气，问我："带烟了吗？"

父亲戒烟已经有十几年了，自从那次重病痊愈后，他再没有抽过烟。我在家里也从来不抽烟，这是有生以来，父亲第一次跟我要烟抽。

我赶紧从兜里掏出烟，递给他一支，并把火点上。

他猛吸了一大口，缓缓吐出的烟雾模糊了他的脸，等烟雾散尽，我分明看见他眼睛里闪烁的泪光。在我心目中，父亲虽然是知识分子，却从来是个硬汉，与传统概念里手无缚鸡之力的知识分子不同，父亲跟野生动物打了一辈子交道，常年都在荒郊野外，跋山涉水，风餐露宿，从外表看不像个科学家，倒像个职业探险家。

我经常拿他和 Discovery 频道上那些为了拍摄雪豹，在高原上一待就是几年的摄影师相提并论。在我的记忆中，他从来没有流过泪，如此猝不及防，让我手足无措。

父亲默默抽着烟，眼睛看着院子中间阴暗的树丛。

"你相信命运吗？"父亲突然开口，却好像不是对我说。

"嗯？"这话让我怎么接。

父亲说："我以前读过一本书，上面说，每个人跟死亡之间，都隔着父母亲，只要父母还在，你就感触不到死亡，一旦父母不在了，你就不得不直面死亡。"

虽然我也觉得这话蛮有道理的，如果是别人说，我还可以探讨几句，但这话从父亲嘴里说出来，我说是也不对，说不是也不对，一向还算口齿伶俐的我，在此刻的夜幕下，只能当个合格的听众。

父亲似乎回过神来，在垃圾桶上把烟头掐灭。

"不说了，你上去吧。"

父亲转身正要离开，我突然想起家里招贼的事："对了，爸，咱家进贼了。"

父亲猛然回头，诧异地问："什么时候？"

我问他："你昨天回家了吗？"

他说："昨天下午我还回去了一趟。"

"那应该就是你走后，"我说，"很可能就是今天，家里被翻得乱七八糟，我还没来得及细看，也不知道丢了什么东西。"

父亲沉吟片刻："你没报警吧？"

"没有，要不要报？"

父亲摇摇头："算了。"

他说着就快步朝大门的方向走去，他的背影高大而坚定，一点也不像个退休老人。

我回到病房，过去在奶奶身边坐下，她缓缓抬起手，放在我的胳膊上，这么一个小小的动作，我都注意到她眉头紧皱。

"很疼吗，奶奶？"我赶紧问她。

奶奶摇摇头："没事，人老了，要没点儿病痛才不正常。"

她看着我，又说："你今年也有三十了吧？"

"三十一，虚岁。"

"哦，我还记得你刚出生那会儿，一落地就呱呱大哭，把家里的那只老猫都吓跑了，一转眼，都长这么大了。"

"能长这么大，还不是奶奶照顾得好。"我笑着说。

从小父亲不在家，我主要是奶奶照看长大的，对她的感情特别深。

奶奶没说话，看着我，表情严肃起来。

"我想让你帮奶奶一个忙，行吗？"

"看您这话说的，好像我不是您的亲孙子一样。"

"有些事，以前从没给你说过，眼看着自己不行了，可有些心愿还是放不下。"奶奶的眼神里突然闪着异样的光芒。

病房里的气氛突然变得凝重起来，就连灯光都像在配合氛围，突然变暗了些。

"奶奶您说，我听着呢。"

奶奶盯着我的眼睛，一个字一个字地说出那句改变了我毕生命运的话：我不是中国人。

接着，奶奶向我讲了她一生的经历。其中的曲折离奇，让我瞠目结舌，好半天都说不出话来。奶奶微笑地看着我说："小龙，我想让你帮我做件事。"

她似乎费了很大的劲，才一字一句说道："我死以后，你把我的骨灰送到琉球吧。"

其实，她不说我也猜到了。从她讲的故事里能听出，她毕生的两大关键词就是"马汉生"和"琉球"。这么多年过去，我爷爷马汉生就算活着，也90多岁了，要找到他无异于大海捞针。唯一能让她牵挂的，也就是安排身后事了。

"奶奶，您放心，如果您真的不在了，我一定会遵照您的吩咐，送您回到琉球。"

奶奶突然好像想起了什么，手在枕头下面吃力地摸索着，拿出一根黑色的棉绳，上面挂着一个像玻璃一样透明的吊坠。

"你把这个戴着。"她递给我说，"这是我从家乡带出来的唯一的东西，这么多年一直随身戴着，留给你当个纪念吧。"

我赶紧接过来。那是一个通体透明的不规则柱体，材质像玻璃，很轻，长约5厘米，直径约2厘米，横截面像一朵五瓣梅花，花瓣上刻着细腻的纹理，非常精致。

我当即把它挂在脖子上，给奶奶看："我戴着好看吗？"

奶奶点点头，慈爱的目光里饱含浓浓的欣慰。

黑暗中，耳边突然传来水声，我恍惚看见自己站在风平浪静的海面上，随着细浪轻轻摆动。岸边的一棵大树下，站着一位美丽的女子，面容陌生而熟悉，似乎是我的亲人。

我睁大眼睛，想看得更清楚一些，可是水面无风自动，身不由己往远处漂去。

刹那间，岸边的女子由红颜变成白发，我终于认出了她。

"奶奶——"我冲着她大喊，但竭尽全力也没有发出一丝声音，她的身形越来越小，像一颗星星般消逝了。

我的身体越来越重，感觉自己沉到水中，冰冷的水通过鼻腔涌进我的身体，让我窒息，我挣扎着浮出水面，张开嘴刚要呼吸，一个大浪打过来，又苦又咸的水灌进我的嘴里……

一阵剧烈的咳嗽，我睁开眼，猛然从沙发上坐起来，才发现自己满脸泪水。

这时，天光透过窗帘的缝隙照进来，我拿过手机看了一眼，已经快6点了。

奶奶在床上安静地睡着。我走出病房，本来想出去活动一下身体，可是住院部的门还锁着，只好返回来，在走廊里做了几个扩胸运动，回到病房后，我忽然觉得哪儿不对。

太安静了，除了我自己的呼吸声，一切都如死亡般寂静。我心里涌上一丝不祥的预感，赶紧走到病床前。

奶奶已经停止了呼吸。我赶紧跑到前台叫护士，护士叫来值班医生。医生到病房给奶奶做了检查，面色平静地说："准备后事吧。"

我给父亲打电话，没人接。打家里电话，也没人接。

分身乏术，我想起张进步，丝毫没有犹豫，就拨了他的电话。接通后，电话那头传来张进步睡意蒙眬的声音："老板，什么情况，这么早就出去呀？"

"我奶奶去世了，我打不通我爸电话，想麻烦你去我家一趟通知他。"

"没问题，我马上就过去。老板哪，还有什么事你只管说，千万别客气。"张进步说。

"谢谢你！"

在这种时候说这种话，不论他真心还是假意，我都对他心怀感激。

挂了电话，我回头看着奶奶，她的神色如此安详，与生前别无二致。

此情此景，如果说有什么不同，倒是我自己。在此之前，我从未经历过亲人的死亡。过去我参加朋友们亲人的葬礼，用千篇一律的语言安慰他们，如今想来，那些语言是那么苍白，甚至轻佻。

我说的不是悲伤，还来不及悲伤，而是对失去后永不再来的无措，就像自己身体的某一部分，也随之死去。

护士通知我去办手续，我木然地跟着她出去，开了死亡证明书。

回到病房，从衣柜里拿出奶奶的衣服，请两位护士帮我给奶奶穿衣服时，张进步的电话打来了。

"老板，你家里没人哪，敲门没人答应。"

"会不会是没听见？"我急着问他。

"呃……老板，是这样，我敲门没人应答，我就想起昨天晚上不是招贼了吗，担心会不会出什么事，就把门打开了。"张进步似乎有点儿尴尬。

我一下子没反应过来："你怎么打开的？"

张进步嘿了一声："我这小手段你又不是不知道，前天晚上在酒店……"

这时我想起前天晚上在酒店，他也是莫名其妙打开门钻进来，睡在我旁边。

"我进去后，家里没人，昨晚被贼娃子翻乱的东西已经收拾整齐了，不像是出事，倒像是出去了，你看我要不要在家里等着？"张进步问我。

我想了想让他不要等了，到医院来帮忙。

挂了电话，回到病房，护士已经帮奶奶穿好衣服。

我看着护士叫来两个穿着深蓝色工作服的工人帮忙，脑子里想着父亲怎么还不过来。

两个工人把奶奶抬起来，转移到推车上，从推车下面的架子上拿出一个塑料袋，从里面掏出一张浅蓝色的无纺布单，盖在奶奶身上，也盖住了奶奶的脸。

薄薄的一张布单，像一面巨大的墙壁，让我和奶奶天人永隔。直到此刻，我才悲从中来，眼泪夺眶而出。

我跟着两个工人推着奶奶的遗体从电梯下楼，刚出骨科大楼，就看见张进步气喘吁吁地跑过来，他问我："老爷子过来了吗？"

我摇了摇头。

他说："我是把车停在你家院子里，步行过来的。一路上也没看见你家老爷子。"

我问他："你认识他？"

他说："不认识，可是看过照片，遇到肯定能认出来。"

他扭头看见推车，指着推车问："这是……"

我点点头。

他一把握住我的手："马老板，你要节哀，生老病死是自然规律，我们每个人都有这一天。老太太没了，你可得保重身体呀！"

我说："你放心吧，我要有啥事儿，也先给你把钱还上。"

他没理我。

把奶奶推进太平间后，张进步问我："现在怎么办？先找老爷子还是先办手续？"

"先回家一趟。"

赶回家后，果真如张进步所说，家里干干净净，可是父亲不在，打他的电话也一直没人接。

张进步问："你要不要给亲戚朋友打电话问一下？"

我想了想，拨通了师父的电话。

我师父叫黄起，他以前是优秀的解放军战士，和我爸因缘相识，在我七岁那年，我爸让我拜了他为师，从七岁到十岁的三年里，除了上学，就是跟着师父练武术。要说学了些什么武林秘籍，那是扯淡，身板越来越硬朗倒是真的，长跑五公里不大喘气，俯卧撑一口气几十个不在话下，一套擒拿格斗也是练得滚瓜烂熟，同年龄的孩子不说，比我大几岁的孩子，三四个一起上也拿不下我。

不过自从我上中学以后，学习忙起来，尤其是我听说练武功影响长个子，这才练得少了。这几年天天在外面胡吃海喝，过着极不健康的生活，功夫丢下不说，体质也越来越差，辜负了师父的教导。可是一日为师、终身为父的道理，却早在身体里面发了芽。平常两家的来往且不说，时令节日，我必须带着礼物上门探望。

师父没有儿子，只有一个女儿，比我大两岁，遗传了师母的文艺兵基因，能唱会跳，但师父一直为没个男孩而遗憾，我知道他是把我当亲儿子养。

"小龙，"接电话的是师母，"你师父锻炼去了，有事吗？"

师父常年都有晨练的习惯，按他的说法就是，练武的人一定要冬练三九，夏练三伏，一天都不能耽搁，才能保持体内气流通畅。我把家里的状况跟师母说了，师母叮嘱我别着急，说出去找师父，就挂了电话。

我坐立不安，张进步看我心情烦躁，也不好说什么，就自顾自在家里看。

"老板——"他突然在书房大声叫我，"快来！"

我快步走进书房，看见张进步正举着一叠纸，用一个奇怪的姿势盯着看。

"来来来，你快来看这个。"

他把手里的那叠纸递给我，上面一片空白。

"你举起来看。"

我照着他刚才的姿势举起来，隐隐约约看到纸上有字迹，却看不清楚是什么字。

"这样——"张进步且说且在笔筒里拿了支铅笔，把纸夺过去，趴在书桌上认真地涂抹着，过了好一会儿，他猛地拍了下桌子，"好了。"

白纸上有一大块被张进步用铅笔均匀地涂黑，两行字迹清晰地显现出来——

"云横秦岭家何在，雪拥蓝关马不前。"

张进步着急地问："是老爷子写的吗？"

我点点头："是。"

让我吃惊的是，父亲竟然写了两行诗。

父亲一贯是理性至上的科学家与钢筋铁骨的硬汉合体，对诗词歌赋似乎没什么兴趣。家里书架上是有些唐诗宋词鉴赏辞典之类的大部头，但从未见他打开过。

我反复念着这两行诗，以我的文化，读懂这两句当然没问题，但父亲写这两句是什么意思呢？

他是顺手写的，还是别有深意？

电话铃声响了，是师父打来的。

他在电话里说要过来。师父说话从来都是不容别人拒绝，他和我从来不会客气，我对他也是如此。

在等师父的时候，我用手机查了一下那两句诗的意思，跟我理解的基本差不多。

"我觉得吧，这是老爷子给你的留言。"张进步突然说。

"嗯？"我不解道。

"按我的粗浅理解，他应该是要告诉你，他去干什么事，让你不要去找他。"

张进步像个侦探一样摇头晃脑："他为什么写完又撕掉，却把痕迹故意留在显眼位置，就是一方面他不想让别人揣测到他的心思，另一方面他相信你一定会发现字迹。按照这个逻辑说来，昨天的贼可能真不是那么简单了，老板……"

"你别叫我老板，"我说，"你就叫我名字吧。"

张进步嘻嘻一笑："这么说来，你已经把我当朋友了是吧？"

我没有说话。

"既然你把我当朋友，我就不见外了，以后你可以叫我张进步，也可以叫我张老三，当然尊称一声三爷也行。"

我说："我现在头比斗大，没心情跟你开玩笑。"

"要不这样。"张进步敛住笑容，"你要不放心老爷子，就报警，有警察帮忙，老爷子估计走不了多远，就能被拽回来。"

我不是没想过报警，一个大活人就这么平白无故失踪了，还在这种紧要关头。就算他对我信任，也没到这份儿上，自己的母亲去世了都不管，这是有多急迫的事儿啊。

师父到了以后，我把大概情况告诉了他。

他沉吟片刻说："其他的先不说，目前最重要的是你奶奶的丧事，不管你爸在不在，都得办。"

在师父和张进步的帮助下，我办完了奶奶的葬礼。因为奶奶没有娘家人，父亲这边单位的人也因他神秘失踪而不方便邀请，所以葬礼一切从简，只有师父一家和我的几个朋友到场。

第三章
战国墓里的花纹

从长安区的殡仪馆出来，张进步开着车，把师父和师母送到楼下。师父让我上去拿东西，我知道他有话要对我说，就让张进步在楼下等我，跟着师父师母上了楼。

一进家门，师父就迫不及待地说："必须先把你爸找到，他一个老头儿，离家出走，是什么意思嘛！"师父对父亲神秘的行为颇不感冒，估计要不是我在旁边，按他的脾气，肯定要骂脏话了。

我说："看我爸那留言的意思，是不想让我们去找他。"

"你爸那是老糊涂了！"师父嚷嚷道，"哎，不过话说回来，你凭那两行什么字，就能看出他的意思？"

我说我也是猜测。

师父说："先别管他什么意思，你自己是怎么想的？"

"我当然想把他找到。"

"那不就得了？我这就找人想办法，把你爸找到。"师父说着，就拿出手机要拨电话。

我好说歹说才把师父劝住。

父亲悄悄离开，连奶奶的安葬也不管不顾，说明一定是遇到了什么更急迫的事，以我对父亲的了解，他绝不是那种冲动的人。

我对师父说："师父，以你对我爸的了解，你觉得他是不负责任的人吗？"

师父一愣："当然不是。"

我说："所以这次他不告而别，一定有他的苦衷，对不对？"

师父想了想，点点头。在某种程度上，他比我更了解我父亲。于是我对他说："不是我不想请您帮忙，我是觉得在没搞清楚事件缘由之前，动用这么大的社会资源去找他不合适，还可能会违背我爸的想法，造成不好的后果。"

师父头脑清晰，马上就理清了利害得失，同意了我的意见。但他也说："反正我那位战友的关系一直在，什么时候需要了，你就通知我，我来安排。"

临告别前，我突然想起奶奶的遗愿，便把自己目前的状况和奶奶的遗愿大致向师父说了，并表示想跟他借一笔钱，去完成奶奶的遗愿。师母让我把卡号留给她，她去银行给我转过来，又叮嘱我不用着急还钱。我知道如果道谢肯定会招致师父的责骂，只好把感激默默存在心里，然后离开。

虽然决定要去琉球国，却直到现在，也不知道它在哪儿。我记得中学课本上把台湾叫琉球，可是听奶奶那天这么一说又不是。回家之后我就上网查琉球的资料。

原来琉球国就是现在的日本冲绳，历史悠久。当然，琉球国的历史跟我一点关系没有，历史上的多少纷扰往事，如今讲来，都成了故事，是非对错，也都有了定论。我要做的只是把奶奶的骨灰运回去，完成她落叶归根的心愿。

我找旅行社的朋友帮忙办签证，因没有刻意隐瞒，被张进步知道，引起了他的警觉。

"你不是要跑路吧？"他问我。

"你觉得我像个跑路的人吗？"

"太像了，无亲无故，孤身一人，了无牵挂，刚好跑路。"张进步非常紧张。

我说："你要不放心，就把我铐起来，走哪儿你跟哪儿不就放心了？"

他严肃地说："这可是你说的，不要怪我。"

当天晚上，张进步就搬进了我家，向我打听出国的缘故。我就挑拣着把奶奶的故事给他讲了一遍。听完后，他一声感慨："真是个好电视剧！"

他建议我把奶奶的故事写成电视剧，卖给电视台，赚了钱就还债。我说："我要会干这个，还去开矿干啥？"

他犹豫半晌，突然说："在家靠父母，出门靠朋友，不如我陪你去吧。"

"你去干什么？看着我吗？"

"看着你是小事，主要是我以前去过日本，对那边比较熟悉。你一个人去，人生地不熟的，有我在你办事也方便。"看张进步的神情，不像是开玩笑。

"你去过日本？"

他站起来，点上一支烟，深吸了两口："是啊，好几年了，是去日本追赌债，住了一段时间。"

"几年前，你就帮人追债了？"我揶揄他。

"那次追的是自己的债，不过也不是我的钱，老板的。"

他这番话，让我对他的身份起了兴趣，就问起他的以前。他告诉我以前是在缅甸开赌场的。

我觉得匪夷所思，忍不住哈哈大笑，但看他也不像撒谎的样子。

我说："你要跟我去日本也可以，但是费用得你自己出。"

张进步从他回忆过去的惆怅中缓过神来："放心吧兄弟，我是不会占你便宜的。"

他对我的称呼已经从老板变成了兄弟。

第二天上午，我们把材料准备好给旅行社的朋友送过去。

回来时，张进步问我："如果你奶奶是琉球大户人家，会不会有什么宝藏或者巨额资产留给你？"

"那多好啊，取出来分你一半。"我开着玩笑。

"这可是你说的，我也不要一半，就按我们收债的比例，百分之二十吧。我想想啊，如果有价值10亿的资产，百分之二十就是两亿，那我就天天都可以吃燕鲍翅大餐啦，哈哈哈——"

他又觍着脸问我："你奶奶临走前有没有给你留藏宝图、宝库钥匙之类的东西？我看《盗墓笔记》《鬼吹灯》里面，祖上不都是有这些东西传下来吗？"

我下意识摸了摸胸前的那个吊坠，被张进步看见了。

"我就说，一定会有，拿出来让我开开眼。"

我把奶奶的吊坠拿出来，他瞅了一眼："这什么嘛？怎么是玻璃的？书上写的都是羊脂玉佩碧玉玦，这跟书上写的不一样啊！"

我把吊坠从脖子上取下来，放在手心里。张进步说的话，让我动心了。

我在网上查到琉球只有王族的人才姓尚，奶奶说她原名叫尚敏，说明她就是王族的后裔，那她给我这个吊坠会不会真的是什么信物？

可看来看去，这就是一个玻璃坠子，除了花纹看着还有点艺术含量，就算扔到大街上，估计也没人捡。可对我来说，它是奶奶留在世界上唯一的东西了。

我突然心血来潮，对张进步说："走，我们去一趟书院门。"

书院门位于西安古城之内，邻近永宁门，也就是本地人说的南门。那是一条文化步行街，西起唐宝庆寺华塔，东至碑林博物馆。书院门的名称源于明朝教育家冯从吾创办的关中书院，在书院门前的街，就得名书院门。

我要找的人叫邓春秋，他的门店在书院门深处一条支巷的二楼，门口挂着"工艺品复制"的小牌子，不认真看很容易忽略。我提前打了电话，他在一楼的巷子口等我，这个半秃顶、眼袋大大的小个子男人穿着一件已经泛黄的白T恤，一看见我就迎上来。

我与邓春秋的相识，是在早几年开英语培训学校时。当时，我雇用了好些外国人，他们有的对中国传统文化感兴趣，想买中国古董仿制品，刚好培训班里一个学生邓元宝，家里是做古董生意的，邓春秋是邓元宝的父亲，我就把这些外国人介绍给他认识，介绍得多了，加上后来我自己做生意，有时要送礼，也从邓春秋这拿了不少货，一来二去，他就一直记得我的好，把我当朋友对待。

据邓春秋自己说，他的祖上就是干古董高仿的，他继承了先人的手艺。他说除了书画不做，瓷器、铜器、玉器、金银器和木器都可以做，但他会在高仿品不显眼的地方留下自己的印记。当然，如果他不说，就算专家也不一定能找到他的印记。但他还是在做之前就说明，接受这个条件他才做。

我在他这儿拿东西的时候，专门让他把印记指给我看，精巧到叹为观止。

跟着邓春秋上了二楼，一个十几平方米的房子，空空荡荡，靠墙的架子上零散地摆放几件器物。邓春秋热情招呼我们坐下来喝茶。

我知道他们这行有规矩，不能主动问来客身份，就把张进步介绍给他。他这才跟张进步说起了话。

我拿出吊坠，放在树根茶桌上，推到邓春秋面前。

他眼睛一亮，从兜里掏出手套戴上，拿起吊坠，上下左右看，掂重量，闻气味，听声音。大概是把一个程序走完了，他才慎重地放在桌子上，摘下手套。

"不认识。"

我问："是古董还是现代工艺品？"

"不知道。"邓春秋面带难色地说，"马老师，我知道你不会随便拿个东西来跟我开玩笑，我们这一行讲究不问来处，但我们是熟人，你要是方便，就告诉我它从哪儿来的，我看能不能找出点头绪。"

"这是我奶奶留给我的，让我好好保存。"这件事我没必要说谎。

"哦，原来是这样。"邓春秋看着吊坠沉吟。

"马老师，你不是外人，我实话实说，干我们这一行，无论给什么器具掌眼，首先是要判断材质，在此基础上再说器型、皮壳等等。可是，我也不怕您笑话，我看不出这是什么材质。"

张进步抢着说："不是玻璃的吗？"

邓春秋摇摇头："不是玻璃，也不是水晶，更不是琥珀。我这人虽才疏学浅，但还是见过些东西的，天下玉石的种类繁多，不敢说都熟悉，但只要市面上有的，我敢说我都见过，可是从没见过这种。"

"那就是说，没法仿制了？"我失望地问。

邓春秋吃惊地反问："你是想仿制这个吗？"

"对，因为这是我奶奶留给我唯一的东西，我这人丢三落四的，害怕丢了，想找你做几个一模一样的，万一丢了，也好找个替代品。"我说。

他听我这么一说，哈哈笑了。

"那简单，我用水晶给你做几个，虽然材质不一样，但保证看上去一模一样。"

"那也可以。"我开心地问他多长时间做好。

邓春秋说不着急就半个月，如果着急，一个星期也能做出来。

张进步抢着说："着急着急，越快越好。"

邓春秋说让我一周以后来取。

他一边说着一边给自己的杯子里倒茶，不知是手打滑，还是壶没提稳，茶水从壶口流出来，竟然晃悠了一下，没落在杯子里，却倒在他自己的腿上。

他"咦"了一声，放下茶壶，没管湿了的裤子，却一直盯着面前的吊坠。

又说了几句闲话，我们跟邓春秋告辞。他谨慎地收起吊坠，放进旁边一个床头柜大小的保险柜里，这才起身送我们出来。

临分手时，他突然又对我说："马老师，东西放在我这儿你就放心吧，保证毫发无损。"

我不在意地摆摆手，随口说："你看着弄就行。"

他似乎还有什么话想说，但终究还是没说，冲我招了招手。走出老远我回头，他还在原地目送我们。

"这秃子可靠不可靠啊？东西说放下就放下了。"等到了停车场，张进步问我。

"你这孩子真是不知道他是什么人。"我撇下一句，自顾自地朝车走去。

在车上，张进步问我："你复制那玩意儿干啥？是不是准备出手还债啊？"

我说："这东西你要吗？"

他摇了摇头。

"有备无患吧。"其实我也不知道为什么起了复制的心思。

"瞎花钱！"张进步嘀咕着。

一周后，旅行社的朋友打电话来说，签证办好了，那意味着我可以出门了。

8月是日本旅游旺季，西安直飞冲绳岛的飞机班次少，近期的都被订完了。我们只能选择班次较多的飞大阪的飞机，从大阪坐火车到鹿儿岛，再坐船到冲绳。

我赶紧给邓春秋打电话，问他仿品的制作进度。

电话里的邓春秋还是那副样子，话还没说，热情扑面而来。

"马老师，我刚要给你打电话，按照你的要求，我亲自监工制作的，废品率较高，完全合格的只做了五个，不知道够不够？"

"够了够了。"我连忙说，"你看我什么时候过去拿方便？"

邓春秋说："现在就可以，不过我不在书院门，在大雁塔这边的古玩市场呢，你要是有空了现在过来，我泡好茶等你。"

我问张进步要不要跟我一起去，他刚好在看《进击的巨人》真人剧，毫不犹豫就拒绝了我，直到这会儿，我才相信他真的是一个"九零后"。

邓春秋在大雁塔的场地，比书院门的房子大了数十倍，可是他说自己不喜欢这边。

他从柜子里拿出六个精致的深色小木匣，一字排开，摆在我面前。

"马老师，你猜这六个坠子，哪个是你原来的？"

我随手揭开一个匣子，匣子底下铺着墨绿色天鹅绒，透明的小吊坠恰到好处地卡在一个凹槽里，我刚想伸手拿出来看，被邓春秋拦住。

"你都打开再看。"

我把几个木匣都打开，把坠子一个一个地拿出来仔细观察，形状、花纹、透亮度，一模一样，让人叹为观止。我担心搞混了，就按顺序重新放回去。

"这也太厉害了。"我由衷地脱口赞叹。

邓春秋哈哈大笑，从旁边拿过来一个小巧的电子秤，递给我。

"马老师过奖了，不过你不用担心搞混，称一下就知道了。"

我把六个吊坠又拿出来放在电子秤上称，其中五个重21克，只有一个重16克，5克的区别根本不是用手能掂量出来的。

邓春秋告诉我，其实复制吊坠不复杂，麻烦的是材质，他选了很多种看上去相似的材质，只有目前使用的这种等级最高的天然白水晶，与原物重量最接近，但还是有5克的差距。

邓春秋遗憾地说："我已经尽力了。"

做仿旧品的人有一种极致的完美主义，想方设法，用尽手段，专业精神绝不亚于科学家。尤其是现代化检测手段越来越先进，如何骗过日新月异的高精尖设备，是每一代致力于此行业的人钻研的方向。

我谢过邓春秋，问起酬金，他竟然拒绝了，理由是我让他开了眼，长了见识。

邓春秋说，他拿吊坠跟祖上就合作过的前辈研究了一整天，争得面红耳赤，也无法判断吊坠的材质。

不过也并非一无所得，吊坠上面的花纹，倒是有一位叫吕槐的前辈见过。

"哦？"我惊讶地问，"在哪儿见的？"

"他说在一个战国时期的古墓里出现过。"他说。

邓春秋告诉我，那位叫吕槐的金石专家讲，在日本人打进山海关之前，山东临沂地区有个孩子在野外放羊时，发现了一个古墓，村里人报告了政府。

其时，正值山东韩复榘当政，他派了专人来调查，确定为战国墓。

可是，墓早就被盗过，又透了水，破坏严重，当时也不具备大规模开掘的条件。主墓坑里只有一些残破的石碑，派来的人，见没好东西，也就没重视，只是按程序做了简单的记录就回去了。

后来是几个民间考古学者，出资雇人把残碑搬回去，保存在当地的文庙里，做了拓片。吕槐父亲的老师，叫周复生，是其中的一位学者，他帮老师整理资料时，在其中的一张拓片上见到过这种"五瓣水波花纹"，与吊坠上的花纹形态一致。

当时吕槐的父亲还请教过周复生，想弄清楚这是什么东西，可周复生说他也说不清楚，可能是战国时期某大家族的印记。

几年后，日军进攻山东，韩复榘不战而逃。日本人在山东大肆搜刮古董文物，周复生联络了一批民间有识之士，打通渠道，想把一大批有价值的文物运到西北地区。

可是半路被日军拦截，周复生被抓走，所有文物也被劫走，人和物都不知所踪，而那些拓片就在其中。

中华人民共和国成立后，吕槐的父亲在文管所当研究员，写书纪念自己的老师周复生，曾亲手描绘过"五瓣水波花纹"。因为这是作为老师的周复生，唯一没有给过他答案的问题。

吕槐的父亲写书时，吕槐帮忙整理文稿，父亲手绘的"五瓣水波花纹"，就留在他脑子里。可惜"文化大革命"时，他的父亲被红卫兵当反动学术权威，拉出来批斗，他的身体本来就不好，经过几次批斗后就卧床不起，没多久就去世了。整理的那些手稿也被搜走，当反动材料烧毁了。

我问邓春秋："这个吊坠不会是战国的吧？"

邓春秋说："目前掌握的情况，还做不出这个判断，需要找科研机构做检测。不过，吕槐也说自己年纪大了，'文化大革命'过去也四十多年了，记忆不一定准确，最好是找到那个拓片，才能确认究竟是不是同一种纹理。"

我说："拓片是没法找了，不知道那几块残碑还在不在临沂的文庙里？"

邓春秋说："这不好说，破四旧的时候，全国各地很多古碑都被毁了，就连曲阜孔庙里珍藏的历代石碑，都被砸坏了一千多块，能留下的都是万幸。"

"哎哟，真是的。"我虽然对文物没什么研究，但从小就被老师教导要有历史责任感，忍不住为那些被损毁的文物骂娘。

跟邓春秋告别后，我们回到家。张进步看了复制品，也是叹为观止，不敢再小看邓春秋。

第四章
在大阪遇到枪击案

出发当天上午，我和张进步在钟楼饭店坐上机场大巴，直奔咸阳国际机场。看着窗外平坦的关中大地，我的心情却一点也平静不下来。摸着背包里奶奶的骨灰盒，心里竟然涌上一种从未有过的失落和悲伤。

我们顺利办完出关手续，上了飞机，本来打算在飞机上好好睡一觉，可是几个熊孩子一直在边上闹腾，我被搅得心烦意乱，没办法睡觉，只好跟张进步有一句没一句地聊天。

我认识很多社会上的人，他们能说的不少，但大都是吹牛，像张进步这么既能说又会说的人真不多见，无论我说什么，他都能搭上话，并且有一套自己的见解，不见得有多深刻，关键是不枯燥，能让人有兴致听下去。

飞机抵达大阪关西机场时，天已经完全黑了。

出关后，事先联系好的接机司机李师傅开车把我们送到酒店。我们用蹩脚的英语办了入住手续后，已经饥肠辘辘，就赶紧出门找地方吃东西。

街角是一家叫"隆盛"的豚骨拉面馆。我们走进去，通过一台像游戏机的机器，点了拉面和天妇罗。付账时，张进步抽出两张千元大票，塞进机器里，找零时吐出一堆零钱和硬币来。

"记住，吃饭 AA 制，我要记账的。"他一边说着，一边把零钱收走。

香味浓郁的白色骨汤，筋道有弹性的面条，几片肥瘦相间的五花肉，嫩而不腻，每一片里竟然都有一块松脆的软骨。等面一上桌，我和张进步埋头大吃，稀里哗啦，只一会儿工夫，一大碗拉面已经下了肚子。我问张进步吃饱没，反正我没太饱，他说他也没饱，我俩只好面对着空碗，等待天妇罗上桌。

这时，拉面馆的门被拉开，先进来一个平头的年轻人，前后左右打量了一下，又匆匆跑了出去。透过窗户，我看见他跑到路边一辆黑色的商务车窗口，跟里面的人说着什么。

过了一会儿，他让到旁边，商务车车门打开了，车上陆续下来四个人，其中三个穿着深色西服，没看清楚脸，最后下来的年轻人穿着随意，戴着棒球帽。

平头的年轻人向戴棒球帽的年轻人鞠躬，又弯着腰朝门口跑过来。戴棒球帽的年轻人悠闲地跟在后面，三个穿西服的人又跟在他后面，都朝着拉面馆走过来。

平头小弟拉开门，低着头，请戴棒球帽的先进。

"棒球帽"不急不缓地走进来，扫视了一下店里，目光没有落在任何地方。

我看清了他的脸，略显阴柔，有点像日本偶像剧演员，可是脸上的表情显得既不耐烦，又无所谓，像是不愿意在这里吃饭。

女服务生跑过去，嘴上说着什么，同时深深鞠了一躬。

"棒球帽"嘴角轻轻一抽，说了句话，服务生"嗨"了一声，把他带到吧台前靠近厨房的长桌子坐下来。平头小弟和其他三个黑衣服也在"棒球帽"周围各自找地方坐下。

橱窗口探出一颗厨师脑袋，看见"棒球帽"，嘴里呜里哇啦个不停，聋人都能看出他在热情地打招呼。"棒球帽"还是那种表情，却冲他笑着，淡淡地回了几句。

面馆的其他几位食客陆续离开，我们的天妇罗还没有上来，想催又不知道该怎么说，只好坐着闲聊。

张进步说："你说小日本究竟是不是我们大中华的后代？"

我说："别小日本小日本地乱叫，让人听懂了不好。"

张进步无所谓地说："哪有那么巧，就刚好遇到懂中文的日本人，遇到还好呢，让他帮忙催一下菜，等了半天，饿死我了。"

我正要说话时，看到"棒球帽"冲服务生招手，服务生过去，"棒球帽"在她耳边说着什么，还指了一下我们这边，服务生顺着他的手看看我们，赶紧跑到后厨去。

很快，她就端来两只刚炸好的虾，嘴里说了好几个"苏米麻赛[1]"。

我抬头看"棒球帽"，只见他正看着我这边，看见我看他，张嘴一笑，露出一口洁白整齐的牙齿，我冲他点了点头表示谢意。

虽然味道绝好，可气氛不轻松，胡乱吃完后，我拉起张进步匆匆离开拉面馆。

走到街上，张进步埋怨我走得太快，他说天妇罗还没吃够。

我说："你一个黑帮分子，没看出他们是你的同道吗？"

张进步抗议道："警告你一次，我不是黑帮分子。"

我们俩一路斗着嘴，回到酒店，各自上床睡觉。

睡到半夜，我被一阵剧烈的晃动摇醒。2008年汶川地震时，我在西安经历过这种晃动感，知道是地震，赶紧从床上蹦起来，灯都没开，就去推旁边床上的张进步。

他哼哼了两声，问："干什么？"

我说："地震了，快起来。"

他翻了个身，嘴里嘟囔着："日本地震是常事儿，无所谓的，睡吧睡吧，啊。"

我竖起耳朵仔细听，万籁俱寂，门外窗外没有任何声音，好像这个世界上除了我以外，其他人都没有感觉到地震。我只好重新躺回床上去，却也没了睡意。

这时候，床头的墙壁发出咚咚两声，像是隔壁有人在敲床板，有人在大声说话，像是两个人在争吵。我心想大半夜吵架，难道是夫妻生活不和谐吗？却听啪的一声枪响再次把我从床上掀起来。

听到枪响，熟睡的张进步嘟囔道："大半夜的，放什么炮哇。"

我压低声音说："不是放炮，是枪。"

听见"枪"字，张进步猛然坐起来，问我："你没听错吧？"

"你不也听见了吗？"

张进步忽然来了兴趣，他按亮床头灯，套上衣服，又去找鞋。看样子他要去围观。

我跳起来道："你有毛病啊？这也要管？"

张进步说："你不懂，日本跟美国那种枪支开放的国家不一样，他们的管理特别严格，电视上经常有美国枪击案，你听说过日本枪击案吗？"

1　日语"对不起"的谐音。

"那你想怎么样？见义勇为？"

张进步敛起笑容道："不跟你开玩笑，在日本开枪真不是小事，如果真是开枪杀人，我们得做好应对准备，免得神仙打架，凡人遭殃。"

他这么一说，我也紧张起来，赶紧把衣服穿好，却不知道该怎么办。

张进步做了个嘘声的手势，蹑手蹑脚走到门口，拨开猫眼盖，眼睛凑上去。他观察了一会儿，就拧开门锁，我还没来得及阻止，他就打开了门。他回头冲我招手，我不知他要干什么，只好跟过去。

到了走廊里，张进步轻轻把门关上，拽着我朝电梯间的方向走，并迅速进了电梯，下楼出了酒店。

虽然是凌晨，但街上并不冷清，酒店隔壁是一家二十四小时杂货店，不时有人进进出出。张进步把我拽到杂货店门口，钻进去买了两瓶饮料。

"这下安全了。"他拧开瓶盖，盯着酒店门口说，"让我来看看，究竟是谁在开枪。"

大约过了一刻钟，我正在看杂货铺门口鱼缸里的鱼，听见张进步说："别转身，悄悄看。"

我一下紧张起来，没敢扭头，只是斜瞟了一眼，就差点儿叫出声来。

酒店门里出来的两个人，正是我们在拉面馆里遇到的那三个跟着"棒球帽"的穿黑西装的人里的两个。他们低着头走出来，左右打量了一下，似乎没有注意我们，就直直穿过马路。

马路对面有一个巨大的摩天轮，摩天轮下面停着一辆运货面包车，车头有一个粉红色的 Hello Kitty 猫脸，那两个人拉开车门，钻了进去。车灯一闪，车子迅速消失在街角。

张进步长叹一声："走，回去吧，安全了。"

回到房间，我本来想跟张进步聊聊刚才的事，但张进步好像毫无兴趣，应付了我几句，就钻被子里睡了。我也只好穿着衣服躺到床上。

上午，沉睡中的我被电话铃声惊醒，迷迷糊糊拿起手机，本来不想接，但一看来电显示是邓春秋，他从来没有主动给我打过电话，知道我在国外还打来，一定是有什么要事。

"喂，邓老师。"

"马老师，我是邓元宝。"电话里传来的是邓春秋的儿子邓元宝的声音。

"噢？元宝，怎么了？"我惊异地问。

"我爸没了……"

"什么？"我猛然从床上跳起来，大声问道，"怎么回事？"

据邓元宝说，邓春秋每天傍晚都有散步的习惯。

昨天下午，他从大雁塔古玩市场出来，走到西影路时，被一辆拉货的面包车撞飞。面包车司机扔下车逃走，路人报警，邓春秋被救护车拉到医院就不行了。交警调查发现，肇事车是被盗窃车辆，两天前车主已经报警了。

听着邓元宝的话，我心乱如麻，虽然说是车祸，但我总隐隐觉得邓春秋的死跟我有什么关系。当然这话我不能对邓元宝说。

正当我这么想时，邓元宝突然问我："马老师，你是不是找我爸做过什么东西？"

我心里咯噔一下，把我请邓春秋做坠子的事原原本本讲了一遍。

听完我的讲述，邓元宝疑惑道："这就怪了。"

"怎么了？"我赶紧问。

邓元宝说，昨天下午邓春秋打电话给他，说我的手机关机了，联系不上，让他想办法找到我，说是要给我什么东西。后来，直到邓春秋出事，我的电话也一直没打通。

我想了想，当时我正在飞机上，大约有三四个小时，手机一直在关机状态。

也就是说，就在我落地大阪的同时，邓春秋出了车祸。

他到底找我有什么事呢？

我安慰了几句邓元宝，心情沉重地挂了电话，那种不祥的感觉似乎愈发清晰起来。

张进步听我打电话，也醒来了，问我怎么回事，我把邓春秋出车祸的事说了，又把我的猜测也告诉他。

一向头头是道的张进步，竟然出奇地安静，只是对我说："你也不要想太多了，也许只是个巧合。"

酒店发生了枪击案，竟然一点动静都没有。

我们洗漱后出门，隔壁房间没有丝毫动静。走廊里有一个大婶正在清理地毯，我们经过时，她站起来冲我们问好。似乎整个世界都依然安好，什么都没有发生。

按照昨天那位李师傅指点的路线，我们到了车站，买票坐上了新干线。

新干线就是日本的高铁，车上有吸烟室。大概是昨晚没睡好，张进步一反常态，上车就眯着眼睡觉。

我也闭着眼，却没睡着，脑子里一直在想邓春秋究竟要给我什么。

一路无话，三个多小时后，火车抵达鹿儿岛。

与大阪的闷热天气不同，这里特别凉爽。

我们在车站旁找了个小餐馆吃饭，顺便向店主打听去冲绳的船，没料到这位老爷子虽然鳗鱼饭做得好，却听不懂英语。

旁边桌的一对小夫妻听我们说汉语，问我们是不是要坐船去冲绳，我们赶紧凑过去。

小夫妻是长沙人，从大阪一路自驾过来，也要坐船去冲绳。

那个小巧玲珑的女人从包里拿出一张彩页，给我们看上面的轮船时间表，我立刻就傻眼了，鹿儿岛到冲绳属于旅游线路，坐船竟然要二十多个小时。

张进步反而开心，他劝我说反正都出来了，刚好散散心。

在小夫妻的帮忙下，我们顺利到了码头，买到了晚上的船票。

等到傍晚时分，轮船启动了。

我们的房间在那对小夫妻的隔壁，男的过来跟我们聊天。他叫华涛，老婆叫戚薇，都是自由职业者，在世界各地到处旅游，给杂志和网站拍照片写游记。

我跟华涛提起琉球国，他炫耀似的长篇大论了一回，从他那里我得到了一个有意思的信息。一直以来，琉球王国的后裔都想复国，还成立了专门的组织，向外面表达自己的愿望，希望得到国际社会的支持。

我假装不经意问起琉球王族后裔。他说这方面没有专门研究过，只是看过些资料，琉球王国灭国后，大部分王族都被迁到日本本土监视居住，留下来的，在 1945 年的大屠杀中都被灭绝了。

这个消息让我心里咯噔一下。本来打算到冲绳后，找人打听寻到尚氏的后人，跟他们商量把奶奶的骨灰葬到他们的族墓里。现在看来希望很渺茫了。

心情不好，聊天就意兴阑珊，张进步看出我的心思，就拉着华涛出去抽烟。

我独自躺在床上，感到内心空落落的，不知不觉就睡着了，连张进步回来都不知道。

第五章
鲸鱼背上有个人

◀ ‖‖‖‖‖‖‖‖‖‖‖‖‖‖‖‖‖ ▶

半夜醒来，隐约听到轮船机器的声响，张进步四仰八叉地打着呼噜。

我坐起来，从床头拿了烟，走出客舱，沿着走廊来到甲板上。

甲板上空无一人，大灯也已经熄灭，只有小夜灯发着微光。

我点上烟，靠在栏杆上，四周漆黑，不远处的海面上，有微微的光亮，我想那应该也是一艘轮船吧。可是那光亮似乎不在海上，而在水面以下，橙黄的光线忽明忽暗，像是有人在海底抽烟。

受父亲影响，我打小就对动物有些了解，知道海里有很多种生物都会发光，除了发光的藻类，海里的许多动物都会自身发光，就连水母、虾、鳗鱼这些常见的海洋生物，也都有会发光的种类。

我把烟头扔进大海，正要转身离开时，却见那团光亮，突然加速朝着轮船的方向冲过来。对，就是冲，因为有光，我看得真真切切，平静的海水猛然被掀起波澜，朝着轮船涌来。

那团光移动的速度非常快，让人心慌。

以前看过的科幻电影里轮船被怪兽掀翻的情节，在脑子里不合时宜地冒出来。而那个黄色的光团，却在距离轮船几百米外停住了。

桃花源密码 ▶ 海底天宫

海面波浪荡漾着，又缓缓恢复平静，水面下的光亮明暗闪烁，就像一头怪兽在吞吐呼吸。看着它，我竟然有一种它也在看我的怪异想法。

"它"是谁？我不知道，但绝不是一片发光的海藻，或是一群漂浮的水母。

想到这个，我毛骨悚然，双脚定在原地，一步也挪不开，眼睛死死盯着"它"，就像被施加了魔法，丧失了挪开的勇气。

我和它就这么对峙着，不知道过了多久，那团光缓缓地暗淡下去，大海重归黑暗。

我浑身直冒冷汗，双脚发软地回到客舱，想着刚才的一幕，忍不住打了个哆嗦，全身发麻。赶紧钻进被子，紧紧捂住身体，想让自己沉静下来。

直到天色大亮，我才被张进步叫醒，一起去吃早餐。

突然，听见甲板上有人在大声欢呼。

远处的海面上，白浪滔天，一头头巨大的鲸鱼上下翻滚，巨大的水柱冲天而起，在海面上跳起了舞。乘客们纷纷拿出手机拍照，华涛也在其中。看见我们，他走过来，兴奋地感叹说运气真好。

原来日本捕杀鲸鱼严重，近海已经很少见到鲸鱼，一次出现这么大规模的鲸群，应该是很多年都没有的事了。

鲸鱼群好久都没散去。兴奋的游客拍够了照片，已经意兴阑珊了。此时海上阳光正毒，游客们纷纷回到船舱。只有一些小孩子还趴在栏杆上，兴致勃勃地看着。

没有了观众，鲸鱼们似乎也没有了表演的动力，一个个沉入海里，海面很快就剩下不多的几条，离船也越来越远。

趁着前面无人遮挡，我赶紧掏出手机，拍了几张照片和一小段视频，准备发在朋友圈。

回到客舱，我躺在床上，把一张照片发上了朋友圈，当然，发图前我特意把有生意往来的人全都屏蔽了。

没过一会儿，微信有新消息，是师父的女儿黄小意。

"马龙，听我妈说你去冲绳了？"

"是，正在船上。"

"方便帮姐带点东西吗？"黄小意年纪比我小，但从小对我以姐自称。

"姐，不会吧，你也让人代购？要什么，说吧。"

"跟你开玩笑的，我今年都去日本三趟了，还用你带。"

黄小意在省艺术剧院，是唐乐舞剧的演员，经常出国演出，为国争光。

她说："我是看你在朋友圈发图，就问候你一下，奶奶去世的时候，我在外地没赶回来，很遗憾没能送她走。"

"没关系的。"我不想在这个话题上继续下去，就说，"我刚才看见一大群鲸鱼喷水了。"

"有视频吗？发来看看。"

"人太挤，没拍到喷水，不过拍到了鲸群。"

我把视频给她发过去，她说有时间要带着师父和师母一起坐游轮玩一次。我们又随便聊了几句，我委托她向师父师母报平安，就关了微信，准备睡一会儿，等船靠岸。

没过一会儿，黄小意又发来语音。

"马龙，你就骗我吧，你发给我的视频分明是科幻电影，要不是我们办公室的小姑娘眼力好，看出鲸鱼背上站了个人，我差点被你骗了呢。"

什么玩意？！听她这么说，我赶紧打开视频看。

视频总共不到一分钟时间，我看了一遍，没看到什么人。

我给黄小意发语音："你说什么呢？这就是我刚才拍的，哪有人？"

"你从 28 秒看起，最左边的那条鲸鱼背上不是人是什么？"

我再次播放视频，拉到她说的位置，只看了一眼，我就惊呆了。画面左边的一条鲸鱼背上，真的有个人，一直到视频播放完毕，那个人都在上面站着。

我有点不敢相信自己的眼睛，拉回去反复看，越看越确信，那条鲸鱼的背上，真的站着一个人。我把视频暂停，放大画面看，虽然精度不够，但人影却愈发真切，一个穿着灰白色衣服的人，昂然站立在鲸鱼深灰色的背上。

我从床上跳起来，跑出客舱，找到张进步。我抓住他的衣服，把他拽回客舱，关上门，我打开手机点了视频播放，指给他看。

他看完视频，脸色凝重起来，半晌没说话。

突然他抬起头，用异样的目光看着我，我被他看得一阵发毛。

"马龙，你有麻烦了。"张进步缓缓地对我说。

"放屁，你才有麻烦了。"

"你被人盯上了。"

"知道啊，被你盯上了嘛。"

张进步对我的挑衅一点儿也不在乎。他指着手机问我知不知道这是什么，我说不知道，我以为他知道。

结果，他憋了半晌才说："这是海王啊！"

这话让本来沉重的场面，一下变得滑稽起来，就像在墓地突然遇见一个拜错坟的。

我扑哧一声笑出来，张进步也忍不住笑了。

笑了好一会儿，我心情放松了不少。

我那浑不懔的劲儿上来了，管他海参还是海鲜，真要是冲撞了他，也有一船人陪着呢，到了海底也不寂寞。

就算真是什么邪灵之物，那也只是超出了我们对世界的认知而已，作为科学家的儿子，且是一个成年已久的工科学士，要不相信世界上有未知事物才是真正的蒙昧呢。

在世界说服我之前，我先把自己给说服了。

随着一声汽笛声，船驶入那霸港。

红霞满天时，硕大的红日已把小半张脸埋到海里，整个港口都被镀上一层金色。

下船后，我和张进步本来想在码头上和华涛夫妻俩道别，等了半天，也一直没见他们下船。

我们跟在一大群人后面向外走。湿润的海风悠悠吹来，虽然并不凉爽，却让人无比惬意。

码头广场上，各种肤色的人流，摩肩接踵，每个人的脸上都带着灿烂的笑容，衣着轻便，脚步轻快，朝着不同的方向分流而去。

张进步到处寻找可以吸烟的地方，转了一大圈，失望而返。

我劝他要是实在忍不住，就找个没人的角落吸几口，万一被抓了，大不了缴罚款。

"也不至于这么饥渴。"他摇头说，"我们还是先找住的地方吧，我看这么多人，酒店肯定不好找。"

我们刚要出发去找住处，看见不远处一个穿着深蓝色T恤的女孩，正在一边鞠躬，一边给旁边的游客发传单。

张进步说："赶紧走，那个邪教的人真是阴魂不散，走到哪儿都能遇到。"

我愣一下神："什么邪教？"

张进步说："你说呢？不要逼我说出他们的名字，不吉利。"

听他这么说，我才恍然大悟，正要离开，却看见那个女孩冲我们快步走过来。

"你好——"她的声音特别清脆，而且说的是很标准的汉语。

也许是这声"你好"的缘故，让我迈出去的腿又缩回来。与此同时，我看见张进步紧走两步，跟我拉开一小段距离。

"先生您好，您是中国人吗？"女孩留着齐耳短发，脸上很干净，个子不高，但身材纤细，显得很修长。她走到我面前，非常有礼貌地鞠了一躬。

我真是不习惯漂亮女孩对我行礼，赶紧侧开半步，才说："是的，您有什么事吗？"

她看我紧张，微微一笑，立起身来。她T恤的胸口上，有红黄白三颗星星，看着不像什么邪教的标志。

她见我打量她，丝毫没有羞涩和忸怩，落落大方地从浅蓝色透明文件袋里抽出一张彩色的纸递给我。

"请支持我们，麻烦了。"女孩又一鞠躬。

我赶紧把纸从她手里接过来："别这么客气，我还年轻，受不起这么大礼。"

听见我这么说，女孩一怔，抿嘴一笑说："所有能了解和支持琉球的人，我们都会给予最高的敬意。"

"琉球？你们现在不是叫冲绳吗？"我下意识脱口而出。

女孩子明媚的脸上出现一丝黯然，但很快就恢复了正常。

"您说得对，现在这里被强行命名为冲绳，可是一百多年前，这里曾是一个美丽的国家。可惜，都快要被人忘了。"

她指着我手里的那张传单，神情肃然地说："不过，我们现在要做的，就是告诉所有人，从前有一个国家，叫琉球王国。"

第六章
街边小摊的古老印章

◀ ‖‖‖‖‖‖‖‖‖‖‖‖‖‖‖‖ ▶

传单上写着中、日、英三种文字，内容是关于琉球王国的兴衰。重点说到 19 世纪末，日本对琉球王国的侵略与镇压，以及百年来对琉球文化的抹杀。

原来琉球王国灭亡后，其国民从未放弃过抗争。

百余年来，一直有仁人志士为反抗侵略，前仆后继，为民族独立自治，付出了鲜血的代价。这个发传单的女孩所做的事，就是继承历代先辈遗志，希望能让琉球独立自治的"琉球复国运动"。

虽然琉球独立的呼声一直不断，可是由于灭国已逾百年，国际社会对其了解甚少，并没有予以过多的关注和支持。所以，当务之急，就是让国际社会听到琉球人民的强烈呼声，而女孩和她所在的组织正在做的，就是这样一项艰难但神圣的事业。

为表敬意，我向女孩咨询，想给他们捐点款，表达我的支持。

我这么做还有另一层意思，我奶奶是琉球国人，不当外人地说，我也有四分之一的琉球血统，帮帮远方亲戚，聊表心意。当然这不能明说，女孩虽然漂亮，但还没到让我掏心窝子的地步。

然而我的好意被女孩婉拒了，她说复国运动的所有经费，都是来自琉球国后人，不需要外人的钱财援助。

张进步终于不耐烦了，过来悄悄说："你是不是看上这个妞了？要不要兄弟帮忙上个手段？"

我瞪了他一眼："胡说什么！"

女孩粲然一笑："实在不好意思，打扰你们这么久，希望你们能有一个快乐的旅程。"

看她正要离开，我下意识冲她喊："哎——"

她停下脚步，转过头来，问我："有什么可以帮忙的？"

她的一句"帮忙"让我豁然想起，还真有事需要找她帮忙。

我觍着脸对她说："我们人生地不熟，也没订酒店，想麻烦你……"

女孩表情先是一怔，然后恍然道："噢，是这样，我非常乐意帮助你们。"

异国他乡，我们在一个漂亮女孩的引领下，坐上公共巴士。从未出国的我，简直觉得不可思议。

天色暗下来时，我们在一片居民区下车，街上的店铺都亮起了灯。从正街走入辅路，沿着一条弯曲小水渠，我们绕进了一个狭窄的巷子。

巷子很窄，大约只能勉强通过一辆小轿车，巷子两旁，每家每户的门口都是迥然不同的风格，印花的布帘微微招展，竹影婆娑，花枝摇曳，小小的灯笼发出幽幽的光。

步行十多分钟，绕过一棵繁茂的大树，女孩指着一扇深褐色的木栅栏门说："到了，就在这里。"

这是一户典型的日式民居，石头基座的低矮围墙，院子里的花木越过围墙，探出头来，大门口有一座看上去很古老的石头神龛，门楣上挂着小小的牌子，上面写着汉字——平安座。

女孩伸手拽动屋檐上垂下来的一根绳子，一个小碗大小的铁钟，发出略显沉闷的声响。过了一会儿，一位花白头发的大爷开了门，他看见女孩，显得非常高兴，热情地跟她说着话，看得出来，他们很熟。

女孩向我们介绍说："这位是平安先生，是我的长辈，也是这家民宿的主人。"

我心想，这大爷的姓真好，开旅馆的，自己叫平安，相当于中国的"永安旅社"，真是自带吉利。

女孩对我们说："本来想请你们住平安先生家里，可是他家今天客满了，得麻烦他把你们带到别处去，真是不好意思。"

我连忙说："是我们不好意思，麻烦你了。"

女孩和平安大爷说了几句日语，互相客气了好一会儿，女孩说："平安大爷现在带你们过去，我要先离开了。"

我赶紧向她致谢，但她似乎一点都不在意，把我们交给大爷，她就自己走了。

等女孩走远了，张进步才说："真是雷锋般的好姑娘，做好事连名字都不留。"

平安大爷一句中文也不会说，打着手势把我们领到不远处一个二层小楼门口。平安大爷按了一下门铃，随着叮咚声响，里面传来说话的声音。

我们入住的这家民宿叫作高岭家，主人高岭先生有五十岁了，性格开朗，虽然知道我们听不懂日语，可还是冲我们说个不停，一边说一边笑，像是在讲什么有趣的经历。

一层是客厅、餐厅和主人房，二层有四个房间，都住了客人。三层有两间房，房子不大，但是房间没有床，并不显得拥挤。我和张进步每人住了一间，一间房差不多一千块钱人民币，价格还算合适。

把行李放好以后，高岭先生魔术般地变出一张卡片，递给我们，上面是一张小地图，标着中文和英文。从地图上看，周围就有很多饭店，高岭先生对自己这个创意很得意，一脸兴奋地叨叨了半天，等他说完，我们赶紧拿上地图出门。

按照地图导引，我们来到一片热闹的饮食街，酒馆一家挨着一家，各式各样的灯笼把这里渲染得流光溢彩，形形色色的游人在其间进进出出。

我正在左顾右盼，张进步拽了我一把。

"哎，你看。"

顺着他的手看过去，一家看起来很高大上的饭店门口，十多个穿戴整洁的厨师打扮的人，并排站在门口，弯着腰，正在迎接一位客人。

那是一位五十多岁的妇人，穿着浅色的套装，身材纤细，身后跟着一男一女两个年轻人，妇人正在跟一个看起来年纪大的厨师说话，厨师身后的人都低着头，似乎都不敢看她一眼。

张进步说："这不会是遇到日本皇后了吧？"

我说："皇后不会跑到冲绳来，也许是公主之类的贵族吧。"

虽然没有前呼后拥，但这个范儿，我们在国内还真没见过。

妇人身后那个年轻男人，扭着头到处看，我总觉得他有些眼熟，却想不起在哪儿见过。

"老三，你看见那个男的没？"我问张进步。

"哦？这不就是前天晚上，我们在拉面馆遇见的那个货嘛。"

我没料到张进步的记忆力这么好，那晚在拉面馆时，他的位置刚好背对着那个"棒球帽"，想不到竟然是个有心人。

他说的没错，就是那个"棒球帽"，此时他没戴帽子，而是留着一个中学男生发型，但他脸上那种无聊而不屑的独特神情，我还从没在第二个人的脸上见到过。

猛然间，我起了一身鸡皮疙瘩，下意识朝周围观察起来。

张进步也好像突然想起了什么，做出跟我一样的动作。

"妈的，这趟门出得不顺，怎么走到哪儿都不能让人安心，妈的……"张进步嘴里不住地骂着。

我们正说着，就看见前面一大群人陆续走进了餐厅，只留下一个服务生站在门口。

张进步说："走，看看去，让我们见识一下究竟是什么大神仙。"

说着他就朝饭店走过去，我赶紧拽住他。

"还嫌事儿少是不是？你不想活我还想活呢！"

张进步被突然发火的我吓了一跳，看我真生气了，自带舷梯往下走，说："我这人就是好奇心强一点嘛。……好吧，我们找别的地方吃东西，饿死了。"

我也发现自己有点失态，就没把这个话题继续下去，一场尴尬就这样化解于无形。

居酒屋一家接一家，看着都挺不错，不知道该进哪家。

张进步在旁边喊我："哎，马龙，你快来看这个。"

我回头看见他正蹲在街边一个卖小玩意的路边摊旁，手里还拿着个什么玩意儿。

摊主是个老爷子，正坐在马扎上打瞌睡。

我以为张进步又看到春宫画之类的东西，想调侃他几句，就走了过去。

张进步举起手，对我说："你看这个印章，像不像你那个吊坠上的图案？"

"什么？"我赶紧把东西接过来。

那是一个古旧的木质印章，外边为圆形，直径有五六厘米，乍一看上去，与地摊上其他几十个印章没什么区别，但仔细看，就能看出上面雕刻的图形，正是吊坠上的图案，也就是邓春秋说的"五瓣水波花纹"。

不同的是吊坠本身的外围形状就是花瓣状,而印章上的花瓣是雕刻在平面上的。

我想把印章的图案印到纸上再确证一下,那位一直打瞌睡的摊主老头儿,睡眼蒙眬地看了我们一眼,伸手在摆着货物的桌子下面掏出一个崭新的本子,递了过来。

"本子五百日元,盖章每个三十日元。"老头儿嘴里含混地说着,却是正宗汉语。

张进步说:"咦?老爷子你会说中国话呀?"

老头儿抬眼望着他,好像他说了个天大的笑话。

"怎么了?我说错话了吗?"张进步被看得莫名其妙的。

我赶紧打圆场:"老爷子你是中国人吧?"

老头儿说:"你才是中国人。"

我哈哈一笑:"是啊,我们是中国人,你呢?"

老头儿说:"我不是中国人已经七十多年了。"

张进步连忙说:"老爷子,这七十年前的事儿呢,咱回头再说,我们想请教一下,看这个印章上的花纹挺特别的,不知道是什么意思?"

老头儿白了他一眼,"本子都没买,章也没盖,让我怎么说嘛。"说着他就要闭眼继续睡觉。

我赶紧催促张进步给钱,他不情愿地掏出一千日元递给老头。

"老爷子,就要这个本子,剩下的钱我多盖几个章行不行?"

老头儿拿了钱,装进腰包里,点头说:"可以,盖几个都可以,不过你们得快点儿,我一会儿要回家吃饭了。"

张进步赶紧说:"老爷子,我们俩也没吃饭呢,不如请你一起去喝两杯怎么样?"

老头儿抬头打量了我俩半天,问:"真请我喝酒?"

"没问题。"张进步说,"还想听你讲故事呢。"

第七章
奔流到海不复回

　　我和张进步装模作样地翻一页盖一个章，不一会儿工夫，就把摊上的几十个印章都盖了一遍。不过大都是些花朵、叶子、动物、建筑之类的图像，有抽象图案的也就四五个，其中还有太极阴阳鱼和八卦图。末了，又把那个和挂坠同样图案的，一口气盖了十来个。

　　老头儿看我们都盖完了，把货摊四周的布收折回来，盖在货物上，又从桌子下面拿出一个透明的塑料罩子把整个摊位连同桌子一起罩住，冲我们说："走吧。"

　　老头儿和我们边走边聊，我们才知道，老头儿姓游，祖辈都是中国东南沿海的渔民，小时候跟父母出海打鱼，童年都在海上度过。

　　二战快结束时，全家人被日本人抓到冲绳修建军事基地。日本投降后，他们又给美军修基地，后来就长居冲绳，再也没回过中国。

　　美军把冲绳岛的管辖权交还日本，旅游业也慢慢兴起，年轻时的游大爷开始摆摊，给游客卖工艺品，四十余年风雨无阻，成了当地的一张名片。

　　按年纪和身份来说，他早该退休了，但他每天还是按时按点出摊，当地人和经常来冲绳的游客，没有不认识他的，很多人专门跑来跟他合影。

　　张进步感慨道："真是行行出状元，摆摊都能摆成文化地标。"

跟着游大爷，到了不远处一家门面狭窄的居酒屋，上到二楼。

老板跟游大爷很熟悉，热情地凑上来，把我们带进一个木板隔出来的小间。游大爷跟老板说了几句日语，突然换成汉语说："这两位是中国来的小朋友，专门请我来喝酒的，把那个火鬼先拿半斤来，还有最好的牛肉。"

老板是个一脸堆笑的中年人，用不熟练的汉语说了两句客气话，就下去准备了。

游大爷说："他父母亲跟我是老朋友，也是从中国过来的，他们这个儿子也没什么大出息，就是腌肉腌得还可以，可惜中国话都不太会说了。"

老板把烧红的木炭炉送过来，放进桌子中间掏空的格子里，罩上一层细密的铁丝网。又给每个人端来一份蘸料，一碟三格，一格汤汁，一格干料，一格腌绿辣椒圈。

等酒上桌，游大爷迫不及待地倒在杯子里，探出鼻子深深一嗅："好，好酒啊！"

老板说："大叔，您儿子不是不让您喝酒吗？"

"我儿子？"游大爷抬头，标志性的白眼翻了一个，"是老子听儿子，还是儿子听老子的？他说不能喝，我偏要喝。"

说完，哧溜一声，吸光了一整杯。过了半天，才长长呼出一口气，咂咂嘴，也不说话，又给自己倒上一杯。似乎这会儿才想起我们，说道："来来来，你俩也倒上。这酒喝一次少一次，酒厂的老家伙们都快死光了，年轻人也越来越少，去年我就听说酒厂要倒闭，幸亏政府以保护琉球文化的名义给拨款，暂时还没关门。"

游大爷说到琉球，我和张进步同时开口。

"哎，大爷，这琉球文化是怎么回事？您给我们讲讲呗。"

"呀，这话说来就长了，不过你们还真问对人了。我虽然没上过学，可是当初为了给外国人做导游赚钱，专门研究过琉球文化，后来政府重修琉球村，找我给他们做过指导。来，咱们先喝酒，酒喝好了，故事才好听。"

说着，我们仨就碰了一大杯。这个火鬼烧酒，果然是名不虚传，从入口开始，就像一只浑身着火的老鼠沿着食道爬到肚子里，又在肚子里不停闹鬼，一口下肚，立马有自燃的错觉。

我赶紧拿起冰水喝了一大口，仿佛听到肚子里吱啦一声，火灭了，一股青烟从嘴里冒出来，呛得我忍不住咳嗽。

再看张进步，也没好到哪儿去，他的火没下肚子，而是上脸了。他看起来满脸都是烈焰熊熊，我估计他再喝一口就成烧腊了。

游大爷看着我们俩的样子，嘿嘿一笑说："怎么样，够劲儿吧？你们喝的方法不对，这酒要存在嘴里，慢慢咽，细水长流。"

他张开嘴，让我看，果然刚才的一大口，现在还有大半在舌根下面存着。

"说起这琉球王国，那得说到中国的战国年间去。"游大爷一张嘴说的，就跟我们了解的历史不一样。

"不是明朝吗？"我问道。

"明朝只是成了中国的属国，之前一直都存在，所以要从战国说起。"老爷子把一片腌好的牛肉放在烤热的铁丝网上，肉片发出吱啦的一声锐响。

战国时期，百家争鸣，各国不拘一格，广纳人才，除了我们熟知的儒、道、法、墨四大学派之外，还有一个庞杂的群体，就是方士。

方士成分非常复杂，有真才实学的大能，比如谋略大师鬼谷子，和提出五行学术的大师邹衍。当然，也有一些追求仙道、宣扬命数、笃信长生的江湖术士，要说他们是骗子，也不尽然，他们也有一套自圆其说的理论，可以博取别人的信任。

这些人里面，混得差的，就在民间靠卜卦算命、驱鬼辟邪、演绎幻术混饭吃；混得好的，被列国君王敬为座上宾，专业为君王观测天道，谋算国运，寻仙问道，炼丹求药。中国历史上有名的燕国术士宋毋忌、正伯桥、羡门子高就是此中翘楚。

宋毋忌等人还专门为当时的齐王出海寻求长生仙药，仙药虽然没有找到，却在海上打听到三座仙山，就是蓬莱、方丈和瀛洲。

据说，这三座仙山生于白云之巅，并无定所，随风飘动，忽隐忽现。

出海寻求仙药的人远远地望见过它们，一旦接近就沉没于海中，如果船再想走近，就会起风把船吹回来。

秦始皇统一六国后，自觉立下万世功业，渴望长生不老，统治千秋万代。他把各国方士统统收于麾下，有名的徐福和卢生，就是那时候投奔了始皇帝，在他的资助下，出海寻找仙山。徐福携带三千童男童女，率船队出海，从此杳无音信。

但在日本也有另一种传说，徐福带军队平定日本后，其实并没有忘记自己的使命，只是把自己的儿子留在日本，自己继续出海寻找仙山，后来到了琉球，并在此定居。

当时，琉球土著尚处于石器时期。徐福一到此地，被奉为天神。他命手下开荒造田，兴修水利，建造房屋，利用当地人对自己的崇拜，教授他们学习播种麦子、高粱和水稻等农作物。当地人这才脱离了茹毛饮血的生活，发展出自己的文明。

徐福并不知道秦始皇早已驾崩，他担心秦朝派军队追杀自己，就隐姓埋名，以天神自居。于是在当地的土著传说中，只有天神和神使，却无徐福的记录。很多年以后，徐福的孙辈建立了国家，说自己是君权神授，是天神的后人。天神的孙子，自然就是"天孙"，于是建立的王朝就叫天孙王朝。这些事被当作历史记录下来，一代一代传颂，说得多了，皇室子孙自己都信了。

秦朝以后，历朝历代皇帝都有派人出海寻求长生，但都是无功而返。

直到隋朝，隋炀帝也命人出海寻访，船队行至东海之南，远远见一串岛屿浮于海面之上，像一条虬龙露出一只爪子，取名为"流虬"。

唐朝编纂历史，为了避讳虬龙之意，改为"流求"。

自古以来，中国的威胁都是来自北方的胡人，政府对海上的情况并不重视。所以，天孙王朝一直在琉球岛上统治了二十五代，直到内部发生了叛乱才灭亡。

直到中国的宋朝，天孙王朝的后裔英祖，再次建立了英祖王朝，英祖王朝统治的时间并不久远，历经五代总共九十年后，分裂成了山南、山北和中山三个国家。此后一百多年，三国相互征伐，战乱不断。

到了明朝时，太祖朱元璋对琉球三国发布了诏谕，三国陆续派遣使者入朝进贡。后来的事，历史上都有明确的记载，1429 年，中山统一三国，被明朝册封为琉球王，赐琉球王姓尚。

游老爷子一边喝酒，一边侃侃而谈，很快半斤火鬼烧酒下肚，烤牛肉也吃了三盘。

我听得津津有味，完全忽略了面前的美酒佳肴，对这个貌不惊人的老头儿佩服得五体投地，赶紧掏出本子，翻到盖了五瓣水波纹印章的那一页，问老爷子："那您知不知道这个图案和琉球王国有什么关系？"

游老爷子扫了一眼，突然眼神像锥子般紧紧盯住我。

"你怎么知道这个跟琉球王国有关系？"

第八章
琉球王室血脉

面对游老爷子的质问，我竟然有些措手不及，不知道该如何作答。

老爷子意识到自己有些失态了，呵呵一笑，眼神缓和下来。他用夹子夹了一块烤好的牛肉，放在我面前的盘子里。

"先吃点东西吧，这么好的牛肉不吃要后悔的。"他笑着说，好像我们是专门来品尝美味牛肉的。

我夹起牛肉，放进嘴里轻嚼，要说好吃到不行，我觉得也不至于，只是肉质很嫩，腌制得入味，烤的火候也刚好，表皮焦黄，嚼起来味道很香。

"你是不是以前见过这个图案？"老爷子突然问我。

我下意识就说："是的，见过。"

他眼神一变："果然，看来你们找我是有目的的。"

张进步说："老爷子，你把我们当什么人了，这不是刚好看见你那个印章了吗，我们手头也有一个类似的……"

"老三！"我没想到一向精明的张进步，突然会变得这么不知轻重，看来真是喝多了。

张进步对我的警告充耳不闻，自顾自地说："不是我们，是他的，他有个东西，上面刻了一个跟你这个一样的图。"

张进步话一出口，游老爷子手里的筷子抖了一下。

他看着我，惊讶地说："没想到我老头子在琉球生活了七十年，竟然又一次见到了正宗的琉球王族。"

"什么？"

游老爷子神色肃然对我说："小伙子，不管你出于什么目的，能遇到就是缘分，你有你的秘密，我不会打听，如果你信得过我，就把你的东西给我看一眼。"

我想了想，觉得吊坠似乎也算不得什么秘密，就把吊坠从脖子上摘下来，递给了他。

游老爷子表情严肃，翻来覆去地看，尤其是上面雕刻的花纹，更是看得精细，大约十几分钟，才还给我。

他长叹一声道："小伙子，你大概也不知道这是什么东西吧？"

我说："不知道，我也是偶然所得。"

他听罢哈哈大笑："偶然所得？哈哈哈哈哈——偶然所得……"

张进步说道："老爷子，他真是偶然所得。"

老头儿摇摇头："你以为这是什么破铜烂铁？还偶然所得。不过你们放心，我不会跟你们打听来历的。"

我忍不住问："老爷子，你知道这是什么吗？"

老头直截了当地回答："不知道。"

这下轮到张进步笑了："老爷子喝多了吧，不认识的东西，搞得这么神秘兮兮，我还以为是什么宝库钥匙呢。"

老爷子笑着说："冲绳岛上，能认出这个东西的人没几个。"

他告诉我们，这是琉球王国的王族印记，而且不是谁都能看的那种，而是王族内部的秘密传承。

中国历代皇帝传承需要传国玉玺，而琉球王国从天孙王朝开始，就留下这个印记，只有王室正统传承人，才能接触到，因为它代表了天神的旨意。拿到这个印记的人，拥有和天神沟通的能力，并能借助神的力量统治琉球。

张进步说："这么荒诞的说法，您老也相信啊？"

游老爷子说的，我当然不信，否则琉球王国灭了这么久，中间又几经欺凌和屠杀，也没见哪个神仙出来给自己的子孙帮忙。

不过，这个印记的传承的确非常隐秘，专门研究琉球历史的学者，也只知道王族传承仪式，而不知道有印记。

"所以，"游老爷子笑着说，"不是琉球王室正宗的血脉，根本不可能见过这个印记。你说偶然所得，那是根本不可能的事。"

张进步说："老爷子，你博闻强识我们都佩服，但你说历史学者都不知道的事情，那你怎么会知道得这么详细？"

老爷子不置可否，把杯子里最后一滴酒倒进嘴里。

我想起刚才老爷子说的一句话："老爷子，你刚说自己又一次见到了正宗的琉球王族，我权且就当作你说的这一次，那另一次是在哪儿见的？"

张进步站起来，走出隔间，听见他在外面喊："老板，再给我们拿半斤烧酒来。"

等酒来了，他毕恭毕敬地给老爷子把酒倒上。

"老爷子，我们已经把东西都给你看了，您呢，也就不要有所保留了，否则，对不起这么好的烧酒和牛肉啊。"

老爷子端起酒杯，轻轻抿了一口。

"这事儿都过去五十年了，要不是你们，这些事我肯定要带到棺材里了。

"是我刚结婚那会儿，为了讨生活，除了帮人开出租车，我还经常到美军基地附近，去收一些军营丢弃的废品。时间长了，跟基地里管军用物资的人混熟后，他们就把一些淘汰的电器低价处理给我，尤其是冷气机，非常好用，我就拉回来，卖给一些条件好的家庭。"

老爷子一边说，一边回忆，眼睛里光芒闪烁，仿佛瞬间回到了年轻的时候。

虽然倒腾旧电器不违法，但也不能明目张胆，经常都是天黑以后才去与里面的人接头。通常是把电器拆解成几部分，当作废品和垃圾拉出来，再组装成整机，这样卖出去的利润还是很可观的。

那时候，冲绳归美军管辖，部分地区还实施宵禁，但是游老爷子因为有垃圾清运的特权，就不受宵禁令的影响。

1965年，宫古农民反对美军统治，在当地发起了暴动，要求美军撤出冲绳岛。

暴动的人里，有两种势力，一种要求把琉球管辖权交还日本，一种主张琉球独立自治，但是他们打出的口号都是要求美军离开。这场运动陆陆续续持续了很久，但让冲绳居民和美军的对立越来越严重。

直到 1970 年 12 月，一位美军士兵在冲绳市内酒后驾车，撞死了一位当地男子，被当地人围攻。美军为了救出被困士兵，竟然派宪兵抢人，与居民发生了冲突，引发暴乱。

上万市民冲击美军基地，并冲入基地内打砸抢烧，美军用催泪弹反击，双方各有伤亡。暴动持续了整晚，美军担心事态继续恶化，开始抓捕带头冲击美军基地的激进分子。

当天晚上游老爷子本来要去拉一批新垃圾，因为暴乱，联系不上接头人，可是钱已经提前交了，老爷子不甘心，就把出租车停在基地附近的树林里等着。

一直等到凌晨 5 点多，他看见冲击基地的市民，都被宪兵持枪赶了出来，荷枪实弹的美军开始反击，市民受伤逃窜。

游老爷子担心受牵连，刚想开车离开，却听见一阵喘息声，一个四十岁左右的男人，浑身是血，仆倒在自己的车前面一动不动了。他赶紧下车去看，那人还活着，就把他抱到车上，拉回了家。

第二天，美军开始戒严，在市内大肆搜捕，抓了几十个领头者，人心惶惶。

游老爷子拉回家的那人，一直昏迷不醒，但也不敢把人送去医院。

他只好去找一个熟识的医生，请到家里，把伤口做了清理。那人失血过多，但小诊所也没有血库，大医院都有美军看管，没办法，只能先给他灌了些药，留在家里养着。

大约一个星期后，那人终于从鬼门关爬了回来，可是虽然醒了，却昏昏沉沉的，眼睛发直，吃喝没问题，就是不说话。这可把游老爷子难住了，自己家里也不宽裕，突然多出一个陌生人来，还得吃药照顾。那段时间，他忙得经常没时间睡觉。

有一天，他从外面回来，到房间里去看那人，发现痴痴呆呆了几个月的那人，竟然拿着半支铅笔在一个硬纸盒上，画着一些奇怪的图案。

那天以后，那人就一直画个不停，只要找到纸笔就画，而且画的都是同一个图形——一朵五瓣花朵一样的迷宫。游老爷子虽然不知道他画的是什么，但他猜想一定跟那人的身世有关，就把画都收起来了。

半年以后，那人的伤养好了，甚至在游氏夫妻的照料下，身体比原来还要好。突然有一天，那人说话了，也为年轻的游老爷子打开了这个世界的一扇新大门。

第九章
琉球末代王孙

那人向游老爷子坦白了自己的身份，他说自己其实是琉球王国的王族后裔。

他详细讲了琉球王国的历史，从传说中的天神，一直讲到琉球灭国。

游老爷子向我们说的琉球秘史，大都是源于那人的讲述。琉球被灭国后，王室被迁到东京软禁，而那人就是琉球末代国王的孙子。

趁着二战后，日本政府放松了监控，他独自一人来到琉球，多年来一直在秘密组织琉球复国运动。那些画，其实是琉球王室的传承印记。根据王室内部的秘传，这个印记可以与神兵沟通，王室遇到灾难时向天神求救，就会有神兵降临保佑。

但是三百多年间，虽然琉球王室几经灾难，也曾派人向天神求助，却再没有神兵天降，直到灭国。

那人当着游老爷子的面，把所有画都烧了。他说，这么多年过来，复国的希望越来越渺茫，自己已经心灰意冷，打算放弃。而这个印记图案，从此以后，可能就要在世界上消失了。

当天晚上，两人大醉一场。第二天，等游老爷子宿醉醒来，那人已经不见了，从此杳无音信。自那以后，游老爷子开始研究琉球历史和文化，并在开放旅游后向游客传播琉球文化，他想通过这种方式，找到那个人。

老爷子长叹一声："最近这十几年，来冲绳的游客越来越多，我就想能不能把那人画的印记刻成一个印章，虽然世人不明所以，但至少可以把它留在这个世界上。不过我心里的想法，还是希望让那人看见，知道有人在惦记他吧。也许他早不在人世了。"

张进步道："你连他的名字都没问吗？"

老爷子摇摇头，又说："不过琉球王族都姓尚，他应该也是姓尚的吧。"

说完这句话，他竟然头一垂，趴在桌子上打起了呼噜。

我赶紧叫来老板，老板笑着说，没关系，老爷子每次来喝酒都会睡着，一会儿会打电话让他家里人来接他。

我们买单时才发现这顿饭真是不便宜，算下来得人民币将近五千块，不过我和张进步一致认为，这钱花得值。

买单时，经过旁边的隔间，我隐约看见里面有一双眼睛在瞅我们，等我扭头看时，帘子已经拉上了。

我也没太在意，跟张进步前后脚出了酒馆。

回到民宿时，高岭正一个人在厅里喝茶。我们跟他打过招呼后就脱了鞋，爬上三楼，各自回了房间。

进门时，张进步突然对我说："马龙，你是王室后裔呀！"

我苦笑着回到房间，躺在榻榻米上，想着游老爷子的话，久久无法入睡。突然想起在码头时，那个女孩给我的琉球复国运动宣传单，在包里翻半天却没有找到，不知道被我丢哪儿去了。

我又想起游老爷子说的那个末代王孙，他究竟去了哪儿？既然徽章如此隐秘，那奶奶究竟是什么人？如果奶奶真是王室的直系传承人，那么她跟那个末代王孙又是什么关系？她为什么会去中国？今天那个女孩，是不是也是琉球王室的后裔？所有这些人和事，在我脑子里纠缠不休，乱作一团麻。

一晚上没睡好，直到第二天快中午才醒来。

我和张进步在街上找了家养面馆，吃着热汤面，商量下一步该干什么。

张进步已经认定我奶奶就是王室后裔，他说像这种王室，一般都有专门的王室陵园，我奶奶让我把她的骨灰送回来，一定不是想随便找个公墓安葬，而是安葬到先祖的墓园里。那么，我们应该找人打听琉球王室的陵园在哪儿。

虽然是这么说，但语言不通，找谁打听也是个问题，幸亏知道游老爷子几十年都在同一个地方摆摊，就去找他问吧。

我们步行来到游老爷子摆摊的地方，货摊还在，但却没见老爷子的身影。跟周围的人打听，也没有人知道他去了哪里。我们一直在货摊旁边等到中午，也没等到老爷子。

张进步说："老爷子毕竟年纪大了，昨天喝多了，今天在家休息也是应该的。不如我们找别人去问吧。"

在街上问来问去，没有人知道琉球王族的墓地，但有人建议我们到琉球村咨询。

琉球村是一个古代琉球文化的主题公园。除了保存琉球传统建筑之外，还再现了古代琉球的生活氛围和文化体验。

一路都在说琉球，直到这会儿，我们才算见到了"活生生"的琉球文化，虽然只是一个琉球的盆景，但也足够我们兴奋半天了。

很多小店主，都会说几句不太流利的中文，我就向他们打听王族陵墓，却没有人知道。也可以理解，国家灭亡一百来年了，普通老百姓没人关心这些。

问了好半天，也没得到什么信息，我们找了一家小店喝着茶，品尝特色小点心。

我说："连这里的人都不知道，会不会根本没有这个地方。"

张进步说："有没有不好说，不如换个思路。琉球王族不是姓尚吗？不如我们去找姓尚的人，他没准就是王族的后裔，哪怕不是嫡系，是旁系亲属也行啊。"

我觉得张进步这个提议比较靠谱，毕竟尚姓流传千年，开枝散叶，人口一定不会少，要是真能找到姓尚的，问他家的祖坟，没准还真能找到。

张进步突然脸色微变，压低声音，对我说："别回头，有人跟踪我们。"

跟踪？我心里一惊。假装起身去拿水，走到吧台，提了一个装着柠檬水的玻璃瓶，回来时，特意朝外面瞥了一眼。

张进步说的"跟踪者"，是一个四十岁左右的中年男人，穿着明黄色的POLO衫，头上戴着廉价的遮阳草帽，脸上挂着一副大眼镜，正站在一个红糖店门口，眼睛滴溜溜地瞟着我们。

我给张进步杯子里添水，低声说："这么明目张胆的，不太像跟踪啊。"

张进步满脸堆着笑，好像在给我讲笑话，却压着声音说："你没注意，他从游客中心那就一直跟着我们。"

我说："那我们再坐一会儿，看他想干什么。"

我们俩喝着茶，开始放大声音聊人生。

那人终于忍不住了，朝我们走过来。看他的样子，像是专程来找我们俩的。在离我们还有三步远时，他脸上的笑就开始让人觉得辣眼睛。

"两位兄弟，是中国同胞吧？"那人一张嘴，竟然是河南口音。

我们俩没摸透他要干什么，就没搭理他。

他也不尴尬，走到我们跟前，摘下帽子，露出过时的偏分头，他往头发上抹了一把，微微弯腰，笑眯眯地说："我来自我介绍一下，鄙人孔孟荀。"

"你叫什么？！"

"孔孟荀，孔子的孔，孟子的孟，荀子的荀，三圣合一孔孟荀。"

我和张进步被震住了，这个世界上真有人叫这么惊人的名字吗？我们竟然无言以对。这孔孟荀倒是一点也不见外，没等我们招呼，就自己坐下来，跟服务生要了一个杯子开始自斟自饮，一连喝了两大杯柠檬水。

我和张进步面面相觑，都没说话，且看这个三圣合一的家伙表演。

"我观察两位兄弟有一会儿了，"这人倒是也坦白，接着他又说，"总觉得两位面善，可是想不起在哪里见过。"

张进步嬉笑着说："三圣君，我们不算命。"

孔孟荀摇摇头："非也非也，两位兄弟千万不要误会，我不是那种走江湖算命讨吃喝的术士，再说我这个打扮，也不像嘛。"他倒是很有自知之明。

我问他："听你口音是河南人。"

孔孟荀又摇摇头："非也非也，口音是河南的，但故乡是山东的。山东菏泽，梁山好汉知道吧？就是我老家的。"

张进步说："《水浒传》我熟，一百单八将倒背如流，您不会是孔明孔亮的后代吧？"

孔孟荀说："兄弟开玩笑，孔明不姓孔，鲁迅不姓鲁，中学生都学过的，我本是曲阜孔圣人八十一代孙。"

"失敬，失敬，原来是孔氏后人，不知道三圣君在哪里发财？"张进步用半白半文狗屁不通的语气说话，让人忍不住想笑。

孔孟荀正色回答："鄙人是考古学家。"

第十章
民间考古学家

孔孟荀告诉我们，他是一位民间考古学家，上到殷商，下到民国，无不是自己研究的范畴，而且成果斐然，是国内多家大学的客座教授。

这次是受国内一家文化基金的邀请，到冲绳来考察琉球历史，刚才见我们俩到处打听琉球王族墓地，就想一起交流切磋。

他这么一说，我和张进步放松了许多。正茫无头绪，多个"专家"，没准能有些意外的收获。

孔孟荀直截了当地问道："不知道两位寻找琉球王族陵园的目的何在？"

我说："我们第一次出国，国内的名胜古迹大都是历代的皇帝陵墓，想着这琉球王国也应该有这种大型墓园，就想去参观参观，感受感受。"

"哦，原来如此。"孔孟荀问，"不知道打听到没有？"

我看了看张进步，摇着头说："没有，这里的人好像风俗习惯跟我们中国不一样，对陵园墓葬不太重视吧。"

孔孟荀摇摇头："非也非也，琉球自明朝以来，就一直奉中国为宗主国，衣食住行无不向中国学习，修建陵墓这么重要的事，怎么可能不学习？"

张进步眼神一闪，问道："莫非，三圣君知道些什么？"

孔孟荀得意地一笑："你们找这些老百姓问是白问，历史上的君王有些愿意让人知道自己的陵墓所在，但设置了很多机关，防止盗掘，但还有一部分君王，觉得这样也不保险，就把自己的墓葬隐藏起来。也许琉球王室就是后一种。"

他这番话颇有一番道理。

孔孟荀又说："真心要找，也不难，别人不知道，王室后代子孙肯定知道。要找到陵墓，先得找到王族后人。"

咦？这老孔竟然跟我们是一个思路。

张进步看出了端倪，他装出一副特别诚恳的表情，向孔孟荀请教："三圣君莫非有尚氏王族后人的消息？"

孔孟荀长叹一声："功夫不负有心人啊，我孔孟荀三赴琉球，苦心孤诣，皓首穷经，终于找到了千年琉球王国的尚氏后人，嫡系血脉！"

"什么？！"我忍不住站起来，大惊道，"你找到了？在哪里？"

张进步在桌子下面猛踹了我一脚，我这才意识到自己失态了，缓缓坐了回去。

孔孟荀看着我，摇了摇头："找是找到了，可是尚氏王族经历无数血泪，后人不愿再被人关注，根本不愿意见外人。除非……"

"除非什么？"明知道他在卖关子，我还是忍不住问。

"除非有其他的尚氏后人出来，以族人身份相认。"孔孟荀说。

张进步说："你这不是屁话吗，要有别的尚氏后人，还用找他干吗？"

孔孟荀沉吟道："也是啊，如果没有人，还真是找不到个见人家的理由。"

虽然我对孔孟荀说的话半信半疑，但假如他说的是真的，就这样放过这条线索，我还是不甘心。

我沉思了一会儿，对孔孟荀说："假如我们手里有琉球王室的东西，不知道能不能引起他的兴趣。"

孔孟荀眨巴眨巴眼说："那也得看是什么，无关要紧的东西，人家可能也不会太当回事。"

我说："孔先生，你能不能联系一下他，告诉他我手头有一样东西，对他来说很重要。"

孔孟荀端详着我，说："这话可不能乱说，得真有才行，否则我大话吹出去了，你又拿不出来，我这江湖名誉可就受损了。"

我说："您放心，我以人格担保。"

"人格？"孔孟荀脸上露出怪异的笑，"这位兄弟，不好意思，我还不知道你的名字。"

"我叫马龙。"

"马龙兄弟，你可能不是我们民间考古学界的人，对一些情况不了解。我们民间考古界有一个行规就是'不保不诺，不论不退'。啥意思呢？就是在古董交易中，绝不保真，也绝不承诺。不保真好理解，就是买我的东西，真假你自己看，我绝不保真。不诺，就是既不信许诺，也不相信承诺，必须眼见为实。"

孔孟荀侃侃而谈的时候，终于露出一副古董贩子的嘴脸。

"不退好理解，那不论呢？"张进步问。

"对，古董行内不退货，买卖双方自愿成交，钱物两讫，出门不退。而不论，有两层意思，其一说的是不能对同行的货物真假、好坏和价钱评头论足。其二是说买卖双方不争论，尤其是不和那种不懂行的买家争论，你看中了，价钱也能接受，那就买。如果看不中，或者价格谈不妥，买卖不成仁义在，绝不争论。"

孔孟荀喝了口水，说："马龙兄弟刚才说用人格担保，就违反了'不诺'这个规矩，你要有东西就拿出来，如果一时拿不出来，来日方长。但人格担保这种话，在我这里说说可以，但在别的地方，还是慎言，免得被人笑话。"

绕了一大圈，孔孟荀终于绕回了主题，原来是担心我骗他。

我尴尬一笑："不好意思，是我外行了。"

孔孟荀说："自家兄弟，无妨无妨。如果马龙兄弟真有好东西，拿出来让我学习学习，如果不方便，也不勉强，我们再想别的办法。"

说完他悠然悠然站起来，伸了个懒腰，像是要离开的样子。

张进步突然冷笑着说："拿出来你也不一定认识。"

孔孟荀呵呵一笑："这位兄弟怎么称呼？"

"张进步。"

"噢，好名字，进退裕如，步云登月，抱朴含真，磊落不凡哪！"孔孟荀说得得意，捋了捋下巴上并不存在的胡子。

"刚才进步兄弟担心鄙人眼力不足，担心得很有道理。我虽然承蒙国内多家大专院校抬爱，聘请为客座教授，但我深深知道自己还是考古界的小学生，世界历史煌煌何止万年，任何一个研究者，只是在弱水三千之中饮水一瓢罢了，绝不敢自命不凡，自以为是。"

孔孟苟演讲起来，你说他不是老师都没人信，他刚才的一番言语，情真意切，如果换个环境一定能感人肺腑，可是在个小店铺里洋洋洒洒的，怎么看都有点滑稽。

可是孔孟苟不管我们怎么想，话锋一转："但任何研究和学习都是循序渐进，没有人是生而知之的，就算我是圣人子孙，也只是比别人多了些与生俱来的才华罢了。"

张进步悄悄说："真够大言不惭的！"

孔孟苟这才把话绕到正途上来了，他靠近我的脸说："考古，就是个边学习边研究的过程，就算我不认识，我们也可以一起研究，一起进步嘛。"

张进步把我拉到一边，说："要不要给他看看？"

我们商量好，决定留一手，把邓春秋做的高仿坠子给他看。但是那几个坠子我没带在身上，要回去取。我问孔孟苟愿不愿意跟我们一起回市里。

他假装犹豫了一下，立即就答应了。

回到城里，我让张进步陪孔孟苟找了个咖啡馆坐着，我自己回民宿去拿东西。

邓春秋给我做了五个假的坠子，我拿了三个出门，留了两个在家里。

孔孟苟看见木匣，眼睛就亮了。他一定看出那个小木匣，绝非路边的工艺品。只凭这个匣子的材质和精美做工，就可以推断匣子里的东西不简单。

等我把匣子推到他面前，他迫不及待打开了盖子，当他看见里面的东西时，眼神有点迷茫，表情也很疑惑。

"这是什么？"他下意识脱口而出。

张进步哈哈大笑："我说你不认识吧，你非要吹牛，还吹得跟真的一样，怎么样，没见过吧，傻了吧？"

孔孟苟把吊坠从匣子里拿出来，仔仔细细看了一遍，摇摇头。

"鄙人才疏学浅，看不出这是什么东西。"

我说："你不认识也正常，这个世界上没几个人认识。"

孔孟苟说："知耻才能后勇，我孔孟苟不耻下问，怀着无比诚挚的心情，向两位请教，这是什么东西？"

我说："我也不知道。"

"那你们怎么知道这个东西跟琉球王国有关系？"

张进步嚷嚷道："你这人烦不烦哪，你又不认识，我们说有关系就有关系，你能说没关系吗？"

孔孟荀略一沉吟，点头说："也对，确实无法证伪。我这里没问题，但怎么说服尚氏后人呢？"

张进步说："这还不简单，你把这个拿去给他看不就行了吗？"

孔孟荀问："你是说，让我拿着东西过去？"

张进步说："让你带我们一起去，你愿意吗？"

孔孟荀尴尬地笑了，摇摇头说："我去了都不一定见到，你们要是去了，人家肯定不见。"

张进步说："那不就完了，说这么多废话。"

我突然觉得张进步有点不太对劲，平常他虽然爱嚷嚷，但从来没有这么急躁过。何况他外表看着粗放，其实是个精细人，从来不会表现得这么毛毛糙糙。我想了想，觉得他这么做一定有深意，就坐在一边不说话，看他怎么把戏唱下去。

果然，孔孟荀的欲望被张进步给一点一点勾起来了。

他说："可以倒是可以，但这么贵重的东西，你们真放心让我拿着？"

他这么一说，我心里怦怦跳了两下。

孔孟荀刚才还说自己不认识这是什么东西，现在怎么就提到了"贵重"，看来这人装疯卖傻，真真假假，没那么简单。

张进步嘿嘿一笑道："天下风云出我辈，一入江湖岁月催，今天我们跟三圣君一见如故，玩笑归玩笑，要是不放心，何必跟你聊这么久，你说是不是？"

孔孟荀一时还不能接受张进步态度的转变，但这种老江湖，玩套路根本不经过大脑，顺着张进步的话就说下去，无非是些电视剧里经常见的那种江湖义气之类。

张进步捧着匣子，无比严肃地说："三圣君，这个东西是我们兄弟的命，今天就托付给你，虽说引刀成一快，不负少年头，可你也千万别把我们的命不当命！"

孔孟荀也站起来，装腔作势地伸出双手，想从张进步手里接过匣子，说时迟，那时快，他的胳膊被张进步死死拽住了。

第十一章
被追杀

只见张进步三下五除二，把孔孟荀左手手腕上戴的一块表卸下来，这才放开孔孟荀的胳膊。一切都发生在电光石火之间，这一套动作，看上去就像已经演练了千百遍。

孔孟荀急得大叫："你——"

张进步连忙做个噤声的手势："别喊，惊动了别人，还以为我在抢劫呢。"

孔孟荀说："你这跟抢劫有什么区别？"

张进步不高兴了，本来想把手里的表甩桌子上，又想了想，还是决定用手掌拍一下桌子。

"三圣君你这叫什么话？一块破手表，值几个钱，千儿八百的。放在我们这儿，就是个信物，你把吊坠拿回来，我原物奉还，损坏了照价赔偿。"

张进步的这番话起了作用，孔孟荀终于忍住没发火，脸上很快就挤出了笑。

"让两位见笑了，我这块表的确不值什么钱，只是它对我个人有些纪念意义，所以请二位兄弟务必帮我保管好。"说完，他就急吼吼地走了。

我不懂张进步为什么要这么做，等孔孟荀拿着吊坠走了，我怪他不该把吊坠给了孔孟荀，给就给了，还留下一块破表作抵押。

"破表？"张进步吼道，"要不你送我一块，这可是万国复刻版系列的经典款，别看长得不怎么样，至少得三十万。"

"这么贵？"我从他手里把那块表拿过来。

"你才知道？也是巧了，我们老板原来有块一模一样的，借我戴过一阵。"

张进步这会儿恢复了正常说道："我是这么想的，如果孔孟荀是个骗子，给他那个吊坠，他也不认识，我们不仅没损失，还白得一块名表，就算卖了给你还债都行。可是万一这个家伙真有些道行，用这个吊坠找到了尚家后人，我们目的也算达到了。"

我说："我们也不要对孔孟荀抱太大希望，我觉得他就是个古董贩子，如果这块表是真的，那也就是个混得不错的古董贩子。"

张进步说："你不能小看这些走江湖的，他们的一些渠道有时候比政府还管用。"

我和张进步离开咖啡馆，又找了一家吃饭的馆子，喝着清酒吃烤猪肉。

张进步突然问："你觉得昨天那个妹子怎么样？"

我说："很好啊。"

张进步说："看，人跟人的品位就是不一样，我就不喜欢她那样的，虽然看着和和气气，可总觉得不贴心，隔着什么。"

我笑着说："隔着一片海呢，萍水相逢，后会无期，人家跟你贴什么心。"

张进步说："后会有没有期还真不一定。如果孔孟荀那个货真是个混子，我们还得另辟蹊径。那个妹子不是宣传琉球复国运动吗？我总觉得她们后面有琉球王族的后人在鼓动，甚至她本人就有可能是王族后裔，跟你还是亲戚呢。"

张进步说的似乎有些道理，复不复国，对普通老百姓来说，其实没什么区别，可是对王族来说，意义完全不同。

游老爷子讲的故事里那个王族虽然自己说放弃了复国，但他放弃了不代表所有人都放弃了，总有那种志存高远者想恢复祖宗荣耀。

我和张进步商定，明天一大早就去码头找那个女孩，至于见了怎么说，到时候再随机应变吧。

第二天起来，我们决定还是找个有中国人的地方住。

退房后，我们按照昨天的计划坐车到了码头，可是找了半天，也没找到那个女孩。

我问张进步那个孔孟荀有没有联系他，他说没消息。我说要不要主动联系一下。

张进步不同意，他指着手表说："你放心吧，他会找我们的，三十万在这儿呢。"

我们沿着海边一路闲逛，天空海阔，远处的海面上，浮着大大小小的岛屿，一些小型游船正开出码头，向不同的岛屿开去。

百无聊赖，我们买了鸟食喂海鸟。天气渐渐热起来，张进步不顾形象，撩起衣服，露出肚皮。

我们决定先找个地方喝点东西，再去投宿。

路过一个便利店，刚想进去买两杯冷饮，扭头却见张进步盯着我身后，神色紧张。

"怎么了？"我问他。

他不说话，我一转头，看见两个穿黑衬衣、戴墨镜的人，朝着便利店方向走过来，我回过头来刚想嘲笑他草木皆兵，却看见在他身后，也有两个同样装扮的人。

我脱口而出："这是什么人哪？"

张进步说："先不管什么人了，快跑。"

他冲我说着，猛然转身，朝身后那两个黑衣人扑过去。

那两人正在快步过来，大概没料到张进步如此敏捷，只一晃神，张进步就已扑到他们面前，咧嘴嘿嘿一笑，左右脚像装了攻击机簧，轮番出击，一脚一下，踢在两个黑衣人的小腿上，整个动作如行云流水，只听两声惨叫，那两人跟跄着摔倒在地。

张进步大喊一声："跑！"也不管我，就先跑了。

我看他跑了，也不管黑衣人，赶紧甩开步子，朝张进步的背影追过去，身后传来呜哩哇啦的叫喊声。

我们沿着码头朝人多的地方跑，因为背着包，跑起来非常吃力，要不是码头上游客挤来挤去，早就被追上了。书到用时方恨少，体力也是一样，虽然我小时候跟着师父练功时，经常跑步，但这些年极少锻炼，体力严重下降，没跑多久就气喘吁吁跑不动了。

我发力追上张进步，想跟他商量能不能不跑，万一人家没想怎么样，我们岂不是白跑了。

张进步说："你不是说我是黑道吗？黑道看黑道，一看一个准，这帮人是坏人。"

我说："坏人也不怕，咱俩身手好，打四五个没问题。"

他说："你看看是不是四五个。"

我回头看了一眼，还是决定继续跑。

因为十几个黑衣人在我们身后拼命追，游人受了惊吓，纷纷躲避。

那些黑衣人的目标很明确，就是我们俩，对路上的其他游客，能绕开就绕开，绕不开就停下来。正是因为他们这么"盗亦有道"，才迟迟没追上精疲力竭的我俩。

在我前面狂奔的张进步突然急刹车，让跟在后面的我差点儿撞在他背上。

"干……什么？"

张进步没回答，我顺着他的目光望去，看到在我们正前方，几个黑衣人正围过来，前无去路，后有追兵。

我刚想说，去他妈的，跟他们拼了，让全世界的游客看看我的身手，却一眼就看见对面过来的那些黑衣人，手里拿着枪。

跑也跑不动，打也打不过，我们看来只能束手就擒了。

我一屁股坐在栏杆上，大喘着气。张进步却不死心，前后打量地形，这是一条沿着码头的步行街，人来人往，除非跳进海里，不可能躲开。

我天生会游泳，对水有亲切感，就对张进步说："老三，要不我们跳海吧。"

张进步果断拒绝："不行，宁可被抓住也不跳海。"

"这是码头，没鲨鱼，我们游远一点儿再上岸。"

"不行不行！"张进步像摇拨浪鼓一般摇着头，"老子不会游泳，你会游你先撤，我掩护。"

不管张进步这话是真心还是假意，只要他说出来了，我就算有这个心思也得断然放弃。不知不觉中，我已经在心底把张进步当作真正的朋友了。我决绝地告诉他生同欢死同乐，绝对不干临阵脱逃的事。

张进步嘿嘿一笑，这种时候他都能笑出来，一定是被我的表态感动了。

"天无绝人之路。"张进步说，"我们哪像短命的人，走。"

"去哪？"

"上船。"

他说着就朝台阶下停泊游船的码头跑去，我赶紧跟在后面。

第十二章
传国玉玺

◄ ||||||||||||||||||| ►

　　一个在海里搭起来的小码头，几十艘双层小游船正排着队拉客。

　　张进步带着我冲进游客队伍里，使劲往前挤，生死关头，顾不得文明礼貌。人群一阵骚乱，各种脏话劈头盖脸砸过来，我一边向前挤，一边大声喊着"嘴松哈密达"（对不起），冒充韩国人。在异国他乡，绝不能给国家丢脸。

　　张进步听我这么喊，也学会了，喊着："嘴松哈密达，嘴松哈密达……"

　　当我们挤到最前面的时候，刚好有艘船剩下两个座位，我们跳下小悬梯，急匆匆上了船。

　　汽笛轻响了一声，船启动了。

　　我们惊魂未定，回头看岸上，越过几百双鄙视的眼睛，看见那些黑衣人无可奈何的表情，但只一会儿，他们就不见了。

　　我和张进步对视一眼，看着对方狼狈的样子，都忍不住笑了。

　　游船驶出码头到了海上，碧海蓝天，鸟飞鱼跃，游客们纷纷拿出手机拍照，我和张进步却在分析刚才莫名其妙的遇袭。

　　张进步认为这些人是孔孟荀引来的，但一定不是孔孟荀的人。

　　他说："那个姓孔的说他认识尚家后人，可能是真的。他拿了我们的假吊坠去见那个尚家后人套近乎，被人认出是家族的秘密印记，威逼利诱之下，孔孟荀交代了我们。所以，那些黑衣人，应该是尚家后人派来的。"

我说："就算是尚家后人，也不至于动刀动枪，请我们去不好吗？"

张进步说："你这属于普通人思路，按照游老爷子的说法，这个印记代表了人家王室正统传承，这么重要的东西，落在你外人手里……哎？"

张进步突然大叫道："你这个吊坠不会是人家的传国玉玺吧？"

不等我说话，他又压低声音对我说："如果是单纯的一个印记，我觉得也不至于，徽章可以复制，游老头都自己刻了一个到处盖，我不相信没人看到。但你这个吊坠，材质独特，连造假大师邓春秋都认不出来，没那么单纯。如果真是传国玉玺，人家不找你拼命才怪呢。"

我摸了摸挂在胸口的吊坠，问张进步："你看这个东西像传国玉玺吗？"

"不像，一点儿也不像，但越是不像越可疑。"张进步说，"游老爷子不是说那个尚氏王室的人告诉他，印记可以沟通神兵吗？难道随便一个见过印记的人，把这个图画出来就可以与神对话吗？"

"这是传说，别太当真。"

"传说也不是凭空产生的，不管是不是神，就算是外星人吧，如果要沟通，也得有个信物。古代的皇帝经常给个什么天尊之类的称号，一定要举办仪式，很正式地下圣旨，不能是普通手札，必须是用传国玉玺盖了章的圣旨，才能生效，因为玉玺代表的是正名，有神圣感。所以我猜琉球人要请神，一定得用类似玉玺的东西，才能沟通。"张进步侃侃而谈。

我笑着说："难道就这个小玩意？"

"东西有用，不在大小。"张进步伸了个懒腰，"故事我都给你编出来了。"

"什么故事？"

张进步说："话说琉球灭国后，国王被囚禁，王室内部开会，为了有朝一日能重新复国，传国玉玺不能落在日本人手里，于是商议后，玉玺交给一位靠得住的人保管，此人隐姓埋名，忍辱偷生，只为看护玉玺，静待时机。这个人很有可能是你奶奶的父辈，他年纪大了，临死之前，把玉玺交给你奶奶。"

"我奶奶为了玉玺的安全，所以才来到中国，去世之前又传给我，我莫名其妙地成了琉球王国的传国玉玺守护者？"我顺着他的话说。

"难道不是吗？"张进步反问我，"琉球王族的其他后裔，一直致力于复国，可你也看到了，这么多年，沦落到给游客发传单的份上。如果你是王族后人，你急不急？手里没有传国玉玺，名不正言不顺，正在颓靡之际，孔孟荀拿着传国玉玺上门了，王族后人欣喜之余，却发现是假的。你说会怎么办呢？当然就是来抓你我二人。"

张进步如亲历一般口若悬河，滔滔不绝，我实在忍不住插话道："你不会是网络小说看多了，分不清幻想和现实吧？"

"马龙啊，"张进步严肃地看着我，"你是当局者迷，我是旁观者清，世上人人都恨不得当主角，就你这人，是当了主角还不领情。"

"我领个鬼情，如果主角就得让人拿着枪追，那我让给你，我心甘情愿跑龙套，或者干脆不上场，当替补都行。"

张进步说："你看电影里哪个主角不被人拿枪追？"

他的一些奇想，我不以为然，但也无法反驳。

张进步看我不说话，拍拍我的肩膀，说："老板你别害怕，我是你的司机，你要出了事儿，我找谁领工资去？所以不要担心，有什么事儿我会保护你的。"

"我要你保护？"我哈哈一笑，想起他踹黑衣人那身手，就问他，"没看出来你还是个练家子，出脚挺狠哪！"

张进步听我夸他，得意地把脚跷起来，吹嘘道："别看我这鞋不是名牌，我的脚可是正宗九转连环鸳鸯夺命脚。你瞅瞅。"说着就想把脚伸到我眼前。

我一把推开他的脚，说："吹归吹，那两脚戳得还是挺像回事。"

"咦？没想到你也认识戳脚？"

张进步告诉我，小时候，他家隔壁住了个老头儿，曾当过伪满洲国带刀侍卫，是戳脚翻子拳的传人。老头坐过牢，出狱之后一个人孤苦伶仃的，张进步经常跑去跟他玩，老头就教了些练功的方法给他，但不让张进步叫他师父。

"也许是我练得不到家，只觉得这功夫偷袭最有效，真要正面强攻，用处也不大。"看来他已经把我当自己人了，也不怕自曝其短。

游船行驶约有20分钟，忽然船上的人骚动起来，纷纷站起来拍照。

前面不远处的海里，耸立着两座像松树一样的岛，外形一模一样。原来，这就是著名的二松屿。

游船从二松屿的中间穿过，抬头看，颇为壮观。游客们都爬上游船的二层观景。

游船穿过夹缝后，在左边的岛屿靠岸了。上岸之后，我们才知道这一趟没白来。

岸上有一片弧形的沙滩，不上岸根本看不见。沙滩上躺着很多半裸的姑娘，大都是西方人，袒胸露乳地晒太阳，完全没有一点遮挡。

张进步说："现在我是看山不见山，看水不见水，眼里全都是姑娘。"

我朝山上望了一眼，吓了一跳，山就像被砍了一刀，砍出一道白色的伤疤，细看却是用白石头砌出的台阶，直达山顶，特别陡峭。

我决定还是在沙滩上看美女，爬山这种事儿还是让给别人吧。

张进步也脱掉T恤，露出半身的毛，躺在沙滩上，慢慢朝姑娘们蠕动过去。看着他的丑态，我决定远离他。见山脚下不远处的草房子旁，有椰子卖，我就走过去。

我突然想起手头没有现金，就叫张进步给我送点钱过来。可是他根本听不见，却引得旁边的人都转过脸来看我。

在众多的面孔中间，我看见一张熟悉的脸，正是我们找了一早上没找到的那个女孩。

我赶紧冲她招了招手，看见她表情明显一怔，显然是才认出我，她笑着冲我招招手。

今天她的打扮又变了，下身一条牛仔热裤，上身一件白色的T恤，胸口有个小妖怪的图案，太阳镜架在脑门上，显得干练又清爽。

我快步走到她面前，说："终于找到你了。"

听我这么说，她又是一愣，脸上露出疑惑的表情："你们找我？"

"是啊，"我说，"找了一上午。"

她惊奇地问："有什么需要帮忙的吗？"

我赶紧摆摆手："哪能天天麻烦你。"

"你那位旅伴呢？"

"旅伴？"我一下没反应过来，但马上想到她问的是张进步，就转身朝张进步那边望去。

第十三章
"中国人不可信"

哎哟，真是辣眼睛。沙滩排球场上，张进步正跟几个洋妞打球，远远看去，像个站着的黑毛猪，在洋妞身边窜来窜去，臃肿而笨拙，逗得周围的人乐成一团。我脸上一阵发烫，真想说自己不认识他。

"你这位旅伴很有趣呀。"我看出她是出于礼貌，尽量克制着让自己不笑出来。

我赶紧转移话题："你来这儿玩吗？"

"我家住在这里。"她说。

"你家？"我惊讶地问，"住这里？"

她看我吃惊，反问道："有什么问题吗？"

当然没问题，人家愿意住哪里就住哪里，关我什么事。游老爷子说，海边很多渔民在陆地上都没有房子，常年都以船为家，漂泊在大海上。这里两座山，虽说小了点，住千百个人没什么问题。

"我在这里住了二十多年了。"

"我们这些在陆地上长大的人，没法理解住在海洋里的感觉。"我赶紧解释。

她说："其实都是一样的。"

这时我想起该问她名字了："真不好意思，上次麻烦您了，还不知道您怎么称呼。"

她认真地说："我的名字叫锦乡，您呢？"

我说："我叫马龙，锦小姐，我想向您讨教个问题。"

锦乡突然捂着嘴笑起来："不好意思，我没说清楚，我姓尚，锦乡是我的名字。"

"你姓尚？！"我惊喜交加，忍不住大叫一声，把尚锦乡狠狠吓了一跳，看她的表情透出的信息应该是——这是个神经病吧？

我压抑着激动的心情，赶紧向她道歉，请她稍等一会儿。我一口气狂奔到排球场，拉起张进步就跑。

张进步听到这个女孩姓尚的消息，明显惊诧了，嘴里喃喃吟出两句诗："真是踏破铁鞋无觅处，得来全不费工夫啊。"

我对尚锦乡说："尚小姐，我们找你有特别重要的事，这里说话不方便，附近有没有人少的地方，我们坐下来说。"

尚锦乡沉思片刻，点点头，带着我们绕过椰子摊，沿着台阶，上到一个石头砌成的平台。这里有一个冷饮车，两把太阳伞，伞下摆着沙滩椅。我们坐了下来。

尚锦乡问道："马先生，有什么事，您说吧。"

我直截了当地问她："尚小姐，不知道您和琉球王国尚姓王族有没有关系？"

尚锦乡坦然相告："我就是琉球王族的后裔。"

张进步和我对视一眼，问："尚小姐，你怎么才能证明你是王族后裔呢？"

这样问很不礼貌，但尚锦乡并未在意，她笑着说："琉球已经亡国百年，我似乎没有必要冒充吧？"

我赶紧说："我们没有恶意，只是事关重大，想确证一下，请不要在意。"

也许是看我说得慎重，尚锦乡有点疑惑，她说："这也不是什么秘密，我们这一脉在这座岛上居住几十年了，周围的人都认识我们。你们可以去打听。"

张进步说："我怎么听说，琉球王族后裔一部分被强行迁居到东京，另一部分在二战时期被日本人屠杀了呢？"

尚锦乡眉头轻皱，没说话。

我瞪了张进步一眼，对尚锦乡说："不要理他，他这个人脑子进水了。我读过一些资料，好像也是这么写的，不过现在网上的资料都是胡编乱造……"

尚锦乡抬起头说："我不是生气，这位先生说的是对的，正是因为发生过这些事，我想起来心情才有些沉重，实在很抱歉。"

张进步又反瞪了我一眼，把刚才我瞪他的还回来。他说："尚小姐，我叫张进步，你可以叫我三哥。"

"三哥？"尚锦乡毕竟不是中国人，开了口，才意识到"三哥"不是个人名，自己笑了。

我看她真的没有生气，就问她："如果史料是真的，那你们怎么……"我一时不知道该如何表达，才能让后面的话动听一些。

尚锦乡问道："你是想问我们怎么活下来的吧？"

我尴尬地点点头。

"虽然发生了大屠杀，但琉球人不可能全被杀光。我的祖父当时并不在琉球，他是在二战结束后，才搬到这个岛上。"

我追问道："日本人知道你们住在这里吗？"

"开始不知道，后来知道了，他们还派人来请我祖父回去，可是祖父不愿回去。他去世后，其他家人都陆续去了日本各地，只有他的小儿子，也就是我父亲，留在了这里。"尚锦乡这么一说，解开了我心里一部分的谜。

"尚小姐，我还想请教一个问题，如果不方便，你可以不回答。"张进步一下子变得有礼貌起来。

尚锦乡点点头。张进步说："琉球复国运动，是民间的自发行为，还是有你们王族后裔在后面推动？"

尚锦乡咬了咬嘴唇，说："这个问题我可以回答，不过在回答之前，我需要先知道你们的身份。"

"我可能也跟琉球王族有点儿血缘关系。"既然她这么坦诚，我也以坦诚对之。

"可能？"

"是的，不过还在猜测阶段。"

尚锦乡笑了："血缘关系有就是有，没有就是没有，怎么能猜测呢？"

我想了想，从包里拿出那个盖章的笔记本，给她看印记图案，问她是否认识。

她接过本子，认真地看了半天说："不认识，像是一朵花。"

我看了一眼张进步，张进步摇摇头，没说话。

我本来想把奶奶的事告诉尚锦乡，没想到她作为王族后裔，竟然不认识这个印记，顿时有些心灰意冷。

"不过，"她抬起头，"马先生，如果你愿意，我可以带你去见我的父亲，他是琉球文化的专家……"

"当然愿意，就是不知道老先生愿不愿意见我们。"

"我父亲是非常好客的人，这个岛上的人都是他的客人。"

尚锦乡告诉我们，这个岛本来是荒岛，她的祖父和父亲是岛上的第一拨居民，后来他父亲跟政府商谈后，取得了岛屿的旅游开发权，岛上其他居民都是他父亲雇佣的员工。

张进步赞叹道："啧啧啧——这里如果是桃花岛，你父亲就是岛主黄药师，那么你尚小姐，就相当于是黄蓉啊。"赞叹完又补充了一句，"尚小姐如果在台湾读书，应该看过《射雕英雄传》吧？"

尚锦乡摇摇头说："很抱歉，我没有拜读过。"

张进步问："你在台湾读的是什么专业？"

尚锦乡说："我在台湾大学读历史专业，研究生时在东亚研究所蔡哲伦先生门下读东亚史。"

我们沿着白色台阶向上，快到半山腰的时候，走进一条岔道。岔道勉强可供两人并肩，两旁灌木丛生，向上交叉生长，几乎搭成穹顶。

灌木丛尽头出现了一片开阔地，一栋木头房子坐落其间，房子用圆木砌成，周围铺着拳头大小的卵石，窗洞和门洞都敞开着。

尚锦乡带着我们走进房子，里面光线暗淡，没有照明的光源。

屋子当中摆了一根黢黑的粗木头，一个穿着深蓝色麻布衣服、披散着灰白长发的老人坐在上面，正在打磨一块奇形怪状的树根。

听见我们进来的声音，他眼皮略微抬了一下又垂了下去。

"阮爷爷，这两位先生是来找我爸的。"尚锦乡对他说。

"哦？中国人？"老人开口问道，却没有抬头。

"对，他们从中国来。"

老人拿起树根，朝窗户的方向看了看，又放下来，嘴巴鼓起来，使劲吹了口气，然后把树根放在旁边。他站起来，拍了拍手，说："中国人不可信。"

说罢，他就转身朝挂着好多树根的一面墙走过去。

第十四章
奶奶是琉球公主

这句话似乎惹恼了张进步，他抢着说："大爷，您这个话说得就太没来由了，可信不可信，总得说个一二三吧，否则我们的民族自尊心可就平白无故受损了。"

"哦？"老人站住，回身看着张进步，"那我要是说出你所谓的一二三呢？"

张进步一挺胸道："那我请你喝酒。"

老人听到他这么别致的回答，竟然没有丝毫兴趣，转过身，朝着满墙的树根走去。

"庆长十四年，萨摩藩主岛津家久，受德川家康指示，命桦山久高为主帅，率战船八十艘，军士三千人攻击我琉球。尚宁王向大明请援，明朝万历皇帝坐视不理，以至于我琉球都城失陷，尚宁王受辱被俘，乞降乃归。此为一。"

老人一边说，一边从墙上取下一块剥了皮的干树根，仔细端详许久，又挂回原处。

"明治四年，日本天皇欺我国中无人，强制将我琉球王国改为琉球藩，剥夺我琉球王国国号及独立外交权。同治五年，日本海军公然阻止我国向宗主国大清进贡，要求我国断绝与大清宗藩关系。尚泰王遣使觐见清同治皇帝，请求主持公道，大清置之不理，以致我琉球丧权辱国。此为二。"

反反复复地挑选，老人终于选好一块树根，形似海马状。他回到刚才的位置坐下来，用一把乌黑的小剃刀，刮上面的毛刺。

"明治十二年，日本内务省松田道之代表明治天皇传旨，强迫琉球改制，奉日本年号，并入日本。尚泰王与臣民苦苦抗争，并向大清国求援，可是清国光绪帝不闻不问，以至于我琉球王国被日本吞并，尚泰王与王室被迫乘东海丸号迁往东京，国人自杀殉国者甚众，千年古国从此断绝香火。此其三。"

老人缓缓说完，突然使劲用剃刀削掉一块树皮，抬起头，看着我和张进步，长叹一声说："这就是你们要的一二三，满意吗？"

琉球亡国的这段历史，来日本之前，我在网上查过，大致了解一些，没什么感觉。但经这位阮姓老人如此讲出来，却是声声血泪。正不知道该如何回答，突然听到门外一声大喝："说得好！"

一位穿着朴素、温文儒雅的中年人走进来。

尚锦乡一看见来人，就笑着走过去说："爸，你怎么还偷听呢？"

中年男人说："我散步经过这里，听见阮老讲历史，就站在外面多听了一会儿。"

他看见我和张进步，就问："原来有客人啊，难怪阮老今天兴致这么高。"

我赶紧走上前去，向他伸出手说："尚叔叔你好，我叫马龙，这是我的朋友张进步，我们从中国来。"

中年人握住我伸出的手，既客气又随意地说："这两年来的中国游客也越来越多了。"

我刚想说话，张进步上前两步说："尚先生，我们不是来旅游的。"

"哦？"听见张进步这么说，中年人脸上露出惊奇的表情。

尚锦乡靠近在她父亲的耳朵边嘀咕了两句，中年人脸上的笑意慢慢消失了，眼神炯炯地盯住我，像是要在我脸上看出来意。

我赶紧说："尚叔叔，是这样，您是琉球文化的专家，我们专程请尚小姐带我们来向您讨教，想解开一些疑惑。"

中年人似乎意识到自己有些失态了，眼睛转向旁边的老人。

"在阮老师面前，不敢妄称专家，我那点儿浅薄的学问，都是他教导的，你们有什么问题可以向他请教。"

老人家听他这么说，摇了摇头："都是些前尘往事了，没什么好说的。"

"尚叔叔，我们无意中见到这个图案，有人说这跟琉球王国有关，不知道您怎么看。"我翻开笔记本给他看。

中年人只看了一眼，就摇着头说："琉球文化博大精深，我不敢大言不惭说精通，在我有限的视野内，并没有见过这样的图案。"

"哦。"我失望地把本子合起来，"谢谢您……"

这时候，旁边一直默不作声打磨树根的老人突然说："拿来给我看看。"

我看了一眼尚锦乡，她轻轻点点头。

我把本子拿给老人，他抬起眼皮，瞥了一眼，只瞥了一眼，便扔下手里的东西，一把从我手里抢过笔记本，脸上的表情似笑似哭，瞬息万变。

尚锦乡的父亲看到老人如此激动，赶紧走过来。

"阮老……"

阮姓老人猛然抬起头，直直地盯着我，厉声喝问："这是从哪里来的？"

我被他瞪得有些发慌，一时不知道从何说起。

张进步赶紧接话："这是在那霸市内一个老人的小摊子上印的。"

老人微微点头，眼睛盯着我们，却似看非看，眼神深邃而沧桑，似乎装满了故事。

尚锦乡走到老人身边，把手放在他的肩膀上。

"阮爷爷——"她的声音轻缓而缥缈，仿佛是在远方呼唤老人归来。

阮姓老人听到尚锦乡的呼唤，缓缓回过神来，看着尚锦乡，眼神里多了几分慈祥。

"哦，真是老了，总是不知不觉就走神了。"

他说着把本子合起来，还给我，说："这个东西跟琉球王国没有关系，你们走吧。"

在场所有人都目睹了老人的异样，如果说没有关系，恐怕没有人相信。我和张进步面面相觑，虽然没说话，但可以看出我们谁都不想放过这唯一解开谜团的机会。

张进步先我一步，他说："阮老，您是不是以前见过这个图案？"

老人已经恢复了先前的漠然，摇摇头说："没有。"

"可是……可是您明明已经认出了图案，我们不远千里从中国来，就是为了寻找答案。"

这时尚锦乡的父亲说话了："你们刚才不是说这个图案是在那霸市内印的吗？"

我说："是的，这个本子上的图案是在市内印的，可是……"

我说着主动从包里掏出一个仿制的吊坠。

"它跟这个吊坠上的图案一模一样，我们这次来日本，是为了探求这个吊坠的秘密，只是刚好在那霸遇见了游老爷子，才盖了这个印章。"

我把吊坠递到众人面前，尚锦乡的父亲刚要伸手去拿，阮姓老人浑浊的眼睛里却精光一闪，伸出手阻止了他。

　　老人盯着吊坠，对我说："孩子，这个东西可以让我看看吗？"

　　我把吊坠放在老人手里，他双手颤悠悠地捧着它，就像捧着价值千金的宝贝，泪水顿时夺眶而出，一边哭，一边笑，嘴里念念有词，却一句也听不懂。

　　看着他如此激动，一时间我有些手足无措，眼睛看向尚氏父女。可是他们也显得莫名其妙，眼睛里满是疑问。

　　一阵漫长的沉默后，老人的情绪缓和下来。

　　他颤颤巍巍地站起来，握住我的手说："孩子，告诉我，你说的都是真的？"

　　我心想，我没说什么呀。但此时此刻，我也只能点着头说："阮老，我保证我说的每一句话都是真的。"

　　老人说："好，那你告诉我，这个吊坠是从哪里来的？"

　　我看着老人的脸，想了大约有三秒钟，决定把我知道的一切都告诉他。

　　这时候，尚锦乡的父亲突然插话："看起来这是个需要讲很久的故事，这里不是说话的地方，不如到我那边，大家一边喝茶一边聊。阮老，您看呢？"

　　老人点点头，说："好。"

　　通往尚锦乡父亲住的地方，需要经过一片黑白森林。

　　一路上，阮姓老人都紧紧抓着我的手，似乎担心我会随时跑掉。

　　穿过黑白森林后，已经可以看见山下面蔚蓝的大海了。

　　沿着一条石台阶向下，峭壁突出的平台上，有一处庭院。它占地约一亩有余，大门外的平台靠崖的一边，间隔一米多就立着一根石柱子，柱子之间拉着有儿臂的铁链。围墙约一米五高，用石头堆砌而成，爬着苔藓和藤蔓植物。门檐简洁，微微向上弯起，两扇大门用桧木做成，看上去非常古老。

　　院子不大，满铺石板，左右两边各有两个花坛，五彩缤纷。亭子坐落在院子的东南角。

　　尚锦乡的父亲指着亭子说："阮老，房子里有些闷，要不就坐在外面亭子里，我拿茶来泡。"

　　阮老点点头，拉着我朝亭子走去。上台阶的时候，我搀扶了他一把，他对我说："没事的，别看我快九十岁了，你爬山不一定能爬过我。"

我听见张进步在后面惊讶地叫了一声："快九十岁？怎么可能？"

阮老少见地露出一丝笑容，回头说："我是1924年出生的，你算算多少岁了？"

尚锦乡把茶碗放在亭子中间的木质方桌上，加好茶叶，叶色深绿，叶形蜷曲，形似碧螺春，却颜色更深，等加入沸水，一股清香扑面而来。

尚锦乡的父亲端起茶杯抿了一小口，微笑着说："来者都是客，在交谈之前，我们先认识一下。我叫尚儒，是锦乡的父亲。"

他轻指着阮老说："这位是阮老，是我的老师，我从十多岁起就跟着阮老学习，一直把阮老当作我的父辈。两位也请自我介绍一下吧。"

我代表张进步介绍了我们两个。

"我们来日本的主要目的是受我的祖母所托，把她的骨灰送回故乡，叶落归根。"

尚儒问："哦？你祖母是日本人？"

我点点头，说："是的，更具体地说，应该是琉球人。"

听我这么一说，对面的三个人都有些意外。

尚锦乡问："那么我冒昧猜测，刚才您的那个吊坠，是您奶奶留下的吧？"

"是的，是我奶奶去世之前留给我的。"

尚儒看着阮老，轻轻地叫了一声："阮老——"

阮姓老人似乎恍惚了一下，才回过神来，抬头看着我，良久才对我说："孩子，你知不知道你奶奶是什么时候去的中国？"

"应该是1943年，她是随军护士。"

老人的眼神明显激动了，他身体往前探了探，继续问我："那你知不知道她叫什么名字？"

"我一直以为她叫章明，身份证上是这么写的，可是去世前她告诉我，她叫尚敏。"

"什么？！"老人呼啦一下站起来。

"她是这么说的，很多事都是在她去世前才告诉我的。"

阮老压抑着激动，缓缓坐下来，说："孩子，请你把你奶奶的故事，给老头子我讲一遍，可以吗？"

我把奶奶去世前讲的故事，从头到尾，一字不差地讲了一遍。除了阮老和尚氏父女外，张进步也是第一次听我如此详细的讲述。

奶奶临终前，讲了一个我闻所未闻的故事。

她说自己是琉球国人，原名叫尚敏。1943年6月，十八岁的她以随军护士的身份，跟随侵华日军来到中国，开始在天津日本陆军医院工作。

1944年，她随日军进攻长沙，留驻在长沙军营医院内，一直到日本投降。

等到日本投降的消息确定后，汉奸和日伪分子如惊弓之鸟，纷纷逃窜，军队里的死硬分子不甘心失败，以烧毁枪支弹药和相关军用物资抵制投降，民居也被烧毁，长沙城内火光四起，浓烟密布。被烧了房子的当地百姓愤怒之下冲击了军营，医院被捣毁。奶奶和同事们四处躲避，后来就和同事们走散了。

在此四个月之前，奶奶就已得知，日本军国主义者对琉球下达"玉碎令"，对琉球居民发动了大屠杀，奶奶在琉球的几十万同胞都惨死在法西斯的屠刀下。

她虽牵挂家人的安全，可是兵荒马乱，没有回去的路径，她孤身一人，举目无亲，只好扮作流民，辗转流离，随波逐流，经宜昌，来到重庆。

奶奶从小学习中国话，对中国的风土人情也有一些了解，便声称自己是福建人，和家人来内地投亲，遇到土匪，家人走散了。当时，重庆汇集了几百万外地人，到重庆以后，她就在嘉陵江边帮人洗衣为生。

机缘巧合，她在码头上认识了身材魁梧、为人豪迈仗义的爷爷。爷爷叫马汉生，在当地的棒棒[2]中很有威望，手下带了几百个棒棒，经常帮军队搬运物资，在军队里认识很多熟人，还和别人合伙办了黄包车行。我爷爷托人帮奶奶办了新的身份证，改名叫章明，并安排她到自己合伙的黄包车行帮忙记账。

1949年仲春时分，国内局势混乱，国民党在战场上节节败退，我爷爷得到了内部消息，心里不安，跟合伙人商量决定卖掉车行，换成现大洋，各自带着钱回老家先躲一阵子。也是这天，爷爷对奶奶说："小明，你无亲无故，就跟我走吧，如果你愿意，我今天就娶你。"

他的语气不容置疑，完全没有任何征兆，突袭之下，奶奶说自己当时鬼使神差，竟然丝毫没有犹豫就答应了。当天晚上，爷爷请了合伙人当媒人，在一家苏州人新开的饭店里举办了婚礼。

卖掉车行后，爷爷带着奶奶先是坐大船，沿长江游览，到涪陵后，换厚板船进

2　重庆方言，指挑夫、脚夫、苦力。

入乌江。一路都是激流险滩，但我奶奶毫无惧色，她告诉我爷爷，她生来水性好，在活水河道里，游几千米没什么问题。他们日行夜宿，不几日，船到了爷爷的老家酉阳境内。

一日暮色时分，小船终于靠岸，爷爷担着行李，带着奶奶沿便道往山上走。入夜时分，两人才进了寨子。

附近村寨都是土家族聚居区，爷爷告诉奶奶自己的父亲是土家族，母亲是汉人。但他年少时，一场传染病就夺走了双亲的生命。

他打小一个人，靠上山采药卖给收药材的人才活下来。后来，他偶然知晓，药材只要运到重庆，价格可以翻多倍，他就动了心思，自己背着药材，走水路到了重庆，才知道世界如此之大。

之后，我爷爷成了草药贩子，进山收草药，运到重庆卖给药铺。他天生聪慧，人又老实肯干，贩卖草药时便向熟识的药店老先生们讨教药性，久而久之，也学会了自己配药。后来毛遂自荐替袍哥大佬石孝先的小女儿治病，得到这位大人物的帮助，并行礼拜了师，从此在重庆一步一步做起了自己的事业。

回到寨子的第三天，爷爷和奶奶举办了隆重的婚礼。由于爷爷人缘好，除了本寨的亲人，周围几个寨子的亲朋好友也都送来贺礼。

婚后，奶奶向爷爷坦承了自己的身世，爷爷并不惊异，并向她保证，一旦局势好转，就跟她一起回琉球探亲。谁曾料想，这个保证，一直到现在也没能实现。

爷爷曾想过回重庆复出，但被奶奶劝阻了。奶奶说，住在寨子里，过着安稳的生活，不愁吃不愁穿，不需要再去提心吊胆蹚浑水。爷爷虽然不甘心，但也没有坚持。

后来，重庆传来消息，爷爷的师父石孝先被解放军军管会叫去谈话，回来后胆战心惊，竟然服毒自杀了。爷爷摆香案烧纸钱，为这个挂名师父隔空祭奠了一回。

自此以后，爷爷的心算是安定了下来。

时间长了，奶奶就和爷爷商量开了个药铺，不为赚钱，就是方便给乡亲们抓药。

如此过了三四年，奶奶怀孕了。

在奶奶怀孕第七个月的一天晚上，上山采药的爷爷带回一个人，那人浑身是血，发着高烧，神志不清。

奶奶为他检查了伤势，发现是枪伤，一枪在肩头，一枪在肋下，万幸的是子弹卡在了肋骨上，没有伤及内脏，但出血严重，必须立即动手术。

爷爷告诉奶奶，这人就是土匪李哈儿，发现他时，他已经在山崖下昏迷不醒。爷爷看李哈儿还有呼吸，念及是旧识，就把他救了回来。

奶奶一听是土匪，害怕引祸上身，不想救他。可是爷爷说自己是江湖人，要讲究江湖道义，不能见死不救，否则关二爷会降罪。……奶奶终究还是被说动了。

因为家里设施简陋，奶奶点燃烧酒给短刀和钳子消毒，在爷爷的配合下，把李哈儿的子弹取出来，并用针线缝合了伤口。

李哈儿也是命大，当天晚上就退烧了。

第二天清醒后，他非要和我爷爷拜把子。爷爷不愿意沾惹这种刀口上舔血的人，就推脱说等他身体好了再说。

奶奶看李哈儿一脸凶狠，就私下对爷爷说，等李哈儿能走动了，马上打发他离开寨子，否则可能会带来祸害。

几天后，李哈儿能下地走动了，他对自己的救命恩人感激涕零，但看爷爷对结拜不热心，也就不再提。

奶奶担心的事情还是发生了。李哈儿在寨子里闲逛时，遇到了美丽的少女素素，他出言不逊，被素素的哥哥吉竹看见，双方发生争执。李哈儿身体有伤，拿出枪吓唬兄妹俩。刚好阿巨老人经过，以为是土匪抢劫，开枪警告，反而被李哈儿开枪打死了。吉竹见状上去抓住李哈儿，素素去叫人。李哈儿凶性大发，又开枪打死了兄妹俩。

等大伙儿拿枪出来，李哈儿已经没了踪影。

爷爷知道后，怒火中烧，五内俱焚。他为李哈儿的禽兽行为愤怒，也为自己救了如此恶毒之人而悔恨。他强压着怒火，咬着牙关向乡亲们保证，自己一定会把李哈儿抓回来，用土家山寨对付仇人的方式惩罚他。

当天晚上，他翻出自己多年未用的长刀和猎枪，一句话也不说，缓缓擦着，直擦得枪管黝黑，刀刃雪亮。奶奶没有劝爷爷，默默地为他准备出门的干粮和行李。

次日凌晨，出门前，爷爷对奶奶说："我没听你的话，事已至此，后悔没用，只有把李哈儿抓回来，才有脸再见乡亲父老。你放心，我从小在这里长大，每一棵树，每一块石头我都熟悉，在这群山之间，我就是王。少则三五天，多则一月，我一定回来，看着我们的孩子出生。"

爷爷这一走，再也没回来。三个月之后，我的父亲出生了。

奶奶独自带着父亲，在这片陌生的土地上生活着。她每天上山采药，回来后加工，一个人开着药铺。

几年后的一天，因为爷爷在旧社会的袍哥身份，县政府来了人，要调查爷爷的"流氓恶行"。可是爷爷失踪已久，杳无踪迹，来人要把奶奶带回去审查。

消息不胫而走，乡亲们都自觉跑来，为奶奶求情。

看此情形，县政府的人提出要求，只要奶奶公开宣布跟爷爷离婚，划清界限，就不再追究。可是奶奶坚持自己是马汉生的结发妻子，就算他已经死了，也绝不离开他。

于是，她和刚学会走路的父亲被带回了县政府，要被以"坏分子"家属的身份批斗。

批斗还没开始，县政府就被围了。几百土家猎户，扶老携幼到县政府请愿，要求释放我奶奶。县政府的官员被吓了一跳，赶紧派人调查。原来这些年来，奶奶免费为十里八乡的乡亲们治病，在周围村寨里有很高的威望。

为了不激化民族矛盾，县政府最后只是以"无证行医"的理由对奶奶进行了口头教育，教育完就让回家了。

此后，奶奶就一边带着父亲，一边行医。

寨子里的人想在祠堂里给爷爷立个灵位，但被奶奶拒绝了，她坚信爷爷并没有死。

父亲到了上学的年纪，寨子里没有学校，要步行二十里到镇子里上小学。奶奶不愿意让儿子每天奔波，就自己在家里教他读书写字。后来族长专程来跟奶奶商量，让她在寨子里开个学校。

奶奶接受了任务，又一个人操办起了村寨小学，所有的课程都由她一个人教。学生们参加全镇的考试，成绩都名列前茅。镇上的学校想请奶奶去当老师，奶奶不同意，她说自己要在家里等爷爷回来。

等父亲到龙潭县中学读书，奶奶仍在寨子里操持小学。

每天放学后，校门外都有远道而来的乡亲等着瞧病，生活繁忙而充实。

除了对爷爷的牵挂，她最大的愿望就是回老家琉球一趟。虽说国内已经不打仗了，但复杂的政治环境，并没有给她回琉球老家探望亲人的机会。

父亲高中毕业后，放弃了到乡镇当宣传队队员的机会，也回到寨子里当老师。

直到1977年的秋天，镇里传来消息，国家恢复了高考。当时父亲已经二十三岁，不愿意离开这片生他养他的土地，但奶奶毅然说服他，和他一起到县城报了名。

当年冬天，父亲参加高考，顺利考上了西南民族大学的动物学专业。

......

　　在这个过程中，庭院里除了我在讲述之外，宁静无声，太阳拽着时光缓缓移动，清风和往事轻轻掠过。

　　我讲完老半天，没有人说话，我看见阮老泪如雨下，却没有动手去擦拭，任凭泪水滴到衣服上。

　　尚锦乡也听得眼圈泛红，尚儒沉默不言。

　　张进步首先晃过神来，他轻轻咳嗽了一声："哎，真是曲折离奇，比电视剧还精彩呀！"

　　尚锦乡拿过来几张面巾纸，递给阮老。

　　阮老平静地把脸上的眼泪擦掉，轻轻咳嗽了一声，对我说："孩子，你知道你奶奶是什么人吗？"

　　我说："我猜她应该是琉球尚氏的后裔吧。"

　　阮老沉重地点点头说："你说得对，她不仅是尚氏后裔，而且是琉球王族直系的公主。"

第十五章
召唤海上神兵

◄ ‖‖‖‖‖‖‖‖‖‖‖‖‖‖‖ ►

"啊？！"

我和张进步对此已经有了心理预设，没那么吃惊。反而是原本看着冷静沉着的尚儒，在听到这个消息时，惊讶地叫出声来。

阮老看着尚儒说："是的，我一直以为这段历史会跟我一起进棺材，想不到啊……想不到敏子竟然留下了后人，而且还千里迢迢找回来了。"

张进步问："阮老，您认识马龙的奶奶啊？"

阮老的泪水再次夺眶而出，把张进步吓了一跳。

"您别这样啊……"

阮老赶紧摆摆手说："老人家一想起前尘往事就忍不住激动，让大家笑话了……"

尚锦乡走过去扶着他的肩膀问道："阮爷爷，这究竟是怎么回事？"

阮老擦掉眼泪，握住尚锦乡的手，慈爱地看着她说："锦乡，从今往后，不要再叫我阮爷爷。"

"为什么？"尚锦乡不解，转头看着尚儒。

尚儒也一脸疑惑。

"还有你，"阮老盯着尚儒说，"以后也不要再称呼我阮老。我不姓阮，姓尚，我是琉球王国尚泰王的世子孙尚邦。"

骤然之间，阮老凌乱的白发随风起舞，神情不怒自威，说话铿锵有力，一点儿都看不出这是一个快九十岁的老人。

"您是世子孙尚邦？"尚儒大惊失色，猛然站起来，差点撞翻了桌上的茶碗。

阮老，不，尚邦老人面带微笑，说："对，我就是尚邦。"

"您不是在1945年大屠杀时……"

老人点头说："是的，当时已经是太平洋战争的末期，美国在琉球群岛发动登陆战，日军节节败退，琉球驻军司令牛岛满下达玉碎令，疯狂屠杀琉球国民。我当时正在琉球，亲眼看见日军犯下的滔天罪恶。在琉球复国运动的帮助下，我才逃离屠刀，我发下血誓要让琉球王国独立自治，绝不再受日本人的血腥压榨。"

老人说得咬牙切齿，我们似乎能切身感受到他体内的愤怒和仇恨。

"此后的二十多年，我隐藏身份，联络仁人志士，想方设法向国际社会请愿，却始终无人关注。后来我们知道美国人迟早要把琉球交给日本统治，就变了战略，发动了一次又一次反对美国驻军的暴动。"

"后来呢？"张进步问。

"后来，直到1970年末，美国军人开车肇事，撞死撞伤我琉球国民，民怨沸腾，我率领所有人攻击了美军基地，美军开枪射击，死伤多人。我在当夜的暴动中，被美军用金属警棍砸伤脑袋，被一位游姓年轻人所救……"

"游老爷子！"我忍不住惊叫起来。

尚邦一愣，问我："你认识他？哦，我知道了，你们盖的那个印章应该就是他刻的吧？五十年过去，他也老了。"

眼前的老人，原来就是游老爷子找了五十年的尚氏王族后人。

"哦，哦，哦！"张进步摇头晃脑，"这剧情真是比美剧都复杂了，挖下这么多大坑，什么时候才能填得上啊！"

尚邦听到游老爷子对他的情谊，不胜唏嘘。

"游先生是我的救命恩人，我应该回去看他的。可是我心灰意冷，完全放弃了复国运动，也埋葬了自己的身份，改名换姓，自称阮籍，如行尸走肉般，自欺欺人，虚无放浪，想就此了却残生。"

尚邦把脸转向尚儒，对他说："直到几年以后，我无意中来到二松屿，遇到了七叔尚适。那时他的身体情况已经不太好，他劝我留下来。按他的说法，我是第二代的希望，如果就此沉沦，琉球可能从此真要在这个世界上消失了。"

尚邦喝了一口水，继续说："我告诉他，我曾努力奋斗过，可如果琉球注定要消失，我也没有拯救的能力。但七叔说，复国大计不是一代人就能完成的，必须持之以恒，我们老了，还有年轻人，年轻人也会老，最重要的是香火不能断，精神不能断。他让我留下来，当你的老师，把琉球永不放弃独立的梦想传下去。于是我只好留下来，至今也有四十多年了。"

尚儒站起身来，躬身便拜："兄长，你辛苦了！"

尚邦一动不动，坦然接受了他的参拜。看来身份一旦明晰，规矩就得立起来。

尚锦乡也给尚邦行了礼。一阵烦冗的礼节过后，尚邦转向我，目光慈祥。

"孩子，你是不是很想知道我和你奶奶是什么关系？"

我赶紧点点头。

"她是我的亲妹妹。"尚邦轻声说。

一个接一个的消息炸弹，炸得我头昏脑胀，瞠目结舌，愣在原地。

张进步在旁边推着我说："哎——发什么呆呢，这可是你舅姥爷呀。"

"舅姥爷？"我下意识问。

尚邦又告诉我们，1941年日军偷袭珍珠港，太平洋战争爆发。前期，日军依仗先发制人的强大攻势，在战场上占尽优势。可是随着美军战略调整，局面发生了扭转，尤其是中途岛海战，美军以少胜多，大败日本海军，取得太平洋战区的主动权。

日军情报部门不知道从哪里得到一个消息，说是琉球王国王族手里有一把神秘的钥匙，可以打开上古文明的结界，召唤海上神兵。

刚开始日军高层没人相信，但是从欧洲的盟友纳粹德国传来消息，纳粹领袖希特勒专门成立了秘密部门，研究上古失落文明，以求获得统治这个世界的强大力量。日本军国主义者也不甘落后，以此为契机要求情报部门，深入调查"琉球神兵"。

尚邦作为琉球王世子孙肯定是调查重点。

为了保护所谓的"钥匙"，他安排自己的妹妹，以随军护士的身份去了中国。为了转移军方注意力，他离开东京，偷偷回到琉球，暗自组织了琉球复国运动。

但当时的复国运动只是个幌子，并没有什么实际行为，可还是分散了情报部门的注意力。

战争后期，美国完全掌控了太平洋上的战争主动权，日军节节败退。为了挽救战局，死马当作活马医，军方花大精力在海上寻找"钥匙"和"结界入口"，除了组织大量琉球文化专家研究，还抓捕了琉球王族旁系，威逼利诱，希望能挖掘出有效的信息。

要说日军得到了什么信息，没有人知道，但要说一无所获，也不敢肯定。

尚邦说，大约是 1945 年 3 月，日军曾两次派出军舰，搭载战机从冲绳军事基地向东南出发，名义上是支援硫磺岛。但当时日军只想集中海空力量，把美军太平洋舰队主力摧毁在冲绳岛海域，用陆军部队坚守冲绳岛，争取时间，加强本土防御，以备本土作战。在这种情况下，援助硫磺岛，无异于扬汤止沸。

所以，尚邦分析，当时日军肯定是得到了什么线索，出海去寻找。不知道什么原因，派出去的军舰和飞机再也没回来。

4 月初，日军就下达"玉碎令"，对琉球发动了惨绝人寰的大屠杀。琉球文化专家和被抓捕的琉球王族全部被军方灭口。理由是担心战败后，琉球人会和中国人一起报复日本，所以要先下手为强。

尚儒父亲就是在那时候，提前得到消息逃出来的。

张进步插话问："舅姥爷，你们说的这个'海上神兵'究竟是真的存在呢，还是只是王室为了愚民，造出来的一个图腾崇拜？"

尚邦摇摇头，没有说话。也不晓得究竟是没有，还是他也不知道的意思。

张进步左看右看，不知道这是啥意思。

坐在旁边的尚儒说："很多事物，我们没见过，却不能说就不存在。海上神兵在民间也有流传，而且说得很清楚，只有在琉球遇到劫难时，国王本人或继承者才有召唤神兵的权力。"

"是这样。"尚邦说，"不瞒诸位，作为世子孙，我掌握了比别人多得多的信息，琉球历史上有过召唤神兵的记载，并非无稽之谈。"

"可是琉球国几百年来遭遇了这么多劫难，为什么神兵就没有出现呢？"作为一个现代人，我对这种神仙鬼怪的说法不以为然。

"问题就是出在这里，1609 年萨摩藩对琉球发动攻击时，尚宁王曾按祖宗之法召唤神兵，却未见回音，无奈之下，尚宁王不愿见国民被屠杀，才放弃抵抗，出城乞降。到日本明治天皇要灭我琉球时，祖父尚泰王曾再次召唤神兵，仍然徒劳无功，他反躬自省，认为是琉球德行已尽，不再受天神护佑，颁发罪己诏后，宣布退位。"

张进步听尚邦这么说，精神来了，兴致勃勃地分析。

"我们先假设神兵是存在的，不管是真神，还是外星人，在琉球国成立之初，肯定与当时的国王达成协议。不外乎就是你们向他进贡，他们为你们提供安全保障，相当于琉球国王养了一群保安，遇到事就叫他们，有了后盾和靠山，长此以往，王国重文轻武，武力一塌糊涂。当日本人欺负上门时，想叫人却没叫来，又无力抵抗，只好投降。是这样吧？"

在座的人都连连点头，觉得他的分析很有道理。

"那我们分析一下神兵为什么没有来。第一种可能，就是钱没给到位，雇佣兵没雇到。第二种可能，神兵正忙着，既然是神，保佑你的同时也在保佑别人，可能正在帮别人打仗呢，顾不上来。第三种可能，神兵出事了，大清当年不来救琉球，因为自己出事了，自顾不暇，哪还能帮你们，对不对？这三种可能的前提是假设神兵存在，但按照常识来推理，这个前提可能就是假的。"

尚锦乡问："伯伯，你知道神兵是怎么召唤的吗？"

第十六章
手握神兵百万

"锦乡，这不是你该问的。"尚儒突然很严厉地说，"王国如今虽然不在了，但王族的规矩不能破坏，召唤神兵，都是世子一脉的权力，我们不该僭越。"

"哦。"尚锦乡吐吐舌头，做了个鬼脸。

王族不能问，我一个外人自然也就不好开口问。

"阮老……舅姥爷，"我对突然认的这个亲戚还有点不习惯，"您刚才说我奶奶去中国是为了保护钥匙？"

尚邦说："是啊。"

"那么钥匙呢？"

"钥匙就在你手里。"尚邦微笑地看着我。

我低头看自己手里，却看见了吊坠，把自己吓了一跳。

"是它？！"

在场所有人的目光死死盯住在空中摇晃的假吊坠。

我上洗手间的时候，张进步也追过来。

他说："想不到你小子囊中空无一文，却是手握神兵百万啊。"看我不搭理他，他又说，"老板，作为你的司机，我得提醒你，尚锦乡是尚邦的侄女，尚邦又是你奶奶的哥哥，那按辈分推算下来，你得管尚锦乡叫姨。"

这事儿我也觉得好笑，半路遇到个美女，竟然莫名其妙成了自己的姨。我无奈地笑着摇了摇头。

张进步叨叨个没完："你别摇头啊，姨就是姨，再年轻也是姨，辈分在那儿呢。"

我们穿过长廊，来到一处小花园内的餐厅。两面满月圆窗透风，青色花纹大理石地面，一面白墙上挂着山水浮雕四条屏，看上去有些年头了。深色的木质圆鼓餐台和桌凳，桌面上已经摆好了菜。

等人都坐下来，尚儒说："有两种酒可供选择，一瓶是矶自慢的纯米大吟酿，另一瓶是那霸市内的火鬼烧酒，都是我藏了好些年的酒，不敢独享，今天拿出来与大家共饮。"

张进步抢着说："火鬼我已经领教了，还是喝点低度的吧。"

尚儒亲自给大家倒酒，众人都端起酒杯，互相碰过，一饮而尽。

吃了几口菜后，我给大家把酒添上。

"两位长辈，我从中国来琉球的主要目的，是遵照奶奶的遗愿，把她安葬在琉球，她老人家的骨灰还在我的包里。我想问两位长辈，尚氏王族的陵园在哪里，为什么我问了很多人，都没得到一点信息。"

尚邦和尚儒互相看了一眼。

尚儒说："外面人不知道是应该的，王族有一套很繁复的安葬程序，但那应该已经是百年以外的事了。我说的对吧，兄长？"

"对。"尚邦点点头，"琉球灭国以后，按照日本天皇命令，王室的一应程序全都强迫废除，陵园也早已荒废，化为荒丘野冢。"

原来陵园早就荒废了，难怪没有人知道。

我正在思考怎么办，尚儒说："不过，在后面的花园里，有我父母亲和一位哥哥的墓地，你愿不愿意把敏子姐姐也留下来，跟他们做个伴？"

"当然愿意。"我说，"有您在这里，我也就放心了。"

说定奶奶的安葬之事，我的心情一阵舒畅，终于完成了奶奶的心愿，她在天之灵，也算放心了。

张进步对尚锦乡说："我刚还对马龙说，他应该叫你小姨。"

尚锦乡愣了一下才反应过来，笑着说："那你也应该叫小姨。"

我心说，这种事对一个中国生意人来说，有什么难的？不要说真是，就算不是，只要是我客户，别说叫小姨，叫大姨都行。

我端起酒，对着尚锦乡说："小……小姨，以后请多多关照。"

尚锦乡不是那种羞涩型女孩，她笑吟吟地看着我，等我叫完，咳嗽一声，做出一本正经的表情说："那我就以长辈身份喝一杯吧。"

她煞有介事地教训了我几句，一仰头，把大半杯清酒灌进喉咙。

"不过，"她皱着眉头说，"你比我年纪大，一直这么叫，就把我叫老了。以后，除非那种非常正式的家族场合，平常就叫我名字吧。"

我赶紧点头答应。

饭后，在尚儒的带领下，我们几个人绕到庭院后面的小花园。

说是小花园，其实也不小，足足有十多亩地大，依山而建，起伏布局颇有章法，虽没有亭台楼宇，但花木奇石，鳞次栉比，也别有一番味道。

花园的东北角处有两块石碑，上首的是尚锦乡爷爷奶奶的碑，旁边是尚儒的哥哥尚清的碑。石碑上干干净净，看得出经常有人清洁。

"这里如何？"尚儒问我。

我四处打量了一番，花红柳绿，风生水起，自然是十分满意。

由尚儒指定方位，我亲手挖了一个方坑，把奶奶的骨灰匣放进坑里。临盖土之前，我把那个假的吊坠拿出来，放进坑里，跟骨灰盒埋在了一起。

尚锦乡从花园里采来一大捧花，放在新土堆成的坟丘前。

葬礼的整个过程简单而肃穆。尚儒说这几天他就安排人给奶奶刻碑，碑上会刻我的名字。

回去后，尚邦问我怎么打算。

我告诉他暂时没想法，也许再逛几天，也许要回去。尚儒请我和张进步在岛上多待一段时间，我半推半就地答应了。

当天晚上，我问了尚邦一个问题。

为什么二战结束后，我奶奶不回琉球，而是一路到了中国的西南，并长住了下来？

尚邦没有回答，反问我："为什么要这么问？"

我对他说了我的直觉。我说："当初我不知道奶奶为什么去中国，您解释说她去中国是为了保护钥匙。但是保护钥匙这么重要的任务，何必非得去战争前线呢？

万一有什么不测，人与物不就两空了吗？据此，我猜测她去中国的原因，没有这么简单。这只是一方面。

"另一方面，作为王族的神兵之钥保护人，二战结束，危机自然就解除。可是奶奶不仅没有回日本或回琉球，反而扮成难民，跋山涉水，到了当时中国政府的陪都重庆。这绝不是在逃难，倒像是专程去找什么东西。"

白发苍苍的尚邦惊异地看着我，就像看濒危动物。

过了好半晌，他轻咳一声，缓缓说："你真是遗传了敏子的冰雪聪明，她有你这样的孙子，生前应该很得意吧？"

"我离奶奶的要求还远着呢。"我笑着说，"至少她在临终前为没抱上曾孙子仍然耿耿于怀。"

尚邦突然问我："你觉得锦乡怎么样？"

我说："挺好啊，高级知识分子，性格开朗，长得也好看……"

我正信口胡诌，却发现坐在对面的这位舅姥爷看我的眼神多了些什么东西。

"舅姥爷，"我惊叫道，"你不会是想撮合我们两个吧？你别忘了，她可是我小姨啊，有血缘关系的。"

尚邦说："别紧张，这血缘关系太远了，再说王室有血缘关系的通婚并不少见。不过，我不是他父亲，没有把她许配给你的权力，只是随口问问罢了。"

吓死宝宝了，要说像尚锦乡这样的姑娘，谁看了不喜欢呢？要是介绍给张进步，他一准能跳起来。可那是我小姨呀，虽说像是路上白捡的，按张进步的原话，"姨就是姨，再年轻也是姨，辈分在那儿呢。"

我使劲摇了摇脑袋，把这些杂念赶出去。

"舅姥爷，我刚说的，你方便给我说说吗？"

尚邦摇了摇头："你让我先想想，看怎么说才合适。"

"行。"

对这些事，我的兴趣没有表现出来的大，只是因为事关奶奶，想了解一些罢了。

这时，张进步哼着小调进来了，刚才尚儒以喝酒的名义叫他出去，他也装作不能忍受新鲜三文鱼的诱惑，跟着去了。其实他也知道是我有些疑问想问尚邦，如果他在，尚邦可能不太方便回答。

看上去，他喝了不少，压箱底的《十八摸》都哼出来了，真没法理解他一个九零后在哪儿学了这么多糟粕调调。

张进步见我们俩还在喝茶，自己搬了把椅子，斜靠着，喝了一大口我新沏的热茶，喉咙里发出舒服的呻吟声，就像颅内高潮突发，让我听着好生尴尬。

没过一会儿，呻吟就变成鼾声。

尚邦说："这孩子年纪小，倒是活得通透。"

我笑着说："年纪小，经历丰富。"

我和尚邦一边喝茶，一边随意聊着，但一直到深夜，他也没有回答我奶奶为什么去中国。

把张进步扶回房间，安顿他睡下。我到浴室冲了个热水澡，洗去了一整天的疲惫和亢奋，躺在床上回想这一天，宛如经历了别人的半个人生。

奶奶平稳安葬，让我的心里安稳了许多。但是与此同时，父亲的出走，又成为悬挂在我心上的另一块石头。

第二天醒来，已经是上午，我洗漱后打开房门，正要走出去，听见院子里有人声，听着是尚锦乡在跟人说话。

我一走出房间，就感觉到一丝凉意，穿着短袖的胳膊上起了一层鸡皮疙瘩。

天气阴沉，看上去似乎要下雨。

尚锦乡站在花坛边面朝着我，正跟一个穿着白色运动装、戴帽子的人说话。

她看见我出来，冲我一笑说："早啊，昨天我睡得早，也不知道你们聊到什么时候？"

我正要说话，那个穿白色运动服的人转过头来。

那张写着不满、不屑和不耐烦的独一无二的小白脸，让我瞬间认出了他。

"怎么是你？"

第十七章
奶奶去中国找什么

◀ ‖‖‖‖‖‖‖‖‖‖‖‖‖‖‖ ▶

　　"你认识我？"小白脸本来就表情丰富的脸上，又多了几分惊讶。

　　我当然认识他。

　　如果说大阪当天晚上，在拉面馆里遇到的他，只是一个耀武扬威"富二代"的形象，那么当夜在酒店房间听到的枪声，和他手下人的鬼祟行径，说明他并不是一个简单的角色。

　　后来在那霸市内的饮食街上，再一次看到他，他又从一个黑帮分子变成了贵公子形象。虽然形象多变，但他那张脸，不，应该是脸上的表情之多，信息之复杂，却是让人过目不忘。

　　我摇摇头说："不认识，只是见过。"

　　他皱起眉头，打量着我，似乎想回忆我这张脸。

　　尚锦乡看上去心情不错："两位看来照过面，你们这应该就是缘分吧，想不起来就别想了，不如由我来给你们介绍一下。"

　　"这位是马龙。"尚锦乡郑重地伸手指着我说，"他是从中国来的。"

　　"马龙先生，请多多关照。"

　　没想到我眼里这位复杂多变的人物，竟然对我来了一个标准的九十度鞠躬，只是配上他那种满不在乎的表情，诚意少了一大半。

尚锦乡指着他对我说："这位是伊豆先生，是我念大学时候的同学，他也在台湾读过书。"

我赶紧伸出手说："你好，你好……"

伊豆略一犹豫，就握住我的手，嘴里也问着好。

他的手看着不小，但握着却像个女人的手，不过跟他贵公子的身份倒是很相符。

"咦，有新朋友来了？"

这时身后传来张进步懒散的声音。

他只穿了一件背心和短裤，趿拉着拖鞋从房间里出来，粗壮的身体倒是一点儿也不怕冷。

尚锦乡还没来得及介绍，他就自顾自说："我叫张进步，你可以叫我三哥。"

"三哥？"

伊豆嘀咕了一声，想不到张进步耳朵尖，一下就听到了。

"哎，这孩子真有礼貌，你叫什么呀？"

伊豆又是一个九十度鞠躬，把刚才的话又重复了一遍。

"关照，一定关照，你到中国来，遇到麻烦就提我的名字，保证好使。"

张进步的表现有些异样，他虽然爱自吹自擂，但在陌生人面前却从来不会这样。除非是昨天晚上的酒还没醒，但看他的样子并不像。

他这么说，一般人都会反感，连尚锦乡脸上都有一丝不快。

但伊豆却像没事儿一样，客气地说："一定，有机会去中国，一定上门拜访您。"

尚锦乡对我说："阮爷爷一大早就上山找树根去了，他让我告诉你一定要等他回来，带你到对面的岛上去玩。"

她对尚邦的称呼，从伯伯又变回阮爷爷，大概是当着外人的面，有所不便。

我说："好的，我到门外呼吸新鲜空气。"

张进步却问："有什么吃的吗？肚子里孵出母鸡来了。"

一句话把刚才有些不快的尚锦乡逗笑了，而伊豆却一直似笑非笑看着张进步。

"我去让人做拉面给你吃吧，顺便可以醒酒。"

尚锦乡把我们三个留在花坛边，自己离开了。

张进步问："伊豆，你还是学生吧？"

伊豆莫名其妙，却回答得极其认真："我大学都没读完就退学了。"

"那你在哪里发财呢？"

"发财？"伊豆大概没听懂这个特有含义的词，回答说，"我没有在哪里发财。"

我赶紧解释说："他的意思是问你干什么事业。"

伊豆做出恍然的表情，说："谈不上事业，帮家里做点小生意。"

我们仨就这么不尴不尬地聊着，直到尚锦乡过来说早饭做好了，让我和张进步去吃。

我们邀伊豆一起，他说已经吃过了，找尚锦乡谈一些事。

吃饭时，张进步问我发现了没。我问他："发现什么？"

他说伊豆可能是尚锦乡的追求者。我说为什么不可能是男朋友呢？张进步说他们之间没有情侣的感觉。

我说起伊豆的身份。张进步笑着说这个人不可轻视，他刚才故意逗了几句，伊豆竟然丝毫都不在意，要么是傻，要么是城府深，但很显然不是前者。

快中午的时候，尚邦还没回来，天气越来越阴，海上隐隐传来雷声。站在大门外的平台上，凭栏观望，海上有一种死寂般的平静。

我和张进步沿着昨天来的路，经过黑白森林，到尚邦昨天雕刻树根的木房子里找他。

因为天色阴沉，黑白森林里的树木显得更加死灰，恍惚有一种世界尽头的感觉。

林子里传来一声苍老的咳嗽声，把我们吓了一跳，原来是尚邦。

九十岁的他背着一个大竹筐，手里还捧着一块漆黑的老树根，喘着粗气从林子里钻出来。

我赶紧迎上去，接过他手里的黑树根，也许是干透了的缘故，掂在手里倒是不觉得沉。看他背上的筐子里也有好几块奇形怪状的树根，我就想帮他背着，却被他拒绝了。

"走，先跟我把这些家伙放回去，我带你们到对面的岛上去看看。"

"对面的岛？"

"对，二松屿不是两个岛吗，这个是对外开放的，另外那个岛上有些动物，平常除了尚儒和我，不允许游人上去。"

张进步眼珠子滴溜溜一转，问："舅姥爷，岛上有你们的王室宝藏吧？"

"宝藏？"尚邦哈哈大笑，"岛上是有宝藏，到时给你们看吧。"

我们帮他把树根拿回木屋里。沿着树林里的小径，爬到山的高处，山顶有个瞭望风景的平台，但此时此刻，极目远眺，却只能看见乌云压顶和纹丝不动的海面。

平台的侧面有一间木板搭成的"岗亭"，里面竟然有人，一男一女，他们正挤在一起聊天。

看见有人来，他们从窗口探出头来，跟尚邦说了几句。

男的从里面走出来，带着我们从侧面的台阶，来到吊桥前。桥头上用铁栅栏门锁着，那人拿出一串钥匙，打开上面的铁锁，开了门，朝尚邦点点头就离开了。

吊桥用钢丝绳和木板搭成，除了两边的铁链扶手看着眼晕，走在桥面上非常稳当，只是略微有晃动感。

刚走上岸，张进步就喊叫起来，原来是树上有几只灰褐色的猴子，好奇地盯着我们看。

尚邦笑着说："别看这岛不大，动物不少。"

"马龙，你不是动物学家的儿子吗？这些猴你认识不？"

"肯定不是日本猴，日本猴主要分布在日本的北部，这些应该是恒河猴，也就是我们经常说的猕猴。"

我们胡乱聊着，跟在尚邦后面进了林子里，头上有婆娑枝叶拽头发，脚下有虬结盘根下绊子，一个不小心就会失足摔倒。

张进步嘀咕着问我："舅姥爷不会真是带我们来挖宝藏吧？"

我说："那敢情好，到时候你喊芝麻开门。"

"芝麻开门——"张进步大喊一声，

果然，眼前风景一变，一个水潭出现在我们面前。

水面有几十米宽，微波不兴，幽静深沉，像一块巨大的深绿色镜子深嵌在山顶，可以想象，如果是晴天，水面倒映着蓝天白云，该有多美。

湖边有一个石板搭成的平台和一栋小石屋，爬着青藤和苔藓，看上去年代不短了。

刚到平台上，张进步就一屁股坐下来，挠着自己被虫子叮咬得红肿的腿。

尚邦对他说："你先在这休息，马龙跟我到屋子里谈点事。"

"你们去，我帮你们放哨。"

我跟着尚邦进了小石屋，屋子里光线昏暗，只有门，没有窗户。

等适应了里面的光线，我才看到房子的三面墙都是书架，密密麻麻地塞满了书，有些书看上去非常古老。

屋子中间有两把椅子，一张小几。

"坐吧。"尚邦指着椅子说。

我问："这里是什么地方？"

"这些是琉球王国太平阁内的一些藏书，太平阁是琉球王室仿照大明文渊阁建造的藏书阁，珍藏了历朝历代的馆藏秘书和文献。"

尚邦一边扫视着书架，一边说："尚泰王登基后不久，太平阁失火，焚毁了大量珍贵资料，有部分被抢救下来。后来欧日列强轮番欺凌，无暇重修太平阁，剩余的图书文献没有被重视，大量都散落遗失在民间，只有一小部分随着尚泰王搬去了东京。我花了大半生的时间，在各地搜罗整理，竭尽所能，只找到了这么多。"

我安慰他说："您也不用伤心。我以前看过一个资料，中国最早的图书馆叫天禄阁，是汉朝开国丞相萧何修建的，收藏了秦朝以前很多珍贵书籍，但是到西汉末年，王莽当政时，觉得没什么用，就把它毁了。以后历朝历代的图书馆，都没逃过被毁的命运。您能搜集这么多，已经很了不起了。"

尚邦笑着说："我也不是伤心，只是觉得可惜，历史上的很多事情，都是因为资料的遗失而成为永久的谜团。"

他沿着书架，缓缓绕到我的身后："你不是想知道敏子为什么去中国吗？答案就在这里。"

第十八章
徐福找到了神仙

◀ ||||||||||||||||||| ▶

我没有说话，等着他说出答案。他背对着我，面朝向书架。

"琉球历代国王，包括我，为什么一直坚信有海上神兵，并非我们迷信，而是历代王室的秘密史料里清晰地记载了这些，包括如何召唤海上神兵的具体步骤，我认为先祖没有无聊到需要编造这些荒诞不经的故事，来欺骗自己的儿孙后代。"

他转身继续说："至于后代儿孙为什么没有召唤到神兵，也许真如外面那位小朋友分析过的，可能是神兵自己出了什么事。"

我正要说话，尚邦伸手阻止了我："作为琉球王族世子，我当然不会相信德行衰落、被神抛弃之类的说法，为了解开这个谜，我从懂事起，就花费时间，查找了大量公开或秘密的文献资料，研究琉球历史。功夫不负有心人，我终于摸到了一些蛛丝马迹。"

他指了指椅子，让我坐下，自己也坐到我的对面，继续道："这些事情，我以前只告诉过一个人。"

"游老爷子？"

"对，当时我醒过来之后，心如死灰，完全丧失了斗志，茫然不知活着的意义何在，觉得自己随时有再次崩溃的可能，想报恩却一无所有，只好把自己仅有的琉球历史和身份告诉他，虽然不值一文，却是我前半生里最重要的东西。"

"那么琉球王国的祖先真的是徐福吗？"

"是的，徐福东渡日本后，对秦始皇一直心怀恐惧，最终还是决定继续出海寻找神仙，可是到了他认为的瀛洲，也就是琉球以后，他却被当地的土著供奉为神仙，于是在此定居，因为担心被始皇帝追杀，便隐姓埋名，对外的身份就是天神。而琉球王国，就是他的子孙建立的。"

"嗯，这些游老爷子都给我们讲过。"我说。

尚邦笑了笑，又说："有些东西，我当时也没告诉他，因为听起来有些惊世骇俗，而且我也没有任何证据证明这些。我且说，你且听，也许是无稽之谈。"

"跟我奶奶有关系吗？"

"有一些关系，但也不尽然。"尚邦说，"徐福在琉球住了好些年之后，再次出海，并且找到了真正的神仙。"

"什么？怎么可能？"

"是的，开始我也不相信，但是根据种种只言片语的记载和传说，他找到神仙洞府后，曾回过一次琉球，公然向属下宣布，并带走一大批人，此后再也没有回来。"

"没准他还是担心秦始皇追杀，又找到了更安全的藏身处。"

"可能。但是之后不久，留在琉球岛上的人就建立了天孙王朝，并且经常派人出海进贡。多年后就有了神兵的传说，而且在琉球内部发生动乱，或外敌入侵时，只要琉球王召唤，就会出现。据说他们在海上来无踪去无影，有时从天而降，有时从海底钻出，驾驭着神兽，毁天灭地，移山倒海，无所不能。当然，此类记载一定会有夸大，但也可以说明他们的存在。"

"这与我奶奶有什么关系？"

这种传说在中国古代的上古神话中特别多，黄帝和蚩尤打仗，动不动飞沙走石，龙飞凤舞，电闪雷鸣，正常的成年人，都不会把这些传说当真。

尚邦沉吟了片刻，说："如果你不相信我刚才说的那些，那么你也不会相信你奶奶为什么要去中国。"

"你不会说我奶奶是去中国找神兵的吧？"

"没错，不过不是神兵，而是五德。"

"五德？是什么？"

"当时我也不知道。我无意中在东京的一个历史资料馆，看到一片来自中国秦汉时期的残碑拓片，字迹模糊，只有五个图形比较清晰，学者命名为'五德碑'。其中的一个图形引起了我的注意。"

"徽章图案？"

"对。拓片虽然不清晰，但我一眼就认出来了，那个图案代表了水德。之后，我翻阅了很多书籍，知道了中国古代关于五德运转、天道循环的说法。"

"这个我知道，就是《寻秦记》上的阴阳学大师邹衍提出的嘛。"

"我思来想去，做了一个大胆的猜想，既然刻着水德图案的钥匙可以召唤来自水上的神兵，那能不能找到其余四德的神兵？如果可以，琉球复国就有望了。"

尚邦站起来，本来略显佝偻的身体，此刻直挺挺地立在我面前。

"我盗取了父亲秘藏的'钥匙'，本来想亲自去中国，可是我的身份特殊，一旦露面，必然引人关注，只好找到当时尚在帝国大学医学院上学的敏子，给她讲明缘由，请她带着钥匙去了中国。想不到这一去，竟成永诀。"

到此，我才算知道了奶奶去中国的真正原因。

"这么多年，奶奶和你没有一点儿联系吗？"

"没有。二战结束后，我致力于琉球复国，直到1970年那次出事，以后的事我都给你讲过了。我以为敏子早就在战争中阵亡了，想不到啊……"

既然再没有联系，奶奶后来的所作所为，尚邦自然也就不知道，我也没有再追问其他的。

往回走时，张进步一直在埋怨没有宝物白跑一趟，在他的絮叨中，我们穿过丛林，来到桥边。天上飘起了雨点，风也渐渐刮起来，天色越来越黑，我看了看手机，才下午两点多钟。过桥时，张进步突然大喊着让我看下面。

一艘快艇正穿过两山之间的水域，船上坐着十来个穿着黑色衣服的人。

"不会是那帮孙子追来了吧？"张进步喊道。

我们一下紧张起来，拉着尚邦快速过了桥，问他哪儿可以躲，他说岛就这么大，真要找，一定能找到。他让我们回尚儒家里，自己要去看看怎么回事。

我想他是地主，黑衣人是为了追我们，应该不会为难他的，就跟他分开了。

我与张进步淋着雨匆匆跑回尚儒家里，尚儒和尚锦乡正在陪伊豆吃饭，见我们湿漉漉地跑回来，尚儒让我们换衣服来一起吃饭，我把被黑衣人追杀的情况简略讲了一遍。

尚儒问："你们知不知道是什么人要追你们？"

"不知道，但是一定跟那个吊坠有关系。"

"那我们赶紧报警吧！"尚锦乡说。

尚儒说："现在报警来不及，何况现在外面下着雨，附近的巡逻水警都回去了。"

"那怎么办？"尚锦乡很着急。

除了伊豆，其他人都紧张地站着，只有他斜靠在椅子上，还是那一副无所谓的样子。

我问尚儒："岛上有没有船？先借给我们，我和张进步出海去躲一会儿，他们找不到我们，也不会为难你们。等他们走了，我们再回来。"

尚儒点点头，疑惑地问："船倒是有，可你们俩会开吗？"

我和张进步面面相觑，以前坐船都是别人开，从来没有自己开过，一时着急，竟然忘了船也是需要人开的。

看我们不言语，尚儒就知道我们不会开船。他说："这样吧，我去开船。"

"不行！"我当即反对。

本来就是我们的事儿，不应该把他牵扯进来。再说尚儒年纪也大了，外面下着雨，万一有个三长两短，我们心里会一辈子都过意不去。

"没什么行不行，就这么定了。快去收拾东西，我们马上出发。"尚儒说着就朝外面走去。

"爸——"尚锦乡说，"我跟你们一起。"

"你去干什么？"

"下这么大的雨，我不放心。"

父女正在争执，伊豆懒洋洋地站起来。

"尚叔叔，我有一个建议，不知道可不可行。"

"请讲。"尚儒对伊豆态度非常好。

伊豆说："您那艘小船我坐过，虽然船况不错，可是不适合雨天出海。"

"是啊。"尚锦乡插话说，"船篷都坏了，到处漏雨。"

尚儒对我说："是这样，因为我平常很少会驾船出海，即使出去也只在天气好的时候，但现在情况紧急，也没有别的选择。"

伊豆笑着说："尚叔叔难道忘了我也是乘船来的吗？"

"你的船？"尚儒问。

"嗯，我那艘小游艇就在码头，船虽然不大，但条件还可以，安全性也更可靠一些。"伊豆慢悠悠地说。

看尚儒还在犹豫，伊豆笑了笑："尚叔叔是担心那些人找我麻烦吗？"

尚儒说："那倒不是，在日本敢找你麻烦的人不多，主要是不想麻烦你。"

"尚叔叔见外了，他们是您的客人，遇到了麻烦，我不会坐视不理的。"

伊豆的语气听上去特别诚恳，可是他脸上的表情还是与诚恳格格不入。

我心想，这伊豆口气这么大，不知道是什么人。

"那好吧，我们收拾一下马上出发。"

尚儒也不是拖泥带水的人，随着他一声令下，我们收拾好东西，由尚儒带路，朝码头走去。

雨越下越大，虽然我们打着伞，但身上还是被淋湿了。一行五人在幽暗中快步疾行，由尚儒带进一条林中小路，路面并不泥泞，耳边除了雨打树叶的声响，就是几个人急行的脚步声。

突然，尚儒停住脚步，让我们不要作声。

隐隐约约听见前面有人声，再看还有晃动的手电光。

张进步在我耳边轻声说："看着至少有三个人。"

那几个人在我们正前方不远处站着，不时用手电筒照着旁边的林子。

我问："是岛上的人吗？"

"不是！"尚儒说话的声音压得很低，但斩钉截铁。

"现在怎么办？"尚锦乡着急地问。

我回头找张进步，却发现他突然不见了，明明刚才他还在我身后跟着。在目前这种情况下，我也不方便大声叫他，只能着急地四处看。

伊豆发现了我的异样，回头看了我一眼。

"马先生，你怎么了？"

尚儒父女听见了，以为发生了什么事，都围过来。我告诉他们张进步不见了，他们也都吃了一惊。

尚儒刚要说什么，突然听见前面传来一声响亮的枪声，接着是有人惨叫的声音。

第十九章
海上逃亡

我们赶紧藏在树后面，好半天后才没了动静。我刚探出头去想看个究竟，却听见有人喊我的名字，是张进步的声音。只见一个手里拿着大功率探照手电的人影，朝这边跑过来。虽然看不见相貌，但我还是认出那是他。

他气喘吁吁地跑过来，把手电筒照在自己脸上，做了个鬼脸。原来刚才张进步偷偷从旁边绕过去，趁对方不注意，猛然突袭，对方猝不及防被他戳倒两个，第三个朝他开枪，慌乱中没有打中，又被他戳倒。

张进步得意地说："怎么样？老板，兄弟没给你丢人吧。"

我说："下次遇到这种情况，即使要动手也先说一声，万幸没被打中……"

"兄弟福大命大造化大，缅甸军阀枪抵着脑袋，眼睛也没眨一下，何况这几个小毛贼。"

张进步平常虽然自吹自擂，但他一对三的战绩，还是让其他几个人刮目相看。

尚锦乡说："三哥你真厉害。"

她对张进步佩服得一时忘了辈分，竟然称呼他三哥。

张进步连忙说："小姨，你可不能真这么叫，这不是给我折寿吗？"

尚儒提醒我们，刚才的枪声肯定让人听见了，估计马上就会有人追来。我们得赶紧上船。我们沿着刚才的路向前走，那三个人还躺在灌木丛里呻吟。

伊豆突然说："要不要杀了他们？"

他这话一出口，所有人都沉默了，不知道他是说真的，还是开玩笑。

我心里一阵吃惊，又想起了大阪酒店的枪击事件。

张进步说："要杀你留下来，等我们走远了再杀。"

黑暗中看不清伊豆脸上的表情。

伊豆最终还是没有杀人，跟我们一起下了山。我刚要朝我们坐船来的码头走，被尚儒叫住，他说那是游船公共码头，私人码头不在那边，伊豆的船停在私人码头里。

看来伊豆经常来这里，跟尚家人关系不浅。

天色越来越暗，因为担心被人看见，我们没有打灯，淋着雨，深一脚浅一脚跟在尚儒后面。幸亏这里是沙滩，不是泥泞，鞋子踩着，还不至于陷进去拔不出来。

不知道绕了几个弯，隐约看到黑黝黝的海湾里，一艘游艇上亮着灯。

我原本以为是一艘小船，走近看吃了一惊，竟然是一艘三层大游艇，它在幽幽灯光的映照下，显得特别神秘。

伊豆走到长条木板拼接的码头上，用日语喊了一声，舱门打开，一个人从里面出来，看见是伊豆，冲里面喊了一声，游艇上本来幽暗的灯光忽然大亮起来，一下子几乎把整个海湾都照亮了。

这时我才看清，这艘游艇通体白色，有三四十米长，形状像一个被切了脚跟的女式尖头皮鞋，当然这么形容可能有点掉价，但大致形状就是这个样子。

"真——他妈——牛——逼！"张进步在旁边拉着长调感慨道。

"认识吗？什么船？"我问他。

"不认识，玩游艇的都是大富豪，买这船少说也得三五千万。"

上了船后，才知道船上的奢华程度已经超出了我们的想象力。

伊豆招呼大家坐下来，自己出舱去了。

趁着伊豆不在，张进步问："这伊豆少爷究竟是什么人？不会是什么皇亲国戚吧？"

尚锦乡端起一杯热茶，喝了一小口说："本来不应该说别人的家世，可是伊豆一向都不在意，告诉你们也无妨，他的外婆是天皇的堂妹。"

"噢？让我算算啊，他的外婆是天皇妹妹，那他妈妈应该叫天皇舅舅，他叫天皇也是舅姥爷呀！"

张进步转头又对我说："你跟伊豆都是皇亲国戚里的小外孙。"

本来严肃的尚儒被张进步给逗乐了。

"伊豆他父亲跟我认识，他家自二战结束后，就一直在做海底沉船打捞生意。"尚儒这么一说，我们就明白了。

海底沉船打捞可是个大生意。自大航海时代以来，人类的海上航行活动频繁，与之相伴的是无可计数的海难，无数的财富与它们的拥有者一起被埋葬在大海深处。

二战时期，著名的"阿波丸"号，装满了日本从东南亚和中国搜刮来的财富，包括四十吨黄金、十二吨白金，以及四十箱文物和数不清的珠宝。此外船上还藏着一件价值五十亿美元的中国国宝——北京人头盖骨。1945 年 4 月 1 日凌晨，它偷偷驶过福建省牛山岛海域时，遭遇美军潜艇，被鱼雷袭击后沉没。

20 世纪 70 年代末，中国曾对"阿波丸"号进行过打捞，却只找到了价值五千万元的其他物资，记载中的黄金宝物与价值连城的北京人头盖骨，全都不翼而飞。

伊豆家族从二战以后就开始了海底沉船打捞，享受这种游艇也是理所当然的。

张进步贱兮兮地调侃我："人家大海捞针，都能捞成富豪，你开采露天煤矿，倒背了一身债。都说小钱靠挣，大钱靠命，看来一点都没说错。"

大家正聊着，突然听见外面一声枪响。我们几个都站起来。

伊豆快步走进来说："有人追过来了，看不清有多少人，我们现在开船出海。"

张进步说："快走快走，这帮孙子有枪，追上来就麻烦了。"

伊豆看着张进步，莫名其妙地笑了笑，但是没说话。

游艇传来低沉的轰鸣，船身微微晃动，启动了。

外面又传来两声枪响。

尚锦乡脸色发白，显得特别紧张，不由地握住了尚儒的手。

尚儒看上去倒是很沉稳，不知道是真不担心，还是故意做出样子，想安女儿的心。

伊豆还是那一副无所谓的表情，他走到吧台那边，自己倒了杯酒。

"你们喝点儿什么吗？"伊豆问。

张进步问："有中国的白酒吗？最好是茅台或者汾酒。"

伊豆说："不好意思，我没有喝中国白酒的习惯，不过倒是有高度的伏特加。"

"也行吧，凑合喝点儿。马龙你喝吗？"

我谢绝了。

张进步和伊豆喝着酒，我们三个喝着茶，坐在宽敞的船舱里，一时沉默，都不说话。

我看着对面的尚氏父女，突然觉得有些对不起他们。我刚想说话，尚儒却先开口了。

"马龙，我知道你心里想什么，你可以想，但不要说出来。到了我这个年纪，我做什么，或者不做什么，都是自己选择的，跟别人无关。"

尚锦乡对他父亲这番话似乎觉得莫名其妙，她看看尚儒，又看看我，轻轻摇了摇头。

伊豆已经换了一件宽松的休闲衬衣，斜靠在一个单人沙发椅上，半闭着眼睛，只有一个词可以形容：吊儿郎当。

这时，游艇突然一阵剧烈晃动，伊豆睁开眼，诧异地坐起来。

门口快步走进来一个穿着天蓝色工作服的高个子男人，看见他的脸，我心头一紧。这个男人就是大阪枪响当夜，从酒店里出来的那两个人之一。之前，我们在拉面馆也见过他。

他神情显得麻木，看不出一点表情，走到伊豆跟前，低着头轻声说了两句日语。

我虽然听不懂，但从尚锦乡脸上看出，不是什么好事。

"怎么了？"我问。

"他说前面有两艘快艇拦截了我们。"尚锦乡神情紧张。

伊豆转头，温柔地对尚锦乡说："不用担心，我去看看。"

那个穿蓝衣服的高个子突然回头看了一眼张进步，眉头一蹙，但很快就跟着伊豆出去了。

张进步冲我挤了挤眼，我轻轻点了点头，意思是告诉他，我也认出来了。

没过多久，伊豆回来了。

"回那霸的航线已经被封锁了。"他说，"我们需要转向东南，先把那些人甩掉。"

尚儒皱着眉头说道："究竟是什么人，如此明目张胆。"

伊豆看着我，也问道："马先生，虽然我很愿意帮助你，但我想知道究竟发生了什么事？"

我刚想开口，却被张进步打断。

他抢着说："伊先生，我可以以一个负责任的大国公民的身份，负责任地告诉你，我和马龙对此毫不知情。"

尚锦乡问："会不会是认错人了？"

尚儒说："不可能，在岛上追杀他们可能认错，但派这么多人专程到海上来围追堵截，绝对是有很明确的目标。"

我说："我和老三既不是间谍，也不是什么重要人物，就是两个普通游客而已，把我们俩当目标，还动了这么大的阵势，简直超出了我的想象范围。"

尚儒说："先不管这些了，现在最重要的是摆脱对方的船。"

伊豆说："这艘船的航行速度，摆脱他们倒是容易，只是我们不可能一直在海上航行，雨越来越大，可能还会有风暴，我们必须得找一个安全的地方靠岸。"

尚儒说："附近的岛屿倒是不少，可是即便我们找到靠岸的地方，他们也很快就会追来。"

外面再次传来枪声，而且听起来就在甲板上，似乎是船员也在开枪反击。

张进步说："船上是不是有枪，给我们每人配一把，实在不行就跟对方拼了。"

伊豆似乎不屑地看了他一眼，但说话语气却很真诚："不好意思，你们也许不知道，日本虽然可以买卖枪支，但管控非常严格，我的属下是前海军陆战队退役军人，只有他才合法拥有一支短枪，不过只有几颗子弹。"

"噢，那可怎么办呢，这么打下去，这群索马里海盗一定要登船了。"

张进步真是心大，目前这种紧急时刻，他还忘不了幽一默。

正在我们一筹莫展时，尚儒又说话了。

"嗯……我倒是知道一个地方，那个地方我年轻的时候去过，是个火山环岛，可能是因为太小了，它在地图上都没有标志。"

伊豆说："如果没有坐标，我们可能会在海上迷路。"

尚儒沉思了一会儿，从自己随身的包里，拿出一个巴掌大的笔记本，封面是有划痕的牛皮，包浆油光锃亮，看上去也有不少年头了。

"因为那个地方地形特殊，当初我还想开发成一个旅游点，就把坐标记下来了，后来因为别的事情耽搁了，就一直没有再去过。"

"有坐标就好，我带尚叔叔去驾驶舱。"

第二十章
鬼火

　　尚儒拿着本子跟着伊豆去了驾驶舱。张进步问我要不要去甲板上看看，我本来嫌外面下雨不想去，但很显然他跟我有话说，我就跟着他走出了船舱。

　　伴随着疾风骤雨，海上果然起了风暴，虽然不激烈，但游艇正在快速行驶，船身上下颠簸，我心里还是免不了有些慌乱。张进步左右看了看，没见到人。我猜他们应该都在顶层。

　　"你有没有觉得这件事像个圈套？"张进步问我。

　　"什么？"我心里一直操心着游艇的安全，没听清楚他说的是什么意思。

　　"整件事啊。"张进步说，"从我们到日本开始，就一直不对劲，非要逼着我们走投无路，不得不上了这条贼船。"

　　我觉得张进步多虑了，也许是最近遇到的事有点多，他毕竟是个年轻人，难免出现一些莫名其妙的焦虑。我说："可是我们这一路，除了被那群黑衣人追，事实上并没有谁逼我们干任何事。"

　　"这就更可怕了，所有的选择都是我们自己做的，可我们明明就是两个普通的观光客，怎么就大晚上地跑到这条破船上来了？这得有多大的手段哪！"

　　"破船？"

"我宁愿住二十块钱的小旅社，也不愿坐在豪华游艇，提心吊胆地在海上逃窜。"张进步说。

我拍了拍他的肩膀说："我理解你，可是尚氏父女是好人，伊豆虽然身份神秘，但毕竟帮了我们。"

张进步看我不听他的话，知道再说也没什么用，就不再理我，在旁边自顾自打火抽烟。

可是海上的风太大，雨点和浪花交织着飞溅，他打了好几次火，火都被风浪吹灭了。他好不容易用衣服挡着，刚点着抽了一口，黑暗中传来一声炸雷般的喊声，把我们都吓了一大跳。

我赶紧回头，看见一个人影，从黑暗中走出来，穿着蓝色的工作服，却不是先前那个中年人，而是一个个子稍微矮一点儿的年轻人，虽然光线幽暗，但我还是一眼就认出了他。

他就是那天晚上在大阪的酒店里，跟中年人在一起的另一个人。

他嘴里呜里哇啦冲我们喊着什么，用手指着张进步的脸。

"这人是看上我的颜值了吗？"张进步疑惑地说。

这个矮个子的年轻人，表情凶狠，就像抗日剧里的日本少佐一样，腾腾腾地走到张进步面前，伸手就朝张进步的脸袭击过来。

张进步也算个练家子，他往旁边一让，二话没说，抬脚就踹，以他这个速度，我都不一定能躲开，可是那个矮个子竟然硬生生刹住自己向前的身形，噔噔往后退了几步，刚好避开张进步的踹脚。

明明是他先动手袭击，现在却显得无比委屈，不再扑上来，只是冲张进步大声喊叫。

"你妈的——"张进步可不管他说什么，骂了一声，拉开架势，就猛扑过去。矮个子再次后退，两人都站到了大雨里，相距一米有余，各自摆着姿势，却一动不动，相视对峙。

片刻之后，张进步开始主动进攻，他的身形比矮个子魁梧得多，小个子不想硬接，仗着身躯灵活，围着张进步和旁边的桌椅板凳游走。但他看上去并不是败退，而是以退为进，寻找合适的进攻机会。

双方你来我往好一会儿，也没有什么实质性打斗，反而像两个男人在调情。

终于，矮个子又出手了。

不得不说矮个子的动作实在灵活，他倚仗甲板上空间狭窄，张进步的长腿长胳膊不好施展，扬长避短，用双臂死封自己的面门，挡住张进步的进攻，身体迅速贴近张进步，双手搂抱住他的上身，猛然抬膝，袭击张进步的小腹。

这小日本出手太狠了，这一下如果击中，张进步就算不晕过去，估计也会痛得失去了战斗力，急得我大喊一声。

"小心——"

张进步仗着腰腿长，下身向后弓起，两人身体的上半部分纠结角力，下半部却形成了较大的空间，让矮个子膝部击空。

但矮个子得了先手，抓住机会，左右膝轮流进攻，逼得张进步连连退后，退无可退，屁股撞到了铁桌子上。眼看张进步被对方逼到绝境，他几次想摆脱却总被对方紧紧缠住。

危急时刻，张进步作为一个"业余玩家"的劣势就显出来了。越是这种时候，他越应该冷静。正确的做法是既然无法摆脱，那就干脆结合得更紧密一些，让对方没有进攻的空间，然后找机会绞住对方的脖子，压制关键部位，使其脑部缺氧，无力进攻时，再进行反击。

可是我看出他明显有些发慌，身体左扭右扭，甚至想用摔跤下绊子的村汉打架法，摆脱对方。当然是徒劳。

局面如此难看，看来我不出手不行了。

我一把脱掉外套，穿着短袖冲进雨里，只一刹那，全身就已湿透。

我不出手则已，出手就不留情，简单一个直拳，击向对方后脑。

人的后脑特别脆弱，却是人的活命中枢，遭受打击，会导致呼吸困难，短暂失去听觉和视觉，身体也会相应失去重心，严重的会休克、晕厥，甚至死亡。

我当然不是想一拳打死他，但至少要对他造成相当的威胁，围魏救赵，把张进步从困局中拯救出来。

果然，矮个子遭受我的袭击，顾不得张进步，推开了他，身体迅速向旁边滑步，躲开了我的拳头。

我本来想着就此罢休，可是刚才被逼入绝境的张进步，恼羞成怒，大喝一声，一种奇怪的拳法像雨点般朝矮个子打过去。

以矮个子的能力，应付进攻绰绰有余，可是他看出我也不是善茬，就把一半的心分在我这里，于是被张进步逼得左支右绌，但仍在章法以内，并没有慌乱。

局面瞬时翻转过来。这时，船舱里出来几个人。

只听见尚儒大喊一声："不要打了，请住手——"

但打过架的人都知道，这种时候，谁都不敢停下来，都害怕万一自己停下来，对方不停，反而趁势打击，就得不偿失。

这种时候，看来只有我拉架最合适。

我趁着他俩拳势略缓，找了个空，钻到两人中间。先把张进步挤出战圈，然后抵挡了几下矮个子的进攻，猛然停手，直直站着，未作任何防护。

矮个子没料到我突然停手，想收拳已经来不及了，一拳挥在我脸上，虽然有雨水润滑，并没有打多结实，但我还是感受到了被闷雷击中的感觉，脸上一阵剧烈疼痛，脑袋也有些发蒙。

幸亏矮个子看出我的意思，只此一拳后，赶紧收手，向后退两步，做出了防守的姿势。

张进步大骂一声："×你妈——"一把扶住被击中后脚步有些踉跄的我。

我定了定神，站稳脚步，忍痛对他说："没事。"

这时，伊豆也缓缓走过来，看了我一眼，没说话。他又转身看着那个矮个子，后者以标准的军姿站在原地，脑袋微微低着。

"啪——"

伊豆的手狠狠地打在矮个子的脸上。矮个子一动不动，就像黑夜中的一座雕塑。

眼看伊豆要抽第二个耳光，我立即出手，一把攥住他的手腕，没让巴掌落在矮个子脸上。

伊豆转头看着我，看了好一会儿，突然笑了。

如果他是个女的，这么粲然一笑，绝对会让我心里泛起波澜。但笑并不因他是男人而减色，这个笑驱散了他脸上那些莫名其妙的神情，让他看上去无比干净。

"不怪他。"

回到船舱，我把事情的缘由讲了一遍，并反省说，可能是矮个子阻拦张进步抽烟，但言语不通，双方各有误会，才起了争执。

伊豆说："非常抱歉，因为我自己不吸烟，所以要求船上不能抽烟。"

说着他就转身冲张进步鞠躬致歉。

张进步哈哈一笑，大度地走到那个矮个子身边。

"哥们儿身手真不错，三哥我大江大河过了那么多，想不到今天差点儿栽倒在你这小阴沟里。"说着张进步就伸手去拍矮个子的肩膀，没想到矮个子往旁边一躲，张进步的手拍空了，一时特别尴尬。

尚锦乡在旁边扑哧一声笑了，现场气氛才缓和下来。

伊豆说："三浦是个倔脾气，你不要介意。"

"我怎么会介意。"张进步说，"只是船上空间小，施展不开，回头到了陆地上，我们俩要好好切磋一下。"

他虽然嘴上说得轻松，但我知道这个梁子算是结下了。

因为淋了一身雨，伊豆给我们安排了卧室，让我们洗热水澡。

冲了澡，换上衣服，觉得有点发困，本来想睡一会儿，张进步穿着"火影忍者"图案的大裤衩，过来找我。

他说："我不知道你现在怎么想的，反正我觉得这船上有问题。"

"有什么问题？"

"有什么问题？两个杀手在船上啊我的老板。"

"你怎么知道是杀手？伊豆这么大一个少爷，跟几个保镖有问题吗？"

"那是普通的保镖吗？招招致命啊，要不是你，三哥我这一百八十斤今天就放在这儿了，死倒是没关系，但不能死在船上对不对，少年P看过没？死在船上的人有两个下场，一个是被扔到海里喂鲨鱼，一个是放在船上当干粮……"

我听着他扯淡，突然觉得刚才被那个叫三浦的矮个子击中的脸，一阵疼痛。

"你看看我脸肿了没？"我问他。

"这还用看，左脸比右脸大一圈，淤青都起来了。你也是傻，怎么就收了手，生生挨了他一拳。"

"我要不收手，这架就打不完了。且不说能不能打过三浦，就算打过了，如果对方真是你说的杀手，会善罢甘休吗？"

"那也不能就这么白挨了。"

"别找事儿，倒不是怕伊豆，主要是不想让尚儒他们尴尬。"

"尚儒，呵呵。"张进步嘴角抽动，冷笑了一下。

"怎么？你对他也有意见。"

"意见不好说，反正对这个人得防着点，我总觉得他有什么瞒着我们。倒是尚锦乡是个可靠的人。"

"你这孩子啊，就是出社会太早，接受了太多不好的信息，形成了扭曲的价值观，看谁都像坏人。"跟张进步熟悉以后，我跟他开起玩笑来也没什么顾忌，反正他看着冲动，心思细腻，一般不会真生气。

"其他不说，你想想，我们就是临时出海避个难，可是尚儒竟然装备齐全，把坐标都带来了，像是事先安排好的一样。你可以不怀疑你舅姥爷，反正我怀疑。"

"不行，我得找点儿红花油去。"我不想就这个话题跟张进步聊下去，找个借口就往外窜。

来到顶层，透过宽敞的窗户，我看见外面的雨似乎小了些。

驾驶舱的门关着，但隔着玻璃可以看见里面有两个人。

我走过去敲了敲门，开门的是一个高个子。

我指了指我的脸，做了一个搽药揉的动作。

看来他听懂了，他点点头，走出来，关上驾驶舱门。带着我穿过走道，来到后面的一个房间，他拿出一个金属小箱子，取出一个绿色的瓷罐，拧开瓷罐，看了看，里面有一些半透明的膏状物，然后又拧上盖子，递给我。

"Thank you！"我只好用英语谢他。

他也没任何表情，关上储藏室的门，像是要盯着我从走廊里退回驾驶舱附近。

这时候，他的眼睛忽然紧盯着外面，好像看到了什么东西。

我顺着他的视线看出去，也心里一紧，就像看见了鬼。

不远处的海面上，似乎亮起了一盏盏五颜六色的霓虹灯，在黑暗中特别醒目。

我刚想问那个高个子这是什么东西，就听见张进步的叫喊声从下面传来。

"我×，鬼啊——"

第二十一章
鬼火水母

　　我赶紧跑下去，见张进步正趴在甲板上，朝海里瞭望。

　　游艇正前方的海面上，就像开起了一个巨大的夜市，五颜六色的"灯"在海里漂浮，雨点落在水面上，灯光都泛起了涟漪。此时此景，我竟然想起了小学课本上学过的——《天上的街市》。

　　游艇越来越靠近那片璀璨的水域，尚儒、尚锦乡和伊豆等人都被惊动了，一个个都来到甲板上，或疑虑不安，或意乱神迷，所有人都被如此奇景感染了。

　　"那是什么？"尚锦乡喃喃地问。

　　"难道是传说中的鲛人海市？"一向冷静的尚儒，也被眼前的奇异景象震惊了。

　　"什么是鲛人海市？"

　　"传说中海里的鲛人，每逢大海风暴过后，就会举办盛大的海市，以物换物，互通有无。不过这些都是民间故事，这世上不可能有鲛人存在。"

　　游艇行驶的速度突然慢下来，似乎此时慢下来是应该的。如此美景，就算被人追杀，也不可能无动于衷。游艇缓缓驶入"海市"，我们这才看清，水面下并没有什么熙熙攘攘的鲛人海市，那些发光体，只是一个个巨大的水母，在水中漂浮。

　　作为动物学家的儿子，我当然知道这个世界上有很多会发光的动植物，它们有的是靠身体细胞的生化反应发光，有些是靠共生的细菌发光，但水母与其他动物都不同。

水母身体的含水量达百分之九十八以上，身体呈透明状，绝大多数的水母，自身并不会发光，只是反射荧光，只有栉水母会发光，因其体内含有一种奇妙的蛋白质，这种蛋白质只有碰上钙离子，才会发光。

可是栉水母发的光，都是微弱的淡绿色或者蓝紫色，就算有些会带有彩虹光晕，也绝不会如此斑斓璀璨，更不会有节奏地忽明忽暗，此起彼伏。

此刻雨已经停了，游艇也不再航行，极目四望，天地黑暗无垠，只有大大小小的水母，在我们脚下闪烁，仿佛置身于一个童话世界。就连船员们都齐聚到甲板上来，一众人都对着海里指指点点，有些人拿出手机拍摄。水母发出的光线照到人脸上，让人都显得有些阴森诡异。

这时候，那几个船员突然发出一阵嘈杂声，接着是一阵大笑。原来是一个年轻的船员拿着根长鱼竿，伸到海里去戳一只粉红色的大水母。那只水母看上去有十个人吃饭的圆桌那么大，发着少女闺房般的亮光，下面的触须摆动，就像一条粉嫩的长裙，特别漂亮。

那个船员用鱼竿戳一下，那只水母的身体就暗淡一下，鱼竿一离开，又重新亮起来。如此三番五次，那群船员发出一种调戏小姑娘得逞的笑声。

"小日本笑得真猥琐。"张进步在旁边嘀咕。

那只粉红色水母终于不堪折磨，漂走了，但是船员们似乎调戏上瘾了，又瞅中旁边一只红色的。从我的角度看过去，那只红色的水母，就像一团熊熊燃烧的烈焰。

另外一个船员也拿了一根鱼竿，两个人对着一只水母施虐。

尚锦乡走过来问我："听说你的父亲是动物学家，你认识这些水母吗？"

我摇摇头说："从没见过，不过水母的种类很多，就算专家也不可能全知道。"

尚锦乡说："要是在我家那边的海域，也有这些发光水母就太好了。"

尚儒似乎对水母没兴趣，正独立船头，轻抚栏杆，眼睛看着远处，不知道在想着什么。

船员们又传来阵阵笑声，两个船员用吊杆把那只火红的水母挑起来，就像挑起一面红色的发光旗帜。可是水母的身体下，长长的触手却还在水里。

那些船员似乎是想看看水母到底有多长，越挑越高，水母的触手也越拉越长。黑暗中，那只被挑在空中的巨大水母，本来通红的身体，慢慢暗淡下来，就像一堆火即将熄灭。

他们如此做法，毁掉了大家看美景的心情。尚锦乡有教养，对我说她要回去休息了，说完就钻回船舱。

我正要招呼张进步回去，但一转头看见他正盯着那只被举在半空的水母，脸上的颜色越来越红。我抬头一看，看见那只水母刚才暗下去的身体，忽然又亮了起来，宛如在一堆将灭的死火上浇上汽油，又冒出了火苗。

我心里突然有一种剧烈的不安，似乎有什么莫名的恐惧降临。我左看右看，海上一片寂静，如果是快艇追来，很远都能听到声音。

那群船员吱哇乱叫起来，原来，水母那长长的触手即将出水，看上去至少有十米长。我心里一惊，刚想让他们住手。

然而已经迟了，整个水母已经被挑出水面，长长的触手像一根火焰绳子，刚一出水，就朝船上摇摆过来。船员们纷纷后退，其中一个抓着鱼竿的，竟然扔掉了竿子，夺路而逃，只剩下一个船员独自挑着巨大的水母，就像个旗手。

他嘎嘎地笑着，有些得意忘形，大力挥动手里的钓竿，似乎真的把自己当成了旗手。可是就在此时，那根长长的红色触手，被风一吹，直直地朝他飘过来，扫在他的脸上。

几乎是在同时，他的笑声变成惨叫，只一瞬间，那个船员身上就燃起了火焰，钓竿连着水母掉落进海里。

如此诡异的景象，吓着了甲板上的每一个人，只有一个船员连忙脱下衣服，在着火的人身上拍打着，想扑灭燃烧的烈焰，可不幸的是，悲剧再次发生，他也被火焰突然包围，倒在地上，发出惨绝人寰的叫声。

那个穿蓝衣服的大个子，很快拿来灭火器，在距离两人五米以外，喷射着白色烟雾，可是直到灭火器再也喷不出什么东西，火还是一点也没有小。

大家似乎都被吓傻了，眼睁睁看着两个人被活活烧死，却手足无措。

几分钟后，火焰自己熄灭了，现场留下两具人骨。是的，两具完整的、干净的甚至可以说是光洁如玉的骨架。那两个人的毛发、皮肤、血肉、内脏和其他所有部分，都被烧得干干净净，就像被蒸发了一样，连一点儿渣滓都没留下。可是衣服却完整地丢在地上，没有丝毫被火烧过的痕迹。

就连他们刚才倒下的地方，也都没有被焚烧的痕迹。有人拿着钓竿轻轻戳其中一具人骨架，哗啦一声，整个骨架散了一地，头骨咕噜噜地滚到刚从船舱里出来的伊豆脚下。

伊豆的脸上有罕见的凝重，众人都盯着他。

"请诸位先回船舱。"伊豆对我们说，尚儒点点头，没说话，先进了船舱。我和张进步互相看了一眼，也回到船舱里。

刚才的一幕让我久久不能平息，两个鲜活的血肉，就像雪人一般在眼前蒸发，他们的惨叫声，直到现在还在我耳边回荡。

甲板上，伊豆正在用日语说着什么。

剩下的那几个船员，有些在收拾甲板上的白骨，有些匆匆离开了。

很快，游艇再次启动，很明显感觉到在提速，透过玻璃，窗外海面上的水母像河流一般，向我们身后流去。没过多久，窗外再次陷入一片漆黑中，看来我们已经驶出了水母的海域。

我刚想回客舱睡觉，尚儒叫住了我："马龙，过来坐会儿。"

张进步刚想跟过来，尚儒又说："张先生可以先回房休息了。"

"呃……好吧，我正好犯困了。"

"你怎么看？"尚儒问我。

"嗯？"我一时没明白他要问什么。

"刚才的那种水母，你认识吗？"

"不认识，闻所未闻，我估计我父亲都不一定认识。"

"你听说过鬼火水母吗？"

"没有。我知道有银水母、伞水母、海月水母、霞水母，还有比眼镜蛇还要毒的箱水母，可是从未听说过鬼火水母。"

尚儒点点头，笑着说："你说的这些我一个都不知道。"

我说："其实我也就只知道些名字，家里这种画册比较多，小时候别的孩子看漫画，我都是看动物科普读物。"

尚儒站起来，看着漆黑的窗外。

"也许世界上没有一种叫鬼火水母的东西，可它又是真的存在的，我也一直以为这种东西不存在，直到刚才亲眼看见。"

他转过身来看着我继续道："你去过岛上的藏书阁？"

我点点头。

"里面有一本《四海水土异物志》，为宋人所著，著者佚名，里面记载了鬼火水母，称之为霓蛇，书中云：'大者如床，小者如斗，殊形诡色，出没无常，有智识，然无耳目，腾焰飞芒，有触之者皆化为白骨。'渔人如果在海上撞到了，须焚香叩首，乞命乃还，私下称呼其为鬼水母，或鬼火镜。据说其为仙奴，职责是在仙域内巡逻，提醒误闯者退出。"

"哦？古书上有记载，为什么海洋生物的书籍上没有见过？"

"因为几百年来，它只存在于民间传说中，虽有人目睹，却从未有人捕获，无法证明其的存在。"

"嗯，我父亲也说过，世界上有许多人类尚未发现、或者尚未证实存在的生物，人类对大自然的了解终究有限。"

尚儒看着我说："我刚才问你怎么看，就是想知道，你对突然出现这么多的鬼火水母有什么看法？"

"我……我还没来得及有看法，何况之前我也不认识鬼火水母。"我实话实说。

尚儒脸上露出一丝失望的神情，但转瞬就不见了。

他说："你去休息吧，可能用不了多久，船就要靠岸了。"

我们各自回了房间。

我是个好奇心不太强的人，大约跟我父亲好奇心太强有关，他见到什么都想问个究竟，不过，好奇心不强的人也当不了科学家。

想起父亲，我的内心就有一阵慌乱感，这么长时间，我打电话他不接，发信息他也不回。唯一聊以自慰的是他的手机一直可以打通，只是没人接。

六十年前，我爷爷马汉生失踪，留下了我父亲。六十年后我父亲马渝声也失踪，留下我。我要是失踪了，还留下谁呢？

不知道睡了多久，我突然被叫门声惊醒，门外是张进步的声音。

我揉了揉眼睛，穿上裤子，打开门，张进步站在门口，表情慌张。

"出大事了！"

"又怎么了？天塌下来有你顶着……"

我原本想回到床上继续躺着，却被张进步一把拽住胳膊。

"你快去看看吧。"

第二十二章
水围城

我被张进步生拉硬拽地从房间里拖出来，他拉着我来到甲板上。

尚氏父女、伊豆和几个船员，都直直地在甲板上站着，像一群公鸡，做出一个个仰头瞭望的姿势，表情惊恐，目瞪口呆，谁都没理我。

“什么情况啊？”我心里这么想着，一抬头，我也傻了。

我们面前不远处矗立着一堵墙，这可是在海上啊。

我以为是自己眼睛花了，抬手揉了揉惺忪的睡眼，再看去，我确信在我们面前约二十米处，有一面高大的水墙。

因为太大了，所以能清楚地看到墙上的水流、波纹、浪花和小小的涡流。

我回头刚想问张进步怎么回事，却看见身后也有一面墙。我才知道并不是只有一面墙，而是前后左右都有。

四面高高的水墙，把我们围困在中央，就像身处瓮城之中。

作为一个在西安长大的孩子，最常见的就是西安的城墙。西安城墙修建于明朝，是国内目前保存最完整的古城墙，城墙上有十几米宽。

瓮城是城门的防御设施，在城门内围筑小城，与城墙连为一体。进攻者攻破城门，并不能直接进城，而是先进入瓮城，这时把城门和翁城门都关闭，就会形成“瓮中捉鳖”

的战略优势。

"水围城？！"我念头一动，忍不住大喊一声。

所有人都转头看向我，眼神里什么样的信息都有。

伊豆走过来，虔诚地问我："请问马先生，什么是水围城？"

我突然不知道该怎么对他解说。

"水围城"是西安羊肉泡馍的一种模式，羊肉泡馍对外地人来说，是一样的，但对于西安的老饕客，却分为很多种不同模式，主要是干刨、口汤和水围城三种。

干刨就是泡馍汤要少到几乎看不到，馍有嚼劲，入味儿。

口汤，顾名思义，就是吃完干的泡馍后，碗底要剩下一口汤，一饮而尽，无比惬意。

而水围城，就是要汤宽，煮出来的馍倒在碗里，要呈现出水绕长安的形态，中间隆起的馍是城，周围的汤就是护城河，所以叫"水围城"。

外地人来西安吃泡馍，不知道提要求，厨师大都做成"水围城"，有馍有汤，吃起来酣畅淋漓，适合大多数人的口味。

我刚想说这是个比喻，张进步却抢了先。

他说："马龙大学时，学的是鱼雷专业，你们知道鱼雷是在水下运行的，所以他对水有相当的研究，术业有专攻，给你们说出来，可能也不会明白。"

如果是平时，张进步这么漏洞百出的胡诌，肯定分分钟被揭穿。可是此时大家都处在高度紧张的状态，竟然糊里糊涂就接受了他的解释。

尚儒也走过来说："是什么不重要，马龙，你看有什么办法？"

我想了想，走到船舷边上，看着那有两层楼高的水墙，毫不夸张，甚至可以看到小鱼在墙上游动。这一幕要不是亲眼看见，就算电视里播放，我都会以为是特效做成的。

虽然马龙关于鱼雷那一段是胡说，可是关于海洋，我可能还真比普通人懂得多一些。这跟我的鱼雷专业没什么关系，一切知识都来自父亲的藏书。

很小的时候，我就翻看过一本清朝的海洋生物画册《海错图》，里面图文并茂地记录了几百种海洋生物。作者聂璜生活在康熙年间，游历了中国的各大海域，除了把考察的海洋生物描绘成图以外，还记载了关于海洋的许多光怪陆离的传说。那时候文字看不太懂，只看图片，就对海洋充满了向往。

此后一段时间，我对海洋的知识如饥似渴，我知道了海洋的表面并不是平的，有很多隆起和凹陷的区域，因为海底地形的不同，不同区域的海平面会存在高度差，甚至在很相近的地方，水面都会有高有低。比较明显的是在巴拿马运河口，一线之隔，太平洋的水面要比加勒比海高出半米，用肉眼都能看出来。

但无论是什么原因，都解释不了眼前的这种情况。

我突然想起另一件事，马上问伊豆："船上有没有地图？"

伊豆马上让船员拿来一张崭新的地图。

我拿着地图回到船舱里，张进步和其他几个人也跟进来，不知道我要看什么。

"我们现在大致的位置在哪儿？"

这时候，我开矿学到的经验竟然在此刻用上了，因为开矿首先要看得懂地貌地形图，对经纬度要有基本的概念。

伊豆手指着日本东南方向的海域。

"大约在这里，北纬24.5度，东经135.3度。"

我看着他指的地方，心里一顿，脸色沉下来。

张进步迅速看出了我的神色变化，马上就问："怎么了？"

我沉思了片刻，决定把我的猜测告诉他们。

"给我倒点酒好吗？"我说。

"您要喝什么？"

"威士忌吧。"

伊豆去倒酒，我招呼大家坐下来。

我喝了一口伊豆递过来的加了冰的酒。

"1937年，世界上第一位独自飞越大西洋的女性阿梅利亚·埃尔哈特，在环绕世界飞行时，经过日本东南海域失踪，美国海军花费巨大人力物力展开搜救，而她却像蒸发了一般，从这个世界上消失了。"

"这我知道。"尚锦乡说，"直到2010年美国仍然没有停止相关搜索工作。"

"对，我们权且把这当作一次单一的空难来看。但是二战期间，在此交战的日美军舰多次遭受厄运，据美军统计，经过此海域五分之一的军舰，是由于非战争因素失踪的。最严重的一次是美国第三十八航母特遣队，经过此海域时，忽遭遇恶浪袭击，十六艘战舰、二百多架飞机和七百多海军士兵遇难。"

我端着酒杯坐下来，继续说。

"据侥幸逃脱的士兵回忆，当时海上风平浪静，突然十几米高的巨浪，自海面卷起，凭空袭来，舰船就像撞到了巨大的水墙上，瞬间就被掀翻。"

"水墙？"张进步叫道。

"是的，可是这并不是终结。1952年9月，日本一艘科考船载着多名科学家，前往该海域监控海底的异常活动，想解开沉船之谜。可是船到达该海域后失去了信号，日本派船搜救，只找到了一些残骸和碎片，没有留下一个生还者。此后的两年，日本多次派出军舰调查该海域，可是有五艘军舰，七百多人全部失踪。"

我注意到我在讲这些事的时候，尚儒一直在旁边沉思，似乎在认真听，似乎又在想别的什么。

"此后多年，这个海域有无数舰船和飞机失踪，奇异的是失踪之前，大多数都没有发出过求救信号。"

"这不就是科学未解之谜里说的百慕大三角吗？"

"对，不过百慕大三角在美国东南部海域，这里被称为恶魔海，《百慕大魔鬼三角》的作者还写过一本《龙三角》，就是写的这个区域，因为龙在西方相当于恶魔，所以这里也被称为魔鬼三角。"

话说到这里，大家已经明白我是什么意思了，知道了处境，反而冷静下来。

"那意思就是，我们出不去了呗？"张进步说，"既然出不去了，就安心待着，不如我们喝点小酒开心一下。"

没人理他。

尚锦乡问我："马龙，有没有从这里出去的幸运者？"

"有。"

"他们是怎么出去的？"

"19世纪80年代，有一艘沙俄船只经过这里时，遭遇海底不明物袭击，据船上的人说，有一个发着耀眼蓝光的东西从海底冲上来，当它和船身摩擦时，把一大片船身烤得乌黑。大概看这艘船不是军舰，那个东西环绕着轮船转了好一会儿后，骤然消失在海洋里。"

"船上的人有没有看清楚是什么东西？"

"有人说是大鲸鱼，也有人说是飞碟，众说纷纭，莫衷一是。"

这时候伊豆突然说："这些跟你刚才说的水围城有什么关系吗？"

呃……想不到说了这么多，他还记得水围城，看来也是个吃货。

想到吃，我肚子竟然不争气地咕噜噜响起来。

我说："船上有什么吃的东西吗？实在是有点饿了。"

伊豆听我这么说，马上说："不好意思，怠慢了诸位，我让人准备早餐。"

世界上美丽的东西都有毒性，美女、罂粟、水母、水仙、红豆、河豚……甚至包括眼前的风景。

毫不夸张，这是世界上最美的一顿早餐。四面大海围成的绝世海景，朝阳初升的万丈光辉，可是，面对如此美景，这顿饭大家吃得却死气沉沉，提心吊胆。

每个人吃两口，就不自觉去看面前的"危墙"，不知道它会不会随时坍塌下来。

饭后，我和张进步躺在甲板的躺椅上晒太阳。中国人一向乐观，随遇而安，反正困在这里，暂时也没什么危险，就当在豪华监狱里放风吧。

张进步哼着小曲，像是东北的二人转。

"这怎么还唱上了，你这心还真够大的。"

"该死尿朝天，真葬身大海，也算悲壮一回，但只要没死，就不能耽搁老子瞎开心。"

"说正经的，你说这是自然陷阱呢，还是有人想把我们关在这儿？"

"谁？"

"我这不是猜测吗，好端端的海上，怎么就出现了这么大一个坑，还整整齐齐，就像人设计的一样。"

"你别说，还真是，整一个豆腐块，好像这块水被人给切走了。"

张进步坐起来，前后左右看。

"是不是我们这船上有龙宫的避水珠，让那些水不敢过来。"

避水珠？他这么一说，我下意识摸了摸挂在脖子上的那个真吊坠。

假吊坠带来三个，一个被孔孟荀拿走了，一个跟奶奶的骨灰埋在一起，另一个戴在张进步的脖子上，我脖子上挂的这个是货真价实的真吊坠，也就是尚邦老爷子说的"钥匙"。

张进步回头看到我摸吊坠，突然发神经。

"哎哎哎……没准三哥我还真猜对了，是你这个玩意儿有避水作用。"

我说："扯，我们这么多天，又不是第一次坐船，要能避早就避了。"

"这你就不懂了，正确的东西，要在正确的时间，和正确的地点使用才会生效。"

"那怎么办呢？"

"我怎么知道，要不你把那个玩意儿扔掉试试。"

"扔哪儿？"

"当然是海里呀。"

"如果真像你说的这有避水作用，我要扔海里，那我们的船不是要跌入万丈深渊了吗？"

"对，考虑欠周。"

张进步这次倒是认错很积极。

"老板，反正咱现在也没办法，不如试试它有没有避水功能，如何？"

"你闲得蛋疼吗？"

"疼死了，再闲下去就爆炸了。"

看着他胖乎乎的脸蛋，我忽然心生怜悯。

"试试就试试，可你不能扔海里去。"

"放心吧，我知道轻重，这好歹是个古董。"

我从躺椅上爬起来。

"怎么试？"

"你给我就行，我以人格担保，不会给你弄掉了。"

我把吊坠从脖子上摘下来，给了张进步。他接过去前后瞅了一圈，拿来一根钓鱼竿，把吊坠缠在鱼线上，缓缓地往海里探去。

我冲他喊："小心点儿，别真喂了鲨鱼。"

他半天默不作声，神情紧张，似乎真是在钓鲨鱼，这个表情让我都变得紧张起来。

"马龙——快来看，有动静了。"

张进步眼睛死死地盯着海里，嘴里喊着。

第二十三章
陷阱坍塌

◀ ‖‖‖‖‖‖‖‖‖‖‖‖‖‖‖‖‖ ▶

看他的神色不像开玩笑，我从躺椅上跳起来，朝他跑过去。只见钓竿尽头的坠子像一块透明的诱饵，在水面上一米处晃荡，看不出什么异常。

"没什么动静啊。"我说。

"你别急。"只见他缓缓地把吊坠往下放，等到距离水面约一尺的地方，水面有了动静，以吊坠正下方为中心，水波缓缓向外扩散，就像一块小石子掉进了平静的湖里。

吊坠越靠近水面，水波越强烈，等到吊坠接触水面，明显看见，吊坠周围形成一个小小的"水窝"，张进步故意摇动钓竿，吊坠也随之摆动，那个水窝也在跟着吊坠前后左右移动。

张进步回头看我："怎么样，我没说错吧？"

我说："你再往下放试试看。"

张进步继续往下放，吊坠缓缓沉入水中，水面愈发不平静起来。我在济南看过趵突泉，泉水突突地从泉眼里往上冒，就像煮沸了似的，而此刻的水面跟趵突泉非常类似，只是涌出来的水没有那么大，只是拳头大的一朵小水花，激起了微微的水波。

等张进步把吊坠从水里提出来，水面马上就恢复了平静。他把吊坠摘下来，欣喜地说："我就说这个玩意儿不普通，想不到竟然是个避水珠。"

我说："也算不上避水珠吧，只是感觉跟水有排斥。"

张进步问："你是理工科大学生，知不知道什么东西会跟水排斥？"

我想了想，好像在我以往见到的东西里面找不到。"如果非要科学解释，并非解释不通，我们平常说自然界有万有引力，其实自然界还有万有斥力，两个物体之间既会相互吸引，也会相互排斥。"

"为什么我们只能感受到万有引力，感受不到万有斥力？"

"这个很复杂，我也不是学物理的，给你解释不了，据说跟暗物质有关系。举个粗浅的例子，宇宙里的星球星系之间，如果只存在引力，宇宙早就坍塌成一块了，正是因为斥力，它们之间才保持了平衡。"

"哦，大概听懂了，可是这跟吊坠有什么关系？"

"我不知道。"

我的确不知道吊坠和万有斥力有什么关系，刚才说的那些都是上大学时，老师在课堂上顺便提的，我记性好，刚好没忘而已。

"哎，老板。"张进步看看手里的吊坠，又看看对面的水墙说，"你说我们能不能把这个玩意儿放到水墙里，把外面的水导流进来，慢慢把这个水池填满，船不就漂起来了吗？"

"别扯了，你怎么知道能把外面的水导流进来？"

"刚才我们把吊坠放水里的时候，下面的水不就呼呼冒出来了吗？"

我想了想刚才的场景，似乎还真是，可我并不相信涌出的些许水，能把这么大的坑填满。

张进步本来就是说干就干的人，看我不反对，就去找尚儒他们商量。

"真的可以吗？"尚锦乡一听，惊异地问。

见张进步看着我，我也不好驳了他面子："可以试试，万一可以，不就解困了嘛。"

伊豆出人意料地没有表态，只是眼睛一直盯着张进步手里的吊坠，那个眼神给我一种错觉，感觉那个吊坠是伊豆的，放到张进步手里，让他很不放心。

商量了好半天，最后大家都把目光落在尚儒脸上。

尚儒问我："马龙，你以前知道这个吊坠能避水吗？"

我摇了摇头说："不知道，在此之前从来没试过。"

"中国有句话说得好，死马当作活马医。反正也没办法，不如就试试。"

游艇启动后，以最低的速度接近水墙，在距离水墙约两米的地方停了下来。

我站在船头，其他人站在我身后。我举起已经绑好吊坠的鱼竿，直直地朝水墙插过去。鱼竿好像一把利刃，毫不费力地插进面前这个"巨人"的肚子里。刹那之间，"巨人的血液"如洪水般倾泻出来，像一把大锤击打在我的额头，张着大嘴吞没了我……我感觉脑袋里传来巨大的轰响，耳朵里发出一声长鸣，晕厥过去。

不知道过了多久，我听见耳边传来张进步的声音："醒了，醒了……"

我睁开眼，发现自己躺在床上，张进步和尚锦乡站在床边焦急地看着我，张进步身上的衣服已经湿透了。我摇了摇沉重的头，还有些闷疼。

"你终于醒了！"张进步一拳砸在我肩膀上。

"怎么回事？"我一脸迷茫。

"你不知道最好啊，别提了，提起来全是泪呀。"

原来，我把吊坠插入水墙的刹那，水墙就像气球一样崩塌了，四面的海水直接倾泻下来，把我一下子打进了海里。他们根本来不及救我，因为同时，游艇也被轰然落下的海水差点打翻，船上灌满了水，甲板上的几个人也被大浪掀翻在地，在惊涛骇浪里死死抱住身边人，才没掉进海里。

幸好这艘价值几千万的游艇不只是奢靡豪华，坚固性和性能也是一流的，在整船入水后，并未失控，几经波折，终于还是有惊无险，回到了海面。

整个过程，不超过三分钟，却是惊心动魄的三分钟，足以让我们在这个世界上消失得杳无音信。

等到船停稳后，张进步迫不及待去找我。却见五十米开外，我仰面朝天浮在水面上，一动不动，手里还紧紧握着鱼竿。

他想都没想就跳下水去救我，一入水才想起自己根本不会游泳。

幸好尚锦乡及时发现不对，赶紧下水才把他救上来。她又带着救生衣，下水把我拖上了船。后来才知道她的胳膊在摔倒的时候已经擦伤了。

"你可得好好谢谢小姨。"张进步讲完过程后，又补了一句。

一向爽快的尚锦乡在旁边脸颊发红，轻声说："千万不要客气……"

"这可不是客气，滴水之恩，涌泉相报，这救命之恩，我都不知道该怎么报了。"

"谢谢你！"我抬头对尚锦乡说。

她说："先不说这些了，你现在感觉怎么样？"

我动了动胳膊腿，一切都很正常，就连酸疼都没有。

我说："都挺好的，就是头有点晕。"

"小姨你放心，我们中国人都福大命大造化大，从小摔打大的，小磕小碰的算不了什么，我小时候从五十米高的悬崖掉下去，都没事……"

张进步心情一放松，就忍不住吹牛，我心想你就吹吧，反正老子马上就要回国了。

就在刚醒来的瞬间，我悄然做了个决定，不管回去面临什么麻烦，我都要回国。这个决定，也许跟刚才经历了一次"死亡"有关。

张进步出去换衣服，房间就剩下尚锦乡和我。

尚锦乡看着我，欲言又止。

"怎么了？"

"嗯……"尚锦乡犹豫了一会儿，说，"我有一个疑问，不知道该不该问你。"

"什么疑问？说出来我们可以一起探讨。"

"也许这么说不合适，但我还是决定说出来。我出生在日本，从小就知道自己的身份，却从来没觉得有什么特别的，参与琉球复国运动，本意也是保护琉球文化，没有真正想过要恢复琉球王国。"

她坐在我对面，干净而爽朗，讲起话来没有丝毫忸怩，却也不是咄咄逼人。

总之，她是个让人舒服的姑娘。我心里这么想。

"二十多年来，我的生活特别平静，也很有规律，我从未想过有什么意外会发生在我身上。"说到这里，她停顿了一下，眉头轻蹙。

"可是，自我认识你，一切都变了。这么说吧，认识你这几天，我经历了人生最大的变故。我这么说不礼貌，可我并没有丝毫责怪的意思。其实，我也不知道自己想说什么，……我只是有一些预感，觉得以后的生活，一定会发生变化，但会发生什么呢？我只是觉得有点不可知和无法把握的惶恐。"尚锦乡突然对我说了这么多，让我一时不知所措。

该说什么呢？歉意？安慰？鼓励？似乎都不对。一时之间，房间里有一种尴尬的寂静。

尚锦乡笑着说："不知道为什么，从码头上见到你，就对你有一种信任感，跟你说了那么多话，今天又说了这么多，其实我们还算不上太熟吧。"

"也许是我们之间有血缘的关系吧。"我真怀疑自己的脑子刚才被砸进水了，竟然说出这样的话来。

"我虽然学了历史，却总爱胡思乱想，不过这可能跟我的导师有关，他总说做学问要大胆假设，小心求证，他也经常会提出一些学界不认可的观点，惹来很多批评。"

"噢？讲究考证的历史学家，也会有些不切实际的幻想吗？"

"我这位导师，还不是普通的幻想，他做了很多年史前文明的研究。"

"亚特兰蒂斯吗？"我笑着问。

"嗯，类似这样的，但不是亚特兰蒂斯。"

"你这位老师应该是学术界的另类吧？"

"我不知道算不算另类，但他的思维方式跟别人确实不一样，不过这只是他的一部分研究，他可是东方史学界的权威学者。"

这时候，船身晃动，脚下传来微微的震动，看来是游艇发动了。

"是要返航了吗？"我问。

"可能是吧，等我们返回那霸，马上到警察局去报警，我也不愿意再被追到海上大逃亡了。"尚锦乡说着站起来。

她本来要我休息，可是我觉得房间里有点闷，想到甲板上透个气。

我们回到主舱里，没有人，透过玻璃，看见尚儒和伊豆站在甲板上，正在瞭望远方。

走出船舱，尚儒看见我，说："还好吗？"

"没问题，多亏了大家。"

我本来还想客气几句，但看尚儒和伊豆的样子，似乎对此并不在意，眼睛一直看向远处。

"我们现在要返航了吗？"

"返航？"尚儒惊讶地问，"为什么要返航？"

"那我们要去哪儿？"

"那儿！"

尚儒伸出手指向远处，我顺着他手指的方向看去，在海天交接的地方，一座小岛，孤零零地站在水里。

第二十四章
神兵祭台

　　由于刚刚脱困，出于谨慎考虑，游艇航行的速度很平缓。约半个小时后，游艇接近了那座小岛，极目四望，汪洋海远，水势连天，除面前的小岛之外，再无别处。

　　眼前这座岛屿，如果斤斤计较起来，可能算不上岛屿，只能算岩礁。按照《联合国海洋法公约》，凡是不能支持人类居住和经济生活的，都不能算作岛。

　　从船上望过去，就算是从未见过火山的人，也能一眼认出这是个火山岛，高约百余米，上窄下宽，未见峰顶，从上到下坡度相似，四围险峻，如刀劈斧削。岛上植被稀疏，裸露着灰黑色的岩石，也没看见有飞禽走兽。游艇围着小岛转了一圈，找了一块平缓的海滩靠岸。

　　在船上待了半天一夜的张进步，没等船停稳，就跳到岸上去了，并撒着欢在石岸上跑了一大圈，才气喘吁吁地转回来。

　　我和尚氏父女、伊豆，以及他手下的三个船员一起下了船。

　　三个船员包括高个子的小泽，矮个子的三浦，还有一个麻子脸的井上。三个人虽然形态各异，但气质真像一奶同胞，表情阴恻，身上自带斥力，让人敬而远之。

　　"在这儿抽烟应该没人打我吧？"张进步自说自话地从兜里掏出一盒烟拆开。

　　"各位谁抽烟，我这儿管饱。"张进步拿着烟盒，一个个敬过去，但没有人接。

张进步敬到跟他打过架的三浦面前，他说："来来，抽一根，江湖一抽泯恩仇。"

三浦听不懂中国话，看向伊豆。伊豆此时再次恢复了他那张不耐烦的脸，冲着三浦说了句日语。三浦这才郑重地从张进步手里接过一支烟，并生硬地用汉语说了声："谢谢！"

"这才像话嘛。"张进步说着从兜里掏出打火机，递到三浦面前，点着火，"来，点上，俗话说得好，酒尿壮人胆，烟打贱人脸，我给你敬烟，不代表我就放过你了，回头还是要约一架，好吧？"

三浦听不懂他在说什么，只是一直"嗨嗨"地点头。我和尚锦乡被逗笑了，就连伊豆脸上也多了几分笑意。

等我们乐完了，一回头，看见尚儒沿着海岸已经走远了。

张进步冲我做了个眼色。

我走到尚锦乡跟前，问她："你以前来过这里吗？"

"这个岛吗？"她摇摇头，"没有，因为从小就在岛上住着，我对海没有太大的兴趣，反而对大陆有一种向往，所以我才选择了历史学。"

"看上去，你父亲似乎对这里很感兴趣。"

"是啊，他经常会一个人驾船出海，冲绳群岛有很多无人岛屿的旅游，都是他开发的。不过，他对赚钱的兴趣并不大，只是对岛屿有些痴迷。"

我们沿着海岸线走了半天，脚下石头湿滑，走着特别艰难，张进步连连叫苦，我也走得脚腕发酸，一下打滑，不小心把脚弓扯疼了。

"不行了，不行了，这儿太难走了，先休息一会儿吧。"张进步说着，就往高处爬了几步，一屁股坐在一块平整的巨石上，再也不起来。其他人也没有太多往前走的欲望，一看见有人带头，赶紧都围着张进步坐下来。

走在前面的尚儒，毕竟年纪大了，虽然看上去兴致勃勃，但也不反对休息，找了块干的空地坐下来。

坐下来后，我感觉脚心疼得厉害，赶紧把鞋脱了看，发现脚心被东西划破皮了。是一只一寸多长的海螺，划破了我的鞋底，在脚心上扎破了点皮肉，倒不是很严重。

我把海螺从鞋上拔下来，刚想扔海里，却被它亮丽的外表给吸引了。

这只海螺长不过五厘米，像圆形宝塔，上尖下圆，一层层纹理均匀，黑白褐色花纹，斑斓相间，多彩绚烂。

"老三，送你个宝贝。"

我把海螺扔给张进步，他凌空一把抓在手里："什么？"

"辟邪法螺。"

张进步把手里的海螺翻来覆去看了好几遍，问道："这个玩意儿，能辟邪？"

"能不能我也没试过，和尚道士做法事的时候，就用这种螺当法器。"

"那我可得好好收着，回头做个坠子挂脖子上。"

说起坠子，我才想起奶奶给我的吊坠没挂在脖子上："哎，老三，你见我的吊坠了吗？"

"没有啊。"

"不会是掉海里了吧？"

"没有。"尚锦乡突然说，"当时把你从海里救上来时，那个吊坠还在鱼竿上挂着，应该是我父亲收起来了。"

"没丢就好，要不太可惜了。"我虽然这么说，但心里还是不太舒服。既然是尚儒收起来了，那等我醒来，他就应该还给我，可是到现在他也没提过。

如果善意点想，那可能是他年纪大了忘了。要是想歪一点，那就是要浑水摸鱼。要是不知道吊坠有避水功能还好，现在大家都知道这是个宝物，他还拿走不还，不由得让人不多想。

正想着，看见尚儒站起来，冲我招手："马龙，你过来，我想跟你说点事。"

我穿上鞋，忍着疼，踩着湿滑的岩石，走到尚儒身边。

他说："看你一瘸一拐的，怎么了？"

"没事，被个海螺硌了一下。"

尚儒似乎并不是真的关心我的脚，他从衣兜里掏出吊坠："这个吊坠你要收好，忘了还给你。"我为自己刚才的腹诽而自责，尴尬地接过吊坠，戴在脖子上。

尚儒说："如果你的脚伤不严重，我们走走吧。"说着就朝前走去，我只好跟在他后面。

走了有几分钟，他停在海边一块突出的岩石上，转身看着我："你知道这里是什么地方吗？"

"这个岛吗？"

尚儒没说话，直直地盯着我。

"我不知道，不过看上去应该是一座火山岛吧？"

"对，是火山岛，我第一次来的时候，也认出是火山岛。直到我的父亲尚适告诉我，这里是历代琉球王联络神兵的祭台。"

"这里是祭台？"

"是的。刚见你那会儿，因为不能确定你的真实身份，很多事情我都没有告诉你。或者说，我没有告诉过任何人，甚至包括兄长尚邦。"

"没告诉我能理解，可为什么连阮老都要隐瞒呢？"

"嗯，我换个说法，你可能更好理解，我才是琉球复国运动真正的领导者。"

"啊？那锦乡……"

"她也不知道，我并不想让她背负太多的压力。如果复国运动在我这一代仍然没有进展，到她们这一代就更不可能了。"

尚儒告诉我，琉球灭国后，尚泰王和世子一脉被强制迁居东京，被严格监控。但七子尚适从小就心怀复国之志，不甘被日本统治，所以他以经商的名义，暗地里组织琉球复国运动。但同时也在搞复国运动的世子孙尚邦屡次失败，给了尚适启示，让他知道单凭赤手空拳的琉球国民，复国只是一个泡影。

于是，他又把目光回溯，想起祖先的神兵，并坚信神兵不会抛弃琉球。只是他并非世子一脉，并未掌握与神兵联络的渠道，于是花了大半生的时间，去研究琉球古籍，想从中找出联络方式。苍天不负有心人，他依靠自己的努力，终于找到了联络神兵的祭台，并带着幼小的儿子尚儒登上了祭台，也就是脚下的这座岛。

可是他穷尽一生，也没找到联络神兵的方式，直到他遇到了侄儿，也就是世子孙尚邦，才知道世上原来存在"钥匙"，可是最后一把"钥匙"已经被他的侄女——我奶奶尚敏带去了中国。随着年岁渐长，他最终还是没有等到尚敏回来。

而这个千斤重担就落在了他的儿子尚儒身上。尚儒早就知道尚邦的身份，但并没有挑明。他跟着尚邦学习琉球文化，阅读整理所有尚邦搜集来的琉球秘典和相关资料，然而没有"钥匙"，他掌握的所有知识，也只能用于文化保护和旅游开发，直到我"从天而降"。

"事情就是这样。"尚儒说，"虽然我是王室后人，但钥匙现在的主人是你，只有经得你同意，我才能使用它，如果你不同意使用，我绝不强求，就让这复国的泡影化为飞沫，消逝在大海上。"

坦白说，我对琉球王国的一切仅限于好奇，如果没有我奶奶这条线，我可能都没兴趣听他讲这么多。可是一想起奶奶，我就不忍拒绝。但是在答应之前，有些事我必须问清楚。

"尚先生，请容许我这么称呼你，我只想问一个问题，那些追杀我的黑衣人，跟你有没有关系？我希望你能把实情告诉我。"

"黑衣人？"尚儒疑惑地问，"你怎么会觉得他们跟我有关系？"

"从来到日本的第一天，我就觉得一切都不对劲，总感觉有一张大网布在我的周围，逼着我一步步向前走，终于走到今天，走到这个岛上。直到这会儿你才告诉我，来这个岛上，其实是你有意为之。"

"没错，知道你身份的第一刻，我就决定把你带来这里，可是跟黑衣人没有任何关系，我是复国者，不是山口组。"

"那就好，我相信你，不是相信你这个人，而是相信人性。虎毒不食子，我不相信你会让自己的女儿置于险境。"

尚儒沉吟了一会儿，突然说："我告诉你一个秘密，锦乡并不是我的亲生女儿，但是从她出生第一天，我就收养了她，多年以来，我无时无刻不把她当作自己的亲生女儿。你是这个世界上第二个知道这个秘密的人。"

知道尚锦乡不是尚儒亲生女儿的第一刻，我就忍不住回头看在远处的尚锦乡，她正在悬崖下，和伊豆他们聊着天。

"可是，即使我同意你使用钥匙，你知道怎么使用吗？"

"不知道，但我们可以试。"

"几百年来，你的祖先们都试过很多次，都没有召集神兵，为什么你就觉得可以？"

"我并不觉得一定行，但这是唯一的希望。"

"好吧，我同意。"

"我代表琉球王国感谢你。"

"别这么说，我担不起这么大的名，我只是想为奶奶做点儿事情。"

尚儒点点头。

"那我们应该怎么做？"我问道。

"等。"

"等？"

"对，必须等到午时，太阳正当天的时候。"

"不用提前做什么准备吗？"

"我们都不知道怎么使用钥匙，还需要准备什么吗？"

我们回到休息的地方，他们已经休息好了。伊豆带着自己的三个随从，正举着相机到处拍照。尚锦乡面对着大海做起了体操。

张进步把我拉到一边，假装看风景，悄悄问我："老头找你聊什么？"

"他说这里是召唤神兵的祭台。"我对张进步没什么可隐藏的。

"果然！"张进步差点跳起来，"我就知道有阴谋，尚儒那老头一路上都心怀鬼胎。"

"别这么说他。"我回头看了一眼尚儒，他正面对着朝阳，坐在石头上闭目养神。

我把尚儒刚才对我说的话，给张进步说了一遍，不过暂时保留了尚锦乡不是尚儒亲生女儿的信息，毕竟这是私人的事，没必要公告天下。

"看不出来，老头套路深哪。"

张进步感慨了半天问我："哎，你说这老头如果真把神兵召唤来了，这神兵是听你的呢，还是听他的？"

"你还真信这个啊？"

"这不闲着无聊吗，我猜肯定是听你的。"

"为什么？"

"神兵是钥匙召唤来的，这钥匙就是兵符，谁掌着兵符，神兵肯定是听谁的。"

"那可不一定，尚儒是尚氏的血脉，神兵保护王族，肯定听他调遣。"

"你也有尚氏的血脉呀，"张进步说，"你奶奶还是王室世子一脉的公主呢。"

"我要神兵干什么？难道让他们去跟日本打仗吗？"

"嗯，这是个问题，要真打起来，总不是什么好事。再说就算是神兵，还真不一定能打得过现代化军队……"

我们两个人找了个地方，抽着烟，嘻嘻哈哈地聊着，不知不觉过了大半天。

我尿意袭来，刚站起来，想找个地方去尿尿，突然觉得脚下一滑，差点摔到水里去。

"地震了——"张进步猛然跳起来，大喊一声。

果然，脚下的小岛开始微微颤动，山上的灌木无风摇晃，小石子、小树枝也纷纷从山上滚落下来。不仅如此，隐约间，我闻到了一股微微的硫黄味。

第二十五章
火山内部

我赶紧抬头看，山顶隐约有烟雾缭绕，但浓度并不大，就像有人故意点了火。

张进步急切地大喊大叫："快跑，火山要爆发了。"

尚锦乡也不知道从什么地方窜出来，紧张地问尚儒怎么办。尚儒面带笑容，不慌不忙，他从地上站起来，向我们走过来。

"马龙，"尚儒说，"起作用了。"

"什么？"

"把你的吊坠拿出来。"尚儒说。

我把吊坠从脖子上摘下来，并没有什么变化。

"钥匙。"尚儒说，"是钥匙起作用了，根据王室档案记载，登上祭台时，神兵若得感应，会生出异象，祭台所居处，地面震动，青烟如禽羽，如石灰的味道，但顷刻即止。"

就在尚儒说话间，伊豆和三个随从从山后快步走出来。

听尚儒说明情况后，我们虽然心中不安，但紧张情绪还是缓解了许多。大家集中在一块远离山体的平地上，既期待又担心有什么事发生。

几分钟之后，震动平息了，山顶的烟雾也缓缓散去，一切恢复如常。

又等了一会儿，不论是天上、地底还是海里，都没见什么神兵天降，只有一只海鸥从我们头顶盘旋飞过。

"就这么完了？"张进步问。

尚儒说："别着急，按照记载，这异象只是说明神兵对我们的到来有感应，几百年来，琉球国王多次登临此处，就连刚才的异象都没有发生。"

"这么说，我们还是幸运者啊。"张进步说，"那接下来我们怎么办？"

"登祭台。"

尚儒说着就要朝着山走过去，张进步突然伸手阻止了他。

"慢着。"张进步说，"咱还是把话说清楚点儿，都走到这里，神仙都感应了，不急于这一时嘛。"

"时间紧迫，不能耽误了时辰。"

"紧迫，是对你紧迫，我们时间可长着呢。"

张进步的态度忽然变得有些奇怪，我本来想说话，但想到他每次有古怪言行，都别有目的，就忍着没说话。

尚儒奇怪地看了一眼张进步。

"你想知道什么呢？"

"尚先生，我出于尊重叫您一声小舅姥爷，但你不能把我们这些小辈当猴耍。"

"哦？"尚儒笑了，"张先生何出此言？"

"我这么说也许不太礼貌，也许出于我的无知，但知之为知之，不知为不知，有些事我必须问清楚。"

"请讲。"

"您说这里是祭台？"

"对！"尚儒点点头。

"好，那祭什么呢？"

"祭神。"

"拿什么祭呢？？"

张进步问到这里，估计在场的人都听明白了。

所谓"祭"，上左为"月"，意思是肉，上右为"又"，象形为手，下面是"示"，五笔代表了天地日月星，象征"神"。所以"祭"的意思就是手拿着肉献给神。

对于眼前的形势来说，神已经确定了，就是神兵，那么谁是手，谁是肉？

按张进步的思路推下来，尚儒作为琉球王室后裔，名正言顺地可以担当主祭，也就是那只手。那么其余的人，就是要献给神的肉。

人为刀俎，我为鱼肉？

除了尚氏父女，所有人的脸色都变了，就连一向对什么都不在乎的伊豆，脸上也多了几分疑惑。

尚儒环视了一圈，忽然哈哈大笑起来，笑得众人都莫名其妙。

尚锦乡看着尚儒，又看看我们，焦急地问："爸，你们这是怎么了？什么祭台？"

尚儒停住大笑，但脸上仍然面带和蔼的笑容，对尚锦乡说："没事没事，也怪我没说清楚，让他们误会了。"

尚儒把刚才不久前对我说的话，选紧要的部分又粗略讲了一遍。除了不懂汉语的井上三人之外，其他人应该都知道了是怎么回事。

可张进步还是抓住"祭台"这个词不放，非让尚儒解释拿什么祭的问题。

尚儒无奈地摇摇头，苦笑着说："祭台的说法是上古传下来的，所有的仪式只有王室世子一脉才了解，我连'钥匙'的功能都不了解，而且钥匙属于马龙，如果非要说有主祭，那也是马龙。就算我不惜命，这里还有我的女儿，我怎么会让锦乡当作祭品？"

他提到女儿的时候，伸手摸了摸尚锦乡的头发，眼睛里满含着父爱。也许正是这个具有普世涵义的动作，让警惕的张进步也松弛下来。

他摸了摸了自己的胖脸，尴尬一笑："小地方人，出门不多，见的世面少，让大家见笑了。"

尚儒摇摇头，看着我似笑非笑地说："马龙，你这个朋友不错，能认识他是你的运气。"

我说："运气没见到，霉气倒是带来不少。"

为了缓和现场气氛，我还故意闻了闻身上的衣服，做了个滑稽的表情。现场一阵尴笑，不过我的目的也算达到了。

半天没声音的伊豆突然开口说："尚叔叔，我们现在去哪里？"

尚儒说："刚才大家不是想知道什么是祭台吗？我就带你们去看看。"

尚锦乡问："在哪里？"

"火山里面。"

我们一行七人，由尚儒带路，深一脚浅一脚，沿着海岸在山脚下蜿蜒前行。沿路的景色非常相似，左手边是灌木丛掩映下的深灰山石，右手边是无垠的大海。

环岛步行大约二十分钟后，一条小溪拦在我们面前，说是小溪，其实也是海水，一边通向大海，一边通向灌木深处。

尚儒似乎对路非常熟悉，沿着溪水向山而行，溪水不宽，也不深，只是溪边无路，有时候需要进入水中，涉水而行，水中忽高忽低，身体前后又是灌木丛，走起来很不顺畅。

因为尚儒走在前面，后面只有尚锦乡一个女孩儿，我就伸手扶着她，她也不拒绝，抓着我的胳膊。一路无话，只听见流水潺潺和我们踩水的声音。

没走多远，最多二百米，小溪就到了尽头。有一小片开阔地，地面的石头特别平整，像是人力造就，却找不到人工的痕迹。

"到了。"尚儒说。

我上下打量了一下，除了平整的地面，并没有什么特别的地方。

张进步一屁股坐在地上，脱下鞋子，倒出里面的水和小石子，又穿回去，站起前后左右看了看，说："小舅姥爷，这里怎么什么都没有？"

尚儒说："才到门口，当然没什么。"

"门口？门在哪儿？"

"在那儿。"

顺着尚儒手指的方向看过去，是一块巨石，不仔细看就是一块大石头，但一留意，就看出端倪来了。

"怎么像一头牛啊？"尚锦乡说。

"不是牛，是猪。"张进步说。

听他俩这么说，我仔细观察石头，既不像牛，也不像猪，反而像一匹马，还长着翅膀。其实像什么不重要，关键是我并没有看见尚儒说的门在哪儿。

尚儒没说话，朝着那块巨石走过去，我们几个人也赶紧跟上去。

等走近一些，才看见巨石与山壁之间，有一个狭窄的洞口，掩藏在阴影里。

洞口长满了绿色的苔藓，溪水从里面流出来，尚儒回头对我们说："你们个子高，小心碰头。"

说完他就低下头，一脚踏进水里，朝洞里走进去。

张进步看着我，意思是问我要不要跟进去。都到门口了，我的好奇心也被调动起来，冲他点点头，就跟在尚儒后面走了进去。

洞里的水似乎比外面的水要冰冷一些，但水下很平整，走着并不困难。洞里面的墙壁也很平滑，应该不是天然形成的，勉强可以供一个人通过。我听见张进步在后面抱怨，他那略显臃肿的身材，在狭窄的通道里走，确实比我们要难一些。

幸好山洞只有几十米，很快就豁然开朗。我从来没想到有朝一日，自己会进入一座火山的内部。我原以为火山内部肯定是一片死寂，到处是硫黄和石灰石，即使有植物，也是那种生命力旺盛的小草在山石的夹缝中艰难地生长。可眼前的一切，与我想象的完全不同。

简单地说，这里感觉就像是一个"失落的世界"，植被异常茂盛，藤萝密布，灌木丛生，野花烂漫，一幅生机勃勃的景象。

这是个类似"烟囱"的巨大空间，正中是一个幽静的水潭，水面纹丝不动，如果不是表面漂浮着树叶和花瓣，几乎可以认为是一块深绿色的翡翠。

我抬头向上看，只见空间有规律地越缩越小，一直缩到顶部，露出一小块蓝天，就像一面镜子，盖在我们头顶。那个出口，应该就是以前在电视上看到的火山口。

"有猴子！"尚锦乡指着对面喊道。顺着她的手看过去，十几只野猴，正在山间的树木上嬉闹蹦跳，对我们这些不速之客的到来，似乎毫不在意。

张进步说："这里不会就是花果山水帘洞吧？"

没有人回答他，所有人都被眼前的景色吸引。尚锦乡和伊豆都拿出相机拍照，只有伊豆的那三个随从，表情还是一如既往的冷酷，对眼前的美景熟视无睹。

我问尚儒："以前您来过这里吧？"

"是的，来过好多次。"尚儒说。

"有什么发现吗？"

尚儒摇摇头，指着水潭让我看。

这时，我才注意到，水潭中心的一个形状是很规整的石岛，岸边有石桥通往那里。

"那里才是祭台。"

在尚儒的带领下，我们走上石桥，桥面很窄，不足一米宽，两边没有扶杆。走在桥上我忍不住朝水潭里看，除了倒映的蓝天，再看不见什么。

"马龙，扶着我。"我身后的张进步说。

我知道他是旱鸭子，看见水就发晕，就伸出手，满足了他的要求。

石岛是规则的八边形，每个边长二十米左右，地面上没有找到丝毫缝隙，似乎是由一整块灰黑色的石头磨砌而成，隐隐透着古老的气息。

石岛边与边之间的交接处，立着高低不一的粗黑石柱，上面精雕细琢着形形色色的纹理，和奇形怪状的符号，有些石柱看上去很完整，有些似乎像木材一样开裂。

石岛中心是一个圆形的黑色祭台，却无法判断其材质是石头，还是某种金属。我伸出手，摸了摸其表面，冰冷而光滑。

祭台的侧面也雕刻着密密麻麻的花纹，作为西安人，我从小在古迹和古董堆里长大，见得多了，对这种东西没太大兴趣。

张进步只关心东西值不值钱，眼前这么大个的玩意儿，如果是纯金的，没准他还会想方设法啃几块下来。此时此刻，他竟一屁股坐在地上，从口袋里掏出烟，吞云吐雾起来。

只有尚锦乡和伊豆对石柱和祭台上的纹理真的感兴趣，不同的是伊豆只是在不停地拍照，而尚锦乡跪在地上，撅着屁股，专注地观察上面的纹理和符号，偶尔才用手机拍照。

尚儒走过来，严肃地请求我把"钥匙"放在祭台上，我没有拒绝。我把吊坠从脖子上摘下来，放上了祭台。我和尚儒满怀期待与恐慌，盯着祭台上的吊坠，时间一分一秒地流逝，不知道过了多久，吊坠、祭台、石岛和火山，都没有丝毫动静。

尚儒长叹一声，把吊坠从祭坛上拿起来，递给我。在这一瞬间，他似乎老了二十岁，脸上的疲惫、失落和悲伤，毕露无遗。

我也不知道说什么才好，只能从他手里默默接过吊坠，挂回脖子上。

正在这时候，突然听见旁边的尚锦乡一声惊叫，吸引了所有人的注意力。

"怎么了？"张进步从地上跳起来。

"云雷纹。"

"什么纹？"

尚锦乡没有回答，她缓缓站起来，指着石柱和祭台说："建造这里的人，应该来自中国。"

"何以见得？"尚儒问。

尚锦乡说："石柱和祭台上的螺旋状装饰纹理，都是出自中国远古的云雷纹。

"云雷纹起源很早，在新石器时期出土的遗迹里就能见到，应用广泛的是在商周时期出土的青铜器上，基本样式为回旋曲折盘绕的几何图形，其起源和象征意义一直没有定论，但主流的观点是象征了'云'与'雷'，近似圆圈盘绕为云纹，近似方形盘绕为雷纹。除此之外还有很多种说法，比如水流旋涡、贝壳、植物藤蔓、动物犄角，甚至还有学者认为是复刻人的指纹。

"云雷纹应用非常广泛，商周之后，历朝历代都有使用，除青铜器之外，还应用于兵器、玉器、衣冠、车舢、瓷器、漆器和家具等各种物件上，后来形态演变也非常复杂，现在常见的'祥云'饰纹就是从它演变来的一种。"

经尚锦乡这么一讲，大家对石柱和祭台才起了兴趣，各自找了一根石柱观察起来。内行看门道，外行看热闹，就算我们知道了这个东西叫云雷纹，也没觉得有什么神奇的地方。

张进步突然走到我旁边，轻声说："你看这个什么云雷纹，像不像你那个吊坠上的五瓣水波纹？"

经张进步提醒，我才注意到二者的确有相似的地方，但石柱上的花纹并没有像吊坠上那样，把五个套在一起的。

我刚想问尚锦乡，又听见她说："其实这种螺旋纹并不是中国文化独有的，在世界各地的古代文明中，都有发现。欧洲、埃及和南美出土的文物上都曾经出现过。"

"那你怎么判断这些是中国人还是其他人建造的呢？"张进步抢着问。

"云雷纹虽然有很多种，佢勾连云雷纹却是中国独有的，台北故宫有两件商代晚期的器具，一件勾连云雷纹瓿，一件勾连云雷纹附耳瓿，我都亲眼见过。"

"难道建造这里的人是商朝人？"

第二十六章
深海过山车

◀ ‖‖‖‖‖‖‖‖‖‖‖‖‖‖‖ ▶

张进步脑子活，只是根据尚锦乡说的商代晚期，就推导出一连串故事。

"商代晚期正是武王伐纣时期。商代灭亡，姜子牙封神，商朝肯定有伯夷叔齐那样有节操的人，不食周粟，驾船出海，来到此处，建起了世外桃源。……一起躲避的这些人里，没准有通天教主麾下有法术的截教中人，在此扮演神仙。不知道何年何月，这些人和琉球人建立了联系，琉球人向他们进贡，他们为琉球人提供保护。

"这种关系一直持续到中国的明朝，这些商朝遗民不知道什么原因，再不出现了。

"琉球王国只好又找了大明朝廷为靠山，想不到大明靠不住，接下来的大清更是江河日下，这才落个灭国的下场。"

虽然张进步说得头头是道，差点连他自己都信了，可是尚锦乡并不认同："这些勾连云雷纹跟商代晚期的还是有些区别，更像是经过简化和物象化的图案，也就是说看起来更像真的云了。"

"专家说话就爱大喘气，那依你看，应该是什么年代的？"

"应该是春秋战国时期。"

"哦，那应该跟封神榜没什么关系了。"

"云雷纹虽然古老，但也比较常见，真正奇怪的是上面这些符号。"尚锦乡指着石柱被云雷纹环绕着的一些符号，说，"看上去就像一些象形文字。"

我问："这是不是春秋战国时期的文字？"

"不是。"尚锦乡摇摇头，"中国的文字自殷商甲骨文，到西周、春秋时期的金文和大篆，一直到战国期间各国发展出的陶文、简帛文、玺印文，再到秦始皇统一文字，简化大篆创制的小篆，都有一个清晰的脉络，与这上面的符号毫不相同。"

"那可不可能是土著文字？太平洋上很多岛屿不是有土著居民吗？有可能是他们留下的。"我问。

尚锦乡点点头："这种可能性不能排除，但我总觉得这种符号之前在哪里见过。"

"不要费脑子想了。"我看她皱着眉头就安慰说，"世界上的文明千千万万，除了我们现在的，还有过去的，史前的，就算你是历史专家也不可能全都知道。"

"你说什么？"沉吟中的尚锦乡突然抬头问我。

"他说你长得这么好看，明明可以靠颜值吃饭，非要当专家……"张进步说。

尚锦乡突然欣喜若狂，她没理张进步，冲我扑过来，我还没来得及反应，就被她紧紧抱住。这种场景下，我看看尚儒，又看看伊豆，他们一脸疑惑，我手足无措，只能尴尬一笑。

可是尚锦乡丝毫没有意识到自己的失态，放开我后，仍然抓着我的肩膀，激动地说："你说得对，马龙，谢谢你！"

"这是什么情况？"张进步在旁边也目瞪口呆。

尚锦乡笑着说："不好意思，我真是太激动了，我刚才一直在想这是什么文字，是马龙提醒了我。"

"我？"我一头雾水。

"对，你刚才提到史前，让我猛然想起我的导师蔡哲伦的研究，我以前跟你们提过，他除了是亚洲史权威之外，还是姆大陆文明研究的专家。"

"姆大陆？就是那个像亚特兰蒂斯一样消失的文明吗？"我想起尚锦乡曾经提过一嘴。

"是的。根据传说，几万年前，地球上曾经还有三块大陆，大西洋的亚特兰蒂斯大陆、印度洋的雷姆力亚大陆和太平洋上的姆大陆，都进化出了高度发达的人类文明。"

张进步插话说："这不是玄幻小说的内容吗？"

"我以前也是这么认为的，因为研究历史最重要的是考证，再大胆的假设，如果没有遗迹考证，也只能停留在幻想阶段。世界上研究史前文明的历史学家并不少，也有只鳞片羽的物证，始终形不成学界的共识。蔡先生花费半生的精力，搜集了大量姆大陆文明存在的物证，包括一些珍贵的石板和泥板，我曾经在他的工作室见过拓片，上面的文字和这些石柱上的符号非常相近，甚至有一模一样的。"

尚锦乡激动地一边讲，一边拿出相机，要把石柱上的符号一个个都拍下来。

"那这个姆大陆和亚特兰蒂斯大陆有什么关系？为什么那么高度发达的文明最后全都沉入海底了？"张进步问。

"我并没有专门做过这方面的研究，据老师说，姆大陆是所有人类文明的起源，亚特兰蒂斯文明和雷姆力亚文明，以及埃及文明和印加文明，都是姆大陆的移民创造的。至于为什么沉没，老师也没有定论，他说无外乎两种，一种是自然灾难，一种是战争灾难。"

"嗯，相当于没说。"张进步嘀咕。

我们折腾了一上午，除了发现这些莫名其妙的所谓史前文明的文字，一无所获。除了尚锦乡之外，其他人都显得有些颓靡。我突然觉得有些饿了，想吃点东西。

当我提出回船上吃饭时，就连尚儒都没有反对。

"小姨呀，你这么拍下来不够专业，不如这样，我们早点回去，你联系一下你那位老师，让他尽快到冲绳来一趟，到时候，再让这位伊豆兄把你和老师都送过来，让他亲眼看一下这些东西，不是更好吗？"张进步劝尚锦乡。

尚锦乡被他说得动了心，点点头，终于同意跟我们一起回去。

回到船上，我们吃着东西，商讨先返回冲绳。

可是这时候小泽进来报告说船出了故障，无法启动。

说真的，我心里其实不相信他的话，为什么这么豪华的游艇，每到关键时候就出故障。但毕竟在人家船上，我也不能贸然提出异议，只好不说话，埋头狂吃煎培根和德式香肠。

张进步看我猛吃，他也不说话，学我猛吃。我跟他虽然认识不久，但很快就培养出了默契，该说话，不该说话，谁说什么谁不说，虽然没有事先商量，但配合起来基本不会出错。

吃完饭，船还没修好，我刚想回去躺一会儿，小泽又来了。他一进来准没好事，果然，他说雷达扫描到十海里外出现了船只，要不要呼救？

"不要！"张进步替伊豆作了决定。

他说："万一是杀手追来了，我们现在船坏了，不就成砧板上的肉了吗？"

伊豆同意张进步的话，他吩咐船员抓紧修船，并时刻警戒。

根据墨菲定律，如果你担心某种情况发生，那么这种情况就一定会发生。几分钟后，小泽再次进来报告，来的是昨晚追我们的船。

"这是有杀父之仇还是夺妻之恨哪？"张进步为对方的穷追不舍而愤怒了。

但愤怒不能解决问题，我们紧急磋商，在船不可能及时修好的情况下，唯一的方式就是上岸躲藏。

因为不知道要在岛上躲多久，我们每个人都带了必要的设备，伊豆的船真是百宝箱，食物、药品、野外生存设备应有尽有。我把背包里没用的东西都掏出来，装了一个睡袋和一个水壶；张进步塞了一顶帐篷、一件充气救生衣和一把手电筒，很快我们就回到岛上。

我看伊豆身边只有小泽、三浦和井上，就问他其他的船员怎么办？

"没关系，杀手追的是你们，他们不会有事的。"伊豆淡淡地说。

我们商量后，决定重新回到火山里面，那儿只有一个进出口，一夫当关，万夫莫开，如果我们把口封上，那些黑衣人都不一定能找到。

且说着，我们就看见远处出现了两个黑点，肉眼能看见，说明已经不远了。

再一次返回火山内部，大家已经轻车熟路。

趁旁边的人不注意，张进步轻声对我说："你知道我刚才看见什么了？"

"什么？美人鱼？"

"鲸鱼。"

"扯，鲸鱼那么大，怎么就你看见了？"

张进步左右看看，压着嗓子说："鲸鱼在水下，我看见了鲸鱼背上的那个人。"

"什么！"我吃惊地差点跳起来，"不可能！"

我的异样表现引起了其他人的注意。

"怎么了？"尚儒停下脚步问我。

我想了想，终于还是没说。

"没事。"

尚儒也没有追问，只说了一句"小心脚下"，就转身走了。

我们沿着小溪进入山洞，再回到火山内部，找了一块干燥的地方，坐下来歇脚。

张进步挨着我坐下来，递给我一支烟："你说我们被人穷追不舍，是不是看见了什么不该看到的东西？"

"你偷看哪家姑娘洗澡了？"我说道。

"别扯这些没用的，我跟你说正事儿呢。你想啊，我们一直以为是孔孟荀拿了吊坠去给人看，才惹来这群杀手。万一不是呢？"

我不知道他要说什么。

"我们刚来日本，就在游船上拍到了鲸鱼背上的人，你想啊，这么厉害的人，肯定不是凡人，很可能是那种修真世家的掌门人什么的，我们拍到这种人，万一泄露给媒体，是不是就把他的秘密暴露了？"

"我们给媒体干什么？"

"但人家不这么认为，所谓匹夫无罪怀璧其罪，我们相当于揣了个贪官受贿记账本，人家能不杀人灭口吗？"

"哪个贪官受贿还记账？"

"你不是贪官，你怎么知道贪官怎么想的。呸，说什么贪官，不要转移重点，重点是你手机里那个视频。"

我拿出手机，打开那段视频仔细看。鲸鱼背上的人真是太小了，要不是黄小意，我这么粗心的人压根不会发现他。

"你们看，涨潮了。"尚锦乡指着水潭大声喊。

果然，潭水悄无声息地涨了起来，只一会儿就没过了石桥。

"这是怎么回事？"

我们几个人都同时站起来，眼睁睁看着岸边的灌木丛缓缓地"沉入"水中。我们站着的地方刚才还距离水面有十多米高，如今已经不足一半，而且是以肉眼可见的速度缩短。

"怎么办？"张进步问。

我们大眼瞪小眼，一时不知道该怎么办。这时，我看见对面山上的野猴，一只只都坐在树干上，一动不动地盯着我们看。

"不行，这鬼地方不能待了。走！"

张进步说着就朝洞口跑去，我们几个人也赶紧跟上去。

"我×——"前面突然传来张进步惨烈的叫声。

我以为他出了什么事，便不顾山洞狭窄，快步跑过去。跑到洞口时，我傻眼了。

出口被一块巨大的石头堵死了，看那石头的样子，应该就是洞口那块既像猪又像牛的石头。

"怎么办？"

"推！"

山洞逼仄，两个人并排已经是极限。我俩使出吃奶的劲儿，巨石纹丝不动。等到其他几个人都赶上来，也想过来帮忙，可是根本没有位置。此时山洞里的水位也开始上涨，刚才到小腿的水位，如今已经过了膝盖。再这么涨下去，我们七个人估计就要憋死在这小山洞里了。

"不行不行，快退回去。"张进步大喊。

所有人掉转身，后队变前队，重新跑回了火山里。

此时水位已经距离我们立足地不足一米。

"你们带救生衣了吗？"尚锦乡问。

这句话提醒了大家，除了我之外，其他六个人都从包里拿出救生衣，套在身上。

"你没带吗？"张进步问我。

我摇摇头。有一件事我一直没说，我这人天生就会游泳，不是那种普通的会游，而是会踩水。小时候跟伙伴们在河里一泡就是大半天，捉鱼摸虾，挖螺逮蟹，横渡湖泊，如履平地。要我这种人出门带救生衣，简直就是对我的侮辱。

水面上涨的速度非常迅速，很快就淹到我们脚下。

"爬上去。"张进步指着顶上的火山口。

虽然这是个馊主意，但所有人还是拽着藤蔓往高处爬。对面山上的猴子突然像发了疯一般，拽着树梢，冲我们这边"飞"过来。

我还心怀善意，以为它们是来救我们的，谁知道没过一会儿，野果子就像冰雹一样从我们头顶砸下来。

"这帮猢狲，我是你孙悟空爷爷！哎哟，敢砸你爷爷，爷爷在缅甸可是吃过猴脑的，你们知道猴脑怎么吃吗？活着撬开你们的天灵盖，浇上热油……哎哟……别砸爷爷脸啊，爷可是靠脸蛋吃饭的……"

猴群嘶叫，张进步跟它们对吼，双方骂得不可开交。

很快，我们所有人都泡进了水里，此时的水面已经上升到距离火山口三分之一处。

他们几个有救生衣，我不担心。这时我注意到胸前的吊坠，隔开了一小块没有水的空间，虽然对于我没什么用，但看着觉得特别好玩。

此时的火山，就像一个巨大的水桶，水面越来越高，那些猴子都跑到了更高处，不见了踪影。我们几个人就像一口大锅里的几个饺子，浮在水面上。

我心想这样也挺好，水面升到山口，我们也算着陆了。这时，平静的水面突然旋转起来，张进步像一艘惊涛骇浪里的小船，吓得大喊大叫起来。

我稳住身形，仔细观察，原来在半山的岩壁上有一些大小不一的山洞，水正在汹涌地灌入其中，我突然觉得一阵不安。

"大家抓住身边的人，抓住树也行，不要被吸到洞里去——"我冲他们大喊。

可是这时候已经迟了，那个麻子脸的井上惨叫着被吸入洞中，不见了身影。我赶紧看其他人，尚儒紧紧抓着岩壁上的一棵灌木，看上去没什么危险。伊豆和其他两个人跟我没什么关系，我也不想操心，在尚锦乡和张进步之间我犯了难。

但水流不给我思考的时间，旋涡把尚锦乡卷到我身边的同时，也把张进步卷向了另一个黑洞，我看见张进步临空乱抓，竟然抓住了伊豆的背包，两人一起掉入了洞中。

也许是水性好，也许是吊坠起了作用，我在水里竟然保持了平衡，一把揽住尚锦乡的腰，想把她带到尚儒那边去，可是一阵巨大的吸力把我和尚锦乡吸进了洞中。

怎么来描述洞中的情景呢？

我仿佛坐上了一辆高速的水流过山车，身体完全不受控制，只能跟随水流上下颠簸起伏，天旋地转中，强烈的眩晕感冲击着我的大脑。

第二十七章
魔树

我从黑暗中醒来。脑袋晕得厉害，浑身发疼，一切都恍恍惚惚，刹那之间，竟然不知道自己的眼睛究竟是睁着还是闭着。因为眼前除了黑暗，什么都看不到。

我使劲眨了眨眼睛，肌肉的抽动使我稍有了一些活着的踏实感，紧接着就是一阵刺骨的冰冷袭来，这时，我才发现自己的大半个身体都浸泡在水中。

正是因为冰冷的水，让我的思维渐渐恢复。我想起了昏迷前的景象：我死死拽着尚锦乡，伸手想攀住洞口，可是水流实在太急，我们俩同时被冲进了山洞。

洞里的空间并不狭窄，反而意外的宽敞，几乎要赶上普通的公路隧道。四壁都很光滑，我伸手乱抓，拼命想抓住什么救命稻草，却什么也抓不到。

最终我被急促的水流冲着，像玩水滑梯一样疾速向下滑落。

在那样天旋地转的情况下，尚锦乡竟然还能出声。她的尖叫声在山洞里回荡，刺得我耳膜发疼。我当时心想，咱俩就快要摔成二维码了，就不能闭上嘴，死得体面一点儿嘛。刚这么一想，我就觉得脑后一震，眼前彻底黑了下来。

我想起来，落地的刹那我还安慰自己，原来摔死一点也不疼。

我活动了一下身体，发现手脚都能动，脖子也没问题，看来身上并没有受严重的外伤，只有几个地方隐约疼痛，但感觉也只是皮肉疼，应该只是在石壁上擦伤了。

我从火山岛掉下来，不知道掉了多深，竟然没什么事，虽然有运气成分，但仔细想来，水流还是起到了不小的缓冲作用，不知道其他人有没有我这么幸运。

　　我从水里站起来，抹了一把脸，脑袋清醒了一点，前后打量，开始思考当前的处境。

　　这里应该是火山岛下面的一个海底洞穴，凭感觉我们至少下滑了数百米。垂直距离虽然不好估算，但想要原路爬回去估计是不太可能了。且不说海上那些追杀我们的黑衣人，就算找到了出口，如此深的海底，也不是单靠人力就能浮上去的。还好这个山洞的气温不低，否则浑身湿漉漉的，冻也得冻死。

　　火山岛上的事来得太突然，那块封死洞口的巨石，莫名其妙上升的大水和半山的洞口……似乎有一种无形的力量，一步步把我们逼到了这里。难道真的有所谓神兵？倘若一切真如尚儒所说，是我的吊坠起了作用，感应到了神兵，那么神兵在哪里？可如果没有神兵，那之前发生的事就太诡异了。我心乱如麻，脑子里胡思乱想着。

　　此时，我的眼睛已经适应了黑暗。这里并不是完全伸手不见五指，不远处就有一些微弱的光线，像是极低瓦数的电灯光，更像是若有若无的星光。

　　看见光源，我的心情好了起来，虽然光太暗，可总比没有强。可是不知为什么，那些光看起来似乎在游动，就像睡觉刚关上灯时，眼前的那种景象，微弱的光在眼睛里像水一样流过，似有似无，像轻纱薄雾。

　　我从口袋里掏出手机，它在水里泡了这么长时间，终于寿终正寝。手电给了张进步，不知道他怎样了。

　　出于动物的趋光本能，我摸黑慢慢朝那个有光的地方走去，没走多远，脚就踩到石头上。一旦脚踏实地，心里也就更加踏实了。

　　离光源越近，光线越强。渐渐地，那些光已经足以照出地面上的坑坑洼洼。

　　大概走出一百来米，终于来到光源的近处，眼前的场景让我惊讶。

　　那些发光的东西，竟然是树。一眼望不到边际的巨大空间里，无数发光的树，规则地一列列排开，就像城市里过节时用霓虹灯缠绕的树枝一样。不同的是，这里的树枝和树叶都发着幽冷的荧光。

　　树下是田字格一样形状工整的水塘，水塘之间是纵横交错的小路，如果这里不是在海底，而是在地面上任意地方，眼前的景象都是一幅美好的田园风光。可是出现在这里，却有一种说不出的诡异。

　　因为地底本身的黑暗，树与树的交织，它们发的荧光像薄雾一般，氤氲在一起，形成一个蛋壳形状的巨大光球，笼罩在茂盛的植物上。

我想起小时候，曾看到过一篇介绍"神奇的发光植物"的科普文章。世界上有好多植物都有发光的本领，但它们为什么会发光，众说纷纭，科学家们并没有找到真正的原因。比如，牡丹花就会在夜里发光，有研究者认为，跟月光有关。

印度洋的岛屿上，有一种会发光的树，叫太阳树，据说是古时候众神交战时，太阳神不慎受伤，血洒到地面上后，孕育出的一种树，形状像一个开屏的孔雀尾巴。而眼前的树，跟我家楼下的樱花树长得差不多，除了会发光，并没有什么特别之处，很明显不是太阳树。

非洲还有一种会发光的树木，被称作阿非利加魔树，是神灵巡视大地上的坐标。据说，草原上的非洲人，夜晚没有灯，会跑到这种树下看书学习。但我觉得这个说法不可信，感觉像是编出来骗小朋友刻苦学习的，就跟凿壁偷光的故事差不多。

不过，阿非利加魔树在图片上的样子，和眼前这些发光的树，倒是蛮相似的，不过所有的树对于我来说，跟所有的非洲人在我眼里一样，都长得差不多。

只不过远在非洲的树，怎么会跑到琉球群岛的海底来？

看这些树，一棵棵都修剪得整整齐齐，像是有人特意栽种在这里，充当免费的路灯使用。难道尚儒所说的神兵，是一群非洲人吗？我越想越觉得离谱，干脆不想了，权且就把这些树叫作魔树吧。

我走进魔树森林，却发现发光的不只是树，就连水塘里，也有不同颜色的光芒在闪烁。仔细一看，我吓得浑身一哆嗦，里面密密麻麻地挤满了"鬼火水母"，让我瞬间就想起船员被烧成骷髅的惨状。

一种奇异的感觉涌上我的心头，也许是树和水塘太过整齐的缘故，我不自觉地把这些东西，都归结成人力所为。

其实仔细想想，假如真有人在这样的地底洞穴里生活，衣食住行的问题先撇开不说，只是光线的幽暗，就足以给眼睛造成巨大的伤害。长时间住在如此晦暗的环境，视觉必然会退化，万一哪天来到地面上，被太阳光一照，很可能就直接失明了。

可是那些田字格的水塘布局，如果不是人力，莫非真有神仙鬼怪不成？

我不禁想起陶渊明的《桃花源记》。里面写的"阡陌交通"，大概就是眼前这种景象，只是这里肯定不会有鸡犬相闻了。刚想到这儿，突然听到背后似乎有人在哭，听那个声音，应该还是个女人。

我不禁头皮发麻，毛发倒竖，浑身起了鸡皮疙瘩，心想真的假的？我虽然是个坚定的唯物主义者，可在这种情形下，以前听过的鬼故事，看过的香港鬼片情节都在脑袋里闪过。

万一回头看见了红衣女鬼，我是夸她好看呢，还是一本正经地打个招呼，见机行事？据说遇见鬼不能转身，否则被鬼看见了脸，逃到天涯海角都会跟着你。

可是，等了好半天，也没等到一只手搭上我的肩膀，哭声也渐渐消失了。

这时，我又怀疑是自己耳朵出现了幻听，可能是刚才耳朵里进了水，引起了耳鸣，被我误听成哭声了吧。

我咬了咬舌尖，给自己壮胆，缓缓转过身，望向身后，只看见一片漆黑。

走过夜路的人都知道，当一个人打着手电走路时，漆黑中他会很显眼，而打着手电望向远处时，除了雾蒙蒙的黑，什么都看不到。

此时我头顶的魔树、脚边的水母，相当于手电筒。而我就是那个走夜路的人，不知道被什么东西在黑暗中盯着。

又是一声轻轻的哭声，马上又消失了。我按了按自己的耳朵，又捏着鼻子，鼓着嘴，使劲向外吹气，耳朵果然舒服了不少。

我努力回想着刚才的声音，瞪大眼睛瞭望，希望找到声源。可是我越想越恍惚，仿佛那一声哭声都是幻觉，是我想象出来吓唬自己的一样。

为了壮胆，我蹲下身，捡了一块石头，紧紧攥在手里。

跟师父学功夫时，他说如果打架，手里还是要有武器，功夫再好，一砖撂倒。他说自己在战场上，曾经用一块卵石，干倒了三个持刀敌军。就是不知道鬼怕不怕板砖。

突然，哭声再次响起。

这次，我终于可以确认，既非我耳鸣，也不是幻觉，就是有人在哭。

我心想管你是人是鬼，砸了再说，落到这步田地，还能更坏吗？

"×你妈——"我大骂一声，使出全身力气把石头朝着黑暗中砸过去。

扑通一声，石头砸到了水里，应该是砸空了，我正想再捡一块，黑暗中却传来一声刺耳的尖叫。

第二十八章
海底农场

◀ ||||||||||||||||||||| ▶

我被突如其来的尖叫吓了一跳，但稍一冷静，就判断出这既不是怪物的惨叫，也不是凄厉的女鬼，就是女人的叫声。

突然，脑子里灵光一闪，大喊一声："尚锦乡，是你吗？"

"是我……"果然是她的声音，还带着哭腔。

知道尚锦乡还活着，我心里一阵激动，我一边答应，一边朝她跑过去，大约跑了一百米，就隐隐约约看见了人影。

树林的光照到她那里已经弱了很多，不过还是勉强能看清地上的人正是尚锦乡。她坐在地上，看见我，想站起来，可是脚下一滑又坐倒了。

她跟我一样，也是浑身湿透，头发乱糟糟的，脸上分不清是海水还是泪水，看见我过来，竟然一把拽住我的手大哭起来。

我跟女孩子交往不多，面对这种情况，一时不知道怎么安慰，只好任她把鼻涕眼泪抹在我手上。

过了好一会儿，她终于控制住了自己的情绪，抽泣着告诉我她的右脚受伤了。

尚锦乡个子不算高，但身材比例很匀称，双腿笔直。

尚锦乡看到我盯着她的腿，有些不好意思，垂下了头。

我说："我帮你看看。"

她点点头："麻烦你了。"

我捧起她的右脚，脱掉鞋，看脚腕没有肿起来，就在前后左右轻轻压了压，看她表情没有特别痛苦，应该没有骨折。师父除了教我功夫，还教过一些是很实用的本事。比如，如何把脱臼的关节装回去，如何把关节卸下来以便脱困之类。所以，对关节部位还比较熟悉。

"疼得厉害吗？"

"不厉害。"

"嗯，没有骨折，可能只是扭伤。先休息一会儿，不要动。"

尚锦乡点点头，看我把她的脚抱在怀里，把头低下去，应该是不好意思，但光线这么暗，也看不出她脸红。不过这还是提醒我，帮她把鞋穿回去。

她突然问我："你为什么拿石头砸我？"

我老脸一热，总不能说我刚才把她当成了女鬼吧，幸亏刚才那块石头没砸中她，万幸啊。

我赶紧转移话题说："你怎么跑到这儿来的？"

"我被冲到一个水池子里，就晕过去了，醒来到处黑乎乎的，喊人也没声音，看到这边有光就走过来。可是脚腕疼，走到这儿就走不动了。……不知道我爸他们怎么样了……"

尚锦乡说着又抽泣起来。

黑暗中，我看到尚锦乡脸上似乎泛起一圈红晕。心想，小姑娘嘛，大大方方地哭，有什么不好意思的。但嘴上还是安慰她说："你放心吧，你父亲对这个地方的了解，比全世界的人加起来都多，咱们俩都没出事，他更不会有事的。"

尚锦乡没吱声。

我傻站了一会儿，觉得气氛有些尴尬，脑子里竟然想到，按一般电视剧里的套路，孤男寡女坠落水中，不是该脱衣服烤火顺便把感情也升温一下吗？

这么想着，我就不自觉地瞅了一眼她被水打湿的衣服，见她的包放在旁边，不知道里面的东西怎么样。

"你要不要换衣服？湿衣服穿着会生病的。"我问。

尚锦乡点点头说："这个包是防水的，我刚检查了，里面没进水，相机还能用。"

我心想女人的脑回路真奇特，这种情况下还关心相机。

"里面拍了那些姆大陆的文字符号，我要发给老师的，丢了就太可惜了。"

原来是这样，我心想还真是个好学生。

"我到前面看看有没有出路，你先换衣服，换好了叫我。"

"你不要走远……"她脱口而出。

"没事的，我就在前面。"

尚锦乡点点头，拿过包。我刚走了几步，估计最多十米。

"好了，就在那儿吧。"

我只好站在原地，眼睛看向那片发光的树林，身后传来窸窸窣窣的声响。

过了一会儿，听见她说"好了"，我才又转回身来。

她换了一条浅色牛仔裤，深绿色的五分袖T恤，系了一根发带，看上去就像一个大学生要进行一场毕业旅行。

见她站着，我想她的脚腕应该是好了些。

换了装束，她似乎一下恢复了活力，伸展活动着身体，突然问我："如果我脚断了，你会不会把我扔在这里？"

"怎么会？"我心里这么想，但嘴上开玩笑说，"那是一定会的，与其把两个人都困在这儿，不如我先找到出口，再来接你。"

虽然我是在开玩笑，但尚锦乡神色还是一变，也不顾脚疼，大步朝树林的方向走去。

我知道她误会了，毕竟是两个国家的人，可能玩笑的尺度也不一样，不过现在要追着解释，反而显得我真的心里有愧一样。我只能跟在她的后面，边走边给她讲那些发光植物。

她是历史学家，动植物方面的知识肯定没我丰富。过了一会儿，她似乎忘了刚才的不快，一直追问我关于植物的问题。我也是左支右绌，勉强解答。

尚锦乡问我："你在大学读的是植物学专业吗？"

我回答她："不是，我学鱼雷的。"

"什么？"

"学造鱼雷，就那种军舰上用的炸弹？"

尚锦乡侧过身来看我，满脸的迷茫。

"你是海军吗？"

"海军？噢，没有。这些都是以前书上瞎看的。"

"瞎看？"

"哎，怎么给你说呢，瞎看就是随便看看，没有明确目的性地看。……怎么这么简单一个词，解释起来这么复杂呢？"

很快，我们走进了发光的树林。

水塘里，水母发出幽幽的光。我提醒尚锦乡注意，别掉进去。她也认出了那些水母，有些畏惧，看得出来，她对昨天船员的死仍然心有余悸。

一直走到树林深处，我才注意到，这些水塘之间并没有隔离，而是相通的，海水以某种神奇的方式，在水塘之间流动。但水母并不是到处都有，有的地方密密麻麻，有的地方却一只都没有，分布很随机，没什么规律可循。

我们小心翼翼地走着，越往深处走，水塘里的水母越少，却出现了很多水生植物，仔细看，似乎不是野生水生植物，而是用水培植的植物。

距离西安不远，有个叫杨凌的地方，是国家农业科技示范区。我上大学时，去当地的农业科技展览馆参观，见过水培技术，我们平常见的瓜果蔬菜都种在"水槽"里，特别酷。

在别的地方，我并没有见过水培技术的大规模应用，想不到在这里竟然遇到了。

那些植物我不认识，有些看着像荠菜，但要大得多，根须在清澈的水里自然地伸展，似乎有种无形力量，将它们固定住。露在外面的部分都枝繁叶茂，还结着果实。

一排高枝杆植物上，挂着红色的果实。果子不大，就像枸杞一样，一串一串的，特别茂盛，挂在细枝上，沉甸甸的。

我总觉得这种果子很眼熟，就像小时候在山里吃过的一种叫火棘果的东西，没什么营养，但山里人遇到荒年常采来充饥，想起来，已经快二十年没吃过了。

这么想着，我就忍不住摘下一串小红果塞进了嘴中，竟然真是火棘果的味道，酸酸甜甜，刚好除掉我嘴里苦涩的海水味。

尚锦乡看我吃了一串不知名的果子后站着发呆，赶紧过来拍了一下我的肩膀问："你没事吧？"

我一转身，对她翻了个白眼，抱着肚子，倒在地上，假装吃力地说："有……毒……我要死了……"

尚锦乡被我吓了一跳，惊叫一声，赶紧过来要扶我。

我忍不住半躺在地上大笑起来。

她表情一愣，知道我在耍她，竟然一个耳光甩过来，眼看要抽到我脸上时，她的手往后一抽，没有打中，手指甲在我脸上划了一下。

我脸颊一疼，心里一紧：哎，毁容了。我赶紧伸手去摸，果然下脸颊上，被划开一道小口子。

尚锦乡似乎也被自己下意识的动作吓了一跳，慌忙爬过来要看我的脸。

"对不起，对不起……"

她看见我脸上的伤，跪在旁边，一直道歉。

本来是想逗她开心，不小心却搞成这样，看着她愧疚的样子，我心里也特别不好意思，赶紧也向她道歉。你一下，我一下，如果张进步在旁边，一定要调侃我俩在夫妻对拜。

终于，我实在受不了了，向她提议："咱休息一会儿好不好？"

"好！"

她立即就同意了。俩人坐下来，累得直喘粗气，相视大笑起来。

笑声在空旷的空间里引起共鸣，一时似乎周围有很多人都在笑，一扫之前沉郁和惶恐的气氛。

笑过后，她指着红果问我："这个东西能吃吗？"

"可以，味道很不错，你要不尝尝？"

尚锦乡看我这么说，半信半疑地摘下一串果子，塞一颗进嘴里，细嚼慢咽一番，过了好一会儿才说："确实好吃。"

"不只这个能吃，"我指着水塘里的植物说，"虽然这些东西我大都不认识，但根据我的判断，应该不是野生的，而是人工培育的，都可以吃。"

尚锦乡吃了一串小红果，又摘了一串，慢慢地咀嚼，表情惬意而舒适，在这些发光植物的映衬下，有一种奇异的美感。

我躺在水塘边，嘴里塞满果子，一边嚼一边感慨："这个地方还真是不错，远离人世纷扰，有吃有喝，无忧无虑，要不是又黑又潮湿，我宁愿住在这里不走了。"

尚锦乡安安静静地吃着果子，突然说："这里好像是一个农场。"

"农场？谁的？"

"天知道，也许是上帝的。"

"肯定不是。"

"你怎么知道不是？"

"上帝的农场叫伊甸园，到处都是金银珍宝，奇花异草，还有无数甜美的果子，这里黑乎乎的，也没见什么金银珍宝，再说伊甸园里还有亚当和夏娃……"

说到这里，我忽然觉得再说下去不合适了，亚当夏娃可是要吃禁果的。

我认真想想尚锦乡的说法，还真是。

这里有像路灯一样整齐排列的魔树，井田制一样分割的水塘，大面积的水培植物，完全就是一个现代化农场的形态。

我仰头向上望，黑漆漆的什么都看不到，不知道有多高。

根据经过的地方推测，这个空间绝不会小，只是这一片发光树能照到的地方，起码有两个足球场大了。这么大的空间，出现在海底，你要说它是某现代化强国的秘密军事基地，我勉强可以相信，科幻片上不少见。

但要这么劳民伤财，只在海底建个如此巨大的农场，何必呢？

"海水也可以水培吗？"尚锦乡问我。

"不行吧。"我说。

转念又想，如果水塘里都是淡水的话，那些水母又是什么情况？

我想不清楚，干脆不想了。至少我们目前的处境还算安全，只是不知道其他人怎么样。说是其他人，其实我关心的也只有张进步一个，不知道这个死胖子现在在哪里。

一想到张进步可能还在水深火热中，我就觉得自己跟美女躺在世外桃源里吃果子有点无耻。幸好吃了果子，我们精力都恢复了不少，我提议去找其他人。

尚锦乡也担心尚儒，同意去找人，她提议要采一些果子带在身上。

我说果子到处都是，等先找到路再说。结果证明，我还是太乐观了。

这里根本没有路。

第二十九章
死路

我们循着有光的地方前进，走了大概一个多小时，才走到树林的另一边，而等待我们的，却是一面黑黢黢的墙壁。

沿着墙继续向前，光线越来越暗淡，杂草也越来越浓密，好像那些光线还有除草的功能。杂草从没过脚踝，到没过膝盖，再往前走，就要及腰了。杂草深处，影影绰绰，似乎藏着什么不可知的事物。

等到几乎没有光线的时候，我们只能手扶着石壁，缓慢向前，不知不觉，我们俩的手紧紧握在一起。即使近在咫尺，我也几乎看不清她的脸，每迈出一步都小心翼翼，即便如此，我还是突然一脚踩进水洼里，幸好被尚锦乡拽住，才没摔倒。

我第一次发现光是如此可贵，没有光，我们就无法探查那些黑暗的地方，也就找不到路。强大的求生欲望，和对方手里传来的暖意，让我们在黑暗中继续走了下去。

因为担心尚锦乡害怕，我不住地说着话，可是完全看不清她的表情，只能听见她的呼吸声和偶尔的回应，可是这样的声息，也足以给我走下去的力量。

在黑暗中，不知道走了多久，凭我的直觉，至少走了五公里，终于远远地再次看见了暗淡的光，我心里一喜，忍不住就放开她的手，朝着光源跑过去。

可是跑到近处，我才看见，那只是一棵发光树，仅仅一棵，孤零零地站在黑暗中，就像一丝暗夜里的星星之火，一颗无边宇宙中发光的星辰。

我想了想，折断一根树枝，看能不能当火把用，可是树枝一脱离树干，光线瞬间就变暗了，我想举着它给尚锦乡照路，可是没跑出十步，树枝就彻底熄灭了。

一瞬间，除了那棵树，眼前一无所有。我瞪着眼睛，极力想在黑暗的四周发现什么，但只看到无垠的黑暗。尚锦乡怎么不见了？！我心里一紧，连忙大喊："尚锦乡——"

黑暗中没有声音，似乎在黑暗中，就连声音也无法传播。

我一阵慌张，活生生的一个人，怎么一瞬间就不见了。我后悔刚才为什么突然放开她，在这种情境下，我应该一直拉着她的手才对。

"别慌，别慌！"我脑袋里有个声音在提醒我，我仔细回忆，刚才从黑暗里跑过来，应该没有一百米，这么短的时间，她就算遇到什么事，也不可能悄无声息。

我再次大喊，不仅没有她的声音，连我的回音都听不见了。

这时，我隐约听到有一个人在说话，却不是尚锦乡，而是一个男人的声音。

我身体一阵发冷，这里除了我们还有别人？！这种时候，有人，比空无一人更加可怕。

我赶紧大喊一声："谁？"

一阵死寂，漫长的死寂，我只能听见自己的心跳声。

"马龙，你快过来——"突然，我身后传来一声呼喊，是尚锦乡的声音。我猛然回头，并没有看见她。

"你在哪儿？"我大声喊。

"就在池塘这边哪。"

池塘？我前后左右看，并没有看到什么池塘，而她的声音好像是从头顶传来的。我抬头一看，吓了一跳。

头顶上满是闪着荧光的方格子，就像是一个夜光的围棋棋盘。而尚锦乡就蹲在其中的一个格子边上，像是一枚黑子。

"你怎么跑到上面去了？"我冲她喊。

她扭头一看说："什么上面？你快点过来。"

这时我的脑子变得异常冷静，也异常敏感。我看她刚才扭头是在看我，却并不是朝下看，而是朝她左手的方向。说明她并不是在我的头顶，那么我头顶上的她，可能是一个倒影。

根据"倒影"原理，我应该在她的右边。可是"右"并不是一个方向，她的坐标没有确定，任何方向都可能是她的右边。

"你能看得见我吗？"我抬头看着她。

"你怎么了？你不是站在树下吗？"尚锦乡奇怪地看着我。

"可是我看不见你。"

"什么？你眼睛看不见吗？"尚锦乡站起来。

"不是。"我赶紧解释，"我能看见旁边这棵树，也能看见你的影子……"

"我的影子？在哪里。"

"在我的头顶。"

尚锦乡猛然一抬头，眼神刚好和我的眼神对上。

我俩似乎成了两个倒悬着的人。

"你别动，我过来。"她说。

我抬头看见她沿着荧光的格子，朝某个方向走去，不是走向我，而是越走越远。

突然，尚锦乡就像从黑暗里凭空长出来一样，一个恍然，莫名其妙地出现在我面前。

见我怔怔地盯着她，她大概以为我还是看不见她，就伸手在我眼前晃了晃，我一把抓住她的手，在那一瞬间，我真是再也不想松开。

"你——能看见哪。"尚锦乡被我握住手，并没有挣脱，眼神里有些羞涩。

我一把把她拉过来，紧紧抱住，她挣扎了一下，但很快就平静下来，任凭我抱着，我听到她的呼吸变得急促起来。

不知道过了多久，我才放开她。

"对不起，看见你真是太激动了，我刚才以为你走丢了。"

尚锦乡不是那种羞涩的女孩子，她抿嘴一笑，伸手在我脸上拍了一下，没说话。

"刚才，你在哪儿？"我问她。

她伸手一指："就在前面哪，我发现了路，叫你过来看，就看见你一个人在树下转来转去，像丢了什么东西。"

"什么？你发现了路？"

听见尚锦乡发现了路，我激动地让她带我去，直到这会儿，我的手还是紧紧握着她的手，就担心再次把她弄丢了。

她拽着我朝黑暗的地方走去，只转了一个小弯，眼前就出现了刚才在我头顶上看到的荧光围棋格子，密密麻麻，无边无际，仿佛整个大地就是一盘棋局。

　　格子中间是水塘，水塘里有些长着植物，有些空着，格子边际是水渠，荧光正是水渠里漂浮的水母发出来的。

　　尚锦乡指着水渠说："你看这里。"

　　水渠大概有两米到三米的宽度，水很清澈，被水母照得发出幽幽的蓝光，缓缓地流淌着，没有一点声响。我看了半天，也没有看出什么异样。

　　尚锦乡说："水是朝两个方向流的。"

　　我有些疑惑，按照常识，一条流动的河，必然只会朝一个方向流。人往高处走，水往低处流，高处和低处是绝对值，即使是水渠，也不可能往两个方向流动。

　　此时，我们站在水渠的侧面，水面上荡着细细的波纹。

　　我凝神向水面望去，发现水渠两边的波纹走势不太一样。就像是一连串括号，被拆开后，左边和右边，分别集合，放在了不同高度的地方。水流中间似乎有一道无形的力量，把水流上下隔断，分为两层。

　　看起来果然如尚锦乡所说，水朝着两个方向流。上层的水朝向左手边流动，而下层的水则是向右流动的。

　　似乎还不只是这样，上下两层的水又被从中间隔断。

　　也就是说，水渠里的水流，被莫名其妙地分成了四股，就像一根方木，被电锯一分为四，分别成对角的两股，水流方向一致。

　　沿着水流的方向，水渠像一条四股线一般，围绕着水塘和路面，画出诡异的轨迹，一直流到我们看不见的地方。

　　尚锦乡说："你知道威尼斯吧？"

　　我点点头，揉了揉眼睛。水流的轨迹实在是太复杂了，看得我头晕。

　　虽然不知道它们是怎么形成的，但一路走过来，基本能描摹出大概。这个地下洞穴中，靠近外侧的地方没有魔树照明，地面也比较杂乱，而且有很多水潭，连着冲我们下来的水洞。

　　大部分有照明的地方，都被水渠整齐地切分开了，形成一个个水塘。有的水塘养水母，有的栽种水培植物，有的空无一物，有的似乎已经废弃干涸了。

　　水渠有些地方宽，有些地方窄。如果整个山洞是一个微型城市，那么水渠就是公路，水渠边上可供人行的通道，相当于盲道。而那些水塘和树林，就是各种建筑。

尚锦乡说："路应该在水里。"

我同意她的看法，但看着水里那些悠闲游动的水母，忍不住说："看来死路就是生路，向死而生啊！"

尚锦乡笑着说："谁让你去死，我们沿着水渠走就好了。"

水流果然像是路，带着我们一直在棋盘里转悠。虽然有绕路嫌疑，但总体而言还是有规律可循。终于，我们找到了这个洞穴中唯一像是标志的东西。

但它标志着什么，我也不知道，但这里除了植物和水，什么都没有，突然出现这样的东西，让我觉得这附近和其他区域有点不一样。

那是一块巨石，或者说是石雕，有三四米高。不知道放在这里多久了，一眼看上去就觉得古老。关键是，它一定不是自然形成的，而是人造的。

巨石远看是个大圆柱，直立在地上。底端是两块椭圆形的石头，像底座一样撑起整个雕塑。顶端看不太清，隐约看见有两个凸起。

看见它第一眼，我心里就想到网上著名的"阿姆斯特朗炮"，扑哧一声笑了出来。

我瞄了一眼尚锦乡，发现她也出神地盯着石雕，一会靠近瞅细节，一会儿退远看全貌。

我知道她是个专家，就调侃问："这么大的玩意儿，应该是生殖崇拜吧？"

尚锦乡说："你过来看它像什么。"

我心想，别的看不出来，生殖器我从小看到大，一天看八遍，绝不会看错。

突然，一阵让人毛骨悚然的尖叫声在耳际响起。那声音就像是某种动物被开膛破肚，剧痛之下发出的绝望嘶吼。

我被吓得原地跳起来，如果我是一只公鸡，全身的羽毛一定都乍开了。

脑中一片空白，不知道究竟发生了什么，这时，我一抬头，正看到尚锦乡惊慌失措，身体忍不住向后退去，可是她的身后是漂满了鬼火水母的水渠。

她一脚踏空，我伸手想要拉她已经来不及了，眼睁睁地看着她向后摔倒，落入水中。

在那一瞬间，我竟然鬼使神差地喊出一句："小姨——"

然而，不管我喊什么，尚锦乡还是落进了水里，溅起一片水花。

我三步并作一步就跳过去，惶恐，担心，恐惧，愧疚，绝望……所有的情绪在一瞬间爆发，就差一声悲痛欲绝的哭喊了。可尚锦乡在水渠里扑腾了几下，竟然站了起来。

不仅是我，就连她自己也不能相信，我们俩的目光同时投向她脚下。

仿佛武侠电影里的轻功，尚锦乡此刻正站在水里，水只漫过她的膝盖，她踩着一片空无，鬼火水母在她的脚下，安静地游来游去，安详而美丽。

我一把拽住她，粗暴地把她拽上岸，检查她身上有没有被水母烧伤。

"我没事，水里好像有什么东西，把水母隔开了。"她说。

我长长地松了一口气，这时，我才发现就在刚才一瞬间，本来已经快干的衣服，又一次被冷汗浸湿。只觉得脚下发软，我一屁股坐在地上，再也起不来。

"没事，……太好了……"我喃喃自语，长长地呼了几口气，才把心情缓和下来。

"究竟怎么回事？"

尚锦乡说："水底下好像有玻璃。"

"玻璃？"

"嗯，你看。"说着她捡起一块小石头扔进水渠里。果然，石头没沉到底，而是被透明的物质隔在水中间。

"那些鬼火水母，好像都在玻璃下面。"尚锦乡说。

我捡起一根树枝，往水中探去。原来水渠里的水流分为四股，并不是什么神奇力量，而是由像玻璃一样的东西分隔，此前因为玻璃透明，加上光线昏暗，我们俩才没发现。

不过四股水为什么会分两个方向流动，我们还是搞不清楚。

知道有玻璃隔绝水母，我和尚锦乡都松了口气，可是这么一来，更加激发了我们的好奇心，究竟是谁做了如此大一个工程？这是用来干什么的？到现在，虽然奇异的事情一件接着一件，我还是不相信有神鬼。

我突然想起刚才那声令人毛骨悚然的惨叫，就问尚锦乡："刚才是什么东西在叫？"

尚锦乡摇摇头，说："太恐怖了。"

我们一起抬头，目光投向石雕。

第三十章
石兔

那一声怪叫，是石雕发出来的。

刚才尚锦乡叫我站在水渠边看石雕，此时，当我再次望向石雕，瞬间明白了她的意思。

这个雕像，怎么说呢，肯定不是我想的生殖器，它看起来像一种小动物，一种与此处的氛围很不相符的小动物——兔子。

这感觉就像在一个黑道彪形大汉胸口文上一只粉红猪小妹佩奇。

对普通人来说，标签或者符号，一定要与其出现的位置相符。比如在火星上，可以出现金字塔，可以出现恐龙，甚至出现高科技飞船都是可以接受的，可如果出现一盘花生米，似乎就破坏了氛围，好像外星人就应该开飞船，而不是吃花生米。

同理，在这样诡异的山洞里，出现什么样的怪兽，哪怕是异形，或者什么荒诞不经的雕塑，我们都会觉得理所当然。可是面前的雕塑，却是一只兔子。……什么鬼呀？我心里嘟囔着。

一只三四米高的石头兔子立在这种地方，除了诡异，我实在不知道还有什么词可以形容。自从离开西安，我身边的诡异事情一件接着一件，这次不算最离奇的，可绝对是最瘆人的。

这只巨大的石兔，半蹲在阴影中，我刚才看到的底座是它的后腿。前腿浮刻在上身，线条已经不太清晰，不仔细看的话不太容易注意到。石雕顶上的两块凸起是它的耳朵，将两块阴影，覆盖在它模糊的五官上。

尚锦乡正站在石兔旁边，细细盯着石头表面，不知道在看什么。她身上刚换不久的衣服又湿了。

我说："要不要我点一堆火，你把衣服烤一下？"

她没有理我，紧紧盯着石兔表面，突然说："我知道了。"

她认真起来的那股劲儿，还真有点历史专家的样。

我问她："发现什么了？"

"你记得我们在祭台上看到的符号了吗？"

"这上面也有？"

我凑过去看，果然看到石头表面，刻着一些奇异的纹理和图案。线条深刻，各个鲜明独立，绝不是天然形成的。可是我一头雾水，甚至不知道那应该称为画还是字。

尚锦乡喃喃自语："难道这只石兔也和姆大陆文明有关系？"

"你是说这个地方，其实是史前文明的人搞出来的？"我指着四周，满脸疑惑地问。

尚锦乡说："只是假设，无法考证，我看不懂这些文字，只能是猜测，不过这些东西即使不是姆大陆文明，也绝不是现代人做的。"

我心想，这说了半天不是跟没说一样，于是忍不住调侃："我以为你是专家呢，原来咱俩一样，都是睁眼瞎。"

尚锦乡扭头瞪了我一眼，一脸嫌弃的表情道："你知道南美的玛雅文字是怎么破译的吗？"

我说不知道。

尚锦乡的目光又回到了石头上，说："破译一种文字书写系统，需要两个条件，一是要知道文字表述的语言，二是要有和已知文字的对照样本，而除了这两样，还有最重要的一条，你觉得是什么？"

"先进的科学技术吗？"

"运气。"

"玛雅文字的破译，靠的是运气。"尚锦乡突然变身历史老师，给我上起了课。

"苏联的一位古文字学家，年轻时参加了二战，攻克柏林后，他从图书馆的大火中抢救出几本书，其中一本就是玛雅文书的手抄本。而这个手抄本，是16世纪的传教士在美洲记录的。后来他依靠手抄本，终于找到了正确的破译方法。原来在此之前，语言学界对玛雅文的翻译，一直就是错的。可是你想想，如果没有二战，或者他阵亡了，或者他不是刚好在柏林图书馆，那么手抄本很有可能被毁掉。那么以后，就再也不可能有人能破译玛雅文了。"

　　"哦，我理解了，你的意思是说，如果你要翻译这只兔子的语言，还需要先扶老奶奶过马路？"

　　尚锦乡没听明白我的戏言，但她估计不是什么好话，就没接话茬，继续说："如果姆大陆文明真的存在的话，一个已经消失了上万年的文明，几乎不可能找到和现代某种语言对照的样本了。除非姆大陆的人现在还活着，并且他们的文明还在传承。"

　　"那你还看什么？"

　　"比对。"

　　尚锦乡说着，拿出了此前在岛上用的相机开始拍照，我心想这相机真是运气够好的，这么折腾还能用。

　　"我刚才说的只是破译的基本条件，不是方法。一般而言，破译文字总会用到比对猜想、符号逻辑之类的方法……"

　　听她又想上课，我连忙阻止："停，停停！术业有专攻，我就不听你的方法了，我只要听结果，你只需要说破译出来是什么意思。"

　　"严格来说不是破译，只能是猜测。……这个兔子应该是某种图腾崇拜。"

　　"还有崇拜兔子的？不都是狼图腾龙图腾什么的吗？"

　　"那可不一定，在你们中国，古代很多民族都有过兔图腾崇拜。尤其是白兔，看到白兔，得到白兔，或者给皇帝献上白兔，都被视为祥瑞。台北故宫博物院里还存放着商周时代的兔子玉雕，可这么巨型的雕塑我也从来没有见过。"

　　尚锦乡又认真看了一会儿石雕上的线条，说："这只石兔好像是这个文明的神。"

　　"兔神，不知道卖不卖麻辣兔头……"

　　尚锦乡按着快门说："或者说是神迹。"

　　尚锦乡说出"神迹"这个词后，我们俩同时都想到了刚才那声怪叫，难道说所谓的神迹，是指这只石兔是活的？

一只活着的石雕兔子？这也太匪夷所思了。

我大学时看过阿西莫夫的小说，里面说虽然地球上所有的生物，都是以水为介质的碳基生命，而根据科学家推测，在不同的生态下，可能会进化出不同的生命形态，比如硅基生物、硼基生物或者硫基生物。它们的生命存活模式，与我们完全不同。

以硅基生物为例，它们不需要像我们一样吃喝，只需要吸收星光就能维持生命。我们吸进氧气，呼出二氧化碳，而硅基生物吸进光线粒子，呼出的是二氧化硅，也就是我们常见的沙子。可是石头兔子脚下，并没有沙子。

看来这个又大又肥的石头兔子，并不是什么硅基生物。

此时，尚锦乡已经拍完了照片。

我们商量下一步怎么办，决定还是先找到出路再说。我们继续沿着水渠往前走，就像两粒会移动的围棋子。

"咦，有船！"尚锦乡突然喊道。

水渠里停着一个顶盖是蘑菇形状的小房子，怎么看都不像船，倒像是童话世界的蘑菇屋。

我们走到跟前看，那座"房子"颜色是青灰色，材质像是木头。但尚锦乡认为不是木头，她说木头不可能在水里一直泡着。房子一侧开着门，里面有两个类似座位的墩子，两侧还开着小口，像是窗户。

神奇的是，这座房子下面还有轮子。轮子泡在水里，长着风车一样的扇叶。

既然有轮子，那就一定会走。

虽然从来没见过这种东西，我却感觉特别眼熟，却怎么都想不起来是什么。

我问尚锦乡："你以前见过这种东西吗？"

尚锦乡摇了摇头。

"我好像见过。"

尚锦乡将信将疑地看着我。

我脑子里灵光一闪，恍然大悟，哈哈一笑说："这玩意儿不就是铜车马吗？铜车马你知不知道？秦始皇陵里的陪葬品，不过那个有马，这个没马……"

我一边说着，一边靠过去。自从我知道水渠里的鬼火水母没有危险后，就再也不提心吊胆了，尚锦乡也跟着我走过来。

正在这时，那个声音再次从石兔的方向传来。

我们俩再一次被吓在原地，不过因为之前有过一次，这次不再那么恐惧了。

"别管它了，"我说，"我们先看看这个铜车马能不能用，没准坐着它就能出去了。"

尚锦乡说："你有没有听到，刚才那只石兔好像在说话？"

什么？经她提醒，我想了想刚才的声音，虽然有些模糊，但似乎真的是在说话。

"说话就说话，说话又没有危险，我们还是先出去再说。"

尚锦乡说："别急，我听起来刚才的声音怎么有点耳熟？"

"不会吧？你不会因为害怕出现错觉了吧？"

"不是，我听着像是张进步在说话，对，就是张进步。"尚锦乡肯定地说。

张进步？张进步变成兔子了？不行，如果真是张进步，就算变成兔子，我也得把他救出去。这时候，我脑子里出现了《格林童话》和《安徒生童话》里的各种情节，变成青蛙的王子、变成乌鸦的公主什么的。

我赶紧跑到石兔旁边，提气大喊："张进步，是你吗？"

石兔传出声音："我×，马龙？"

我心里一紧，果然，那个胖墩墩的张进步，竟然变成了眼前这只巨大的石兔。

"老三，你别急，就算你变成兔子，我也不会丢下你，你告诉我，你究竟怎么变成了这样？是不是吃了什么不该吃的东西？"

"你鬼扯什么？吃兔子要是能变成兔子，你早就变成猪狗牛羊鸡鸭鹅了。"

张进步的声音听起来似乎非常轻松，并没有变成兔子的惶恐与悲愤。

"那你告诉我，你是不是被这只大兔子吃了，在它肚子里？"

"扯淡，我现在正在烤兔子吃，你快过来，最好给我带半斤老白干。"

这里哪有什么老白干，但听他的说法，似乎过得还不错，没有我想的那么悲摧。

"马龙，你告诉我，你跟前是不是也有一只大石兔子？"

"是啊。你那也有？"

"对，这玩意儿是个传声器，就像对讲机一样，你和小姨刚才腻歪的话，老子全听到了。"石兔里张进步的声音，全是东北大碴子味。

传声器？我仔细观察了一下兔子，发现还真有可能。知道了实情，我半吊着的心算是落地了。

尚锦乡听见我和张进步对话，也走过来。

"三哥，"尚锦乡竟然还是这么叫张进步，"我父亲跟你在一起吗？"

"没有没有，我跟伊豆在一块，没见到尚老爷子。"

尚锦乡一听，神色变得黯然起来。我安慰她，没事的，既然我们几个都没事，你父亲也不会有事，可能一会儿就遇到了。尚锦乡听了我的劝慰，点点头。

我问张进步："你们现在在哪儿？"

张进步说："谁知道这是哪儿，一个大山洞里，黑乎乎的。我刚抓了只兔子，洗剥干净，正在烤，都出香味儿了，你闻到了没？"

我闻了闻，没什么味道，看来兔子只能传声，不能传味儿。

"刚才那声惨叫是不是你们杀兔子发出来的？"

"是啊，叫得太凄惨了。"

我恍然大悟，原来把尚锦乡吓得跌进水里的，是兔子的叫声。

"你们那边有兔子吗？"张进步问。

"没有，不过我们这边吃的多，到处都是野果子。"

根据我和张进步的交流，我发现我们不在一个空间内，生态都不一样。

我说："老三，你们找到出口了吗？"

"找到个屁，到处黑乎乎的，幸亏老子有手电筒，否则早就摔死了。"

我把我这边的情况也告诉了张进步，让他帮忙分析那个水里的"铜车马"能不能坐。

张进步说，铜车马是皇帝陪葬品，皇帝想坐着马车升天，有车必有路，有路就可能逃出生天。所以他建议我们坐上去试试，万一不行再说。

我征询尚锦乡的意见，她犹豫了一下也同意了。可是前路漫漫，谁都不知道这水里的"铜车马"要驶向哪里，我心里还是感到隐隐的不安。

"你那边有没有水车？"我问。

"别说水车，水都不多。"张进步说，"我们顺着一道沟走出来，屁都没见到，不小心一脚踢中一只傻兔子，看它也不跑，干脆就提溜来吃了。"

说了一会儿我才明白，原来他们掉下去的地底洞里，连水都没有。

干涸的水渠，自然就被他们当成了路。不过现在也没时间多问，先得找到他们，再一起行动才是最重要的。

我问他："你们那附近有什么？"

"有大兔子呗，石头的。"

"记得路吗？"

"顺着沟随便走，我们已经穿过好几个洞了，这些地方都相通的，快点来呀，来晚了这只香喷喷、油汪汪的兔子可没你的份了。这地方哪能弄点蒜呢，吃肉不吃蒜，营养减一半……"

他的后一句话明显不是说给我听的。

不过，基本可以确定我们想的没错，只要沿着水渠走就能离开这里了。

我们商议，让他们就在原地等，我们想办法去跟他们会合。

我试着上了那艘像铜车马的船，使劲摇了几下，发现既稳当，又宽敞。船里除了那两个墩子，旁边还有位置，再进来几个人站着也不会拥挤。

我招呼尚锦乡上船，却不知道怎么开动。我俩瞅了半天，也没发现方向盘或者油门踏板之类的东西，气呼呼地坐在墩子上。

想不到我们一坐下来，船竟然有了动静，感觉就像我们加在墩子上的重力就是船的动力，重力和水流一起推动着船，缓缓启动了。

前方一片黑暗。

第三十一章
虫子和兔子

◀ ‖‖‖‖‖‖‖‖‖‖‖‖‖‖‖‖‖ ▶

四周寂静无声，只能偶尔听见水流的波动，但就连这些波动都不是通过耳朵听来的，而是脚心。脚下的船以并不缓慢的速度在黑暗里穿行。

透过窗口，荧光格子一个个迅速被甩在后面。骤然之际，我觉得我们并不是在真实世界里，而是在数码模拟出来的虚拟空间里游动。

行驶了不知多久，荧光慢慢消失，我们重新回到彻底的黑暗之中，伸手不见五指。尚锦乡坐在我的左边，因为黑暗，不知不觉，我们俩挨得越来越近，几乎靠在了一起。黑暗中，我感到她的体温，正慢慢把潮湿的衣服蒸干。

气氛愈发凝重起来，这时候，尚锦乡说话了。

"我们是在海底吧？"

"应该是。"

"海底怎么会有兔子？"

"倒是有一种动物叫海兔，就生活在海里。不过那其实是一种螺类，长得跟蛞蝓一样。老三他们说的，应该是常见的兔子吧。"

"会不会是一种长得像兔子的动物呢？"

像兔子的动物？我想了一圈，荷兰猪？鼩鼱？要说有点像兔子的动物的话，我能说出很多来。可是以张进步的智商，不可能把其他动物误认成兔子。如果不是兔子，那还会有什么样的动物，才会被人当图腾供起来？

当然，猫有这个待遇，爱猫之人什么事都干得出来。

这条水渠的长度，远远超乎我们的想象，不知道过了多久，我听见尚锦乡用手指敲击船舱。"哒、哒、哒……"声音很轻，似乎是某首歌的节奏。我猜她可能正在心里哼着那首歌。如此看来，她的心情应该还不错。

"别敲了。"尚锦乡突然说。

我扭过头看尚锦乡，有点不明所以。眼前一片黑暗，我愣了一下，突然头皮发麻。

"我没敲啊……"

一只手猛然抓住我的衣服，吓得我浑身一抖。那是尚锦乡的手。

我们俩都没敲，那是谁在敲？

"哒哒哒"的声音变得响亮起来。

刚才听起来像是某首歌的节拍，现在仔细听，又变得没有了节奏，听着就像是从天而落的雨滴声，从四面八方传来。

我浑身发紧，汗流浃背，手足无措。黑暗中，我听到尚锦乡窸窸窣窣地不知道在做什么，似乎是在发抖，我紧紧抓住她的手，想让她平静下来。

一道微光在眼前亮起，原来是尚锦乡打开了照相机，可是相机屏的光太过微弱，在浓稠的黑暗中，就如石沉大海，一丝涟漪都没泛起。

船的正前方有一块突出的平板，就像古代马车上车夫坐的地方，数码相机的光正照在上面，朦朦胧胧中，似乎有什么小东西不住地落在上面，就像是有人在天上撒豆子。

我凝神观察，那些落下来的东西好像是小石子，落在车身上发出嗒嗒的声响。可是无缘无故地落石，让我怀疑是不是要地震了。

尚锦乡把相机转过来，对着前方按下了快门。

"咔嚓"一声，相机的闪光灯一闪，在我的眼睛里留下一大片光斑。

照片相当清晰，果然是密密麻麻的小石子，什么颜色都有。

我们俩的心中稍微安定下来。起码石头是死物，总不会突然爬过来。如果山洞要塌，那我们也只好听天由命。

我拿过相机，把照片放大细细观察，一种莫名的不安感涌上心头。

"这是什么？"

尚锦乡和我几乎同时发现了照片的诡异。

她指着相片上的一块小石头，石头看起来只有几厘米大，柱体状，乍一看好像和其他的石头都差不多，在闪光灯的照射下，在地上投出了一小块阴影。

其实每一块石头都有影子，但是只有它的影子有些反常，或者说，是姿势异样。照片里的它，似乎是被一根细丝吊起，只用一个角立在地面上。就像一支用笔尖站立的钢笔，其余部分都悬置在空中，在地上投出比本体要大得多的影子。

正在这时，"哒哒"声再次响起，声音近在咫尺。

如果说刚才的声音，听起来像是石头砸到了船外壳，现在的声音就像用石头在船里敲。

尚锦乡也听出来了，身体一下向我靠过来。

据说盲人的嗅觉和听觉都很灵敏，此刻我们身处黑暗，跟盲人没什么两样。她一靠过来，我就闻到了身上的香味，下意识地往旁边挪了挪。

这一挪，我突然觉得好像屁股底下好像坐了个疙瘩，感觉像是墩子上有什么东西突起来，我屁股扭了扭，疙瘩消失了。

这次的声音来得快，去得也快，只一会儿就没了响动。

尚锦乡松了口气，拿走相机看了一眼，又对准了前方的一片黑暗，按下了快门。

"不要……"

我直觉感到不妥，想阻止已经来不及，刚喊出两个字，快门声已经响起，同时，相机的闪光灯亮起，照亮了船舱。

虽然只是一瞬，但我还是看清楚了，船的内壁上密密麻麻地爬满了那种小石头。

这哪是什么石头，全是虫子啊！……一想到我与无数不知名的虫子共处一室，我的身体就忍不住发痒，起了满满一身鸡皮疙瘩。

宁撞豺狼虎豹，不惹虫豸鳞鼠，我心里一阵恶寒，双脚一蹬，猛然站起来，忘了船舱高度不够，咚的一声，脑袋撞在了船顶上。脑袋倒是不疼，几个冰凉的东西掉进了我的脖子，还在蠕动。我赶紧弯腰，把它们从我脖子里赶出去。

尚锦乡察觉到了我的异样，问："怎么了？"

"那些不是石头，是虫子。"

尚锦乡立刻尖叫起来，不用看，我都能想象出她抓狂的样子，这个世界上就没有不怕虫子的女人。尖叫声在狭窄的空间里尤其刺耳，我一手捂着耳朵，一只手把她揽住，低声喝道："闭嘴，别再叫出什么鬼东西来。"

尚锦乡一听这话果然不再叫，但身体却一直在发抖。

相机刚才被她掉到地上，却不敢捡起来。微弱的光照亮了一小块地方，一只灰白的虫子正撅着尾巴，像蚂蟥一样往船身里钻。转瞬之间，它的尾巴就只剩一小截，整个身体都钻进了船里面。

上船的时候我就注意到，船体的材料很坚硬，像是金属，却没有金属的冰凉触感和光泽，可能是某种合金。虫子竟然那么厉害，一瞬间就钻了进去，万一它们想钻进我身体里来……简直太恐怖了。

我猫着腰站在船舱里不再乱动，生怕一不小心被虫子咬一口。我捡起相机拿在手里，通过相机的微光，看到船舱上已经被虫子咬穿了好几个洞，不过似乎没有被咬穿的迹象。

天无绝人之路啊，前方隐隐出现光亮，我长呼一口气，终于要逃出虫子窝了。

我紧搂着尚锦乡的肩膀，低声说："别怕别怕，马上就到岸了。"

我从未发现光是如此珍贵，从掉进地下洞穴到现在，大半天时间里，我们一直处在光线昏暗的环境下，都快变成神经病了，稍微有点响动，脑仁儿就咣咣地跳。

此时看到一大片光，简直就像看到了金主，每一道光，都是他们怀里抱着的现金。

随着光线逐渐明亮，船舱内的景象渐渐清晰起来：无数石头和虫子拥挤在一起，颜色相近，看来几乎难以分辨。

那些虫子长得像一截吸管，头尾相似，无法辨认，似乎没有眼睛。更让人奇怪的是，此时的虫子似乎都像死了一样，在碎石里一动不动。

因为它们不蠕动时很像石头，尚锦乡看上去没有特别害怕。

我特意摸了摸刚才坐的地方，只摸到一个小指粗细的圆孔，虫子竟然就这么钻了进去。

我壮起胆子，用脚尖踢了一只虫子，它还是一动不动。我忍不住蹲下来，伸出指头戳了戳它的身体，坚硬如石。似乎它死了以后，就变成了像石头一样的物质。

尚锦乡心有余悸，拽着我的胳膊问："这是什么虫子？"

"不知道，以前我没见过。"

"它们怎么了？"

"可能是被你的相机把魂吸走了。"

看着尚锦乡瑟缩的样子，我脱下外套缠在手上，想把那些虫子和碎石抹出去。

没想到，石头下面竟然还有活的，一只胖乎乎的虫子挂在我的胳膊上蠕动，幸亏胳膊上缠着衣服，要不然肯定得被它钻出洞来。不过，它似乎对我的肉不是那么感兴趣，丝毫没有要咬人的迹象。

我从小跟各种动物接触多了，看着这些胖乎乎的虫子，还觉得挺好玩。

尚锦乡起了一身鸡皮疙瘩，催我赶紧扔掉。

我刚想把虫子扔进水中，可是就这么一会儿，那只虫子就已经不再蠕动了，像地上那些同类一样，变成了石头一样的死物。

我心想要不要带一只回去，让我父亲单位的人看看究竟是什么东西。可是一想到自己还不知道能不能从这里出去，心里一阵黯然，也就没了兴致。

此时，船内的光线已经很亮堂，隐隐能看到前面像是终点的地方，一片昏黄。乍一看倒像是进了沙漠，透出一股荒凉的景象。

船内也可以完全看清楚了，船身青黑色，船内壁上的虫子全都掉在了地板上。

我突然想起，刚才尚锦乡曾用相机拍过这些虫子，闪光灯一闪，就听到一阵坠落声。

难道说，这些虫子怕光？生物都有趋光性，所谓飞蛾扑火就是这个原因。

当然也有负趋光性生物，热爱黑暗，惧怕光源，比如我们常见的蟑螂，就是典型的负趋光性生物，打开厨房灯，蟑螂迅速消失在黑暗中这种场景，应该很多人都见过。

但"见光死"这种情况，不是指网友见面吗？什么时候虫子也会见光死，真是闻所未闻。

我手脚并用清理了船舱，把绝大部分变成石头的虫子尸体扫出船舱，尚锦乡才终于舒服了一点，坐了下来。

船终于驶入一片光芒。我们适应了黑暗的眼睛，一时之间竟然被光亮刺痛，忍不住眯起来。

这里又是一个巨大的洞穴。站在船上一眼望不到边，地平线处的岩壁，看起来就像是连绵的山脉，我们像是被围困在一个小盆地里。近处矮山起伏，沟壑纵横，河水从洞口流出来，曲曲折折，绕到山后，不知道流向何方。

凭我的感觉，这里至少和之前的洞穴差不多大，直径超过五公里，几乎赶上一座小城镇的面积。

　　随着船继续前行，一直困扰我的"到底有多高"的问题终于也有了答案。头顶上方，岩壁如一个巨大的石头蛋壳，将我们扣在中间。我感慨壮观的同时，脑中情不自禁涌现出一个词——天圆地方。

　　在这里我并没有发现光源，可是却有充足的光线，只是整个空间像是旧式的西部片一样昏黄的色调，仿佛是秋天的草原。

　　小船似乎具备自动驾驶功能，一路跟着水流，此刻却在缓缓靠岸。

　　而岸上的景象让我们瞠目结舌，一句话也说不出来。

　　毫不夸张地说，这里是兔子的海洋。满山遍野的兔子拥挤在一起，就像一张无边无际的毛皮地毯，像海浪一样涌动。

第三十二章
兔浪

◄ ‖‖‖‖‖‖‖‖‖‖‖‖‖‖‖‖ ►

船在一个小山坳处停下。我们想下船的时候，却发现根本没有落脚的地方。

一只只兔子就像一团团棉花，如果不是长着像野草一样密密麻麻的长耳朵，一晃神就真把它们看成棉花了。

要是我和张进步在一起，肯定不会有什么忌惮，一脚就踩下去了。可是我旁边有个女孩，粗鲁的行为就自觉收敛了。我心想，万一不小心踩死踩伤兔子，尚锦乡会不会来一场"兔兔那么可爱，你怎么可以踩兔兔"的撒娇戏。

一想到此，我就忍不住笑了。

"笑什么？"尚锦乡问。

我赶紧憋住笑，问她："你吃过兔肉没？"

"没有，现代的日本人不吃兔子，只当作宠物，就像猫一样。"

"那太糟糕了，你知道吗？中国人特别爱吃兔子，尤其是四川人，麻辣兔头简直是极品美味。"我故意逗她。

"哦？这么好吃？那有机会去中国，一定要尝一下。"

"什么？你不是说不吃吗？"我惊讶地问。

"我只是说没吃过，日本也没有兔子的菜肴，我没吃的机会。"尚锦乡笑吟吟地看着我。

"这么可爱的东西，你忍心吃吗？"

"活着当然不忍心，但如果做成菜，就看不出可爱啦。"

我摇摇头，心想这个女孩还真是与众不同。

尚锦乡说："其实很久以前日本人也吃兔子，而且还当作补品吃。只是在德川幕府时期，佛教被奉为日本国教，幕府下令不允许吃所有四足动物，自那以后，日本人才不吃兔子了。"

哦，原来如此。真是处处皆学问哪。

"你不要以为什么东西都是你们中国独有的，其实在人类发展的历史中，兔子一直都是被当成食物的存在。公元前 1700 年的汉谟拉比时期的泥板书上，就记载了兔子的烹饪方法；欧洲自古以来，都把兔肉当作美食，公元 4 世纪的一位美食家，还把兔肉列为第三美食。"

"第一第二是什么？"

"第一是孔雀肉，第二是雉鸡肉。"

"禽兽，孔雀那么可爱，他怎么可以吃孔雀。"

"每个民族都有自己特殊的传统食材，不应该被干涉。就像你们中国人爱吃狗肉，总被欧美人指责，日本人也跟着指责。可是大多数日本人都不知道，其实日本历史上也吃狗肉，只是因为天武天皇信佛，下诏禁止了。时间长了，慢慢就没有了吃狗肉的习惯。"

"真是受教了，我小时候也吃过狗肉，不过很久没吃了。你不知道，如今在中国，吃狗肉会被周围人道德谴责，又不是非吃不可，我干脆就不吃了。"

"欧洲人说自己不吃狗肉，可以蒙骗其他人，却骗不了我们研究历史的。历史上的法国人和德国人都吃狗肉，即便现在，瑞士某些地区还是以狗肉为食。"

"没人抗议吗？"

"当然有，还有人告上法庭，但是法院批复说，政府无权监管公民的饮食。"

可是说了这么多，我们俩还是不知道该如何下船。说归说，但真让我们去踩死兔子，还真是迈不开腿。

我们这么想，似乎兔子也是这么想，那些毛茸茸的家伙，一直在原地发呆。对我们的到来无动于衷。

两个大活人，总不能被兔子憋死。想到这会儿，我突然萌生了尿意，也许因为水量摄入少，这么长时间竟然没有尿一泡。

尿意一生，顿觉岁月不再静好。我捡起一块小石头，朝兔子扔过去，被打中的兔子只是身体微微抽搐一下，还是一动不动。这可怎么办？总不能当着尚锦乡的面解裤子吧。

尚锦乡突然说："你看天上。"

其实我们根本看不到天，她所说的天上，其实就是洞顶。

我抬起头，才注意到，不是此处没光源，而是整个洞顶都是光源。顶上的石头似乎透着光，不是太阳那种刺眼的光，而是一种温和的光，像暖气一样扩散下来，照在岩壁上的土壤和漫山的兔子身上，才使得这里有一种昏黄的色调。

我问尚锦乡："难道是萤石？"

萤石是一种自然形成的矿石，在火山岩浆的冷却过程中产生，能像太阳能电池板一样，吸收自然光线然后发光，以前那些机械手表里就使用萤石，让人在晚上能看见指针。只是印象中萤石都很小，光线也特别微弱，从没见过这么大的萤石。

我把疑惑告诉尚锦乡，她却答非所问，说了些别的。

"很多原始文明对自然发光的东西有敬畏心理，会把它们用作装饰物，或用在宗教活动里。古埃及人用萤石雕刻圣甲虫，河姆渡人用它们当装饰品。直到工业革命以前，照明都是上层社会才能享受的东西，用萤石照明也不算是无法想象的事，可范围这么大，光线这么亮的萤石，算得上世界奇观了。"

我心想，你说了半天跟没说一样。膀胱里尿憋得厉害，实在没法等了，我就大喊大叫，想把那些兔子惊走，可是那些兔子如同佛陀一般，不为所动。

我问尚锦乡："萤石是不是有放射性？这些兔子被辐射久了成傻子了？"

尚锦乡没回话，不知道在想什么，望着远处发呆。

就在我无计可施的时候，船又启动了，无法靠岸，只能由它带着走。无论我们来去，岸上的兔子没看我们一眼，各发各的呆。

小船弯弯绕绕，在河里转过几座矮山，要不是我憋着尿，心急如焚，真算得上是人在画中游了。看着两岸的兔子，我想起一句唐诗——"两岸猿声啼不住，轻舟已过万重山"。

不过，这些兔子可千万别啼叫，这么多兔子如果一起叫，一定会引发山崩。

我心想，伊豆和张进步不是也在兔子这边吗，怎么看不到一点影子？

"企鹅。"尚锦乡突然说。

"你也傻了？是兔子，不是企鹅。"

"它们的样子像企鹅。"尚锦乡莫名其妙地说。我不知道她在想什么，但回头再看兔子，那场面确实如她所说，兔子密密麻麻地傻站着，很像南极冰原上的企鹅。

尚锦乡有时候聪明智慧，有时候看着傻乎乎的，发呆了半天，就想到了企鹅。

我们沉默着，她在看风景，我在憋尿。

船带着我们继续向前行去，直到快被兔子的腥臊味恶心吐了，船终于慢悠悠停了下来。这回船倒不是自动停泊，而是前面已经没有水了。

不仅没水，就连兔子也没了，扑面而来的，是满地的白骨。

这是一处洼地，两面都是山丘，面前是缓坡，河水流到坡前，突然干涸。流水就在这里，冲刷出一片浅滩。浅滩上的骨头看起来是成年累月的杰作，层层叠叠，有些已经风化，有的还挂着血肉，似乎很新鲜。

看到如此血腥景象，尚锦乡竟然没害怕，而是摸出相机咔嚓咔嚓一阵猛拍。

我心想学者真是少见多怪，这有什么好拍的，抬脚就想跳下船，却被她一把拉住。

"等会儿。"

我奇怪地问："怎么？怕我影响你拍照构图啊？"

"这些骨头看样子都像是兔子的。"

我猛然之间明白了她的意思，那些还挂着血肉的骨头，明显不是自然死亡，就是说这个山洞里还有某种肉食动物存在？

这有点吓人了。这地方虽然有海量兔子，多得有些诡异，但我并不害怕，那是因为我知道兔子一向是人类的盘中餐，不会对我们构成威胁。可若是有大型食肉兽类，那就对我们的生命有了威胁。而且看那些兔子尸骨的数量，能吃这么多兔子，食肉动物的数量也绝对是巨大。

我想了想群居的食肉动物，狼？鬣狗？没一个善茬。狼就不要说了，天生的法西斯种群，残忍而冷酷，只有脑子被成功学烧坏了的人，才会把狼当作精神象征。

如果狼是法西斯，那么鬣狗就是流氓无产阶级，它们长得猥琐，一副遭了车祸的样子；行为猥琐，最大的本事是掏肛；吃相猥琐，直接钻到猎物肚子里去吃；唯独生命力强大，生冷不忌，有肉吃肉，没肉嚼骨。噢，看来不是鬣狗，鬣狗是要吃骨头的。那应该就是狼群，总不会是食肉蚁吧？

一瞬间，我脑子里蹦出无数个念头。不管是上述哪种动物，我们俩都凶多吉少。

我越想越恐惧，心里一阵战栗，凝神向四周瞭望，观察敌情。

此刻我们的身后是河道，左右两边是山丘，坡度陡峭。整个浅滩呈圆形，就像是一个巨大的问号。

尚锦乡突然说："我知道这些地方都是怎么来的了。"

"嗯？"

我一个不注意，她就蹬腿跳上了岸，我心里一惊，连忙跟着她跳下去。

我刚一落地，还没来得及谴责她这种知己不知彼，就孤军深入的冒险主义行为，地面突然猛烈一震。难道是因为我们俩的体重破坏了这里的平衡，导致了海底地震？

就在我们惊疑的时候，远处的地平线突然涌动起来，感觉就像滔天的白浪向我们涌过来。我定神一看，竟然是无数只兔子，正朝我们这边奔涌，它们的脚下腾起阵阵烟尘，猛然一看，像一场沙尘暴正席卷而来。

我拽了一把尚锦乡，大喊："发什么呆，快跑啊！"

尚锦乡反应过来，连忙跟着我跑。

我沿着河道撒腿狂奔，跑了一会儿，一回头，发现尚锦乡不见了。

赶紧停下来找她，却发现她就在身后不远处，只是不跑了。

我跑回去问她："跑不动了吗？你这身体也太弱了。"

尚锦乡说："跑得动，只是我们为什么要跑呢？"

"哲学问题，我们还是以后思考，现在呢，让我们奔跑吧，兄弟。"

看尚锦乡还是不动，我就说："你实在跑不动，我来背你。"

"别小看我，"她说，"我可是东京马拉松赛前一百名。"

噢？我不禁重新打量了眼前这个女孩子，她还挺要强的。

"那你怎么不跑了？"

"那些不是兔子吗？"她伸手指着远处的白浪。

"是啊，怎么了？"

"兔子会伤人吗？"

"兔子急了也咬人，你没听说过吗？"

"没，我没见过兔子咬人。"

"你还年轻，没见过的事情多着呢，赶紧跑，再不跑就来不及了。"

说着，我就先跑出去，尚锦乡没办法，也只好跟上来，很快就追上我，与我并排奔跑。

"你说这些兔子跑什么呢？"尚锦乡边跑边问我。

"我怎么知道，可能后面有狼在追吧。"我气喘吁吁地回答。

在国内的时候，我几乎天天参加饭局酒场，很久都没有跑过步。想不到来日本这才几天，先是被持枪黑衣人追得抱头鼠窜，现在又被一群兔子追，说出去简直让人笑话。

我这么想着，脚下却一点也没敢耽误，跑出河道后，朝左手边矮一点的山跑去，不觉汗流浃背，衣服都湿透了。尚锦乡果然不是吹牛，一点也没被我拉下，而且脚步轻盈，姿势优美，呼吸平缓，一点也没有我的狼狈劲儿。

刚跑到一个小山丘，我的双腿就像灌了铅，气喘如牛，一步也跑不动了，一屁股坐在地上，再也不肯起来。尚锦乡也停下来，面色红润地看着我笑。

"笑……个屁……"我忍不住骂她，"这洞里缺氧……"

我喘得一句话也说不上来。

尚锦乡似乎没听见我骂她，脸色惊异地看着我身后，似乎又看到了什么怪事。

身处险境，就算我再不想动，也要先保命。看她神色不对，赶紧爬起来看。

此时我们身处山脊上，视野开阔，我只看了一眼，就震惊了。汪洋大海般的兔子从四面八方朝我们涌过来，用不了多久，我们站的地方就会成为孤岛，甚至被淹没。

第三十三章
兔子屠杀

◀ ‖‖‖‖‖‖‖‖‖‖‖‖‖‖‖‖ ▶

我和尚锦乡应该是人类有史以来，唯一被兔子包围到无路可走的两个人。

兔群狂奔的声音如天雷滚滚，从四面八方传来，要不是亲眼看见，绝对想不到兔子竟然能跑出万马奔腾的声势。眨眼之间，兔群已经进入了河道，并迅速朝着山丘奔来，跑在最前面的兔子离我们只有百十米远。

我左看右看，终于有了主意，冲尚锦乡大喊："上山！"在目前这种情况下，在没弄明白发生什么事之前，跑到高处是唯一的生机。

我们沿着山脊向高处跑去，山脊狭窄，一步踏空就可能滚下去，掉到兔子群里。可没跑几步，我们就遇到了阻碍。一个突出的山崖挡在我们前面，虽然只有四五米高，要爬上去还得费点事儿。幸好，山崖的石缝里有可以拉拽的树根，我使劲拽了几下，发现树根很结实，可以借力爬上去。

"你先上。"我对尚锦乡说。

"不，你先上去，再拽我上去。"她竟然拒绝了。

现在不是谦让的时候，我不由分说一把抱起她就往上举。事态紧急，尚锦乡也没有反对。我把她举起来，让她踩着我的肩膀爬，幸好尚锦乡的身体素质不错，两手攀住了山崖上的树根，就奋力向上爬去。等她再爬高一些，我就用双手托住她的脚，终于把她送了上去。

等做完这一切，兔群已经近在眼前，而且丝毫没有减速的趋势，直直向我撞过来。

没办法了，我用尽全身力气，双脚使劲一蹬，平地起跳，抓住了突出的树根，双脚距离地面大约一米。与此同时，兔子组成的洪流从我脚下滚滚涌过，带起一阵灰尘，呛得我连连咳嗽。

我大呼侥幸，要是树根不结实，岂不就被兔子给践踏了。我刚这么想，就觉得身体猛然向下一坠，看来命运真是待我不薄，非得让我和兔子亲密接触。

尚锦乡的脑袋从上面探出来："马龙，快上来！"

烟尘漫天，虽然离得很近，但我只能看到一个模糊的人影。我左右打量，发现右手不远处还有一个突出的树根，比我手上抓的还要粗，估计也更结实。我屏住呼吸，控制着身体重心，绷紧肩膀上的肌肉，左肩一荡，右手向那根树根探过去。

"咔嚓"一声，我手里的树根竟然断了。我一下失去着力点，身体贴着崖壁向下滑去，我的双手一通乱抓，天不绝我，竟然又被我抓住一根树根。

我的双脚几乎贴到地面，只是这个姿势无法保持站立。兔群疯狂地撞击着我的双腿，那些平常吃的麻辣兔头，如今像一个个铁锤打在我的小腿上，简直是痛彻心扉。但我还是死死地抓住树根，双脚尽可能抬高，一旦我松手，就会立即掉进一个巨大的瀑布。

尚锦乡看我掉下去，焦急地大喊，还想伸出手来拉我，可惜鞭长莫及。我双脚在空中乱蹬，想找到借力的地方。几只兔子被我踩得乱叫，叫声毛骨悚然。

好不容易稳住身形，我朝下望去，此时，烟尘已没有开始那么浓烈。

我看到兔群的洪流中，形成了几个凸起物，就像大海中的礁石，又像水浪太大冲起的波峰，一层层的兔子越垒越高。

尚锦乡不知从哪找来一根粗藤，朝我递过来。我心想藤虽然结实，但拽着藤的人不一定结实，万一被我一拽，两个人都掉下去，就麻烦大了。

幸亏我马龙不是凡人啊，从小在深山里长大，爬墙上树对我来说不是难事。我让自己冷静下来，调整好姿势，很快就找到了爬上去的方法。

山岩上基本都是页岩，一层一层，要找着攀爬落脚点很容易，关键胳膊要有劲儿，岩石还得结实，页岩的结实度差，幸好岩缝里的树根够多。就算如此，我还是费了九牛二虎之力，才爬上山崖。等我一上来，尚锦乡就扑过来一把抱住我。

"别这样啊，"我心想，"按辈分你可是我小姨，怎么能这样呢？"

想归想，温香软玉入怀，我也舍不得推开，但也不好意思搂紧。

只能轻轻拍着她的背说："没事，没事。"

突然间，我觉得尚锦乡不太对劲，她的拥抱越来越紧，几乎让我有点难以喘息，我心想这姑娘也太激动了，我现在蓬头垢面，浑身脏兮兮的，这么抱着好吗？

"别这样，……让我先歇会儿……"

"兔子。"尚锦乡喃喃地说，浑身颤抖起来。

又怎么了？我赶紧扭头看，眼前的场景震撼了我的眼睛、肉体和心灵，给我留下了强大的心理阴影。

脚下漫无边际的原野上，密密麻麻的都是兔子，此刻它们不再奔跑，天地之间再一次堕入死一般的沉静。那种壮观，只有我第一次坐飞机看到的云海方能相比。不同的是，云海是死的，而兔子是活的，它们重重叠叠，踩在同类的身体或尸体上。所有兔子的耳朵都紧张地竖起来，就像广场上亿万只挣扎的手，安静地等待着什么。

兔子维持生命所需要的水量很少，如果食物新鲜，含水量丰富的话，它们压根儿不用饮水。这个洞穴里，我们一路行来都是荒原，难道它们是因为干渴，所以到这里来排队饮水吗？

闻着这么多兔子臊哄哄的气味，我想起兔子有一点习性很像狗，粪便不清理，它们就会重新吃下去。这样做类似于牛的反刍行为，可从人类的角度来看，还是挺恶心的。

一路走来，除了满地的兔子，几乎没见到太丰茂的植物。这里这么小的区域，活着这么多兔子，想必它们每天都在互相吃屎吧。

"你知道旅鼠吗？"我问尚锦乡。

"不知道。"她茫然回答。

旅鼠是一种啮齿动物，生活在非洲，它们最广为人知的特性是，一旦族群数量达到一定程度，就会大规模地集体自杀。

科学研究发现，这种集体自杀现象是因为它们繁殖能力太过强大，为了防止因族群数量太大导致食物短缺而灭绝，当数量达到一定规模后，它们就集体自杀。

每当旅鼠在一定范围内生存的密度越来越大，它们的毛色就会发生变化，从晦暗的灰黑色，变为鲜亮的橘红，吸引天敌来捕杀。

第三十三章 ▶ 兔子屠杀

再往后，就是大规模集体自杀。它们成群结队，数量以百万计，没日没夜地奔跑，越过高山大河，行进数百乃至上千公里。在奔跑过程中，会有无数旅鼠死亡，但相对族群总量来说，还只是九牛一毛。

最终，它们来到海边的悬崖，毫不犹豫地跳入大海，像无比虔诚的宗教徒一般，集体自杀。它们的宗教就是生命本身。它们灵魂深处的信念，就是保证生态链的正常运行，维持族群的繁衍生存。

除了旅鼠，其实很多生殖力强大的小动物，都会有不同形式的种群数量周期性循环，都是为了维持繁衍而进化出的自我牺牲型社会机制。

刚才那些兔子癫狂的奔涌状，和我在关于旅鼠的纪录片中看到的场景极其相似。我之所以带着尚锦乡狼奔豕突逃跑，是因为我不愿意成为一种生命牺牲路途上的绊脚石。它们绝不会绕开我们，而是会向浪潮一般，撞倒我们，踩踏我们。事实也证明的确如此。

我讲完关于旅鼠的这段话，却看见尚锦乡泪流满面。哭了一会儿，她突然问："如果兔子的目的是集体自杀的话，为什么没有跳下水？"

我扑哧一笑，说："兔子可是天生就会游泳的，你不知道吧？"转瞬一想，明白了她问的关键点并不在这里。

兔群们现在静止在原地，除了靠近水边的那些在安静地喝水之外，几乎没有什么动作。如果就是为了喝水，实在犯不着搞出这么大的阵仗来。

可如果它们是为了自杀，除了路上可能踩死的兔子，消耗量不足千万分之一，相对如此庞大的兔群，死掉的几乎可以忽略不计。

我非兔，安知兔之想法。以我的智商和知识，很难理解眼前这一切。

我说："你先休息一会儿，我去上个厕所。"

"哪里有厕所？"尚锦乡问。

"漫山遍野都是厕所呀！"我随手在空中一划拉，却发现此刻周围的光线暗淡了许多。咦？萤石的光也会变暗吗？

我正抬头望着天发呆，异变陡生，耳边突然传来兔子凄厉的尖叫声。

河道方向的地平线上，传来一阵剧烈的骚乱，不一会儿，竟然又有一大群兔子踩着前面的兔子朝这边冲过来。我心想，这是两个村的兔子火并吗？

尚锦乡说："你发现了吗？这些兔子，好像要大一点儿。"

我随口回道："大概它们村里草多吧。"

我摸索一下，发现兜里还有几颗野果，递给尚锦乡，她说不饿。我索性躺在地上自己吃起来。反正这些兔子不走，我们也没什么办法离开，不如养精蓄锐，再有什么意外情况也好应付。只听又是一阵凄厉的叫声，尚锦乡的表情转瞬之间，变得极为震惊。

　　"你快看！"

　　我懒洋洋地坐起来，原来后来的兔子已经踩着前面的兔子跑到浅滩上了。我只看了一眼就忍不住大叫起来："我×，这简直是兔子成精了吧？"

　　这些兔子比普通兔子大，不是普通的大，而是大得有点儿太过分了。身材跟狗差不多大小，毛色以灰黑为主。而山下的大多数兔子，都是纯白色。除了身材，这些兔子的耳朵比一般兔子要短，咧着嘴，尖利的獠牙翻出唇外，宛如蝙蝠一般。

　　如果把它们身体的各部位分开看，哪儿都不像兔子，可是偏偏就是兔子外形。我受父亲的影响，对世界上的动物不敢说如数家珍，但算得上半个专家了，可是从来没有见过如此长相的兔子。从牙齿看来，并非食草动物，而是典型的食肉动物。

　　食肉兔？什么情况？闻所未闻，亘古未见啊。还未来得及细想，那些巨兔们已经冲进了兔子的海洋中。霎时间，它们仿佛狼群冲进牧场，鲨鱼冲入浴场，恶魔来到人间，如推土机一般，一路横冲直撞，所过之处无不是血肉横飞，哀声四起。这并非捕猎，而是屠杀，我眼前迅速闪过人类战争史上那些大规模的屠杀。

　　血腥味扑鼻而来，我只觉得一阵反胃，刚吃下去的东西全都吐了出来。

　　其实在自然世界中，极少有食肉动物会对猎物进行大屠杀，因为屠杀本身是不利于它们自身的。食肉动物的捕猎杀戮，纯粹是为了果腹，一旦吃饱之后，即使牛羊在它们眼前晃悠，它们也懒得站起来去抓。

　　这就是为什么在野生动物纪录片里，经常会有食肉动物晒着太阳，不远处的食草动物悠然自得吃着草，一点儿也不害怕的画面。

　　在我所知道的动物里，只有一种动物例外——狼。狼群在捕猎时，会把没有反抗能力的猎物全部咬死，而它们能吃下和带走的，只是很少一部分。

　　我几乎没有勇气再次望向眼前的屠杀场面，它们真的就像狼群一样。还好那些任其宰割的兔子，数量是如此庞大，就算把这些屠夫全部累死，也不可能把它们杀光。

　　此时，我终于明白河滩上那层层叠叠的骨头是从哪里来的了。

第三十四章
食肉兔

我们坐在山上，背朝山下，实在没有勇气再看下去，可那些凄厉的声音，还是绵绵不绝地从山下传上来。

我和尚锦乡的疑惑终于有了答案，原来兔群的奔跑确实如旅鼠一样，是以集体自杀为终结，而集体自杀的方式，竟然是通过这种残忍的大屠杀。

"你还记得我说过它们像企鹅吗？"尚锦乡问。

我点点头。船刚进入这个洞穴时，她就说这些兔子像企鹅。

"据我所知，企鹅也有这样的自杀行为。"

这时，我也想起来了。企鹅的确也有集体自杀的现象，它们的天敌很少，数量日渐庞大，食物却相对短缺，生态链倒是跟这里非常相似。据说，企鹅也有这种同类相食的现象，只是不同于这些兔子的无差别屠杀，企鹅吃掉的，是它们的幼崽。

尚锦乡被山下的血腥场面吓得不轻，半天还没缓过劲儿来。我伸出手拍拍她的肩膀，想安慰她，却把她吓了一大跳。

我说："别怕了，这就是自然规律，如果没有它们，估计这些兔子全都死绝了。"

尚锦乡点点头，脸色转好了一些。

"你说这些食肉兔是天生的物种，还是因为萤石的放射导致变异的？"她问我。

我摇摇头说不知道。如果它们是在这样封闭的环境下，生存繁衍了几万年甚至更久，那么发生怎样的变异，其实都是可以理解的。动物的进化就是这样，神秘而客观存在，无法用人类的常识去判断和推测。至于那些萤石的放射，能起多大的作用，谁知道呢？

巨兔沿着河道一直跑到河边，所过之处血流成河，尸横遍野。可是河边的兔子仍然安静地等着，轮流喝水，似乎对即将到来的死亡毫不介意。

等那些巨兔奔到河边，终于不再疯狂屠杀，而是缓慢地开始进餐。就像孙悟空进了蟠桃园，每个桃子都咬几口，这些食肉兔也是，每一只都只吃几口就扔开了。

天色渐渐暗下来。河道里塞满死兔子，就像一片血肉模糊的原野。

根据地形轮廓，我算是看明白了，原来从水边的浅滩，一直到缓坡，根本就是兔子的尸体堆积形成的。巨兔们在水边捕杀兔子，尸体被冲刷沉积，越来越高。加上水位也在不断下降，河流阻断，最终形成了我们看到的景象。

不过这些我没跟尚锦乡说，想想我们在兔子尸体山上奔跑的情景，我觉得她难以接受。

我唯一想不明白的是，为什么兔群会选择在此处进行屠杀呢？

按理说，既然有食肉兔可以实现控制种群数量的任务，那么之前万兔奔腾的大规模迁徙还有什么意义？想不清的事情，干脆就不想了。

我向浅滩那边望去，那些食肉兔丝毫没有离开的迹象。那些巨兔身体庞大，估计一时半会儿也吃不饱，看来得在这鸟不拉屎的地方过夜了。

我说："你先睡会儿，我给你站岗吧。"

尚锦乡一定是累坏了，听我这么说，她的神情顿时松懈了一点儿。

"我也想去上厕所。"她说。

"好啊，你去吧，不要走远。"

她站起来，朝旁边的土丘后面走去，突然她又回头说："要不你也一起去吧。"

"我？"我不知道她这么说是什么意思。

"你刚才不是说也要上厕所吗？"

"噢，"我连忙解释，"现在不想了。"

尚锦乡疑惑地看了我一眼，转身走了。

荒芜的山顶，连草都没长几根，全都是石子。我刚躺下来的时候，觉得硌得慌，但是没过一会儿，竟然眼皮发酸，忍不住闭上了。在我的印象中最多三秒钟，可据尚锦乡说，至少有十分钟。突然，我听见身边传来一声尖叫，猛然睁眼，一个鲤鱼打挺起身，看见尚锦乡正拿着一根不知道从哪里捡来的枝干，面朝山崖挥动，仿佛那里有什么吓人的东西。

我揉了揉眼睛，定神一看，差点儿也尖叫出来。

晦暗的光线下，我看见就在悬崖下方，距离我们不到十米的地方，整整齐齐地并排坐着五只巨兔，瞪着眼睛正在看我们。它们的嘴边还挂着血肉，一眼望去，就像五头刚捕杀了海豹的白熊。

我后背一凉，瞬间感觉浑身的汗毛都竖了起来。

书上说，当人被野兽盯上的时候，千万不能掉头跑。唯一的办法，就是与其保持对峙，用声音、体型、动作等一切能想到的方式吓退它。因为，目光一旦相对，野兽就会认为你有敌意，只有让它觉得你也很危险，不敢贸然攻击，才能博得一线生机。

想到这里，我慢慢地解开衣服，双手拽住衣角，把衣服撑起来，做出我体型很大的假象。那些巨兔满嘴鲜血，不再吃同类的骨肉，而是死死盯着我，一动不动，一点儿都看不出它们的意图。

我心想反正都被盯上了，狭路相逢勇者胜，逢敌亮剑早死早托生，老子跟你拼了。我深深吸了一大口气，使出吃奶的劲儿，朝山下狂吼了一声，吼得我鼻涕都喷出来了。

尚锦乡被我吓着了，再次尖叫起来。

我们两人鬼哭狼嚎般的叫声，却丝毫惊动不了那些发呆的小兔子，它们竖起耳朵，却安安静静，不为所动，简直就是佛系兔子。反而是那五只凶恶的巨兔，仿佛听到运动会上的发令枪声，扭头就跑。

我一口气还没有长吁出来，却发现除了我们脚下的五只巨兔，其他的巨兔全都警觉地立起身看向我们，就算有几百米的距离，我也能感受到它们眼神里的寒意。

终于，它们动了，开始缓慢，然后突然加速，向我们跑过来。更多的小白兔被它们连续撞飞，就像大海掀起一波一波的浪花。就连刚才被我们吓跑的五只兔子，也在千军万马中被撞为齑粉。

那声势让我想起成吉思汗远征欧洲时的蒙古獒犬组成的"猛犬部队"，以敌人的尸体作为食物，铺天盖地，一路横扫，所向披靡。

"不好，快跑！"我大喊一声，拉起尚锦乡就溜下山崖。

普通的兔子身高不足三十厘米，就能平地起跳一米多高，山崖有四五米高，对于普通的兔子来说，可能是障碍，但食肉兔身高就将近一米，身强体壮，看上去不费吹灰之力就能跳上来。

网上有个段子，说是在野外遇到野兽时，你一定要直面它，并大吼大叫，这样就可以死得有尊严一点。我觉得自己还是当不了段子里的人，宁默而生，不鸣而死。

下来比较容易，但下来就陷入小兔子的包围中，它们倒是没有威胁，但就像沙子一样，让人寸步难行。但生死关头，不是怜香惜玉的时候，回头望了一眼正狂奔而来的巨兔。我一咬牙，一跺脚，就要蹿出去，刚跑两步却发现尚锦乡没跟上来。

"跑啊！"

"可是……它们……"尚锦乡看着满地的兔子，竟然忘了怎么走路。

现在不是辩论的时候，我不由分说，猛地把她扛在肩膀上，踩着兔子狂奔出去，脚下每跑一步，就是一声凄厉的惨叫。

我还没做到充耳不闻，但绝对可以自欺欺人，嘴里大声喊着："不是兔子是石头，不是兔子是石头……"

因为我是朝坡下跑，身上还扛着尚锦乡，所以身体重心不稳，而且脚下的兔子踩上去滑溜溜的，几次差点摔倒。

没办法，我只好双脚贴着地面，拖着步子跑。这种姿势很消耗体力，而且踢到兔子时，腿脚特别疼，但我还是强忍着突围。

时刻都有兔子被我踢飞，也有兔子被我踩到，我身上汗如泉涌，虽然体力被剧烈消耗，但精神保持高度集中，基本做到了充耳不闻，熟视无睹。人类的求生欲不可估量。

尚锦乡在我背上闭着眼安静了一会儿，突然睁眼才看见那些食肉兔在我身后，只有几十米的距离了，急得她大喊："马龙加油！"

我被她雷得差点儿一头栽倒。

不用回头，我也知道那些巨兔已经近在咫尺了，它们满嘴血肉的画面已经反复在脑子里播映，巨大的奔腾声从身后传来。

此刻我已经跑下山坡，前面不远处就是河道，河道里没有兔子，我来不及思考，使出全身的力量，跳跃着奔跑。一只只小兔子在我脚下被踩扁，我脑子里蹦出小时候师父训练我腰腹的力量，让我三段跳的场景。双脚接连使力，腹肌都被我撕扯得生疼。

终于到了河道边，我还没来得及看有什么，脚下一打滑，连同尚锦乡一起掉进了河道里。河道里没有水，是泥沼，我俩毫无阻碍地摔倒，一头砸进泥泞里。

"完了，今天算是交代在这里了。"我心里一阵哀鸣。

可是等了好一会儿，只能听见嘶吼和惨叫，却没有兔子来咬我。我猛然爬起来，回头一看，沿着河道的岸上，不知道有多少只巨大的兔子，暴躁不安，冲着我们龇牙咧嘴，但就是不肯跳下来，仿佛它们面前有一个透明的罩子，阻止了它们。可是它们脚下的那些小兔子，却像冰雹一样，扑簌簌地掉了下来。

我不明所以，稍一喘息，就拉起尚锦乡。此时，她的脸上全部都是泥，只能看见眼睛和嘴巴，想必我也是如此。

"马龙，我们现在该怎么办？"

"不想死就继续跑。"

左右两边的岸上，全都是兔子，唯一的生路就是河道。

我们决定沿着河道跑，因为河道里没兔子，尚锦乡跑起来也没了障碍，但是我担心河道里会有暗坑泥淖，就一直拽着她的手。

那些食肉兔不知道有什么忌讳，始终都不敢下来，却在两边的岸上，继续追我们跑，嘴里还不时发出凄厉的叫声，比哭丧还难听。这真算得上两岸猿声啼不住了。

幸好河道里的泥泞只到脚腕，跑起来虽然困难，但速度并不慢。

我的身体素质跟普通人相比，算是相当不错了，跑个十公里跟玩一样。我知道，很多大型食肉动物，都有很强的爆发力，却没什么耐力。想不到这些胖得跟猪一样的大兔子，竟然一直跟着我们，跑了好长一段路都没有放弃的迹象。

好在洞顶的萤石还在发光，光线足以让我们辨认方向，看清地面。

我们沿着河道，绕过好几个弯，绕过一处山坳时，前方隐约出现一个巨大的黑影。

我心想不会遇到霸王龙了吧？可是等稍微近一些，就看清了，原来这又是一座大石头雕成的兔子。

看到石兔，我宛如见到救星，虽然不知道它除了传声还能干什么。至少在死之前，我可以把死讯传递给张进步，否则悄无声息地葬身兔腹，实在是让人难以瞑目。

我一边冲着石雕跑，一边大喊："张老三——"

话没喊完我就突然岔气，呛得一阵咳嗽。

石兔里竟然传来歌声："我问你，你的家乡在哪里？"

听着五音不全，一听就是张进步那个王八蛋的声音。

"贼——"我悲愤交加，大骂一声。

"我的家，在山西，过河还有三百里……"这个王八蛋，竟然还在唱。

正在这里，尚锦乡一把拉住我。原来河道在此突然分叉，形成一个丁字路口，我们已经跑到了丁字的交界点。横在我们面前的河道，比跑过来的河道深，至于深多少，下面黑乎乎的，什么也看不见。

"跳不跳？"我问尚锦乡。

可是容不得我们思考，岸上的巨兔越挤越多，除了不住有小兔子掉落外，一只食肉兔也一脚踏空，掉了下来，刚好掉到我旁边，就地一滚，爬起来，抬腰沉肩，瞪着我低声咆哮。

我暗叫不好，这是野兽准备攻击的典型动作，下意识地把头一低。就在同一时刻，巨兔后腿一蹬，如离弦之箭一样从我头顶蹿了过去。

我就地往前一滚，听到身后一声闷响，想必是巨兔撞到了我身后的河坡。

一阵哗啦啦的尘土滚动声传来，我不敢再回头看它撞死没有，抬腿就跳，尚锦乡也同时跳下来。

河水没有想象中的深，大概只有两三米，坡面还有点陡，反正我是连滚带爬滑到底部。我顾不得疼痛，赶紧爬起来，抬头一看，河岸上，无数只巨兔的脑袋，居高临下地俯视着我。万一它们再掉下来几只，我就死定了。

我赶紧转身找尚锦乡，却看见尚锦乡已经跑出了十几米，在黑黢黢的河道里站着，好像在等我。我心想，光顾着自己跑，也不关心一下我的死活，怎么突然良心发现了？

我快跑几步追上她，还没张口，就明白她并不是在等我。

第三十五章
洞穴追逐

　　原来这里已经是河道的尽头，在尚锦乡面前，是一个黑黢黢的洞口，里面一点儿光线都没有，不知道又有什么乌七八糟的玩意儿。

　　我一想起虫子和兔子，就浑身难受，希望这是黎明前的黑暗。

　　"走！"

　　管不了那么多了，就算遇到恐龙，总比被兔子生吞活剥了好。我一把拽住尚锦乡的手，带着她冲进了黑暗中。

　　我紧紧握着尚锦乡的手，发现这个姑娘比我胆子大多了，竟然一边走，一边哼着小调。

　　不知道什么东西掉下来，砸在我的胳膊上，我也不敢想究竟是碎石头还是虫子，只能装作若无其事，继续向前走。

　　走了至少有半个小时，我终于走不动了，双腿灌了铅一般，脚心也传来撕裂的疼痛感。

　　"歇会儿吧。"我说。

　　"嗯。"尚锦乡答应道。

　　我摸索着坐在一块凸起的石头上，尚锦乡坐在我旁边。

她不再哼歌，四周突然安静下来，不，应该是死寂，死一般的寂静，仿佛世界上不再有生命。浑身酸痛的我，恨不得马上躺下，脑袋也出现了幻觉，眼前仿佛有一万只鸟无声飞过。

我迫使自己打起精神，使劲摇了摇头，把那些鸟从脑子里摇出去。

"你怎么了？"尚锦乡问。

"没事，只是有点累了。"

虽然精疲力竭，我还是摇摇晃晃地站了起来。

"走吧，找个安全的地方再休息，应该快出去了。"

尚锦乡没有说话，任凭我把她拽起来。

我只走了一步，不知道是因为脚下发软，还是被什么东西绊了一下，趔趄着重重摔倒在了地上，摔倒的同时，双手下意识地撑向地面，也甩开了尚锦乡的手。

我像被电击一样立刻爬起来，左右张望，想看到点什么，却什么都没有。

"马龙！"尚锦乡的声音带着哭腔，我连忙回应她。

"我没事，没事！"

我被自己的声音吓了一大跳，沙哑刺耳，仿佛大病初愈。

我伸手在周围摸索着，嘴里不住叫着尚锦乡的名字，我也听见她在叫我的名字，近在咫尺，却始终找不到。就在这时，我又听到了急促的脚步声，非常非常近的脚步声。

我大喊一声："你别动！"

同时迅速下蹲，鼓起全身力量，使劲向前一跃，就在我跃出去的同时，我感到一道冷风从我身边迅速掠了过去。

这一跃，终于让我碰到了尚锦乡。她就像抓住了救命稻草的溺水者，紧紧抱住我。可我知道，危险就在周围，拉着她拼命奔跑起来。

等我刚跑出几步，就听见刚才坐着的地方，传来沉闷的撞击声和兽类的低沉咆哮。

在船上的时候，我曾对河道的长度进行过观察，这里的河道曲折很多，但弯度不大，而且没有岔道，我相信只要沿着一条路跑下去，一定能找到出口。

在无边无际的黑暗之中，我终于看到一丝光的时候，还以为那是我的幻觉。

但下一刻，我就明白过来，出口到了。

尚锦乡也看到了光，本来踉跄的步伐，变得坚定起来。

光点越来越大，我的脑中，竟然出现了巨兔眼里的画面，它们也气喘吁吁，看到我们的身影遮住了前方唯一的亮光，拼命想追上我们，但始终就差那么一点儿。

洞口终于近在眼前，我不知道哪来的力气，突然大声嘶吼着，一步跨了出去。可是同时我也跌倒在地上，尚锦乡被我紧紧拽着，也摔倒在旁边。

跌倒的刹那，我看见不远处，张进步和伊豆嘴里塞满东西，正惊愕地看着我们。

伊豆坐在一堆篝火前，张进步瞬间就跑开老远，手里掂起一块石头。

站起来也来不及了，我甚至感到食肉兔嘴里喷出的血水，溅在我的脖子上。

我抬起上半身想把尚锦乡护住，但我知道那些兔子肯定要比我更快。刹那间，我想起了奶奶，她去世时安详的表情出现在我眼前，在她生命的最后一刻，她在想什么呢？

因为精疲力竭，精神恍惚，我抬起的上半身，直挺挺地压在了尚锦乡的身上。尚锦乡惊呼了一声，伊豆和尚锦乡向我们冲了过来。

追上来的兔子约有十几只，追了一路，眼看我们就是盘中餐了，可此时，竟然没有扑过来，而是挤在洞口。它们狂躁不安，獠牙上流着涎水，嘴边血肉模糊。距离我最近的一只，只需要往前一尺就能咬住我的脚，可洞口就像有一道无形的护栏，挡在它们面前，寸步难进。

"这他妈的是什么鬼东西？"

这是我昏过去之前，听到的最后一句话。当然是出自张进步。

"你终于醒了，妈的。"我醒来听到的第一句话，也是出自张进步。

我一个耳光抽过去，啪一声，结结实实地抽在张进步脸上。

"×，为什么打我？"

"疼吗？"

"废话，疼死了。"

"哦，那我还没死。"

"滚！"

张进步抬脚就要踹我，但踹到一半，硬收了回去。

"算尿，先记着，你这样子，别被我一脚踹死了。"

这时，我才发现自己并不是躺在冰冷的地面上，身体下面竟然垫着软绵的睡袋。我想起来了，这应该是张进步带的。

"我睡了有多久？"

"三天三夜了。"

"扯淡。"

"两天两夜。"

我没理他，想活动一下身体，刚一动弹，浑身都传来剧痛，不光是腿脚，还有腰背之间，就像断了一样。

"别动了，再躺会儿，丢不丢人，被兔子追着跑。"

张进步嘴上念叨着，却把水壶给我递了过来。

我的嗓子就跟火烧一样，又辣又疼，接过水壶，一口气灌了大半壶。我听见身体里发出尿浇到火上的声音，一个嗝打上来，嘴里竟然满是尿味。

我抬起头前后左右打量了一下，没见尚锦乡。

张进步说："别找了，你两天两夜不醒来，小姨陪了你两天两夜，刚才实在扛不住，睡觉去了。"他又小声嘀咕说，"明明是小姨，怎么感觉跟小姨子一样？"

"你又鬼扯什么？"

"不说了，不说了，你要不要吃点东西？"

一说到吃东西，我的肠胃就像按了开关，咕噜噜地叫起来。

"你等会儿啊，我去给你弄点儿好吃的。"

张进步起身，往篝火那边走过去。

我忍着剧痛坐起来，一边自己按摩腿脚，一边打量周围的环境。

这也是一个洞穴，却比之前的洞穴都小得多，大概只有几亩地大小，周围都是河道，一圈一圈，像迷宫一样的回路，将这里围成一个小岛。河道的表面似乎镶着玻璃，河底发出幽幽的光。洞穴顶上，几块硕大的萤石同样发着光，照得洞内辉煌绚烂，感觉就像一个山洞酒店的大堂。

小岛中间是一座石兔雕像，比之前看到的都要大，感觉有十多米高。雕像下面，开了个椭圆形的口子，里面似乎是空心的，整个感觉就是个兔子形状的巨大存钱罐。

洞穴底层的岩壁上，开着一些漆黑的洞口，都一般大小，不知道通向哪里。

"看什么？你就是从那儿钻出来的。"张进步手里提着两条焦黄的烤兔腿走过来，用一只兔腿指着我对面的山洞说。

我看清楚了，我和尚锦乡冲出来的地方，恰好就在最外围那条河的河边上，难道那些兔子是因为河的光才放弃追杀吗?

烤兔腿的香味已经带偏了我的意识,我一把抢过兔腿,大嚼起来,一会儿工夫,两条兔腿就只剩下了骨头。

张进步在旁边一直笑话我,我没工夫搭理他,吃完后,让他再拿两条腿来。

"你要是能动了,就自己过来拿,烤了好多呢。"他说。

人是铁,饭是钢,兔腿下肚,身体立刻就有了劲儿,身上的剧痛也缓和了。

我强撑着站起来,稍微活动一下,就听到身体的每个关节都发出像鞭炮一样的噼里啪啦声。

篝火前的架子上,挂了好几只油光四溢的兔子,香味就像虫子一样,直往鼻子里钻,旁边扔了好多兔骨头,应该是张进步他们这两天吃掉的。

"你别说,这个兔子还真不错,跟我以前在缅甸吃的不一样,肉特别嫩,要是有好佐料,我一口气就能吃两只。"张进步说着把架子上的兔子翻了翻,把其中一只表面已经焦黄的递给我。

过了一会儿,伊豆从石室里走出来,看见我在大口吃兔子,就过来打招呼。

"马先生,身体无恙了吧?"

"嗯嗯,好多了。"我正吃着香,这时就算给我个总统,也不换手里的兔子。

"多谢你照顾锦乡小姐。"

伊豆竟然深深地向我鞠了一躬,我就算再爱吃,也不能对此无动于衷,赶紧站起身,手里拿着兔子就去扶他。

"客气,客气,应该的……"

我大概是刚醒来,脑子还不太够用,又吃兔子吃糊涂了,竟然不知道该说什么。

"伊先生,你这话就不对了。"张进步说,"人家尚小姐是马龙的小姨,照顾长辈天经地义,要谢也是她来谢,跟你有啥关系?"

伊豆被张进步问得一愣,随后嘴角撇了一下。

"锦乡小姐是我的好朋友,情同……兄妹,我代她谢马先生,也是应该的。"

"你觉得应该,我觉得不应该。马龙跟尚小姐是自家人,你个外人瞎掺和,还说什么应该的。我看你去抓兔子才是应该的。"

原来张进步和伊豆商量好,双方轮流抓兔子,不仅要抓,还要剥皮清理,再由张进步动手烤。这里的兔子都傻乎乎的,抓起来不难,只是剥洗起来,比较麻烦。

其实剥洗也不难，先把兔头割下来，放完血，空手就能把整张兔皮剥下来。可是，伊豆不愿意，他说自己信佛，不能亲手杀生，宁可饿着，也不杀兔子。

最后张进步只好作了让步，伊豆只负责抓兔子，他来处理和烧烤。

伊豆脸上又露出那种不屑的神情。说实话，他这种表情要是让陌生人看了，真恨不得上去抽他。可是处了几天，就会发现，他这张脸是天生自带无聊、不屑、无所谓、轻蔑等多种神情，就像有人天生一副笑脸，有人天生一副哭丧脸一样，也就习惯了。

张进步说："哎，要不这样，我听说食肉动物的肉比食草动物的要好吃，我们吃了几天的小兔子了，不如你去抓一头那种大兔子，怎么样？"

张进步说的就是追我们的食肉兔，他指着对面的山洞说，那些追马龙的兔子还在洞口堵着不走，你不是要感谢马龙吗？感谢不能空口白牙，得表现出诚意来，你要是抓一只食肉兔来给我们吃，给马龙报仇解恨，就算你有诚意。

我以为伊豆会一口拒绝，想不到他犹豫了一下，点点头说："好。"

说罢，他转身后朝远处的洞口走去。我刚想拦住他，张进步拉住了我。

"让他去，别小看他，他可是个有真本事的人。"

我这会儿也吃饱了，把兔骨架扔到旁边，擦了擦手，问张进步："你们没遇到那种大兔子？"

张进步头摇得拨浪鼓似的："没有，手里没家伙，遇到这东西死定了。"

"虫子呢？"

"啥虫子？"

我用手比画着，给他讲："灰色的，这么长，两头圆中间空的？"

张进步看着我的手，看了半天还是摇头："没有。"

"你们命怎么这么好呢？"

"命好？好个屁，你不知道，我们掉进去的地方全是死人。"

张进步给我讲述了他的经历。

第三十六章
海底坟场

掉进山洞以后，张进步手脚并用，在水里扑腾了半天，好不容易才双脚踩实，靠着救生衣稳住了身体。刚才那一阵过山车似的天旋地转，把他晃得七荤八素的，最后也是掉进水里。幸亏他身体好，只是呛了几大口水，感觉有点头晕。

水并不深，只是周围黑漆漆的，什么都看不见。张进步试探着水底的深浅，摸黑爬上了岸。

在岸边坐了好一会儿，眼睛才慢慢适应了环境，这时他才发现自己身处一个幽暗的山洞里。但是光线太暗，周围的环境看不太清楚，只能看见一片朦胧的光晕。

他刚想大喊一声，突然瞥见远处有一道强光闪过。他悚然一惊，半蹲下身体，双手在地上摸索着，想找件称手的武器，没想到连块石头都没找到。等他凝神再朝那边望去时，却一片漆黑。他蹑手蹑脚地站起来，眼睛始终望着刚才闪光的方向，张开双手摸黑前进。

没走几步，他就发现，原来周围的空间很狭窄，左右大概只有几米宽，跟个狭长的窑洞差不多。后边是水塘，也就是他刚上岸的地方，连着把他冲下来的山洞口。至于前面，恰好就是刚才闪光的方向，又是一道强光一闪而过。

张进步灵敏地猫下腰，这次他看清楚了，发光的地方是洞口。

瘪犊子，想跟你大爷演一出《三岔口》？ 张进步心里骂了一句，一边盘算着外面到底是什么东西，一边慢慢往洞口移动。

突然一阵怪叫声传来，张进步竖起耳朵，感觉那声音好像是在呼唤什么："吹布昆、喔砸瓦昆……"然后是一阵叽里呱啦，听起来像是在发脾气。

张进步恍然大悟，想起自己多年来看过的抗日片，明白过来，这不是日语吗？

"伊豆？"张进步大喊一声，洞口立刻传来了伊豆的声音。

"张先生吗？"他的语气好像瞬间没了火气，又恢复了他一贯的彬彬有礼。张进步心里闪过一丝怪异感，但也没有多问，径直走出那个洞口，却发现进入了一个更大的洞。

原来他刚才看到的是伊豆的手电光。伊豆从船上带下来的手电质量很好，挂在他身上又是泡水又是摔，居然还能用。

洞里有好几个巨大的水池，有的有水，有的早已干涸。虽然山洞到处是破败痕迹，但这些水池却十分干净。池子里的水，都无比清澈，一些鬼火水母发着幽幽的光，在水池里游来游去，时不时游到水里的骨头上。

没错，就是骨头，而且是人的骨头。那些水池里全都堆满了人骨，骨头光洁如玉，就像是完整地从人体取下来，抛光后放进水里。水母就像是擦拭瓷器的抹布一样，轻柔地在骨头周围荡漾。

也许是处理得太干净，所以即便这么多人骨，也没有想象中那么恐惧，反而像是参观医学实验室，骨头就像是泡在瓶子里的标本。

张进步突然想起，游艇上那个碰到鬼火水母的船员，不就是被烧成这样了吗？

这时，他才有点头皮发麻，不自觉地悄悄后退了两步。

"你知道这是什么地方吗？"张进步问伊豆。

"不知道。"伊豆摇摇头。

张进步心想，知道你也会说不知道，又问："你知道怎么出去吗？"

伊豆还是摇摇头。

"算屁，不问你了，我们赶紧找路吧，这黑灯瞎火的，千万别遇上什么神兵鬼将。"

张进步手电一挥，就朝前走去。走起来才知道，这个山洞并不小，幸亏有手电，一路上还算顺利。

让他们震惊的是，一路上到处都是大水池，水池里千篇一律，水母，人骨，还有很多干涸的池子里只有骨头，没有水母。

他们沿着水池边走，越往里走水池越破败，走到最后，发现大多数水池都干涸了，还有很多人骨，它们随便扔在地上，横七竖八，有些都化成了灰。

"张先生，你有没有觉得这里像个古战场？"伊豆突然说。

经他提醒，张进步也有了这种感觉，这么多人骨，少说也有上万具，是不是古战场不好说，至少是个万人坑。当年白起在长平坑杀赵军四十万，如果是真的，那场面应该比这里还要大几十倍。

张进步突然弯腰，在一个干涸池子旁，捡起一根骨头，盯着骨头看了半天，问伊豆："兄弟，咱船上那个小兄弟没变成这样吧？"

伊豆用手电照着看，那是根小臂骨，通体莹润，像玉石一般。臂骨和手还连在一起，甚至连指骨都完完整整。手腕、臂骨和指骨的连接处，有一层细细的鳞片，就像他的主人的皮肤和肌肉已经完全角质化。最奇异的是指甲长成了倒钩，尖端锋利，就像是大了好几倍的猫指甲。

伊豆思索了片刻，惊讶地说："这实在是太不可思议了。"

张进步用指头摸了摸那爪子，爪尖特别锋利，可以当武器使。他天不怕地不怕，手里抢着骨头，继续向前走。

讲到这里，张进步摸出一根骨头，一边讲解，一边凌空挥舞，又把五个指骨弯成爪状。

"挺锋利的，杀人没问题，就是缺个血槽。"

张进步啧啧赞叹着，把骨头递给了我。

这人脑子里中了什么邪？竟然把一根死人骨头带在身上。我接过骨头，确实如张进步所说，这根骨头表面莹润如玉，猛一看跟《天龙八部》里的打狗棒似的，不过打狗棒没有爪子，只有邪派高手才用这样的武器。

不知道练九阴白骨爪的梅超风死了，指骨是不是这样。

我摇了摇头，把乱七八糟的想法从脑中驱赶出去。脑子灵光一闪——这爪子跟那些变异的食肉兔爪子倒是有些相像。

难道说，这里不只有食肉兔，还有食人族？

突然，我看到爪子的指尖上有血迹，心中一颤，问张进步："你们后来遇到什么了？"

张进步想了想，说道："没遇到什么呀！"

我指着骨头上的血迹，问张进步："这是谁的血？你别跟我说是你的。"

张进步看白痴一样看着我，伸出一根手指指着兔子。

"它的！"

我顿时明白过来，敢情他是拿这根骨头当野营刀用了。

我问张进步："后来呢？"

后来，他们大概走了两三个小时，山洞就到头了。从洞口出去，是一段干枯的河道。顺着河道走，一路上又遇到很多尸骨，有人类的，也有不知名的动物的。而且人骨也分两种，一种四肢是爪子，另一种和正常人类一样，不过都风化腐朽了。

这些更加印证了伊豆的想法，这里发生过战争。不过，究竟是人和人的战争，还是人和兽的战争，就无法考证了。

沿着河道一路走，又进入另一个山洞，终于再也没死人了。光线明媚，有花有草，当然光还是荧光，花草也不够鲜亮，看着灰扑扑的。

张进步心情一好，就开始给伊豆讲人生，两人坐在花丛中抽烟聊天，竟然十分惬意。

相较于我和尚锦乡的九死一生，他们就像在经历一场美好的郊游。

"那个洞里有石兔雕像吗？"我问道。

张进步想了想，没有回答我，看来是没太注意这些细节。

张进步说："你想想，这里面全是死人，那些通话器，难道是给死人用的？两边的死人聊天，这边说你死了没？那边说，还没呢，你呢？这边说，我都死了三百多年了。那边说，你真有福哇。"

"死人又不是天生的，通话器肯定是他们活着时候用的。"

"可是这些人都死了至少有几百年了，那时候他们就能造出这么牛的东西？"

这也是我一直想的问题。

一路走来，虽然没有见过人影，可处处都是人的痕迹。为什么有些地方种农作物，有些地方生长着兔子，有些地方是花花草草，还有些地方全是人骨？那么如果我们有时间有精力，把这些洞一个个探下去，可能还会发现形形色色的东西。这么伟大的创造，堪称夺天造化，那么创造它们的人呢？灭绝了？还是离开了？

"你知道那个满是骨架的地方是什么吗？"我突然有个灵感。

"是什么？"张进步问。

"坟场！"

"什么？坟场？"

"是的，这里曾经有一个很伟大的文明，至于有多伟大，不可估量。你认为以如今人类的科技能力，在海底做这么大的工程，有可能吗？"

"不可能。"张进步摇摇头。

"对，绝不可能。可是你在这里见过什么工程机械设备吗？"

"没有，不过可能在别的洞里。"

"就算专门有洞穴储存机械设备，在别的地方难道就一点儿痕迹都没有吗？"

"你要说什么直接说就行了，老是反问，烦不烦？"

"这是个不同于我们现代社会的文明，他们掌握了某种移山倒海的能力，可生活方面还停留在农业社会。我和尚锦乡掉进去的地方，种了很多农作物，应该就是农场。后来满是兔子的地方，应该是牧场。如果我们继续探索下去，应该还有其他不同分工的区域……"

"说得对！"尚锦乡的声音从身后传来。

她已经梳洗干净，换了衣服从兔子下面的石室里走出来。"你好点儿了吗？"她问我。

"好多了，睡了两天两夜……"

"两天两夜？"尚锦乡问。

张进步在旁边哈哈大笑起来。

"不管多久，谢谢你的照顾。"

"我还要多谢你一路的帮助呢，要没有你，我肯定活不到现在。"

"你俩够了啊，都是一家人，这么客气干吗呀？"张进步在旁边躁动。

"一家人？"尚锦乡疑惑地看着张进步。

"算了算了，中华语言文化博大精深，给你讲你也不会明白的，反正你记住，你和马龙现在是一家人。一家人不说两家话，就不要谢来谢去了，免得让别人钻了空子。"

张进步从架子上拿过一只滴油的烤兔子，粗野地撕下一条腿，大啃起来。

尚锦乡说："马龙，你分析得对，我刚才也在想，如果把这里所有的山洞都连起来，其实就是一座功能齐全的城市。"

第三十七章
壁画

我们都被尚锦乡的话惊醒了。仔细盘算，按她的思路，如果把这些山洞当作城市的一部分，那么很多事就都可以说通了。河道、船、食物、照明、坟墓……简直是一座地底的威尼斯。

张进步问："那我们现在待的地方是做什么的？"

刚说到这里，伊豆回来了，后面还跟着高个子小泽和矮个子三浦，两人抬着一只山羊大小的兔子。他竟然真抓了一只食肉兔回来，还是活的。

伊豆说自己去抓兔子，刚好遇到了小泽和三浦，于是让他们一起帮忙抓住了食肉兔。

"咋就这么刚好呢？"张进步嘀咕道。

食肉兔没有死，被绳子紧紧捆住，四马攒蹄，倒在地上，仍然龇牙咧嘴的。

"看你这个丑样子，哪还像个兔子，简直就是兔子界的败类！"张进步指着兔子骂道。想不到兔子一点儿也不示弱，也冲着张进步怒吼，把张进步吓了一大跳。

"吼，吼，再吼我把你吃掉。"

他这么一喊，兔子似乎被吓住了，不再嘶吼，只能呼呼地喘着粗气。张进步得意地嘿嘿一笑："哼哼，知道我的厉害了吧。"

凝重的场面，在张进步和食肉兔说相声般的对吼中缓和下来，洞穴里爆发了久违的笑声，就连沉默的小泽和三浦，也龇牙咧嘴地笑起来。

张进步突然说："你俩别笑了，快去把它洗剥干净，大家好不容易凑齐，就拿它下酒吧。"小泽和三浦没听懂，伊豆又给他们解释了一遍。他俩果然听话地抬起兔子朝水边去了。

"哎，小姨，你刚才话没说完，被伊豆打断了，你刚说这里是什么来着？"

尚锦乡说："我也是猜测，你们看，似乎所有的山洞都通向这里，就像一个交通枢纽，那么这里很可能是一个类似中转站的地方。"

"中转？"我问，"中转去哪儿？"

"那就不清楚了，你们看那个。"尚锦乡指着那个大兔子石雕说，"这里的兔子雕塑比我们之前见过的都大，我们已经知道它的功能是传声器，这么大一个传声器放在这里，说明这里比别的地方要重要。大家都看到了，这里的水渠布局，也要比别的地方复杂，而且那些凶狠的食肉兔竟然不敢追进来，更是印证了这是个很重要的地方，可能只有高级别的管理人员才能来这里。"尚锦乡每到这种时候，魅力值就凭空增加。

张进步大叫一声："我明白了，这里相当于一栋大楼的机房，或者总控室，高管们在这里指挥城市的运转？"

尚锦乡点点头说："如果我没猜错，应该就是这样。"说到这里，尚锦乡突然想到什么，脸上充满焦虑。

"你们有没有听到过爸爸的声音？"

张进步和伊豆同时摇摇头。尚锦乡的脸上露出了失望的神色。

我赶紧说："既然这里是中枢，那肯定应该有不同于别的地方的机关，我们只要找到机关，就可能联系上您父亲。"

"机关？"几个人不约而同地看向了大兔子石雕下面的石室。

这间石室不仅有门，还有窗户。门是一整块石头雕成的，原本是可以开合的，但我们谁都没办法把它关上。窗户不在石室的上部，而是在底端，几个窗户都是圆形，密封着玻璃一样透明的东西。

那些窗口的玻璃，丝毫都不冰冷，反而有一种暖意，手摸上去，有一种莫名其妙的熟悉感，就像我完全可以融到里面去一样。但整个石室，没有一样像机关的东西。

此时，天已经黑了，准确地说，是萤石的光线昏暗了许多。

所有人的手机都没电了，只有张进步从孔孟荀处拿来的万国表还正常运转，手表显示此时是晚上9点，荧光照明的山洞，竟然也模拟出了"日升月落"。

虽然无法理解，但这对我们来说是个好消息。曾经有探险者，在极昼和极夜里，因为时间紊乱而莫名其妙地疯掉。

小泽和三浦已经把兔子洗剥干净，那颗狰狞的脑袋，不知道丢哪儿去了。

张进步走到篝火前，拨弄了几下，看上去要熄灭的火，竟然重新燃烧了起来。不知他从哪里搞来一个铁水壶，从河里灌了一壶水。

他用木棍拨弄火堆旁的几块石头，就垒成一个简单的灶，把水壶放在篝火上烧。

"我烧点水，一会儿给大家煮茶喝，这可是三十年的老茶，今天就这么将陋就简喝吧。杯子不够，我去洗几个兔脑壳。古代有英雄用敌人的头骨喝酒，今天我们就效仿古人，用兔子的脑壳喝茶。"篝火照耀下的张进步，还真有几分草莽英雄的模样。

"喝茶，这里不都是海水吗？"我疑惑问。

张进步头也不抬地说："别瞎说。"

这时伊豆突然开口了："马先生，是淡水，我们检查过了。"

我恍然大悟，既然是一座城市，那当然是应该有淡水了。

尚锦乡坐在旁边心事重重，看上去仍然在为她父亲担心。

张进步说："小姨呀，你是想吃烤全兔呢，还是想吃兔串串呢？"

"嗯？"尚锦乡没有听懂。

"烤全兔呢，就是把整个兔子架在火上烤，但这只兔子比较大，脂肪也厚，烤熟估计很费事儿。你如果饿了，我就把肉割下来，穿在木签子上烤，边烤边吃。"张进步解释道。我知道他是故意活跃气氛，缓解尚锦乡的情绪。

尚锦乡冰雪聪明，当然也看出来了，她莞尔一笑说："哪种您最拿手？"

"我都拿手，为了表达我对你们的祝福呢，我今天就豁出去了，给你们做一回我们内蒙古的特色菜——手扒兔肉。"

张进步又开始扯了，这里荒郊野地的，要什么没什么，他能做个屁。

果然，张进步马上就改口了："但是鉴于目前我们的条件有限，我决定换成烤全兔。不过烤全羊对我们蒙古人来说，也是招待上宾的美味，我们就地取材，吃烤全兔。"

张进步说着就叫上三浦和小泽去准备。我和伊豆陪着尚锦乡坐在篝火边聊天。经过这次的共患难，尚锦乡对我的态度明显发生了改变，以前是彬彬有礼，现在透着几分亲昵。

等张进步用架子把兔子固定好，开始烤的时候，我才发现，那些烤肉的架子，竟然全都是骨头。真是啥事儿都能干出来。

在烤兔子的过程中，茶已经煮好了，六个人用两个杯子，递过来递过去，竟然也挺和谐。

同是天涯沦落人，几个原本素不相识的人，竟然因为命运的捉弄，坐在海底喝茶碰杯，欢声笑语，使人不得不相信缘分这个东西。

食肉兔的肉，明显比那些小兔子好吃多了。

张进步说："你们知道吗？兔肉是最没有营养的肉，再吃都不会胖，被叫作素肉，吃多了会变傻。所以，我们要尽可能早点从这儿出去，回那霸吃烤猪肉。"

一提到那霸，尚锦乡又流露出担忧的表情。

伊豆对她说："尚叔叔对这个地方比我们了解得多，你放心，他一定不会有事的。"

嘿！这家伙竟然跟我安慰尚锦乡的话一模一样。

"我们今晚轮流值班，只要听见尚叔叔的声音，就第一时间赶过去。马先生和张先生是客人，今晚，就由我来值班。"伊豆主动要求。

一直埋头苦吃的小泽和三浦也许是没听懂中国话，竟然没有抢着替老板值班。

张进步嘴角带笑，用玩味的眼神看着他们三人，对我说："那我们就别客气了，今晚就由小伊豆来值班吧。"

他叫伊豆时前面加了个"小"字，我想是他差点儿说出"小日本"，但最终还是憋住了。

我们吃着肉，张进步继续给我讲他的经历。

他和伊豆沿着河道走了没多久，毫无意外地，又进入一座山洞，面积不大，打着手电一眼就能望到底。山洞中间除了几个石头台子，十分空阔。

地上有些尸骨，还有一些像武器又像工具的金属物，不过都已经腐蚀败坏了。

张进步大概检查了一下，没什么好东西。

继续向前，绕过石台后，面前出现两个洞口。

张进步一阵迷茫，心想要不就随便挑一个？反正生死有命……要是遇到什么鬼东西，最多扔下那个小日本自己跑。他心里这么想，但毕竟身边有个活人，不能彻底无视。

"你说走哪边？"张进步问。

等了半天却没听到回答，一转身，他发现刚才一直跟在身后的伊豆，竟然不见了。张进步倒是心宽，没着急大喊大叫，而是先灭了手电，四下寻找。

在一片浓密的植物后面，伊豆正一脸痴迷地看着墙壁。张进步轻手轻脚地走过去，拍了拍伊豆的肩膀。

伊豆身体一颤，猛然回头，却看见一只骨头爪子爬在自己肩膀上，脸色瞬间变绿。

张进步哈哈大笑，提着骨爪说："看啥呢？来，给我也看看？"说着，走到伊豆前面，拨开一片不知名的藤蔓植物。

"是一些壁画，我也没看懂。"

张进步背起手，装模作样地看了一会儿，说："果然看不懂。"

正在讲述的张进步突然看向伊豆，说："你看得认真，肯定记住了，给马龙和小姨讲讲壁画呗。"

伊豆微微一笑，说："壁画年代久远，剥落得很厉害，很多地方已经看不清楚了。只能看见一些简单的线条。不过凭直觉，我认为应该跟'迁移'有关。"

"迁移？"尚锦乡抬头问道。

"是的，笔画上有很多重复的符号，像火柴人，但是又要复杂一些。我猜那些就是这里曾经的主人吧。那幅壁画画的好像是，很多人排着队走进地底。有些在挖洞，有些搬东西，旁边还有一些看上去像指挥的人。"

"地底？你说准确一点，什么样的地底？尽可能讲细节。"

"似乎是一个个巨大的山洞，通过狭窄的隧道连接在一起，就像是……"

伊豆认真地想了好一会儿，才说："就像是××××。"

伊豆说的是日语，看上去，他应该是不知道那个东西该怎么说。

"他说像啥？"张进步问尚锦乡。

"球棍模型。"尚锦乡说。

"啥是球棍模型？"张进步问。

"就是把一堆塑料球拿杆连起来，见过分子模型没？"我回答张进步。

张进步懵了，他想不到普通的聊天，竟然涉及分子这么高精尖的话题。

尚锦乡道："那应该就是说，那些人本来生活在地表，后来因某些原因迁移到地下来了？"

伊豆说："我猜是这样。"

"别急别急，你们不能歧视文盲，你们刚才说的那个球棍模型究竟是什么玩意儿？"张进步着急地大喊大叫。

第三十八章

爸爸去哪儿了

◀ ‖‖‖‖‖‖‖‖‖‖‖‖‖‖‖‖ ▶

好不容易连比画带画图，伊豆才给张进步解释清楚球棍模型是什么东西。

张进步大叫一声："难道我们掉到原子里来了？难怪找不到出路，连只兔子都长那么大。"

伊豆像看白痴一样看了一眼张进步。这一眼让张进步伤自尊了，半天都没说话。我知道以张进步的性格，这一眼迟早都要看回来。

尚锦乡问："那座山洞里有石兔雕像吗？"

"没有。"

"这样的花纹也没有？"

尚锦乡拿出相机，翻到一张照片给他看，是我们在遇到的第一尊石兔雕像身上拍的，火山岛的石柱上也有。

伊豆说："没有。"

尚锦乡陷入了思考。

我明白她的疑惑，如果说兔子可能是某种信仰的图腾，那为什么在一个明显的宗教活动场所，却一点儿痕迹都没留下。

伊豆似乎明白了尚锦乡的疑惑，继续说："壁画上他们走进的那个洞口也不是在火山里，甚至不在山上。而是在一片广袤的平原上，整幅壁画连一点儿水都没有，很明显那里不是海底，远处还画着高山。"

"如果我们的推测都没错的话，我想这里可能是某个远古文明的避难所。"尚锦乡说着站起来，扫视着四周。

"很多年前，太平洋上有一片大陆，面积广阔，从夏威夷到马里亚纳，都是他们的领土。他们有着辉煌的文明，但却屡屡遭受天灾。他们于是想了一个办法，去地底生活。他们在地下修建了一个巨大的地底世界，却没想到，整个板块沉陷于海底，直到不知道多少年后，另一个文明来到了这里……"

"另一个文明？"我惊问。

她刚才讲的姆大陆文明，以前提到过，她的老师蔡哲伦就是这方面的专家。可是突然让尚锦乡激动的，似乎并非姆大陆，而是"另一个文明"。

张进步嘟嚷了一句："别告诉我是圣斗士。"

"是古代中国人。"尚锦乡把照片拿给我看，说，"这种图案你不觉得眼熟吗？"

我看了一眼，那是烽火岛上祭台下方的一张照片。

"我说过，这是云雷纹，这种螺旋对称状的勾连云雷纹却只有中国才有，从中国的商周时代开始，这就是最常见的装饰图案。"

尚锦乡坐下接着说："勾连云雷纹同时出现在烽火岛和石兔上，说明这些都和古代中国人有关。只是他们不知道为什么来到这里，而且一点儿文字记录都没有留下。他们究竟做了什么，我们无从知道。不过石兔应该是他们留下的。那么在这巨大的避难所里，究竟还有没有幸免于难的姆大陆遗民？根据我们的发现，答案应该是——有。"

"什么？还有人活着？在哪里？"我们几个几乎同时问道。

尚锦乡一言不发，又陷入了沉思。

张进步打了个哈欠，对伊豆说："哎，赶紧的，你把你看到的都讲出来，没准我们能解开一个人类未解之谜。"

伊豆看了看尚锦乡，看她轻轻点头，又继续讲了下去。

当时，张进步不知道怎么选路，就把伊豆拽到了两个洞口前，让他选。没想到伊豆几乎没有犹豫，径直走进了左边的山洞。

这个山洞的尸骨比坟场还要多，层层叠叠，但两人早已见惯不惊，只顾前行，穿过大约三四个类似的山洞后，就来到了这里。

"真是太巧了。本来我们已经饥肠辘辘，张先生竟然一脚踢到了野兔，还能在如此简陋的条件下做出美味的料理，真是让人佩服。"伊豆拍了张进步一个马屁。

"无事献殷勤，非奸即盗。"张进步并没有因为伊豆的赞美，就忘乎所以。

他站起来，扔掉手里的骨头说："不行了，我得去躺一会儿，你们吃完了记着把火掩好，不要让火灭了。"

他说完就跑到我刚才睡过的睡袋上躺下来，不一会儿，就假模假样地打起了呼噜。我知道他是个连睡觉都要睁半只眼的人，绝不可能这么快睡着，他这么做一定有用意。

伊豆毫不在意张进步的行为，他对我说："我听锦乡说，马先生一路走来，经历了不少危险。"

"还好，总算活着过来了。"我不想在这个话题上多纠缠。

"马先生睡着的时候，锦乡一直在旁边照料，没有说太多，不知道马先生能不能把你们的经历讲给我们听。"

我看见张进步缓缓翻过身来，似乎也想听。于是，我喝了一口茶，把我们的经历详细讲了一遍。尚锦乡也偶尔补充几句。

我从魔树森林讲起，讲述了水培植物农场，找到石兔，与他们取得联系，然后坐上那个像铜车马一样的水动力船，遇到神奇的虫子，进入兔子牧场，看到食肉兔的屠杀，以及后来食肉兔如何追杀我们的过程。整个过程惊心动魄，听得伊豆瞠目结舌。

他又追问了我关于那个水动力船的样式、材质和细节。我也属于瞎猫碰到死耗子，所以只能大致描述，他却听得很是入神。我想大概他家是打捞沉船的，对这种东西比较感兴趣吧。

尚锦乡说："正是因为经历了这些洞穴和隧道，我才根据壁画猜测，这些洞穴和隧道的连通模式，应该借用了分子结构。至于为何如此，我想大概是分子结构相对稳定，不会发生大面积坍塌，通过隧道把洞穴连起来，哪怕一些洞穴因为地壳运动坍塌，也不会影响到整体。"

"你能推测出是什么元素的分子吗？"伊豆问。

"很抱歉，我的化学成绩很糟糕，对元素的分子并不熟悉，假如我们中间有一个化学专家，再探索多一些的洞穴，我相信一定能找到答案。"

"化学专家？"我前后左右看看，谁都不像。

"其实，我现在最感兴趣的，是那些杀人的兔子为什么不敢进来，这个洞穴里究竟有什么，能让猛兽止步。"尚锦乡说。

"可是这里有兔子，但不是食肉兔。"伊豆说。

"所以才更奇怪。"

兔子其实是一种很难养殖的动物，古代中国没有穴兔，只有野兔。野兔腿很长，而且不会打洞，住在别的动物废弃的洞穴里，所以古人有"狡兔三窟"的说法。亚洲土著的兔子，只有生长在喜马拉雅山的阿萨姆兔才会打洞。目前人类养殖的家兔，其实是穴兔驯化来的，穴兔最早生长在欧洲和北非，经过三千年的驯化才成为家兔，之后才引入了中国。

野兔很少有纯白色，所以白色的兔子在古代被誉为玉兔，自古都是祥瑞的象征。但其实它们应该是得了白化病的兔子，神话传说中嫦娥怀里的玉兔，也是一只白化病兔子。

可是我们在山洞里见到的兔子都是白色的，而且特别安静，不像是野兔，更像家兔。只有那些食肉兔，毛色灰黑，后腿很长，才有些野兔的样子。

如果尚锦乡的推测是事实，那么兔子究竟是姆大陆原住民饲养的，还是后来文明带来的？假如真是牧场，为什么只有兔子，却没有其他动物？为什么兔子会发展成图腾信仰？这信仰是姆大陆的信仰，还是后来者的信仰？

一个个谜团像行星一样，围着我的脑袋转圈。

我问尚锦乡："有没有可能，这些兔子并不是为了吃，而只是一种崇拜，就像印度的牛？"

"是有这种可能，不过无法论证。"尚锦乡问我，"你知道美洲大陆那么多先进文明，却从来没有发明过轮子吗？"

"没有轮子？"

"是的，在欧洲人到美洲之前，美洲土著人从来没有使用轮子的意识。独立发展的文明有很多情况，是其他异文明完全无法理解的。"

我很认同她说的，且不说失落的史前文明，就算是一直没有中断的华夏文明，也有无数的未解之谜，找不到答案。

不知不觉，几个小时过去，我看尚锦乡也疲惫了，就提议先休息。

我让尚锦乡到石室里面睡，但是她说睡在石室里面有一种奇怪的感觉，不愿意进去，我和她就挨着张进步，垫着衣服躺下来。

伊豆指派小泽和三浦分别去了不同的地方，他自己坐在篝火旁边，往里面添了几根大木头，木头被火烧得噼啪作响。

张进步打了个哈欠，坐起来说："咦，入洞房时间到了吗？怎么放鞭炮呢？"

看我和尚锦乡躺在他旁边，他赶紧起来，把睡袋让给尚锦乡。在我的劝说下，尚锦乡才勉强接受了睡袋。

张进步靠着我躺下来，怀里还抱着那根骨头爪子。

我嫌弃地骂他："你又不是狗，睡觉还抱根死人骨头？"

张进步闭着眼睛回答我："我们现在落到这步田地，差不多快刀耕火种了，你知道啥叫刀耕火种不？"

我没理他，张进步自顾自解释起来。

"耕地要犁，犁就是刃，人在江湖，以犁为刀，刀不离手，天下我有。火种，是强调火的重要性，人的生命不能没火，尤其是在野外。刀和火，是保证安全最重要的东西，啧啧。"

有张进步操心，我就不操心了。一夜无梦，睡到天亮。

醒来时，山洞里的光又明亮了起来，看起来就像是白天一样。简单洗漱后，喝着张进步烧的热水，我们商议决定，主动去找尚儒和出路，顺便再收集一些食物，有备无患。

我们已经知道通过石兔雕塑可以联络，那么只要定时沟通报平安，再避开那些巨兔，应该就不会出现什么问题。

我们检查了现有装备，手电还剩三个，电量都还充足。两只水壶，一把瑞士军刀，两个杯子，一个睡袋，一些绳子和相机等生活用品。伊豆还拿出一些巧克力，分发给大家。

张进步不要巧克力，却一把夺过伊豆的瑞士军刀，说："有这玩意儿不早说，送三哥了。"

伊豆笑笑没说话，在张进步看来就是默许了。

"既然这样，我们分成三组。两组分头去找，一组留守。万一舅姥爷找到这里，留守的人要及时通知我们。手电每组一个，不是必要的情况下别开，节省电量。出去的两组人各带一个水壶，免得找不到淡水。"

张进步有条不紊地分配工作，所有人竟然默认了他的领导地位，包括伊豆和两个手下，似乎都没什么意见。

张进步继续说："每两个小时，通过大兔子联系一次，互相确认安全，八个小时后，回到这里集合。我来分一下组啊，小姨自然跟马龙一组，我呢还是跟伊豆一组……"

这时，伊豆提出了异议。

"张先生，我愿意和锦乡小姐在一个组。"

"不行。"张进步想都没想就拒绝。

"为什么？"

"因为我对你的能力表示怀疑。"

第三十九章
伊豆失踪

一向看上去对什么都毫不在乎的伊豆，脸上有了一丝愠怒。我不想在这种时候让他们产生矛盾，就试图劝和，但张进步态度强硬，绝不同意。而尚锦乡有点心儿不在焉，对我们之间的冲突似乎并不在意。

伊豆说："张先生，我尊重你，希望你也能尊重我。"

眼看双方僵持不下，我只好提议说："这样吧，让小泽和三浦留在这里，我们四个人一起出去。"

伊豆摇了摇头，说："马先生，既然张先生觉得我能力不够，那就让我一个人留守，这里没有危险，让小泽和三浦走别的路，找尚叔叔也多些机会。"

既然伊豆都这么说了，张进步也就没再反对。

我和张进步、尚锦乡一路，三浦和小泽一路，各找一个洞口，仔细观察，没有发现危险后，就各自上路，把伊豆一个人留在原地。

进洞之前，我回头看伊豆，发现他也看我，表情淡漠。我刚想嘱咐他当心一点儿，却被张进步一把拉进洞。

刚才的事，并没有影响我们的心情。我和张进步走在前面，尚锦乡紧跟在后面。洞里仍然漆黑，张进步打着手电筒照路。

我们边聊边走，大约走了二十分钟，进入另一个洞穴，眼前豁然开朗。

这里猛一看和魔树森林非常相似，沟渠纵横，一排排发光的树和水沟里漂荡的水母互相映照。很快，我们就发现这里的水培作物，葱葱茏茏，严严实实，全都长荒了。

基于之前的判断，我们断定这些植物对身体没有伤害，就大胆采集了一些长得像甜瓜的果子，青黄色的皮，有淡淡的纹理。

张进步说："我先吃一口，如果十分钟没出问题，你们再吃，好吧？"

还没等我们表态，他就大口吃了一个刚摘下来的"甜瓜"，汁水四溅。他吃完一个，又拿一个，被我阻止。

"哪有试毒的一下吃这么多？"

"这么好吃的东西，就算被毒死了，我也甘心了。"张进步说着又吃了一个，吃完活蹦乱跳，喜笑颜开的，看上去应该没问题。不过他这种行为，让我真是又感动，又痛恨。

等了几分钟，看他果然没什么事。我和尚锦乡也每人拿一个啃起来。

清爽，甘甜，汁液饱满，还有浓郁的奶香味，不是甜瓜，却比我吃过的甜瓜都好吃。

"这是木瓜吗？"尚锦乡问。

我们都不知道。但因为好吃，是什么都不重要了。三个人一阵狼吞虎咽，吃了有十多个，直到打嗝才住嘴。

"我们多摘一些，终于不用吃兔子了。"

因为没有包，张进步把外套脱了，扎紧领口当袋子，在里面装了二三十个，扛在肩膀上。我们用石头在经过的洞口做了记录后，继续往前走。

果然如我们猜测的那样，这里真是山路十八弯，山洞九连环，绝大部分山洞中间都有石兔雕塑，只是大小不一。最小的山洞只有几百平方米，最大的应该跟两个足球场那么大，再也没遇到像兔子牧场那么大的洞穴，也没遇到什么动物，连老鼠都没一只。

大部分山洞里都是用萤石照明，只有一些小的，是靠发光植物，或者鬼火水母。因为三个人走在一起，所以一点儿也不孤单，尤其是张进步一会儿喊，一会儿唱，特别热闹。

虽然如此，我们还是发现了一些不同寻常的东西，准确地说，应该是一种似有似无的规律。

在好几个山洞里，我们都遇到了张进步之前见过的那种完整骨架，它们四肢细长有锋利的指甲。但这样的山洞没有植物，干什么用的无法猜测，只是有些奇形怪状的石器，或长，或圆，或尖，说是工具也不像。这样的山洞里自然没有石兔雕塑。

而那些栽种食物的，还有淡水流淌的，或者用石壁分割成多个小空间的山洞——我们凭生活经验，大致可以猜测出其用途。在这些山洞里，无一例外地都有石兔雕塑。

观察了多个石兔子，尚锦乡愈发认定，石兔是古中国人制造的。

等走得腿脚发酸，我们才想起已经远超过刚才说的两小时阶段联络时间了。

我们赶紧找了只兔子，开始呼唤伊豆，可是叫了半天都没回应。张进步伸手在石兔身上拍了几下，说："怎么没信号？"

我说会不会时间太长，坏了？因为不知道石兔的工作原理，所以只能是瞎猜。

我们赶紧跑到下一个山洞，找到石兔，继续呼叫。

可还是没有伊豆的声音，小泽和三浦的声音也没有。

"妈的，就知道这个小王八蛋信不过。"张进步大骂道。

尚锦乡说："不要骂人，伊豆是我很好的朋友，值得信任，他们不会出什么事了吧？"

我看了看尚锦乡焦急的神情，安慰她说："这些雕像少说也有上千年的历史了，坏几个都正常，不如再找一个试试。"

张进步说："坏不坏，测试一下就知道了，你们俩在这等着，我找刚才那只石兔喊两声，看能不能听见。"

说完张进步放下装着食物的袋子，提着骨爪离开了。

尚锦乡低声说："谢谢你。"

张进步离开，我俩坐在雕像下面等着，这一等就是一个多小时。

过去这么长时间，石兔都没有发出任何声音。我心里有了一种不好的感觉，上一座山洞距离这里并不远，散步走个来回，一个小时也足够了，难道我们又要走散了？

我悄悄看了一眼尚锦乡，她的表情木然，不知道在想些什么。

我故作轻松地拿起一只甜瓜，咬了一口，也给她递了一个。

她接过去，狠狠地咬了一口，猛然站了起来。

"我们走吧。"

"去哪？"

"回去，就算我们走散了，也要想方设法回到昨晚的地方。"

尚锦乡不管我，就往回走。她说得对，再这么等下去也无济于事，不如先回去再说。

我背起包，跟着尚锦乡往回走。其实这些洞穴，不只一个洞口。昨天我们最终能找到伊豆和张进步，不得不说运气实在太好了。正是担心走乱了迷路回不去，今天我们才在经过的地方都做了标记，避免在迷宫一样的洞穴里迷失方向。

刚进隧道没走多远，就听到一阵急促的脚步声，我心里一惊，以为又是巨兔或者什么怪物。我抬起手电照过去，却看到张进步气喘吁吁地跑了过来。

张进步伸手遮着眼睛挡住手电光，冲我大喊："照什么照，扫黄呢？"

我问："你这是跑哪去了？花这么长时间？"

"累死大爷了，来来，给我吃个甜瓜。"

"吃个屁，快说，干什么去了？"

张进步跑到我面前，大喘了几口，才说："我刚不是找大兔子喊话去了吗？喊了半天都没回声，就又找了一个，还是不行，换了好几个感觉全都失灵了。你们俩听见我说话没有？"

我摇了摇头说："什么都没听见。"

张进步说："咱想错了，这些大兔子就不是对讲机，而是广播台。最大那个兔子是村长家的，其余这些小兔子是各家各户的广播匣子，村长发话，各家各户才能听到，也不是，小兔子说话，大兔子也能听见，可是小兔子和小兔子没法对话，明白吗？地下党单线联系。"

张进步打了半天比喻，什么广播匣子、地下党，尚锦乡硬是没听懂。

我只好给她解释，各个山洞里的石兔，只能和中间那个最大的兔子互相联系，也就是说我们和伊豆可以相互联系，但没法和三浦与小泽直接对话。所以刚才张进步去其他地方喊话，我们听不到。至于为什么伊豆也没声音，这就不知道了。

我们商量后，决定还是原路返回，看伊豆到底出了什么事。

回到山洞时天色还好，篝火堆里还有零星的火星，张进步捡了柴丢进去，拨弄了好一阵，火才烧了起来。

"这个王八蛋，竟然偷懒，让我的火差点儿灭了。"

我们原以为伊豆在石室里睡着了，可是走进石室，里面却没有人。

我和尚锦乡大喊了好多声，都没听见伊豆的声音，看来三浦和小泽也没回来。

尚锦乡对着兔子说了几句日语，没过一会儿，大兔子也开口说日语，一听是小泽的声音。

尚锦乡说："他们说还没有回来，不过找到了野果子，我说伊豆不见了，他们说也没见过，要马上回来。"

"这个王八蛋不会被食肉兔给吃了吧？"张进步说。

我们赶紧前后左右找了半天，也没发现血迹和搏斗的痕迹。

"是不是他找到出口，自己跑了？"我也受了张进步的影响，对伊豆不知不觉有了看法。

"我早就觉得这个小日本鬼子有问题。"张进步坐在篝火前，吃着甜瓜。

"行了，别骂人了，说不定他就是饿了，出去找点儿东西吃。"

张进步说："你不知道，昨天这小日本跟我一路，哪儿哪儿都不对劲。其实他和那两个手下早就碰面了，可硬是在我逼他抓兔子的时候才出现。这么鬼鬼祟祟，他要没问题，我名字倒过来念。"

"倒过来怎么念？"

"步——进——张——"

"哈哈哈哈——"我忍不住狂笑起来，"不紧张，这名字太好了，以后就这么叫你。"

"老三！"尚锦乡突然说话了。

我以为尚锦乡是不满意张进步口无遮拦，背后说人坏话，一转头，却看到小泽和三浦各扛着一根大树枝回来了，树枝上挂着红彤彤的果子。

张进步还想说什么，我做个手势，阻止了他。

张进步回头看到两人，立刻换上一副笑脸，主动走过去，接过两人的大树枝。

"这两兄弟还真是实诚，这是正宗三光政策啊，吃光，拿光，再拔光。"

两人互相看了一眼，不明所以。

小泽突然问："伊豆君，去了哪里？"

他的汉语发音非常僵硬，跟伊豆的水准差得太远。

"你们老大不见了，自己疯了，不要你们了。"张进步说。

两人没听懂，看着尚锦乡。尚锦乡用日语解释了一遍，但应该不是张进步本来的口气。

听说伊豆不见了，两人的表情无比震惊，用日语冲我们咆哮。

就算一句听不懂，根据他们的表情，我就可以判断，这绝不是在做戏。就连张进步也相信，他们对伊豆的消失真的毫不知情。

"你们别着急，你们身手这么厉害，我相信伊豆也不会太差，虽然他一副花花公子的模样,但逃不过我这练家子的火眼金睛。没准他闲着无聊,自己去抓兔子也不一定。"

尚锦乡把张进步的话翻译给他们,但小泽和三浦变得异常狂躁,像两头困兽,在原地转来转去。

尚锦乡有些看不下去,对两人叽里呱啦一通狂喊。没想到那两人的表情越发紧张,到最后,两人竟跑着在山洞里找了起来。

小泽一边跑,一边还跟尚锦乡对喊。

张进步不满意地喊着:"哎哎,干吗呢?是不是怪我们哪?"

尚锦乡焦急地给张进步解释:"他们没有怪你们。我告诉他们,我们一直联系不到伊豆,回来后就发现伊豆不见了。他说,他们也同样没收到信息。"

这下,张进步彻底放心了,看来三人并没有什么阴谋诡计。

小泽和三浦很快就确认伊豆确实不在这里,两人快步走到我们身边,整齐地给我们鞠了个九十度的躬。

三浦抬起头,对尚锦乡说了一句话。

"他们要分头去找伊豆,要带走手电筒和水壶,请求我们同意。"

我连忙说:"当然,当然同意,只是他们刚回来,要不要休息一会儿,我们可以陪他们一起去找。"

尚锦乡翻译了我的话,却被小泽拒绝了,他希望我们能在此等候,万一伊豆回来,及时通知他们。

张进步说:"既然这么忠心耿耿,那就随他们去吧。"

我们把水壶和手电筒拿出来,交给两人,他们各自钻进一个山洞,迅速不见了。看着他们消失的背影,又看看那两树的野果,张进步忍不住鼓着掌说:"以后创业,得找几个日本员工啊。真是太靠谱了。"

出了这样的事,我们三个都心事重重,沉默地坐着等消息。可是过了很久,既没见他们回来,也没听到石兔传来消息。

张进步说:"你俩也别耗着了,去休息吧,我给你们烤兔子,烤好了,叫你们起来吃。"说着,他就起身去河边抓兔子去了。

现在,对这个山洞已经了如指掌,哪儿有木头,哪儿有兔子,都不用费劲去找。没过一会儿他就提了一只大白兔回来。

第四十章
活水晶

　　黑暗中，我听到一丝细微的声响，仿佛是一块小石头在滚动，或者一个线团掉到了地上。我警觉地扭头去看，却什么都看不到。

　　这种感觉我曾经历过，非常熟悉，恍惚之间，一个低沉的声音传来。

　　那是食肉兔即将发起进攻的低吼声。

　　我下意识地缩着脖子，蜷在地上，却什么都没有。这时，我脖子上传来阵阵寒意，开始在脖子下面，像一滴冷汗，缓缓蠕动着，最后爬到了我的耳后。

　　我头皮发麻，立刻想到，那不是汗，而是虫子。

　　我狠狠地一巴掌拍在脖子上，却发现什么都没有，只有细细的汗。

　　本来乌黑的空间，突然清晰可见，我发现自己汗流浃背，在一个狭隘的山洞里，洞外隐隐还能看到张进步的身影。我想喊他，却喊不出声，一群巨兔正在我对面，龇着牙瞪着我。每一只都有牧羊犬那么大，狰狞的嘴边沾满血污，仿佛刚完成一场屠杀。

　　它们越逼越近，我终于放弃对峙，撒腿就跑。

　　我没命地跑，汗如雨下，却不知道要跑到哪去，突然一脚踩空，跌了下去，全身失重，就像跌进一个深渊，而深渊的上方，却是大海……

一阵天旋地转，我猛然惊醒，睁眼却看见张进步的一张大脸，吓得我猛地坐起来。

"你干吗呢？"我忍不住骂他。

"你干吗呢？睡个觉跟洗澡似的，准备跟谁上床啊？"

我这才注意到自己已经被汗湿透，从昨天到现在，无数次奔跑，身上早就发臭了。

张进步跟我其实也差不多，胡子拉碴，看起来像个野人。

"起来，兔子烤好了。"

他生拉硬拽把我扯起来。尚锦乡在旁边睡得香，安安静静，一点声音都没有。

"算了，小姑娘累了，让她休息好，最好的美容就是睡觉。"张进步轻声咕嘟着，只把我拉到篝火边。

火上架着一块平整的石板，上面放着一只焦黄饱满的兔子。

张进步掏出瑞士军刀，在火上烤了一下，认真地把刀子插进兔子的腹部，割下一块肚子上的肉，递给我。

我拿过来，闻了闻，真香，咬了一口，发现跟昨天的兔子完全不一样，有一股清香的甜味，还有一股乳香。

"太好吃了，怎么做的？"

张进步得意地大笑了两声，忽然想到尚锦乡在睡觉，赶紧憋住了。

"我把咱今天摘来的甜瓜，和那俩小日本拿回来的果子剁碎，塞进兔子的肚子里再烤的。怎么样，有创意吧？"

在吃的方面，我是真佩服张进步，在这么艰苦的条件下，他都有心思研究厨艺，还能做出这么好吃的美味来。我不由得冲他做了个膜拜的手势。

张进步骄傲地说："那你先吃着，我去睡了。"

他躺在我刚才睡过的地方，不一会儿，就打起了呼噜。我用刀把兔肉一块块剔下来，细嚼慢咽，心里竟然无比安宁。

吃饱之后，我去石兔背后撒了泡尿，回来往火里添了几根柴，觉得无聊，顺手掏出手机，却想起手机早就成砖头了。

百无聊赖中，我抬头看那些光芒微弱的萤石，洞顶上的萤石就像是星空，只是星光灿烂，却没有皓月当空。

张进步的鼾声一直在山洞里回响。听着有节奏的鼾声，我仿佛受了催眠，又有点儿困，走到河边想去洗把脸。

山洞里的河面，都被那种透明似玻璃的物质，完整地盖着。有些地方幽幽闪着光，有些地方静静地流着水。只有靠近山壁的一角，被张进步弄开一个口子，这两天我们喝的用的水，都是在这里取的。

我找到那个豁口，弯腰去攉水，吊坠从我脖子上垂下，靠近水面时，在水面上泛起一阵波纹。河水冰凉，我洗了一把脸，感觉精神状态好了很多，站起来刚想走，却瞥见了玻璃的断口，看到了不同于普通玻璃的东西。

玻璃的断口处，反射着河底发出的幽光。不像普通玻璃的断口有锋利的边缘，这里的断口处是钝的，表面就像被精心打磨过的水晶一般，有很多个棱面，看上去像是细细的鱼鳞，每一片鱼鳞都是不规则的多边形。

这肯定不是玻璃，我完全可以断定，莫非是水晶？

我突然想起什么，快步跑进石室里，俯下身子，伸手触摸窗口的玻璃，那种温暖的触感，竟然和吊坠一模一样。我想起尚儒说过，我这枚吊坠可能是世界上最后一枚了，就连邓春秋都不知道吊坠的神秘材质，在这里竟然遍地都是，甚至被用作建筑材料。

怪不得能控制水流，怪不得那艘铜车马形状的船，没什么动力装置，却能稳稳当当地在浅水里自动行驶。

这哪里是什么玻璃水晶啊？简直是外星人的黑科技，想到这些，我忍不住激动起来。

这里的原住民，不光是拿它当建材，当饰品，竟然还当发动机。

这些不明原材料，简直相当于永动能源。我想，我要发财了。如果把这种能源广泛应用，什么煤炭石油天然气，全都可以淘汰了。掌握这种能源的人，毫无疑问就是世界首富。

我兴奋地回到篝火前，脑海中翻腾不已。

吊坠一直以来只是当作召唤神兵的钥匙使用，谁都不知道这是什么东西，这根本就不是人类能理解的东西，简直就是神的创造。

难道琉球王族一直依靠的"神"，就是这里的原住民？

如果尚锦乡的猜测是对的，那么这些原住民就是姆大陆的后代，他们掌握的能源，应该也就是姆大陆人所用的能源。

莫非琉球王族也是姆大陆后裔？不对，游老爷子和尚邦都说过，琉球王族是徐福的后人，怎么会跟姆大陆人扯上联系。

我又想起那些长着爪子的神秘骨骼，是不是姆大陆人都长着爪子？如果琉球王族跟姆大陆有关系，那我也应该有姆大陆血统，应该长爪子。

我伸出自己的双手，翻来覆去地看，脑子里一些模糊的东西渐渐清晰起来，却始终抓不住那到底是什么。我的脑子纷乱，双手烦躁地随手捏断一根木柴。

算了，该死的孩子尿朝天，不管我是根正苗红的汉人，琉球王室的后人，还是几万年前史前文明的后裔，我还不是一样得吃饭喝水，拉屎撒尿。

等天亮后，跟尚锦乡聊聊，看她会不会有别的发现。

天亮以后，还是没有消息，尚锦乡心急如焚，要出去找人。

但张进步建议先找出路，如果能出去，报警找政府派人来帮忙找。

两人为此发生了争执，我劝解了半天。正在这时，小泽和三浦回来了，伊豆并没有跟他们在一起。

知道伊豆没有回来，两人奔波一夜后疲惫的脸上，又覆上一层黯然。

我劝他们说："你们白天休息，我们仨出去找。"

张进步破天荒招呼小泽和三浦去吃东西。

小泽和三浦的确累了，也不客气，抱着昨晚的烤兔子大嚼起来。

吃完后，两人也不躺着，就坐在篝火旁边闭目打坐。

张进步劝道："你们还是去里边坐着吧，免得被那帮大兔子袭击，再丢人可就不好了。"

他这话明显的意思就是伊豆被食肉兔吃了。

两人似乎也觉得张进步说的有道理，就听他的劝，起身钻进了石室。

两人刚进去，张进步就问尚锦乡："小姨，这里那些壁画和字符什么的，你都认识吗？"

尚锦乡说："不一定全都认识，但我对远古壁画有一些涉猎，应该大致能看懂。"

"这样啊，我带你们去看点好东西，没准能找到出路呢。"

"什么？"

"我不是给你说过，我跟伊豆在一个山洞里见过壁画吗？"

"那个山洞你能找到吗？"尚锦乡激动地问。

张进步标志性地一撇嘴道："我要找不着，还说这干吗？"

我一直觉得张进步这个人，活着的目的，一是装傻充愣，二是扮猪吃老虎，他看起来无所事事，其实从来不干无用的事，呆头呆脑地就把事儿办了。

从我认识他以来，他做任何事，几乎没出现过纰漏，所有事他都能先一步想到。

因此，他对某些人与事的判断，我基本是认可的。

比如他坚持认为伊豆不太对劲，我也觉得不对劲，可偏偏从与伊豆接触以后，他就给我留下不错的印象，在我看来，他比我前半生认识的绝大部分人，都好相处。

所以，我经常把自己对伊豆的警惕，当成自己的敏感，对张进步的无礼，很不感冒。

可是如果在张进步和伊豆之间，我当然更信任张进步。

张进步带着我们在洞穴里穿行，一路上都走得非常坚定。我注意到那些通道并没有明显标记，他竟然能记得这么清楚，让人惊讶。

当我们走进一个密密麻麻塞满植物的洞穴时，张进步打亮手电，左右照了照，递给尚锦乡说："就是这儿了。"

第四十一章
武器和壁画

◄ ‖‖‖‖‖‖‖‖‖‖‖‖‖‖ ►

张进步走到一处岩壁前，拽住上面的藤蔓植物，想把它们拽下来。

尚锦乡惊呼："不要！"

她赶紧解释道："这些壁画时间久远，一不小心就会毁掉的。"

可是刚才张进步使劲一扯，已经扯下来了一大串，拿在手中，一时间手足无措。

为了缓解尴尬，我赶紧转移话题，问尚锦乡："壁画算不算文物？"

"当然算。"

"值钱吗？"张进步接话。

我笑着说："就算是无价之宝，你还能把石头拆下来背回去？"

张进步满脸痛苦，好像真丢了无价之宝似的。

尚锦乡说："我郑重提示两位，这里的一切对于历史学界都是无价之宝，绝不允许丝毫破坏，出去后我会向全世界公布，请最专业的历史学权威来这里做研究，所以你们一定要当心，别破坏了任何东西。"

张进步不满地轻声嘟囔："等你能出去再说吧。"

尚锦乡站在山壁下面，不再说话，表情专注地仰头看着壁画。

壁画的大部分掩映在藤蔓植物下面，但露出来的部分，就足以让人震惊。

壁画高七八米，准确宽度无法估量，应该至少有几十米，如此大的壁画，绝不是一个人能完成的。

我刚想看看壁画上的内容，却被张进步拉开了。

"人家小姑娘是历史专家，你一个学理工的跟着凑什么热闹，就算你认识又能怎样？到咱这个年纪，不打粮食的事儿就别干了。"

"那干什么？"

"去踅摸踅摸，看有什么能带出去的玩意儿。"

"盗墓啊？"

"这怎么叫盗墓呢？这叫收集证据。你想啊，如果我们出去了，给别人说我们发现了史前文明，谁信哪？你说发现就发现？证据呢？"

"这么大的海底都是证据呀。"

"哎哟，那咱这么说，比如现在是一年前，我跑来找你说，马老板，我在太平洋海底发现了一个几千几万年前的史前文明，我们一起去探险发财吧。你会怎么想？"

"傻子。"

"对，但假如我拿出一件价值连城的夜明珠告诉你，这玩意儿就是从那里拿出来的，还有很多，我们一起去挖吧。你会怎么想？"

"我会慎重考虑。"

"那不就是了。所以说，我们还是要去找点东西，就算帮那位傻姑娘也行啊。"

张进步这么说，我竟然无言以对，觉得挺有道理，只好跟着他在山洞里瞎转起来。

这里并不大，顶多也就是一个足球场，但顶部很高。

山洞正中搭了一个石台，由三块大小不一的大方台依次叠加而成，每一层的高度都超过一米，不像是专供人踩踏的阶梯。

石台的四面，能看得出来曾刻有精致的纹理，但如今已变得断断续续，就连四边的棱线也模糊了。

张进步站在一堆腐朽的骨头里，用那根骨爪拨弄，像个捡破烂的。翻了一会儿，他突然弯腰捡起什么东西，就要往怀里揣。

我问他找到什么了。

他回头看了一眼不远处的尚锦乡，做了个嘘声的动作，把手里的东西递给我看。

那是一根金属条，材质应该是青铜，绿油油灰扑扑的，二十厘米长，两面薄，中间厚，一端有尖，另一端像是个把柄，上面除了铜锈没有任何纹理。

"就这玩意儿，你还当宝贝啊？大雁塔古董市场你想要多少都有。"

"这能比吗？古董市场上都是从厕所里腐蚀出来的，这可是货真价实的古董，少说也有千把年了吧。我们带出去，找你那个做假货的朋友一卖，还债足够了吧。"

"古董不是不能随便买卖，都要上交国家吗？"

"你傻了，这里是公海呀，公海是谁的？公共的，你交给哪个国家？中国还是日本？"

我被他给问住了，是啊，交给哪个国家，还真是个问题。

尚锦乡的声音从身后传来："给我！"

我看着张进步不知道该怎么办，他突然变脸冲我吼道："看什么看？好像东西是我的一样，天下为公懂不懂，公海发现的东西，是属于全人类的。"

他义正词严地把东西从我手里夺走，递给尚锦乡。

"小姨掌掌眼，这是什么东西？"

"这是铜铍，这种扁茎形制的铜铍，是中国战国时期秦国的兵器，所以被称为秦铍，也叫铩。"

尚锦乡手里捧着那根青铜条，真像是捧着一件无价之宝。

张进步兴高采烈地问："这算不算文物？值不值钱？如果值钱，咱们一定得把它保护好，不能让它落在坏人手里。"

正是这句话提醒了尚锦乡，她的眼睛像利剑一样盯住张进步。

"还有没有？"

"没有了，就发现这个。"

"真的吗？"

"真的真的，我怎么敢骗小姨。"

"好吧，我相信你。"尚锦乡把手里的铜铍扔给张进步说，"这东西不值钱，到处可见，市场上可以卖三万日元。"

"三万，除以十五，那才值两千块人民币呀。那你拿着吧。"

张进步沮丧地把铜铍递给我，又从腰间掏出一件器物，嬉皮笑脸地说："小姨，再帮忙看看这个。"

这是一块半圆形的金属，看上去像程咬金用的大板斧，又像鲁智深的月牙铲，颜色青绿，应该也是青铜材质，上面有兽脸花纹，和圆方形云雷纹理。

这么重的东西，也不知道张进步是怎么挂在裤腰带上的。

"这是钺，商周时代是刑具，后来被当作礼器，有了骑兵和铠甲后，又被当重兵器使用。唐宋以后，只作为仪仗兵器使用。……怪了，这里怎么会有这些东西？"尚锦乡抬头看着我。

我赶紧指着张进步说："你问他。"

尚锦乡看了一眼张进步，眼神严肃。"张先生，我严重警告您，如果您敢把它们带走，我以后……"想了半天，尚锦乡也没想出什么惩罚措施来，只好对我说，"马龙，请你把他看好。"

尚锦乡转身离开。

"您放心吧，我一定把他看好了。"我像模像样地给尚锦乡抱了个拳，目送她离开，心想这威胁真是太没有威慑力了。

张进步嘿嘿一笑，继续去别的地方翻破烂。

我走到尚锦乡旁边，把石台的情况给她简单说了一遍。她回头看了一眼山洞中央的石台，拉着我走到一幅壁画前，指着上面说："应该就是这个吧？"

墙上的画由黑色、白色和灰色线条绘成，看不出是色彩脱落，还是本来就如此。

画面正中，有三个梯形的石台，相互连接。按照人的比例来看，石台非常巨大，比刚才的那个多好多层。每层之间，都有更加细分的台阶。在石台的最上层，有一正方形黑色房子。石台似乎是位于一个宽敞的广场上，远处矗立着几座山峰，峰顶上有白色的积雪。石台周围，人群密密麻麻，正对着石台顶礼膜拜。

"这是在祭天还是求雨吗？怎么看着像是金字塔？"我好奇地问。

"不对，金字塔上没有台阶，顶层也没有房子。"我又立即否决了自己的看法。

"你太容易否决自己了。"尚锦乡笑着说，"这就是金字塔。"

"别骗我了，埃及我虽然没去过，世界之窗还是去过的，金字塔上哪有台阶？"

"这是阿兹特克金字塔。"

"阿兹特克，是《帝国时代》里的阿兹特克吗？"

"什么？"尚锦乡反问。

"哦，《帝国时代》我不知道怎么说，反正就是一款游戏，里面有一种战士，叫阿兹特克美洲豹战士，你还别说，这些台子和游戏里那些阿兹特克城堡还真像。"

"那不是城堡，就是金字塔。"

尚锦乡解释："准确地说，阿兹特克金字塔的原型并不是阿兹特克文明创造的，而是特奥蒂瓦坎文明的杰作。

"特奥蒂瓦坎文明是中美洲的古印第安文明，起源成谜。在公元2世纪，他们就创造了中美洲的大都市，最辉煌的时候，人口达到二十万，他们建造了太阳金字塔、月亮金字塔和羽蛇神庙，以及其他大气磅礴的建筑。

"特奥蒂瓦坎文明的衰亡也是一个未解之谜，在公元700年左右，整个文明毁灭。有人说这一文明毁于一场人为的火灾，但用大火如何毁灭一个石头建筑的城市，尚未可知。

"沧桑巨变，人世更迭，直到六七百年前，原本是游牧民族的阿兹特克人进入了墨西哥，继承了之前一切的优秀文化，并加以发展创造，发展出在中美洲辉煌了近三百年的阿兹特克文明，直到西班牙殖民者入侵，才衰落直至灭亡。

"阿兹特克文明的生产力水平低下，没有使用铁器，但有当时非常先进的教育、文化、历法和天文知识，在艺术方面，他们也有相当高的水平。尤其是建筑艺术，他们借鉴以前文明的金字塔形式，在墨西哥地区建造了一些最大最重要的金字塔。所以人们习惯把美洲地区的金字塔，称为阿兹特克金字塔。"

尚锦乡说："我认为，壁画上的这些金字塔，跟阿兹特克金字塔非常接近，甚至很可能跟美洲的文明有直接关系。"

第四十二章

谁是神？神是谁？

◄ ‖‖‖‖‖‖‖‖‖‖‖‖‖‖‖ ►

尚锦乡带着我继续看壁画。

画面上，一个身形巨大的人，从高高的台阶上走了下来。最高处的台阶，一直延伸到壁画的顶端。所以，那个巨人，看上去就像是从天上走下来一样。

那人身上有很多羽毛装饰，跟普通人简单的穿着完全不同，显得特别突出。

阶梯下方，或者说在那人的脚下，画着密密麻麻的人类，拥挤在一起，像在祈祷，又像是聆听训话。从画面比例来看，那个巨人有普通人的十倍高，似乎随便一脚，就可以把他们全都踩碎。

阶梯左右的石头上，画着许多我们从没见过的奇异符号。这些符号应该是整幅壁画里细节最多最复杂的部分。我无法用语言描述它们的形状，甚至都不想有这样的念头，每一个符号都让我不寒而栗，似乎蕴藏着无法言说的信息。

画面最下方，则是一片漆黑，仿佛地狱的深渊。

尚锦乡缓缓说："瘟疫，洪水，严寒，酷热……从某一年开始，大陆上忽然天灾不断，他们乞求太阳神帮助，可是先知告诉他们，末日将至。那时，地底会喷出火焰和毒烟，大地上的一切植物都会被焚烧，一切动物都会死于非命，而大地也将分裂，最终沉入茫茫大海。可是，人们并不相信，但频发的灾难，反复印证了那个预言。于是人们开始恐惧，想方设法逃离这片大陆。"

我们沿着壁画往前走。

接下来的情景与伊豆讲述的很相符，画里的内容，一看就知道是在迁移。正中央是一个巨大的洞，却不是山洞，周围压根都没有山，而是像埃里森洞穴那样的垂直洞穴，突兀地出现在一片平原上，看起来更像是一个陨石坑。洞口有无数人排着队，携带各类东西往里面走。

与此同时，在远处的高山上，同样多的人正在攀登。大海上，一部分人乘着木船已经起航。画面的大部分内容，都在巨洞下方，很多个大小不一的椭圆洞穴通过隧道连接在一起，的确只有球棍模式才能形容。每个空间里都有人群，他们正在辛勤劳作。

"末日将至，一部分人选择去高山避难，一部分人选择了远渡重洋，还有一些人认为，只有地底才是安全的。你看这里……"

尚锦乡指着地底一处相对独立的巨大空间，那里有更多的人正在用一些奇形怪状的机械盖房子，不，准确地说应该是宫殿。一些贵族打扮的人，在指挥工人。

"这里应该就是贵族和统治者们的避难所。"

"哎哟，都要死了，还要建宫殿，真是万恶的旧社会。"

"壁画的创作者，就是那些到地底世界来避难的人，至于那些上山下海的避难者，最后去了哪里，他们应该也不知道，因为壁画中并没有画出。"

"驾船出海的，不会是去美洲了吧？"

"无从考证，但并非不可能。几千上万年过去，他们的后裔早就不记得自己来自哪里，或许在神话传说里还有些痕迹吧。"

"那些留在地底的人呢？"

"可能就是他们吧。"尚锦乡指着不远处的几具尸骨说。

我把昨晚关于琉球人和姆大陆的思考，给尚锦乡讲了一遍。她未置可否，继续沿着壁画往下看。

接下来这部分壁画，线条比以前要简单得多，甚至可以说简陋，以至于我一眼看过去，都没有认出画的是什么。它们犹如非洲原始人在岩壁上的随手涂鸦，线条粗细不一，画面抽象而单调，几条巨大的弧线在石壁上掠过，绘成一个莫名其妙的图形。

但仔细观察会发现，除此之外，壁画上似乎还存在另一种痕迹。壁画线条非常工整，阴刻在石壁上，直线端直，弧线圆润，明显是非常有经验的画匠作品。两种线条交织在一起，延续到高处，我的目光随着线条移动，渐渐觉得有些眩晕。

"这个图形你熟悉吗？"尚锦乡伸手指着壁画问我。

我摇摇头："我又不是考古学者，怎么会认识这些。"但是很快，我的脑海中掠过一个图形——五瓣水波纹，猛然抬头，瞬间被震惊得说不出话来。

壁画上的图案，正是我的吊坠上的五瓣水波纹。只是岩壁上的画面太过巨大，我只注意局部的细节，竟然没认出来。正是这个花纹，印证了我昨晚的猜测，数千年以来一直帮助琉球王国渡劫避难的"神"，竟然真是来自这个地底的史前文明，而且按照尚锦乡的说法，很有可能就是上古的姆大陆文明。

如果琉球王族是徐福的后人，那么根据王族传说，徐福出海寻仙，一去不返，会不会就是找到了姆大陆文明，把他们当作了神，而且双方建立了互帮互助的关系？

工整的线条雕成五瓣水波纹，那些凌乱而粗细不一的线条是什么？我向后退了几步，尝试从全局找到答案，果然，不仅我看出来，尚锦乡也看出来了。

"看见了吗？"

"嗯，兔子。"

是的，另一种线条，描绘的是一只巨大的兔子。它的形象和我们见过的石兔雕像如出一辙，后腿蹲坐在地上，前腿微垂贴在胸口，兔头高昂，木然的眼神望着前方。

我问尚锦乡对此怎么看，她沉吟了半天，说："先前的各种异象，和眼前的壁画，正在一步一步证实我们的推测。"她大胆假设说，"来到地底避难的姆大陆人，应该是该文明的一小部分贵族，他们倾举国之力，制造了这个巨大的地下避难所，依然想继续过原有的生活。可是由于生态环境发生了变化，能源匮乏、饮食变化等诸多原因，他们不仅没有继续发展，还开始退化了。"

她说："你应该知道，所谓进化和退化的说法其实都带着预设立场，更准确的描述应该是演化。这种演化经历上万年，或许更久。当然，这其中也许还有其他原因，我们不得而知。总之，到最后，他们的社会结构、文明水平、宗教信仰，甚至生理结构都发生了变化。"

"手进化成爪子吗？"

"是的，就像兔子进化成食肉兔。于是，他们还发展出了新的信仰——兔图腾。"

"因为兔子是这里仅有的动物的原因吗？"

"动物崇拜，大都是源自人类认为这种动物跟他们血脉相连，并不只是因为它们强大。中国的十二生肖，也是源于图腾崇拜，其中就有兔子。而古印度、古巴比伦和古埃及也有十二兽历法，只是动物种类不同。"

"不对，如果他们退化成原始人，那怎么还当琉球王国的神呢？"

"谁告诉你琉球王国的神是他们呢？"尚锦乡反问我。

"按照尚邦老人和您父亲的说法，徐福在琉球并没有久住，而是再次出海……"

"他们说得没错，可是你知道他为什么没有回去吗？"

"找到了这里？"

"没错，不过准确地说，应该是征服了这里。"

"什么？徐福征服了姆大陆？"我惊叫着跳起来。

"不用紧张，这有什么奇怪的？"

尚锦乡说着，伸出一只手，手指凌空描着壁画上的兔子和五瓣水波纹。

"在古代，征服者并不一定都是先进文明，你认为秦国统一中国，是因为他们的文化比其他国家先进吗？"

"至少他们的武器比别的国家先进，秦国骑兵装备了一米长的青铜剑，步兵军团装备了七米长矛，还有先进的弩机。"

"那么蒙古呢？他们文化先进，还是武器高级？为什么仅仅用了十多年时间，就征服了大半个世界？"尚锦乡再问我。

我无言以对。

尚锦乡侃侃而谈道："世界历史上野蛮人征服先进文明的例子不胜枚举，何况徐福出海带的人并非野蛮人，而姆大陆移民经历上万年的退化，也算不上什么先进文明。换个角度说，这还是一场文明对野蛮的征服。"

其实我已经认同了她的说法，一个藏匿的文明，在没有天敌和对手的环境里，安稳生存了上万年，就算没有生理退化，也早就丧失了战斗能力。

"但这里是海底，徐福怎么能找到这里？"我问。

"这也是我的第一个疑惑。我们暂且这么猜测，姆大陆板块遭受灾难后，绝大部分的大陆沉没海底，仅剩的一些成了太平洋上的岛屿，包括琉球群岛。徐福担心秦始皇追捕，躲避到琉球后，可能发现了什么信息，这才再次出海，觅迹追踪，找到了这里。至于这个过程，可能已经无法考证了。"

"徐福不是出海寻找仙山吗？他会不会把这里当成了仙境？"

"很有可能，他心怀求仙长生的虔诚而来，却发现自己寻找的神仙不过是一群住在仙境里的野蛮人，你猜他会怎么做？"

"取而代之。"

"对，"尚锦乡说，"他们迅速征服了这里，取代原住民，成了这里的主人。而战败者，沦为他们的奴隶。甚至野蛮人信仰的兔神，也成为征服者奴役他们的工具。这也就解释了兔子为什么是传声器的原因。征服者把自己的指令，通过石兔雕塑传达下来，说明他们已经把自己当成了这里的神。"

"这场战争，可能波及范围很广，地下的遗民并非没有反抗。"尚锦乡拿出相机，翻出一张照片递给我看。那是兔子牧场浅滩上的照片。尚锦乡看我有些不明所以，将照片放大，指着在山壁上的某处乱石土坡，"战争甚至来到了地下。"

相机的电量已经见底了，我看见照片里的土坡上，隐约有一排整齐的凸痕。凝神细看，发现那竟然是几具人骨，大部分都和土石融为一体，只有一少部分露在外面，看形态应该是人的肋骨。

"姆大陆人对地底的规划很清晰，不可能让尸体随便掩埋在牧场里，只有一个可能，这是侵入者的尸骨，死后被随意掩埋。"

提起牧场，我想起那艘像铜车马的船，顿时觉得之前的推测有问题。秦朝时候的人，绝不可能造出这么先进的水动力船。

"你说得对。"尚锦乡说，"这也是我的第二个疑惑，按照历史上秦朝时候的生产力，绝不可能造出这种船。如果船是姆大陆人造的，就无法解释为什么会造成铜车马的样式。可是，历史的定论都是一时的定论，一个重大的考古发现，就是推翻之前的一切定论。我们对秦朝制造水平的判断，只是源于遗迹和出土文物。"

"但是我们可以根据现代科技来对比，就算是现代也很难造出这么一艘纯粹的水动力船。"我提出异议。

"古人对科学技术的意识，跟我们不一样。工业革命以后，科学技术的发展轨迹，并非以先进为趋向，而是以方便为走向，因为方便标准化量产。所以古代的一些技术，以现在的眼光看来，当时完全不可能实现。比如越王勾践的青铜剑，无论其铸造工艺、防腐，还是铭文，都是与现代科技完全不同的工艺，很可惜都失传了。"

"我甚至怀疑，"尚锦乡顿了一顿，继续说，"遍布这些洞穴里的水渠，都是后来者所为。"

"你怎么知道？"

"因为在这些壁画上，没有任何关于水渠修建的记录。我推测，它们都是古代中国人到这里之后，为了方便管理才建造的。他们按照自己的需求，重新规划和改造了这个巨大的洞穴，反正这里有庞大的劳动力供他们驱策。而他们自己，就成了主宰其一切的神。"

我并不相信秦朝人会掌握如此先进的生产力，按尚锦乡的说法，那些鬼火水母也应该是他们饲养的，还有那些奇异的"水晶"，也是他们掌握和使用的。但似乎只有认可这个前提，后来关于琉球的一切才能讲得通。

如果尚锦乡的推测是对的，那么故事应该是这样的：

徐福带着人出海，征服了姆大陆移民，并把这里当作自己的海上仙境。但是他们还牵挂着留在琉球岛上的那部分人，于是制造了水晶钥匙送给琉球王族。琉球遇到危险，就带着钥匙来找他们，他们派援兵去帮忙，久而久之，他们被神化成了天降神兵。

直到有一天，在海上当了神仙的这帮人，不知道遇到了什么灾难，从此消失，杳无音信。

那么他们究竟去了哪里呢？

第四十三章
人去哪儿了

◄ ‖‖‖‖‖‖‖‖‖‖‖‖‖‖ ►

　　如果那些古人真的掌握了如此先进的科技，那么在当时，完全可以被称为"神"，他们帮助一个小小的岛国维持政权，简直是举手之劳。

　　可是这群人，现在在哪里？是遇到了劫难，还是去了哪里？尚锦乡跟我一样，陷入沉默的思索中。

　　我轻轻叹了口气，看看周围，显然这里已经荒废很久了，无论是姆大陆遗民，还是后来的古代中国人，都早已消失在了历史的尘埃里。尚儒追寻一生的，恐怕到头来也只是一片虚无吧。

　　这时，张进步回来了，看他的表情，应该没少找到东西。

　　"看出点儿啥来没有？"

　　"找到神仙了。"我说。

　　"扯犊子，看完就早点儿回去吧，肚子都放炮了，真佩服你们两个，不知道是以学术的名义恋爱呢，还是以恋爱的精神搞学术呢。"

　　我还没来得及说什么，尚锦乡突然问："张老三，这些天，你一直暗示马龙和我恋爱，你是不是真的希望我俩恋爱？"

　　"当然了，所谓有缘千里来相会，这不就是说你们两个吗？一个中国爷们儿，一个东洋妞儿，跨越大江大河，走在一起，简直是千古佳话嘛。"张进步简直口不择言。

"好，如果这是命运，我不会拒绝。"尚锦乡撂下一句话，快步走开，留下我和张进步在原地目瞪口呆。

"马老板，听见了没？这是什么精神，这是国际主义精神，这是人道主义精神哪……"

我一个巴掌拍过去，拍到张进步的背上，及时阻止了这场语言灾难。可是，触手之处，又冷又硬，还传来金属的碰撞声。

"干什么吗？"张进步连忙护住自己的腰，"拍坏了，你可赔不起。"

等回到大本营，天已经快黑了。

"这两个日本鬼子干毛啊，我的火——"张进步哀号一声，冲篝火堆跑过去。那儿一片死灰，看上去火已经灭了。他跳起来，冲石室跑过去，看上去真生气了。我害怕他们打起来，连忙追过去。可是石室空空，三浦和小泽没在里面。

张进步说："我就说这些鬼子有问题吧？你看，一块儿跑了。"

"跑？跑哪儿？"

"鬼知道，他们死了都不要紧，可惜我的火呀。灭了我的火，就是断了我的命根子啊。"张进步竟然一屁股坐在地上，拍着大腿，像个泼妇般撒泼号叫起来。

尚锦乡猜那两人会不会又去找伊豆了。

张进步说不可能，要找伊豆，也可以通过兔子讲一声，这么偷偷摸摸地离开，一定有鬼。

"会不会被兔子吃了？"我还有些担心。

"马龙，你知道你做生意这么多年为什么不赚钱吗？"张进步突然问我。

我知道他狗嘴里吐不出象牙，就没搭腔。

"你就是太善良了，慈不掌兵，义不理财，明明被人卖了，还要帮人数钱。"

幸亏篝火并没有死彻底，张进步鼓捣了半天，又冒起了烟。有了火，就有了生机，张进步赶紧打水煮茶。

"幸亏这俩鬼子没把水壶和杯子带走，不过人家都找到出路了，要这些破烂玩意儿干啥……"张进步抱怨着。

我和尚锦乡都不说话，默默地吃巧克力。

张进步自说自话嗨了半天，似乎抱怨够了，也不再说话。

现场气氛突然凝重起来。

我心里有一丝慌张，一路上各种光怪陆离的东西见得太多，处处都透露着诡异，让人不得不多想。从尚儒到伊豆，再到三浦和小泽，人一个个消失，还不包括那个一直没有出现的麻子脸井上，非说是他们的算计，估计张进步自己也不相信。

以前还嘲笑恐怖片里，人总是一个接一个失踪，向来心是看客心，奈何已是局中人。

尚锦乡首先打破沉默，说：“马龙，你的吊坠让我看看。”

她突然说话，倒是让我心底放松了些许，我把吊坠从脖子上取下来给她。

尚锦乡拿着吊坠翻来覆去看了半天，问我：“你有没有想过，当年你奶奶留在中国是为什么呢？”

我说：“尚邦老人家不是说她是带着寻找神兵的任务，才去的中国吗？”

“可是，按照我们的推测，神兵是徐福找到姆大陆遗民后才出现的。”

“按照伯伯的说法，你奶奶当年去中国，是想寻求帮助尚家复国的力量。但是所谓神兵，是徐福和他的后人，按常理说，中国应该没有神兵的信息吧？”尚锦乡问。

“对，肯定没有。”

“可为什么你说五瓣水波纹，会出现在战国墓里？”

五瓣水波纹在战国墓里，并不是我亲眼看见的，而是邓春秋告诉我的。按照邓春秋的品行，他应该不会骗我。

“徐福是中国来的，那五瓣水波纹出现在战国墓里，并不奇怪啊？”

“出现不奇怪，只出现一次就奇怪了。我是研究东亚历史的，各个年代的墓葬，和相关符号，都有所涉猎，但我从来没有见过这个花纹。历史研究有孤证不立的说法，所谓孤证不为定说，其无反证者姑存之，得有续证则渐信之，遇有力之反证则弃之。如果不是今天壁画上再次出现这个五瓣水波纹，我就怀疑你说的那个战国基碑是假的。但是，当它出现了第二次，而且是出现在这个绝不可能伪造的地方，我就对它很感兴趣了。”

尚锦乡说：“我要去中国。”

“什么？”我以为自己听错了。

“我说，我要跟你一起去中国，找到那个战国墓碑。”

“好啊，欢迎你去。”我赶紧说。

“从今天的发现来看，徐福和他的人似乎掌握了大量先进工艺，这些工艺在以往从来没有被发现过，我相信这些工艺并不是在这里发明的，而是从中国带来的。如此强大的科技力量，为什么会淹没在历史长河中，要找到根本缘由，必须到中国去。"尚锦乡显得特别兴奋。

"另外，尚邦老人说你奶奶去中国找神兵，是因为他发现了古代残片。但我想此事绝不止于此，他肯定还有什么没说，或者还有他也不知道的。而你奶奶拿着吊坠，去了中国后，应该找到了蛛丝马迹，所以才坚持留在中国，没有再回来。"

"如果她找到了，更应该带着救兵回来才对呀！"

"或许只是找到了线索，还没有真正建立联系吧。"

我顿然想起父亲的离开，会不会跟这有什么关系？想到这些，我不由得归心似箭，恨不得长上翅膀，飞回中国，调查真相。

张进步听说尚锦乡要去中国，特别开心。目前他对人好的方式，只有两种，煮浓茶，烤兔子。我们吃喝以后，疲倦感立刻袭来。

大家商量之后，还是轮流值班，一旦有异样，立即叫醒另外两个人。

可是一夜平安无事。

早上起来，张进步说道："今天继续换洞口找出路，这里一定有出路，就按你们说的，那些扮演神仙的古人，绝不可能习惯一直待在地下，黑咕隆咚的，哪像个仙境。"

他这本是无心之语，却提醒了我。徐福他们来到这里后，难道一直住在地下吗？

我觉得不可能。神仙怎么能和奴隶们住在一起，他们一定有自己独立的住处，也许只要找到他们的居所，就能找到出口。

我提出这个想法，得到尚锦乡和张进步的一致认可。但尚锦乡说今天不出去，要找出口也要等明天再找。

我以为她今天身体不舒服，可看上去并没有。

她说，她只是想知道这里究竟会发生什么，接二连三导致人失踪。

张进步有些不愿意，他总是想出去再找点儿古董。他提议让我和尚锦乡守着这儿，他自己去周围随便逛两个小时。

可是尚锦乡还是不同意，她担心等张进步回来后，我们俩也失踪了。

"我总觉得这个洞穴，跟其他洞穴不一样，从它的功能上就可以看出，它比别的洞穴更重要。从伊豆和他的两个随从的失踪来看，你们觉得像不像……换班？"

"谁换班？"

"这里既然是传达神意的地方，那么在这里工作的人，应该就是管理人员，他们每天换一次班……"

"你的意思是伊豆和那两个货是被换班调走了？"张进步问。

"对，应该是这样。"

"那为什么没把人换回来呢？"

尚锦乡白了他一眼："因为这里没人了。"

仔细想来，她的猜测不是没有道理，这里就像一个庞大的机器，虽然人类消失了，但它依然按照设定的规律继续运转，只是我们暂时还不知道这个机器的运转方式。

"行，我们就在这等着，看看神仙怎么玩大变活人。"

还好，这几天我们采集的食物也足够了，吃喝暂时没有问题。只是现在手电快没电了，光线微弱，如果出现没有照明的意外状况，就只能祈求老天爷给活路了。

我们一等就是一整天，数个小时的无所事事，实在有点难以忍受。

好动的张进步，开始练拳，还叫我陪他练，我拒绝，他就自己练倒立。

我终于理解了为什么荒岛求生的电影里，主人公都有各种怪癖，一旦无所事事，什么奇葩的事都做得出来。

倒是尚锦乡，一直面无表情地坐着，眼睛盯着石兔雕像，似乎那里会发生变故。

尚锦乡突然问："几点了？"

张进步一边倒立一边念："5 点 13 分 39 秒，40 秒，41 秒……"

尚锦乡突然喊："老三，昨天我们离开的时候，你是不是让他们去石室里休息？"

张进步说："是有这么回事，不过那是为了……"

尚锦乡打断了他："我们也进去。"

说着她就起身朝石室走去。我和张进步互看一眼，跟了进去。

我们盘着腿，安安静静地坐在石室地上，可是什么都没发生。

张进步焦躁不安，嫌这里空间太小，而他的心需要更大的舞台。

"21 秒，22 秒，23 秒……我×，相对论是真的啊，一秒怎么这么长？"

正在这时，一声异响从门口传来。

我们三人同时向外看，石室的门已经关上了，将石室封得死死的。

张进步猛然扑过去，边摇边晃，石门一动不动，他又猛踹几脚，终于死心了。

瞎子也能看出，这石门不是人力所能撼动的。这时，整个石室猛烈摇晃起来。

第四十四章
深海之路

张进步急得大吼大叫："地震啦！快跑啊——"

可是前后左右转了一圈，他才知道这个地方根本没法跑。于是，他又蹲在地上，抱着头，眼睛骨碌碌地看着石门。

我刚想站起来，却听见他大喊："蹲下！"

还没来得及做出反应，我就被地面的剧烈晃动摔倒在地。

我双手用力地抠住墙面的一处凸起，尽量稳住身体，感觉随时会被甩到空中去。

张进步蹲在地上，双手撑地，以一种蛤蟆的姿势，保持着身体平衡。而尚锦乡却紧紧蜷缩着，双手护着脖颈，明显受过很好的避震训练。

下一刻，我真被甩到了空中。

怎么描述那种感觉呢？就像电梯索突然断掉，因为轿厢坠落太快，乘客因惯性被留在了空中。我重重地被摔回地面时，突然醒悟，是这座巨大的石兔雕像，在整体坠落。

坠落的过程不知道持续了多久，巨大的恐惧笼罩着我们，让我忍不住闭上了眼睛。这是要坠落到哪儿？地狱吗？

轻微的失重感传来，我感到身体变轻，接着又变重，脑中一阵眩晕。仿佛过了很久，又仿佛只是一瞬间，耳边传来一声沉闷的轰鸣，接着又恢复了平静。

张进步最先醒过来，他趴在地上，望着外面，嘴里直嘟囔："原来冲马桶的时候，屎是这个感觉。"

我瞪大眼睛半天说不出话来，因为一切实在太过于震撼。

假如有玩家，在屏幕上看着我们经历的一切，他大概会觉得，我们所待的石室，就像奶茶里的一颗珍珠，从狭长的吸管里被喷了出来，从山洞竟然直接落到了海底。

原先位于石室下端的窗子，此时就在我们脚下。怪不得第一次看见它时就觉得样式奇葩。当石室漂在海底时，这些窗子就像是科幻片里，太空飞船的玻璃舷窗。

海底就是宇宙，无数游鱼和叫不上名字的动植物从我们眼前掠过。

张进步用屎来比喻我们，虽然恶心了点，但是当我看到那些被石室搅动的气泡，从周围的水里升起时，心里还是有些叹服，他这个比喻真是太精准了。

此刻，我趴在窗口，眼睛望着幽暗的海底，心情沉重。如果在这座潜艇一样的石室里，乘坐的是一个深海恐惧症患者，恐怕现在已经头撞墙了。

尚锦乡突然悠悠地说："停下来了。"

石室的速度缓缓地降下来，就像潜艇在减速。

周围的光线非常昏暗，向下望去，只能看见无数细碎的物质，像雪花一样在海水中飘飘扬扬。我知道那叫海雪，是海里的浮游生物和一些动物尸体的碎片结合而成的。它们是很多小型海洋生物的食物。

不远处，一座巨大的海底山脉，绵延横亘，不知道何其高远。山与山之间，充斥着浓稠的黑暗，仿佛通向地底。而山坡上，却落满了厚厚的海雪，反射着极其微弱的光。

我不禁想到了杜甫的诗句——造化钟神秀，阴阳割昏晓。

诗句描述的是泰山，我见过泰山，眼前这座海底山脉的恢宏气度，比起泰山来也不遑多让。因为白色的海雪和黑色的海沟，反比泰山更多了几分神秘和壮观。

石室坠落到一座山头，停顿片刻，再次晃动起来。

我被海底奇观震撼得心旌摇曳，这一晃动，竟然让我在地上打了个滚。

虽说这座石室很坚固，密封性也很好，似乎不需要担心压力的问题。可是这里毕竟空气有限，要不了多久，我们就会陷入没有氧气的绝境之中。

这时，我发现脚下的山和远处不太一样。

目力所及的山峰上，落着厚厚的海雪，几乎让人误以为自己正在雪山之巅。

透过窗子望出去，脚下有一片灰暗的区域，与其他被海雪覆盖的部分，形成了明显的色差，看起来就像是……一条路？

那片灰暗的区域，裸露着黑灰色的海底山岩。除此之外，放眼望去，整个海底净是暗淡的白，而它就像是被踩出的一条路，宽度目测跟双向八车道的高速公路差不多，从我们脚下延伸，一直到无尽的远处。

然而，诡异的是，宽敞的路并没有持续多久，突然就消失了。远处的路突然变窄，然后消失，就像一只巨大的脚，在雪地上划过，只留下一个尖尖的印记。而更远的地方，那只划过雪地的巨足，彻底消失在虚无中，再前面，只能看到茫茫的海水。

石室摇晃了一阵，又恢复安稳。我们三个人本来已经站了起来，猛然都向后倒去，石室竟然真的沿着路向前走了。

再次向下望去，只能看到黑灰色的山岩向后飞掠。

石室漂在路的上方，就像磁悬浮列车一样，凌空前进，却毫无偏差，让人震撼。怪不得路上没有海雪，石室强烈运动，会带动水流，自然就把那些微小的漂浮物冲开了。

石室在运动过程中，出乎意料地平稳。

当目光落在那些水晶窗户上时，我明白了。窗子都是用那种有避水功能的水晶制成，不仅能透光，作为舷窗使用，还可以提供让石室保持平稳的推力。如果不是这个别出心裁的设计，和鬼斧神工的工艺，恐怕刚才我们从山洞里掉下来时，早就被摔得七荤八素了。

我们仨迅速交流后，一致认为，伊豆和小泽他们也是这么离开的。只是不知道，这座潜艇一样的石室，究竟会把我们带向何方。

随着石室急速向前，我们已经看到了那条路的终点，确实一无所有。如果这个终点，代表着"消失"的话，此时此刻，只能听天由命。

我们研究推测，那座石兔雕像是一个嵌套结构，石室套在兔子里面，就像肚子里怀了个蛋。到固定时间，机关启动后，蛋会从兔子的肚子里掉出来，把人带往某处，之后又自动返回。

那么伊豆他们被带到了哪里？是生门，还是死路？

我们就像三条鱼缸里的热带鱼，面对着深海之中未知的前方，什么都做不了。

万一我们去的地方，是一个食肉兔养殖场，所有送过去的人，都成了它们的食物，那故事到这里就结束了。

正这么想着，石室缓缓地停了下来。我向外望去，这是一处断崖，深不见底的海沟，在我们脚下散发出恐怖的幽暗，令人忍不住想到那无垠的黑暗世界里，到底潜藏着怎样的邪恶与恐惧。

"我的天！跳楼机！"张进步哇哇大叫。

但下一刻，石室却开始了缓缓上升。因为顶上没有窗子，我们无法看到上面是怎样的情况，但光线渐渐亮了起来，似乎正在接近海面，让我悬着的心放下来不少。

石室越来越高，视野也越来越宽阔。尚锦乡的脸上露出一种目眩神迷的神情来，而张进步大张着嘴，一脸痴呆，就像盘丝洞里的二师兄。

海水里能见度有限，石室上升不久，我们就再也看不见海底山脉，极目四望，只剩一片茫茫的蓝。不久之后，细碎的海雪再次出现，却不是纷纷扬扬，而是迅速地往某个方向飘去。

我们意识到，石室开始横向前进了。

张进步突然问："这玩意儿是怎么驱动的？"

他没见过那种神奇的水力驱动船，所以对此还大惊小怪，我把自己对水晶能力的猜测，给他讲了一遍。他啧啧称奇，过一会儿又说："不对呀，这玩意儿一会儿上一会儿下的，就算是水晶有推力，它里面还能装电路板，搞个自动驾驶系统不成？"

尚锦乡说道："不可思议，海底的水文条件太复杂了，现代科技也做不到这么精准的自动控制，更何况是古代的人。"

他们俩说的都有道理，可是这几天见了太多神奇的东西，见怪不怪，都懒得思索了。

我说："应该是潜流。"

张进步问："啥玩意儿？"

"海水其实是分层流动的，表层流下面，会有一些水流，它们的流速、流向都与表面海水不一样，就像是海底的暗河。"我说。

尚锦乡说："只有这样才能解释，如果这座石室真是沿着潜流运行，那些古代中国人，真能做出如此鬼斧神工般的设计吗？"

"这会不会是史前文明的黑科技？"张进步问。

我们震撼于如此高级的技术，设计建造这座石室的人，不管是姆大陆人还是古代中国人，都相当了不起。要知道，现代人是在19世纪末，才偶然发现了海底潜流的存在，而对潜流的确认和研究是在几十年前才展开的。想不到几千年前的人，已经开始应用了。

我上大学时学过潜流，课本上讲的潜流，大都极其广阔恢宏，比如赤道潜流，甚至超过数百千米宽。假如我们现在真是被海底潜流推着前进，即使它的规模比赤道潜流小一百倍，我们乘坐的这个面积不过几十平方米的石室，漂浮在上面，真如恒河里的一粒细砂一般。

能把天时地利应用到这种程度，用"神"来形容一点儿都不过分。

可即使他们拥有这样神奇的能力，仍无法阻挡消亡。究竟是什么，才能让这座堪称伟大的海底工程变成废墟呢？

石室继续行驶，大概一个多小时后，海水突然变清澈了。

我们从海底山洞坠落下来时，其实什么都没看清，起初窗外是一片黑，只能凭感觉确定似乎是向斜下方坠落。

进入海中后，深海中光线太弱，加上气泡、海雪等杂质，我们观察到的景象一直都很有限。海水就像浓雾，把所有东西都笼罩在一片朦胧里。连海底的巨型山脉，我们也是在石室不断移动的过程中才勉强看到轮廓。

此时视野骤然清晰，让人有了一种梦境般的不真实感，就像是海水突然都消失不见，我们浮在空气中，还是刚刚下过雨后的空气，几乎无限接近透明了。

原本雾蒙蒙的水下世界，突然变得色彩斑斓起来。

无数色彩鲜艳的珊瑚、海葵、海仙人掌等水生物，在清澈的海水中摇曳着，红色、黄色、紫色、蓝色……大块的鲜艳色彩，就像野兽派的油画，被随意泼洒在海底，一丛丛，一簇簇，像鲜花一般，肆无忌惮地怒放。整座山看上去，就是一个巨大的花园，神奇瑰丽如神话中的仙山宫殿。

而我们三人，是恰好经过这个绚烂世界的蚂蚁。

就连在海边长大的尚锦乡，都忍不住惊叹："好美呀！"

张进步涎着口水，赞叹道："太好看了。"

我却发现有些不对劲，可能是因为自小对大自然比较亲近，所以此刻虽被美景震撼，却也没有痴迷到足以放弃警惕心的程度。

我注意到，在如此美丽的海底世界，竟然没有一条鱼。

第四十五章
海洋坟地

◀ ‖‖‖‖‖‖‖‖‖‖‖‖‖‖‖‖ ▶

首先，我注意的是石室经过这里时，速度突然慢了下来，就像是一列旅游专列，经过景点时，故意把速度降下来，以便让我们能更仔细地欣赏美景一样。

石室里没有司机，它突然慢下来，只可能是因为潜流的流速变化。从进入这片透明海域开始，石室就明显变慢了，就是说潜流因为某种原因减速了。

可是海底潜流、水团交汇的地方，往往是浮游生物最多、养料最丰富的地方。那些珊瑚海葵也证明这里很适合它们生存。既然这样，海水为什么会如此清澈呢？清澈到让人觉察不到它们的存在。

此外，珊瑚礁附近，总会伴生着生物群落，很多鱼类都会把珊瑚礁，当作自己的繁殖地。可眼前的情况是，前后左右，没有一条鱼，就好像脚下的山和珊瑚礁，是一片生物禁地一般。

禁地？我突然想到一种可能性，瞬间觉得浑身发冷。"马尾藻——"我惊呼。

张进步和尚锦乡正趴在地上如痴如醉，听到我的喊声，都暂时从美景中抽离出来，看着我，像看着神经病一样。

"你说什么？"张进步问。

我刚想告诉他们我的担忧，石室陡然升起，从一座海底山峰的峰顶凌空飞过。

山的背后，一片海底盆地出现在我们眼前。这一次，连我也目瞪口呆了。

只是隔着一座山，眼前的景象却让我以为到了另一颗星球。刚才看到的姹紫嫣红，花团锦簇，在这里全部消失，取而代之的是满目荒凉，巨石林立。

无数巨石，堆砌成一座无比庞大的废墟。那些巨石明显经过切割分解，呈现出无数的立方体、长方体和拱形杂乱堆叠，棱线和斜角交错在一起，就像一幅高原上的立体主义的油画。

这座废墟过于庞大，以至于无法看清全貌。尽管如此，我们还是震撼于它的庞大，起码跟一座三线城市差不多大。巨石建筑之外，是一片深邃的蓝，黑影在其中时隐时现。

那些建筑，有些像是被截断的城墙，有些像未完工的地基，有些干脆就像是凌乱堆放的碎石块。碎石形状规整，就像一块块砖头。

石室从山顶上慢慢下落，仿佛在一条无形的轨道上航行。望山跑死马，在海底同样适用，石室漂浮许久，抵达一处难以名状的恢宏遗迹上方。

更多的建筑露出面貌。原来，我们刚才看到的，只是整座遗迹的一部分。我们从遗迹上空漂浮而过时，看到了更多难以命名的建筑。

在建筑的后面，是一个巨大的广场。广场上立着高大到让人瞠目结舌的石柱，还有更多的倒在地上，不过光是基座的高度，就堪比一幢大楼。石柱残破而苍老，明明是直立的，却让人感觉弯弯曲曲，似乎随时可能倒下。

更远的地方，藏在一片朦胧之中。隐约可以看到几个巨大的黑影，像山一样隐藏在吞噬光线的海水之后。此时，石室迅速下落，一直落到城墙之下。

原以为最多不过三五米高的断墙残垣，竟然如黑云一样压在了我们头顶。

不仅如此，在山顶看到的那些切割成砖的碎石，最小的都有三五米长。

城墙的基座，都是由几十米见方的巨石筑成。石头之间，严丝合缝，不细看都注意不到缝隙。如果不是亲眼看见，简直无法想象其雄伟与精巧。

石室落到低处后，又沿着城墙，缓缓前行。巨石远看平整，其实表面满是时光的痕迹，经过海水无数年的冲击腐蚀，早已坑坑洼洼，附着密密麻麻的水苔和贝类。石头上还有很多坑洞，大如铁锅，小如水杯。洞里幽黑，深不见底。

张进步突然发出了奇怪的声音，浑身不自在地扭动。

"你怎么了？"我赶紧问。

"我……我密集恐惧症。……哎哟，三爷杀人不眨眼，可就是受不了这个。"

尚锦乡扑哧一笑，压抑了许久的气氛，突然松弛下来。

"马龙，你刚才说什么藻？"尚锦乡问我。

我轻轻叹了口气，回道："马尾藻。"

"那是什么？"

"一种很可怕的藻类，是世界上已知的最大的藻类，不需要依附外物，可以在海中自主生长，自己分裂，分裂出来的部分继续生长，最终长成巨大的浮岛。有一种对海的命名，叫马尾藻海，被称为洋中之海，它不与任何一片大陆相连，自己就可以形成一片海域。"

"是它们吗？"她指着外面墙上的一丛海藻。

"不是。马尾藻不会沉到这么深的海底。你们不觉得这里的海水清澈得有些过分吗？有马尾藻的地方浮游生物很少，几乎看不见鱼类，海水也几乎静止。所以，马尾藻海拥有世界上最清澈的海水，就连热带海域的透明度也难以望其项背。"

"不过就是海藻而已，"尚锦乡又问，"有什么可怕的？"

"在蒸汽船发明以前，马尾藻海有一个别名——海洋坟地。因为它有很强的黏性，像章鱼的触手一样，粘到什么都会紧紧吸住。进入马尾藻海的船只，会被死死缠住，无法逃脱，最终耗尽食物和淡水而葬身大海。世界上第一个从马尾藻海逃生的人是哥伦布，据说这些海藻会自己爬到甲板上，缠住一切东西。"

"怎么感觉像恐怖片一样……"张进步见鬼似的大喊，转念又说，"不过咱们又没船，哪来的甲板，怕啥呀？"

尚锦乡道："这座石室被海藻缠住更麻烦吧？"

她说的，正是我担心的，而且远不是她所说的"更麻烦"那么轻描淡写。如果被缠住，我们毫无逃生的希望。假如石室的目的地是一片马尾藻海，那么说明前方根本没有陆地。茫茫大海之上，没有水没有食物，没有立足之地，我们怎么逃生？

这片遗迹，实在太过庞大。石室像一只蚂蚁，穿行在无数巨石建筑之间。时而穿过一座拱门，时而划过一座石台旁，甚至还突然钻进一个石洞。

当巨石建筑变得越来越稀少，视野就逐渐开阔起来。石室从两块巨石的空隙之间漂过，两块巨石上都有简朴的线条，刻画出了人脸，有着巨大的眼睛、鼻子和嘴，颌骨上刻着两个对称的圆形图案，不知道是某种面部的饰品，还是什么我们无法理解的器官。

石室从巨脸的一个嘴角，漂到另一个嘴角，至少花了有十分钟时间。

"阿兹特克金字塔！"尚锦乡突然惊呼出声。

两座巨型石台，出现在我们面前，这正是我们在壁画中看到的金字塔。

一块块巨石，充满古朴感地堆叠在一起，共有三层，每层都是巨石垒就的梯形体。

尚锦乡喃喃自语："姆大陆，这就是姆大陆……"

"确实太震撼了！"我忍不住感慨，"哥伦布发现美洲大陆时，大概他的感觉也不过如此吧？"

"每一个文明背后都有无数未解之谜，就拿阿兹特克人来说，他们的宗教化程度非常高，因为吸收了托尔特克人和玛雅人的文明成果，所以拥有很先进的历法、医学、农业和艺术。而墨西哥中央谷地得天独厚的自然条件，使他们几乎不需要考虑粮食问题，于是他们把所有的社会资源都投入宗教。他们相信世界上存在至高神，并且认为人类是不死的，灵魂将永生。所以他们认为血祭就是生命的最终意义，经常举行大规模的活人祭祀活动。所有人都以献祭自己的生命给至高神为最高荣耀……"尚锦乡的眼睛里闪闪发光。

张进步说道："他们有毛病吧？"

尚锦乡不理他，望着越来越近的金字塔，喃喃自语："其实不光是阿兹特克人，南美的托尔特克人、玛雅人、蒂瓦纳科人都有大规模人祭的传统。难道这些都来源于姆大陆吗？

"你们知道吗，那些阶梯不是用来行走的，而是用来摆放祭品的。阿兹特克人会先自残，然后爬上去，等待死亡降临。"

想象无数人鲜血淋漓地爬上金字塔上等待死亡的情景，我心里泛起一阵恶寒，再次望向两座金字塔，竟觉得发黑的巨石，是大海都无法洗净的血迹。

石室终于漂过金字塔，开始缓缓上升。

尚锦乡说："真不敢想象，竟然亲眼看见了姆大陆文明的遗址，这么说来，蔡老师研究的姆大陆的确存在过，环太平洋火山地震带，就是那场让姆大陆沉没的灾难所留下的痕迹，而太平洋上的那些群岛和海沟，马里亚纳、阿留申、千岛，包括日本和琉球，都是姆大陆的碎片。……我真是太激动了！马龙，你告诉我看到的这一切都是真的吗？"

我没有回答，没人可以回答。我自己也无法判断眼前的这一切，究竟是真实的，还是因为缺氧出现的幻觉。

第四十六章
鲸群的进攻

◀ ‖‖‖‖‖‖‖‖‖‖‖‖‖‖‖ ▶

张进步看着窗外，突然骂了一声："哎哟，这他妈的……"

那是一堵墙，墙上坑坑洼洼，缀满藻类和贝类。我笑着前后张望，但很快，我就再也笑不出来了。

面前的这堵墙，竟然没有边界，仿佛这会一直绵延到大海的边界。

在美剧《冰与火之歌》里，有一座长城，硬生生地将一片大陆分隔成了两个部分。而面前的这堵墙，竟有一种把大海一刀两断的感觉。

眼前所见实在太过恢宏。北冥有鱼，其名为鲲，鲲之大，不知其几千里也。化而为鸟，其名为鹏，鹏之背，不知其几千里也。怒而飞，其翼若垂天之云。……我甚至幻想一座鲲鹏般的巨石建筑，横亘于海面之上，一直通向天宇。

可是马尾藻呢？如果没有马尾藻，又怎会有如此清澈的海水？如果有马尾藻，又怎么会有眼前这堵大陆架般的宏伟石墙？

石室不停地上升，说明潜流仍然在向上流动。

根据墙的高度和长度推测，其厚度恐怕也远远超出我的想象极限。万年海流冲蚀，到底要多厚实的墙，才能不损毁？

张进步问："那又是啥玩意儿？"

顺着他指的方向看过去，海水中似乎有几个模糊的黑影。那些黑影我们先前就看到过，现在不过距离更近了一些。

尚锦乡问："又是金字塔吗？"

石室的运行速度慢下来，仔细观察，那几个黑影都是椭圆形，和金字塔上窄下宽的形象不符，而且似乎还在动。

"好像是什么鱼？"我猜测道。

"是魔鬼鱼吗？"

魔鬼鱼学名叫蝠鲼，是一种外形像蝙蝠的海洋鱼类。它们外形吓人，但性情温和，并不会主动攻击人类。

但是成年的蝠鲼，最大也不过七米左右，可这些黑影，看起来至少有十几米长。

"不是魔鬼鱼。"

张进步说："是不是你说的那种海藻？"

我心中一惊，如果那团黑影是马尾藻，那我们要是被缠住，可就真的是死路一条了。

很快，那团黑影就靠近了我们。让人吃惊的是，居然是蓝鲸群。

世界上最大的鲸是蓝鲸，蓝鲸没有牙齿，以浮游生物为食，性情也很温和，绝不可能主动来攻击我们。

而且它们出现在这片海域，很反常。对于蓝鲸来说，这片海域显然没有足够的食物。它们总不会是来集体旅游，看姆大陆遗迹的吧？

容不得我们思索，鲸群竟然朝着我们直直游过来。

越靠近，它们的身形显得越大，就像几座小山当头压过来。

虽然蓝鲸不太可能主动攻击我们，但这不代表它们就是绝对安全的动物。毕竟它们的体长数十米，体重几百吨，光是视觉上，就足以让人窒息。我们这个小小的石室，如果被蓝鲸擦碰一下，估计不会比被火车撞一下更好。

张进步站在石室离鲸群最远的地方，手里紧紧握着骨爪。我毫不怀疑，如果我们真和鲸群正面冲突，他绝对敢把这根骨头捅进蓝鲸的身体。虽然对它们来说，被捅一下，和被蚊子叮一口差不多。

现在几乎可以确定，蓝鲸群的目标就是我们，因为每一头鲸的脑袋都对着我们，最大的那头，已经昂着巨大的头直冲我们撞过来。

石室距离墙很近，正被潜流推着上升。

转瞬之间，已经能看到阳光透过海水照下来，似乎很快就会把我们推到海面上去，而那些蓝鲸也整齐地仰起头，集体向我们追过来。

我们和鲸鱼的距离，已经近到能看见它们表面的细节。最前面的那头，背上爬满了小鱼，小鱼的头钉在鲸的肉里，随着它的游动摇摆着身体，看起来非常的恶心。

那是鲫鱼，头顶有吸盘器官，可以吸附在大型鱼类甚至船体上，借以摄食寄主皮肤上的浮游物和食物残渣，顺便还能进行远洋旅行。

大部分鲸身体上都有丰富的寄生生物群。比如鲸虱，会寄生在鲸鱼的皮肤褶皱上，看起来就像一只眼睛，无数的鲸虱爬在鲸鱼身上，远远看上去，就像长了无数只眼睛。还有藤壶从鲸鱼尾鳍的皮肤里长出来，像蛇一样吊在上面。

张进步痛苦地捂住了眼，嘴里哀号着："瘪犊子玩意儿，我×他祖宗……"

石墙已经触手可及，似乎我们马上就会被鲸群和巨墙合力碾成齑粉。

尚锦乡大喊道："你们看！"

原本黑灰色的巨墙隐隐泛绿，仔细看，竟然是绿色的海藻覆盖在上面，就像是院墙上的爬山虎。

我身上瞬间被冷汗湿透，巨墙不是农家小院的围墙，海藻也不是什么爬山虎，而是马尾藻。虽然我不理解为什么马尾藻会依附在巨墙上，但此时顾不上想那么多。

一边是鲸群，另一边是巨墙，上面还有要命的马尾藻，真是走到绝路了。

尚锦乡紧紧握住我的手，紧张而坚定，似乎在一瞬间，她已经做好了任何准备，无论生死。

石室仿佛感应到我们的焦虑和恐惧，骤然加速。我们被惯性甩在地上，一时不知道发生了什么。

石室就像是高速电梯一般，疾速向上冲去。墙上的海藻变成了绿色的大幕，从我们眼前快速掠过。恍惚之间，海面上似乎有一个黑洞，正散发着巨大的引力，要吞噬我们。

鲸群扑空，落在我们刚才的位置，我不禁心呼侥幸。

下一秒，就有一头硕大无比的鲸，从鲸群中冲出来，加速向我们追来。

可是细看一眼，就不禁让人陷入疑惑，这个东西真的是鲸吗？

它的身体比其他鲸大了整整一圈，虽然蓝鲸是地球上体积最大的生物，能长到三十多米。可是这头鲸却远比三十米要长得多，就连整个身体都要比普通蓝鲸更为宽厚。

不仅如此，这头鲸的身体上，居然没有寄生物，却有很多明显的斑纹，就像经历了无数次战争后，留下的伤疤

张进步突然说："这鲸鱼头上长了个瘤子？"

经他提醒，我才注意到，这头鲸不光是身体反常，头上竟然有一个蓝色的疙瘩。

我们看清那个"瘤子"后，都张开大嘴，惊讶得一句话也说不出来。

那个发着蓝光的瘤子里，竟然隐隐透出了一个人形，一种接近透明的物质，透着蓝光，罩在人的外面。

鲸鱼里有一个人？！

张进步吓得哇哇大叫，尚锦乡浑身战栗，我不知所措。

任谁看到一只几十米长的动物，朝自己冲过来，恐怕也无法保持淡定。

万幸的是，石室航行的速度没有下降，外面的光越来越亮，已经非常接近海面。我祈祷石室能更快一点，以最快的速度离开海底，甩开鲸群。

可是，苍天不肯遂人愿，石室竟然不再上升，转而加速向着石墙砸了过去。

我闭上了眼睛，眼前一瞬间闪过无数念头，我想到了奶奶、父亲、师父、小姨，甚至还想到了债主刘老板。……我听说人死前时间会变慢，上帝容许人在死之前，回忆自己的一生。可我不希望太慢，要死，就给个痛快，不要再煎熬了。

等了老半天，没有动静，我睁开眼睛，却不确定自己是不是睁开了眼睛。因为没有丝毫光线，只有黑暗，睁不睁眼都是一回事。

"张进步！"

"干啥玩意儿？"

听到他那大碴子味的普通话，我松了一口气。

我们好像没有死，只是不知道来到了哪里，或者已经死了，死到一团黑暗里。

我问："手电呢？"

"没拿！"

"贼——"

"我咋知道门会自己关上？"

尚锦乡的声音从黑暗里传出来："你们都没事吧？"

看来大家都好，我摸索着朝尚锦乡走过去，刚走出几步，突然脚下一晃，伸手下意识想扶住什么，却摸到了一片暖暖软软的东西。

"啊——"尚锦乡惊呼出声。

我立刻知道自己摸错地方了，连忙缩回手，幸好一片黑暗，他们看不到我泛红的老脸。

张进步说道："你们干啥玩意儿呢？"

倒是尚锦乡先出声解释："没什么，差点儿摔倒。"

感觉石室还在移动，可是在这一片黑暗之中，它要把我们带向何方？

大家正在一筹莫展时，远处出现一个光点，并随着石室的前进，光点变得越来越大。

我的眼睛被遽然而来的强光刺痛，瞬间失明，等恢复了视觉，却发现我们正在天上。

我们不是在海面之上，也不是在悬崖上，而是某种神奇的力量，让我们漂浮着。

黑暗与光明的刺激，让我差点儿忘了，我们其实一直在海底，刚才石室骤然加速，应该是因为巨墙上有细小的孔洞，潜流经过时，因为吸力，流速加快，继而带动石室加速。

可是，没过一会儿，我就怀疑自己的判断。

我们现在真的还在海底吗？为什么没有看见水？

窗外艳阳高照，脚下是茫茫雪原，我们静静地漂在雪原的天空之上。

第四十七章
雪原

◀ ‖‖‖‖‖‖‖‖‖‖‖‖‖‖ ▶

这个世界太过神奇，以至于我必须要冷静下来，才能描述出眼前的奇观。

我们不确定是不是仍然在海里，即使在海里，距离海面也不会很远，因为光线特别明朗。

我们脚下没有海水，透过窗户，所有东西看起来都真真切切，干干净净。而且我可以确定，绝不是对清澈海水的误判，也就是说，此刻石室已经离开了海水。

即便如此，在石室的门自己打开之前，我们还是毫无办法。虽然离开了水，我们仍是瓮中之鳖，不知道出路在哪里。

我们离开了水，浮在空中，相当于脚下千尺才是大地，脚踩到水晶上，我有一种站在玻璃栈道上的感觉，使人不由得双腿发软。

"这跟站在东方明珠顶上的感觉差不多。"张进步说。

"高多了。"

"这没个参照物，也看不出高度啊。"

他说得对，没有参照物，不知道高低。

脚下的雪原也很奇特，除了雪，什么都没有，不说山水道路，就连地面起伏也看不见，只有几个黑点，也不知道是什么东西，无法判断大小。

这时候，石室又动了。既不向上，也不向下，而是快速平行移动，速度似乎比在水里快很多，我们已经习惯了它的突然加速，摔倒的姿势也越来越优雅。

"你听见没？"斜靠在地上、像个卧佛的张进步问我。

"什么？"

"噪音。"

我凝神听了一会儿，除了耳鸣，没什么异样。

张进步问尚锦乡听见嗡嗡声没，尚锦乡说听见了。问她还有什么感觉，她说有震动感。

"对，就是震动。"

我知道张进步心细，却没想到这么细，的确有微微的震动感。

"我问你啊，火车在开车之前，你能感觉到它震动吗？"

"没行驶，当然不震动。"

"说得好，那火车开动后，车厢为什么会震动？"

"因为车轮跟轨道发生了摩擦，自然能感到震动。"

"说得好！"张进步鼓起掌来，"我们现在就是沿着一个轨道在走。"

"轨道？你怎么知道？"我和尚锦乡同时问。

张进步嘿嘿一笑："夫唱妇随呀。我不知道，我就是爱琢磨，但经我琢磨过的事儿，一般都十有八九没问题。不信，咱走着看，一会儿就见分晓。"

我不知道他的见分晓是什么意思，但只这一会儿工夫，外面就有了变化。我们距离地面的高度，似乎近了一些，就像是石室下降了。随着石室继续前进，我们越来越肯定，它就是在下降，一边横向行驶，一边以微小的角度下降，就像——盘山公路。

我们乘坐的石室，就像一辆车，正盘旋行驶在一条坡度很小的盘山公路上，坐在车里的人，不知不觉间，就被送到了山下。

随着高度下降，眼前的很多东西明朗起来。

此地仍是一个封闭的洞穴，但比之前遇到的所有洞穴加起来都要大。我极目远眺，隐约看到了洞穴的边缘，人类在地平面上的视野，最大极限为七十公里，说明也不可能再大了。

但随着石室继续下降，远处的山越来越不清晰，渐渐从我的视野里消失了。

"这是个锅！"张进步叫喊道。

他说的没错，这里就是个倒扣的大锅，直径不知道有几十公里，而我们正沿着大锅的侧壁，从顶端旋转着降落。

在锅壁上，环绕着一圈圈蓝色的彩带，这些彩带就是轨道。

高处的海水几乎是透明的，越往下，海水的颜色越深，蓝，深蓝，黑蓝色……一个庞大到难以想象的锅状艺术品，倒扣在海底，密封出一处冰雪荒原。

而我们的石室，就像一个水晶球音乐盒，是一粒紧贴在球体上的泡沫雪花。

如果说之前洞穴里的船、兔子、水晶……都可以勉强用科学知识来解释，那此时此刻，我完全放弃了猜测，不要说这个山洞的建造形成，只是石室沿着海水轨道行驶这件事，以我的智商就很难理解。

尚锦乡说："咱们就不要白费脑力了，我们无法理解的事太多，不要说史前文明，我们都无法理解为什么犹太人的新一天是从黄昏开始算起的，也无法理解因纽特人为什么喜欢吃腐败的生肉。"

我们距离地面越来越近。远远看到，地面上好像有建筑物，眼一花又好像不是，可是过一会儿，又看见了，似乎是一座若有若无的宫殿。

我以为自己内心焦虑，出了幻觉，看到了海市蜃楼，像夏日荒漠饥渴的羚羊，看见远处日光折射的影子，以为是水源，跑过去却不是，越跑越远，终于渴死了。我现在倒是不会渴死，但难保自己眼睛有问题，就叫他俩过来看。

尚锦乡犹豫地说道："确实是建筑物，只不过颜色和地面太接近，看不清。"

张进步眼睛贼，除了发现建筑，还看到一些其他东西，只是离得太远，无法看清。

当石室再一次绕回来时，天色已经暗了。从石室向外望去，一片灰茫茫，只有微弱的莹莹的光，从满地的白雪中反射出来，就像月光一样。石室中已经变得极幽暗，尚锦乡挽着我的胳膊，眯着眼睛，她应该累坏了。

张进步也疲惫不堪，和我靠在一起打盹。

可能是白天过于劳累，没一会儿，右边的张进步打起了鼾，左边的尚锦乡也传出均匀的呼吸。我不敢乱动，也闭上眼休息。

在一阵剧烈的震动中，我骤然睁开眼，发现天色已经亮了。

石室的门已经打开，仿佛它从来就没有关上过。

一种终于重新掌握自己命运的踏实感，从我心底油然而生。

靠着我睡觉的张进步和尚锦乡，不知道什么时候已经不见了。

我赶紧跳起来，刚想喊他俩，外面传来张进步的声音："马老板，赶紧出来看风景啦！"

我大步跑出去，却听见张进步正双手叉腰，口中朗声吟诵："北国风光，千里冰封，万里雪飘。望长城内外，……望长城内外，波浪滔滔……"

我差点儿一头栽倒在地上，笑骂道："别糟蹋伟人诗句了。"

尚锦乡说："幸亏你醒来了，他已经念了半个小时诗了。"

"光念这句吗？"

张进步瞥了我一眼，用骨爪指着面前的雪原，仿佛指点江山一般，嘴里说道："马龙你这个人哪，啥都好，就是太孤傲，瞧不起人，怪不得做生意赔钱呢。你一个理工男，怎么能理解我这种诗人情怀，眼前大好的风景，咋还不能抒个情呢？"

我抬头望去，天地之间，尽是一片雪白，还真是山舞银蛇，原驰蜡象啊！

不过，为什么冰天雪地，却感觉不到一点寒意？也许这个世界上，有一种雪叫暖雪吧，我现在已经陷入惰性思维。

我打量了一下我们所在的位置，这是个白色石头台子，面积不大，有二三十平方米，有台阶可以直通雪地上。

带我们来的石室外表像一个圆球，仿佛兔子下的蛋，它的表面雕刻着水波纹理，还有一些细小的符号，密密麻麻环绕着石室的外围，就像一根带子缠在上面，除此之外，再没有什么奇怪的地方。

"怎么？还住出感情来了？舍不得离开了？"张进步在身后喊。

从石台上望出去，视野非常开阔，但过于庞大，无法看到尽头。

整个洞穴都是白色的石英石，虽然并未打磨光滑，但可以看出，是经过加工的，没有任何突出的棱角，反而有一些缓缓地波浪状起伏纹理。

我们沿着石阶向下。台阶与上面的平台一起，都是在岩壁上整体雕出来的。

"快让我在雪地上撒个野——"张进步怪叫一声，从一米高的地方飞跃下去，一屁股坐在地里，顺势躺倒，就打了几个滚。

"呸——呸呸——"还没等我们下来，他就爬起来了，大声叫嚷道，"这根本不是雪，全是盐！"

第四十八章
白色荒漠

听他这么说，我也跳了下去，抓起一把雪，入手细腻却不冰冷，颗粒有大有小，好像是某种晶体，折射出了晶莹的光彩，看起来异常漂亮。

我忍不住伸出舌尖尝了一下，果然是盐。

"我×，我都吃了一嘴，你还不相信我，还要自己尝。万一有毒，毒死我就好了，你还抢着给我陪葬啊。"张进步总是把很动人的话讲得很恶毒，这也算是天赋异禀。

这时我才发现广袤的雪原上，不，应该叫盐漠上，虽然平坦，地面上却有规则的水波纹理，就像有人拿了一把大耙子，专门耙出的痕迹。

"快看。"尚锦乡在身后喊道。

我们一回头，石室的门已经缓缓启动，准备关上了。

我们在空中看到的一条条海水带，此时明晰可见。当时，我们猜测石室沿着海水轨道运行到终点后，会沿着原路返回。

事实是，轨道继续向下延伸，石室没有沿着原路返回，而是沿着轨道继续向下，消失在地底。

原来石室就相当于一趟班车，每天会在固定的时间出发，来到这里，再从另外一条线路返回到原处。按照时间算，回去的时间，应该比来时要快得多。再看那个石台，竟然有点儿站台的味道。

我们分析了伊豆三人失踪的原因，应该跟我们差不多，莫名其妙被石室带走，横渡大海，然后到了这里。但是，这里似乎没有他们的痕迹。

张进步问："会不会班车不是只到这一个地方，可能根据人品高下，送到了不同的站，有些送到食肉兔的窝，有些送到食人族的家，像我们这样人品好的，就送到这里看风景。"

尚锦乡觉得不可能，她说："这应该是一个固定的机械程序，设定好就会永动运转。伊豆他们仨人应该也到了这里。"

可是不知为什么，连个脚印都没留下。我们三个不由得把眼光投向那些细密的纹理，细思恐极，难道真有人天天清理痕迹吗？

我赶紧上上下下观察了一番，什么都没看见，才心安了不少。

"哎呀！"张进步大叫一声。

"怎么了？"尚锦乡问。

张进步脸上一阵异样："没什么，肚子有点儿疼，想大便。"

尚锦乡忍俊不禁，说："这里反正没有厕所，人类文明的规则也不适用，你就随意吧。"

张进步苦着脸说："连一点儿遮挡都没有，光天化日之下，强拉不出来。"

我说："这么干净的地方，你也好意思污染啊？"

"去你大爷的，你别拉，谁拉谁孙子。"

尚锦乡不参与我们如此屎尿屁的讨论，自己走一边去了。

张进步贴近我说："妈的，东西落下了。"

"啥东西？"

"你说啥？"

我恍然大悟，他刚才绝不是想拉屎，而是把那些捡来的古董，丢在石室里，现在石室离开了，他一定比割块肉还疼。

"丢就丢了，丢了再捡。"

"你说得轻巧，那可是战国时期的，别以为那丫头片子说不值钱，我就信了她……"

"果子和水拿了吗？"我赶紧问。

"唉，就是着急拿果子了，才把东西包起来放在旁边给忘了。"

张进步说着，拉开衣服让我看，鼓鼓囊囊的全都是果子，我还以为他这几天吃兔子增肥了呢。

"我们现在怎么办？"尚锦乡在旁边问我。

我说："不如先去找伊豆他们吧。"

"这地方这么大，怎么找？"张进步问。

"不找怎么办？也不可能一直在这儿待着，你们记得那一片建筑吧？我们就去那儿，就算找不到伊豆，没准能找到同宗同源的中国人，吃点喝点总是可以的。"我说。

尚锦乡像是想到什么，惊异地问："你们说，会不会那些古代中国人，就是住在这里？海底洞穴里没有发现他们的生活痕迹，我和马龙当时就猜测他们会有自己的独立空间，会不会就是这里呢？"

"咦？难道说，我们要遇到神仙了？"张进步激动地跳起来，"马龙，万一遇到神仙，让你许三个愿，你会说什么？"

"无聊。"

"你这人已经老了，没有一点儿童心。如果我遇到神仙，我就说，第一我要花不完的钱，第二我要长生不老，第三……第三，我要我媳妇长生不老，不行，还没媳妇，那就让未来的媳妇长生不老，也不行，谁知道未来有几个媳妇……"

"三哥，"尚锦乡突然打断张进步的话，"中国男人是不是都想找好多女人？"

"你这话问得简直就是不懂人性，不是中国男人，全世界男人都一样啊。"

尚锦乡转头问我："你也是吗？"

我赶紧摇摇头："不是不是，别听他胡说，他一个九零后，满脑子封建糟粕。"

尚锦乡说："三哥说男人都有这种想法，你说你不是，难道你不是男人？还是说，你喜欢男性？"

这是什么鬼逻辑？我郑重地向她解释："我是男人，但不是张进步说的那种男人，他不能代表所有男人。我的性取向也不是同性，对异性抱有无限的热爱。"

"那你为什么没有女朋友呢？"

"你怎么知道我没有？"我反问她。

"噢，原来你有女朋友。"尚锦乡淡淡地说。

她转身朝无尽的盐漠走去，把我和张进步丢在身后。

"完蛋了，"张进步说，"小姑娘受打击了。"

"还不是你！"我瞪了他一眼，朝着尚锦乡追上去。

张进步也喊着追上来："怎么能怨我呢？要怪也怪神仙啊，谁让他们给了我们无穷的欲望，有本事你见了神仙，对他们说，老子什么都不要……"

盐粒如沙，行在其中，一步一陷，特别难走。没过多久，我们的鞋里就进了沙子，我们干脆把鞋脱了，踩着软绵的盐粒，脚心发痒。

张进步说："我怎么感觉这盐粒好像有舌头在舔我的脚心。"

我说："你放心吧，沙子里面不可能有活的东西。"

在盐里走路非常耗费体力，走了不到一个小时，我们就气喘吁吁，嗓子干渴，双腿发颤，我们只好坐在盐上歇息。

我注意到，那个停放石室的平台，并不是只有一个，是隔一段就有一个。而海水轨道也不是只有一条，而是无数条并行交织，在天空上形成复杂的画面，猛然抬头看去，就仿佛一只镶嵌了蓝色水晶花纹的碗一般。

在碗底，也就是最高处，是一大块圆形的水晶，光线从那里照耀下来，撒在广袤的盐漠上，让这里显得格外圣洁而凄美。

好在并不是那种炎炎烈日，否则我们真是要脱水死在这里了。

即便如此，面临的困境，我们也心知肚明。我们带的水壶已经见底了，能补充水分的只有张进步怀里揣着的果子。这里是盐漠，不可能有像沙漠一样的绿洲，即使有水，也一定是咸水。但这话，谁都不能说出来。

人在极端的困境之下，如果思维耽溺于危机，会失去求生所必需的理智。师父说，如果在野外迷了路，一定不要去想迷路这件事，而应该保持理智，用自己掌握的知识，辨别方向，寻找食物和水，该休息就休息，让自己保持充沛的活力，才能脱困。

一旦陷入迷路的思维中，就会让自己迫切的求生欲破坏理性，而失去冷静，那样就真的危险了。

我的师父是参加过战争，从死人堆里爬出来的军人，他说的话，都是经过实践检验的。跟他这么久，我也养成了猝临而不惊的性格，不管心里惊不惊，表面肯定不惊。但是我看张进步和尚锦乡竟然也和我一样冷静，那就只有一个解释，他们也都是内心强大的人。

张进步我能理解，不管他说的是真是假，好歹也是见过大世面的人，但尚锦乡是一个二十多岁的姑娘，竟然也能这么冷静，不由让我刮目相看。

现在的情况，跟之前的情况还不一样。以前的险情，一个接一个，人来不及思考，只能凭借本能作出决断，有很多幸运的因素。但现在，摆在我们面前的，就只有一种危机，不是泰山崩于前式的，而是油尽灯枯式的，特别考验人的耐心和韧性。

我和张进步索性躺在地上，教他把腿放高些。师父说，古代行军打仗，走一天，晚上休息，把腿搁到高处，能尽快减缓疲惫。我们躺在松软的盐里，照着明媚的阳光，特别舒服。

这些天睡石板睡到腰疼，现在一躺下就不愿意起来。可是，温柔乡是英雄冢啊，这是师父常挂在嘴边的一句话。如果我们就这么睡着，可能就永远睡过去了。

睡过去有什么不好吗？我的脑子里一阵恍惚。

"起来！起来！"耳边一声惊雷。

我睁开眼，张进步站在我面前，手持骨爪，像一尊催命瘟神。

"让我睡一会儿。"我说。

"睡个屁，都睡了两小时了，再睡就死尸了。"

什么？两个小时？我只是刚一恍惚而已。我磨磨蹭蹭地不想爬起来。这时候，头顶上飘过一片云，投下的阴影刚好遮住我们。

张进步抬起头，问："什么东西？"

我刚想说是浮云蔽日，可是一转念，我们现在是在海底，哪来的云？

我猛然睁大眼睛，看到一个巨大的黑影，遮住了我们头顶的光。我和张进步对视一眼，都从对方的眼神中，看到了无可名状的茫然。

在我们头顶的天空上，漂浮着一个巨大的球体，通体赤红，仿佛在熊熊燃烧一般。但仔细看就会发现，它并非凭空漂浮，而是贴在山壁上，正沿着一条海水的轨道缓缓移动。

张进步问道："这东西算是……日食？"

"太阳都没有，哪来的日食。"

说完后我咀嚼他的话，才觉得有道理。

古人认为世界就是天圆地方，假如把这个天圆地方的洞穴，当作一个世界的话，顶壁就是天空，而那个红球，还真是太阳。

假如是的话，那我们头顶上繁复的海水轨道，就不只是交通轨道，还是天体的运行轨道。

我为自己的这个想法激动不已。

这要是太阳，那就应该还有月亮，以及漫天星辰。那么这个神奇的空间所在，就是一个微缩的世界模型。

张进步感慨："只见过把楼盘做成沙盘的，还真没见过把整个世界做成沙盘的，这些古人究竟要干什么呢？"

尚锦乡神色迷醉，仰望着天空，喃喃说道："这应该就是仙境吧？"

按我们的推测，徐福带人征服了姆大陆遗民后，自己做起了神仙。如果假设成立，那这里，就应该是徐福和手下人居住的地方。

此刻的洞穴，美得无与伦比，纯粹的白色，变幻莫测的蓝色，和那个红玉一般的巨大球体，一切仿佛都是人间仙境的标配。

可是好看归好看，如此荒芜的一片盐漠，怎么能住人呢？

张进步和我有一样的想法："要是这里住着神仙，那不得都被齁死啊！"

第四十九章

虫海逃生

那些数千年前的古人，既然拥有如此强大的能力，修建这样宏伟壮丽的神迹，怎么可能没有改造地面的能力呢？我说："桑田碧海须臾改，可能在很久以前，这里就是一片绿洲。"

张进步问："依你的意思，这里变成这样，是因为神仙们也死绝了。"

我说很有可能。张进步说："那我们还走个屁呀，就在这里等死算了。"

说归说，张进步从来不是个坐以待毙的人，就算真走上绝路，也会抗争到底，不可能安静坐化。"算了，"他说，"沧海桑田对我们来说，比不上鸡飞狗跳，我现在真是怀念烤兔子的岁月呀。"

经过休息，体力恢复了不少，我们继续向前走。反正这里也不大，就算脚下松软，不能脚踏实地地走，速度慢一点，但总有走完的时候。

没想到我们一走，就走了大半天，还没到头。

大半天时间，怎么也走了十几二十公里，可前路还是白茫茫一片，不仅没看见什么建筑，就连脚印也没有。

"哎，你们说伊豆他们会不会没来这儿啊？要不怎么连个脚印都没见？"张进步问。

我说："这么大的地方，又没有路，见不到脚印很正常。"

"可是我总觉得他们喂兔子了。"

"哈哈，我一直想问你，怎么对伊豆这么大意见？"

"你这什么话？我来问问小姨，她跟伊豆熟悉，看知不知道他是干什么的。"

尚锦乡关于伊豆身份的回答，跟以前的说法别无二致。父亲是富商，母亲是天皇亲戚。

"那你知不知道伊豆跟黑道有没有关系？"张进步问。

尚锦乡说："应该没有吧。日本的黑道都是有注册的，是不是黑道，在政府档案里一查就知道了。日本政府对黑道做的生意有限制，伊豆的家族在日本很有名，不可能是黑道的。"

张进步露出怀疑的神色，显然并不相信。

"你想想，我们从第一次遇见伊豆开始，无论我们到哪儿，都有他的影子，你不觉得太蹊跷了吗？"

"也许是巧合呀。"

"巧合个屁，哲学老师说了，世界上就没有什么偶然，我们觉得偶然，只是因为还没有发现其中的必然性。"

张进步一讲道理，我就退避三舍。不过，他对伊豆的警觉，不是没道理。

那个赤红色球体，在天空中绕行了一周后，终于在下午时分，沉入地平线消失了。我们猜测，它应该也像先前那座石室一样，沉入大海中去了，那令人炫目的颜色，到底从何而来？恐怕朝不保夕的我们，再也无从知道了。

日落以后，天空再次出现了另一个球体，泛着蓝青色的光。

"哎，你说那个玩意儿是不是带我们来的那个球？"张进步问。

"不会吧，难道我们乘坐了个月亮吗？"

"为什么不可能，小姨是嫦娥，你是月兔，我是金蟾，这不刚好吗？"

"张金蟾同志，你倒是有一颗自嘲之心哪。"

"这怎么能算自嘲，明明是自恋。"张进步抬头看着天说，"哎，快看，又来了。"

天上不只是月亮一个大球，还隐隐约约有一些小球，应该是星辰，只是此刻天光还亮，看得不是太清楚。

我说："天快黑了，我们要不要找个地方宿营？"

"宿营？宿个毛！我们除了这个空水壶和这些果子，还有别的玩意儿吗？还宿营，要不要脱光埋到盐里，洗个盐浴？"

的确，我们此时身上除了几件衣服，就是尚锦乡没电的相机了。

在月光下，这片盐漠再次有点雪原的模样了。我回头看来路，想看看我们自己留在雪原上的脚印，可是却什么都没看见。

什么情况？

我突然发现，眼前的景象似乎发生了变化，不，应该是正在发生变化。我使劲摇了摇头，心想，自己一定是在白色世界里，走了一天，以至于眼睛出现幻视了。

雪原中探险的人，如果失去了护目镜，很容易得雪盲症。因为在雪的世界里，光线反射率非常高，而且雪的色彩单调，人的眼睛长时间无法聚焦，不仅导致视力受损，同时还很容易引发幻视。

我揉了揉眼睛，睁开眼再看，还是觉得有问题。白茫茫的盐漠上，就是有什么东西在动。我知道沙漠里面有流沙，难道这盐漠里有流盐？

张进步看我不太正常，问我怎么了。

我指着来的方向说："你看，我们的脚印呢？"

张进步盯着看了一会儿，突然严肃地问说："马龙，我们是不是已经死了？"

"这话怎么讲？"

"只有死人才没有脚印。"

我说："你就别吓唬自己了，脚印一路走来都有，甚至刚才我们看月亮的时候还在，只是现在不见了。感觉就像有个隐形人跟在我们身后，专门擦去来时的痕迹。"

张进步大叫道："谁，滚出来，我看见你了。"

空旷的盐漠连回声都没有。

他突然说："有东西。"

我赶紧看过去，却什么都没看见。

张进步一把拉住我说："这里不太对劲，快走。"

尚锦乡有些不明所以。她面容憔悴，明显是累着了，听到张进步的话，坐着休息的她，本能地想坐起来，却腿一软，又跌坐在了地上。

"脚筋痉挛了。"她使劲掰着自己的脚尖。

虽然刚才我并没有看见什么，但对危险的警觉方面，我非常信任张进步。他说走，

那必须得走。我赶紧过去，想把尚锦乡扶起来

张进步说："马龙，她累坏了，你背着她走吧。"

我当然不会拒绝，过去把尚锦乡背起来。这是我第二次背他，已经有了经验。

我身体壮，背着她这样的体重，跑步十公里，以前都没什么问题。现在虽然缺乏锻炼，体能下降了，但走三五公里，应该也不成问题。

可是我还是低估了沙漠行进的困难，身上多背一个人，分量增加了，脚陷到盐里的深度也增加了，几乎每走一步，盐都要没过脚腕。这样大大延缓了行进的速度，我咬着牙强忍着肌肉的酸痛，尽量跟上张进步的步子。

他突然回头问我："你行不行？"

"行啊，有什么不行？"虽然我也不知道这样能走多远。

"行的话，你先往那边走。"他说着就指着我左手边的方向。

我诧异地问："为什么？你要去哪儿？"

"让三爷看看，前面究竟有什么幺蛾子。"

说完，张进步就挥舞着骨爪，朝着正前方大步走去。我顺着他的方向看过去，几百米外，白色的盐沙翻腾汹涌，就像洪水中的浊浪一般，正向我们冲来。

我猛然意识到，张进步这是要自我牺牲，给我们找活路啊。

我赶紧大喊："老三，你这算干吗呀，有困难一起解决，解决不了一块跑啊。"

"老子跑不动了！"张进步背朝着我大喊，"你把咱小姨照顾好，我去会会这个幺蛾子，管他是什么神仙鬼怪，先跟老子打一架再说。"

我还想把他喊住，可是听到身后也有动静，回头一看，我们身后也有盐漠的白浪涌过来。前后的浪就像两只大手在合拢，活生生要把我们压扁。

危急时刻，当机立断，我顾不得张进步，一转身，朝着左手边的空隙冲出去。一瞬间，恍惚又回到了被食肉兔追杀时的情景，双腿在沙子一样的盐里，左蹦右跳，没跑一会儿，就肌肉发酸，汗水也一下子就冒了出来。

这时我才知道，先前的脚印为什么会消失。波动如此剧烈的流沙，别说脚印，就是人都会被掩埋。伊豆和小泽他们没有任何痕迹，可能是我们没遇到，但更大的可能是"被消除"了，不知道是只消除了痕迹，还是连人也被消除了？想到此，我心中一阵发寒。

盐浪涌动的速度出奇地快，转瞬之间，已经离我只有不到百米。我扭头看了一

眼，看出了蹊跷，盐浪并不是像流沙那样，因为风力或者重力的原因液化流动，而是就像一条蛇，在盐里面蠕动，带起了表面的盐浪，只是为什么感觉像在一边蠕动，一边横着打滚呢？

我突然想起，墨西哥的沙漠里，有一种角响尾蛇，别名叫作侧进蛇，这种蛇就是横着蠕动，它们在沙漠中行走时，看起来就像是波浪滚动。

怪不得盐漠表面满是水波一样的纹理，原来有蟒蛇在这里生活，那些波纹，根本就是蛇蠕动留下的痕迹。把眼前的东西称为蛇，太侮辱它了。盐浪的长度，足有数百米，说明盐里面的怪物，长度也基本相近。几百米的大蛇，是什么概念？我头皮发麻，开始闷头狂奔，只想赶紧跑出它涌动的范围。

盐粒滚动的沙沙之声，已经在耳边响起，盐浪也像雨点一样，撒了我一头一身。眼看就要跑出大浪的范围，我鼓起勇气转头看了一眼，这次看得更清楚了，不是想象中的巨蛇，而是无数灰白色的大蠕虫，冲开厚厚的盐层，朝着我的方向爬过来。

我想起和尚锦乡在洞穴里那艘水动力船上时，曾经遇到的那种小蠕虫，长成吸管的模样，有钻透船身的本领，却见光就死。眼前这种大蠕虫的长相，与那些小虫子非常相似，只是体积相较，就如同一粒芝麻相比一个大西瓜。

也许在人类眼里，所有蠕虫长得都差不多吧。

终于，在最后一刻，我跑出了盐浪的范围，直直地仆倒在盐地上，把尚锦乡也扔到了一边，打了个滚，幸亏盐地松软如棉，也不担心她摔伤。

反而是她爬过来关心我有没有事，我们俩再次相互依靠着，双手紧握，看着数米高的白色盐浪从面前翻滚而过，心中竟然有一种莫名的平静感，就算被盐浪吞噬了也毫不在意。

可是转瞬之间，我看见了张进步。

此刻，他站在两波滔天巨浪之间，挥舞着手臂，就像一只微小的蚂蚁，咆哮着要对抗大象。这画面让我感动，也让我绝望。我甚至能想象，他正在用那东北和蒙古夹杂的口音，咒骂着蠕虫的祖宗。

但下一刻，我又看到他没命地奔跑起来，他的身手非常敏捷，根本不像一个疲惫的人。可是蠕虫的速度实在太快了，几乎就在他的面前。转瞬之间，两股盐浪已经冲撞在一起，激起更大的狂涛。奇异的是那些蠕虫并没有相撞，而是像有人指挥一样，刚好互相穿插而过，各奔前程。仿佛它们生命的目的，仅仅就是为了在盐漠表面，画出波浪起伏。

随着蠕虫的走远，整个世界都恢复了平静，盐漠表面恢复了规律的纹理，似乎一切都没有发生。……可是，张进步不见了。

"进步——进步——"我大声呼喊，可是没有任何回应，只好奋力爬起来，跑到他最后站立的地方，却还是一点儿痕迹都没有。

难道他就这么消失了？那个跟着我追债，却臭味相投的张进步，就这么不明不白地消失了？那样一个时时机警、处处小心的人，就这么死了？

我一声接一声地叫喊着他的名字，突然觉得喉头一阵哽塞，竟然有一股想要放声大哭的冲动，我浑身乏力，坐倒在地上。

这时，一只手缓缓地放在了我的肩膀上。

第五十章
五星七曜

◄ ‖‖‖‖‖‖‖‖‖‖‖‖‖‖ ►

尚锦乡。

她站在一片洁白的光里，全身都散发着朦胧的光晕，就像一位仙女向我伸出了手，我的手刚伸出去，脑子里一阵恍惚，就失去了知觉。

等我醒来时，天已经很晚了。

我的头靠在尚锦乡的怀里，她也眯着眼睛，正在打盹。我的头轻轻一动，她就睁开眼，微笑地看着我。

"你醒了？好点儿了吗？"

"我怎么了？"

"没怎么，太累了吧。"

哦，不对。我忽然想到消失的张进步，猛然坐起来。

"张进步……"我喊出声的嘴巴，自动闭上了。张进步已经不在了，只是喊叫，于事无补，目前最重要的，就是找到他的尸体。我不能让他平白无故地消失在异国他乡的海底。

我站起来。尚锦乡在身后问："你去哪儿？"

"去找进步。"

"去哪儿找？"

"哪儿消失的，就在哪儿找。"

"就在你脚下消失的。"尚锦乡提高声音说。

"那就在脚下找，掘地三尺也要把他找出来。"我心里这么想，但是没有说出口。

如果他就在这里消失，哪怕被埋几米深，我也一定能把他找到。就算找不到人，他身上的衣服、鞋子，包括他一直舍不得丢掉的死人骨头，也一定能找到。

但是我挖了很久，却只挖开一小块，我刚挖开一点儿，盐就像水一样流回去，似乎故意跟我作对，要阻止我找到张进步。

时间一分一秒流逝，可是我的工作没有丝毫成效。尚锦乡也不阻止我，坐在我旁边，帮我把盐挡住，不让其流回去。可这也是一项徒劳的工作，她却干得一丝不苟。

"算了，不挖了。"很久很久之后，我一把扔掉手里的盐大声喊。

尚锦乡说："好。"

"你是不是觉得我挺傻的？"我问她。

她摇了摇头，说："没有，我从来没有这样的想法。只是我们这么找，肯定找不到。"

"那怎么找？"我心情烦躁地叫喊，"要不我们叫推土机来，挖掘机也行，叫几百人几千人一起来挖怎么样？"

尚锦乡看着我不说话，脸上的表情也很平静。面对这样一张脸，我突然觉得刚才叫喊得莫名其妙。

"对不起。"我说。

"你不用说对不起，我也和你有一样迫切的心。"

"可是我真的不知道该怎么办。"

尚锦乡沉默地靠过来，抱住了我。她的身体上全是盐粒，却丝毫也没有破坏她的美，闻着她身上幽幽的香味，我醉了。我们就这么抱着，不知道抱了多久，一句话也没说，只能听见对方的心跳和呼吸的声音。

天上一轮明月，已经西沉。淡淡的月光，笼罩着这个奇幻的世界，山壁上的纹理，被照出了淡淡的影子，看起来就像无数剪影层叠。几颗星星稀疏地点缀在天上，幽幽地散发出微弱的光。我们紧紧搂在一起，享受着茫然不知前路的美好。

我心里对创造这个地方的人佩服得五体投地，他们得有多大的野心和魄力，才能有创造一个世界这样的想法，并付诸实践，而且成功了。

可是他们为什么要这么干呢？仅仅是给自己一个当神仙的幻觉吗？

皓月当空，它不知从哪里巡游过来，此刻在我们头顶，照耀着地面上绝美却荒芜死寂的世界。这一刻，我心里竟然第一次有了趋死的想法。

望着天空中的神秘图景，我想，张进步都可以死，我有什么不能死的？这个世界上又有谁不能死？能死在如此美丽的地方，而不是战火硝烟，也不是疾病伤痛，更不是衰老消亡，何尝又不是一种幸运。

天域之上，海水带和山壁的颜色，各有分野，山壁除了月亮星辰照射之处，其他地方，均是一片黑暗，而海水则显现出墨蓝色。它们互相交织盘旋，隐约之间，显现出一个巨大的图案。这个图案我似乎非常熟悉，却又不敢确认，因为我只认识其中的一部分，大约占据了全部图案的五分之一。

没错，天域的五分之一，是五瓣水波纹。跟其他地方见到的水波纹一样，唯一的不同，是在其中心的花蕊位置，有一颗明亮的星星，而剩下的五分之四的部分，我没有见过。仍然是海水轨道互相交织的繁复图案，似乎杂乱无章，没有什么规律，甚至有一部分线条，也互有交织和侵占。

如果不是夜晚明暗对比强烈，那颗星星的位置刚好在正中，均匀照亮了整个五瓣水波纹的区域，恐怕我也无法注意到。

可是此刻，我忽然对此毫无兴趣。奶奶追寻的事，随着她的去世，已经烟飘云散。尚儒追求的神兵，在这巨大的废墟中，恐怕也早已化为乌有。我连自己能不能活下去都不知道，哪还有什么兴趣关心它？

不知道是我们运气好，还是蠕虫只在白天行动，我俩竟然就这么搂着睡着了。

等我醒来时，尚锦乡枕着我的胳膊，半趴在我身上。我稍微动了一下，就惊醒了她，她猛然坐起来，抹了一把嘴角的口水，看着我，大概发现我也蓬头垢面，哈哈笑起来。

"你这么看可真够丑的。"她指着我的头。

我摸了摸头，发现头发立在头上，就像栽了个蒲扇一样。

"好像你有多好看一样。"我回敬她一句。

她也摸了摸自己像鸡窝一样的发型，抱着头尖叫起来。

因为没有水，我们的嘴唇都开始龟裂。

尚锦乡伸出舌头舔了舔自己的嘴唇，说："唉，口水都没有了。"

"我还有点儿，要不要借用？"我说。

她斜眼看着我说："最好的时光已经过去了，以后再说吧。"

她说着就跳起来，理了理衣服，大喊："世界，我来了——"

我也跳起来，不甘示弱地喊："告诉你吧，世界，我——不——相——信——"

"你不相信什么？"尚锦乡问。

"这是一句诗，我一个大学舍友挂科或者失恋后，经常背诵的，我就记住这么一句。"

昨晚的悲观情绪已经被我彻底驱逐出体外，此刻虽然饥渴交迫，但体力和精神尚好。

我们决定继续往前走，如果走到底仍然没有活路，那也算是撞了南墙，到了黄河了，该死就死吧。

我们沿着昨天前进的方向，走了大约半个小时。尚锦乡突然停下来，指着前面问，你看那是什么？我顺着她指的方向望去，远远地，看到几个黑点，看不清是什么，但绝不是活的东西。

反正漫无目的，不如去抓一抓，看有没有救命稻草。

越往前走，黑点越大，慢慢看清了，原来是一些灰黑色的石头。终于，地面上不再只有白色的盐粒了，光是这个发现，就够我和尚锦乡惊喜的。

我们越走近越惊讶，这些灰黑色的石头，形态各异，每块都有数十米以上的高度。这些石头，大都是单独一块矗立成峰，还有一些是几块聚集成山，大大小小地散落在盐漠上，类似云南的石林，可石头又比石林稀疏，而且石头材质也不一样。这些巨石纯粹的灰黑色，石质细腻，参差嶙峋，表面光泽如玉，光感润泽内敛，应该是某种少见的玉石。

它们随意摆放，没什么规律，看上去像是天然形成的，看不出人工的痕迹。可是总觉得有什么不对，有一种大伪似真感。那种感觉就好像逛公园，看里面的花草树木，溪石河流，就是和野外不一样。因为我们心里知道，公园里的景观是人工的，绝不会把它们当天然景观来看待。

如果非要找出一点鲜明的不同，就是这些石头上没有任何纹理。就算如此，我也不能说它就是假石头。石头是百分百真的，假是因为放置的感觉不对。

尚锦乡突然问我："你昨晚注意到天上了吗？"

"什么？"

"天上的那些星星和轨道。"

我把昨晚观察到的景象，给她描述了一下，包括五瓣水波纹的部分。

尚锦乡又问："你有没有注意天上除了太阳和月亮，有几颗星星？"

"这个倒是没注意。"

"应该是五颗。"

"为什么？"

"天有五星，地有五行。古代中国人把天上的五颗星星，辰星、太白、荧惑、岁星和镇星称为五星，也就是水星、金星、木星、火星和土星，加上太阳和月亮，就是七曜。在日语里，七曜日，就相当于星期，七曜分别代表了一周的七天。"

"这个我知道，日本恐怖片里经常有这种字幕。"

"古人认为天上的日月星辰，和人类有着神秘的联系。天则有列宿，地则有州域。你在上面看到五瓣水波纹，我猜它们可能象征了人类世界中某种东西。否则，绘在天空之上，不可能只是为了装饰。"尚锦乡字斟句酌地说。

"你觉得有可能是什么？"

"我不知道，但根据现有信息，可以推测几种可能：一是必然和数字有关，五或者七，金木水火土、五星，可能有五种不同的图案，很可能象征了五个族群，或者五座山，或者五种能力……对，能力。这就又是第二个可能，我们一路走来，发现这里的人对水的应用出神入化。在古代文化里，水是一个很重要的元素。水的特质是润下，性质柔顺，流动趋下。在古人看来，润下的味道，就是咸的味道，盐就是咸的象征物。"

"盐？这里不就全都是盐吗？"我插话问。

"嗯。另外，水利万物而不争，意为水愿往下，居下，滋润万物，与世无争。"

"这都下到海底了，还真是愿往下呀。"

"所以，五瓣水波纹象征的，是一些能够使用水能力的人，或者就是象征了水力本身。"

"可是我怎么感觉它跟你说的云雷纹还挺像的？"

"云雷纹，这种命名，也只是后来者的命名，并不一定其本意就代表了云或者雷。在爱尔兰石器时代的遗址里，发现过一种三曲腿图，是一个三重螺旋体，也是云雷纹的变体。跟五瓣水波纹的形态非常相似，不同的就是一个是三重，一个是五重。'三'

这个数字对于西方的意义，和'五'对于东方的意义相当……"

"太复杂了，讲简单一点儿。"我赶紧把尚锦乡的话头掐住。

尚锦乡笑了笑："不好意思，职业习惯。总之你知道'五'这个数字在古代中国很重要。"

她顿了一顿，继续说："其实说这么多，我最想说的是，中国古代可能有五个种族掌握了五种自然能力，就是金木水火土，其中一个种族，迁徙到了这里，用自己强大的利用水的能力，征服了姆大陆遗民，创造了这样一座海底奇迹……"

"既然有水的种族，那是不是也应该有金、木、火、土的种族呢？"

"孺子可教。"尚锦乡摸摸我的头，"这有可能才是长辈们花了漫长的光阴苦苦追寻的东西。"

"可是何以见得就一定有呢？"

"万物没有孤立的，中国古人既然说五行相生相克，虽然有玄学的成分，但并不尽然，其中的规律性也没必要牵强解释，但是相生相克，为什么不能解释成五种能力的相互制衡呢？"尚锦乡说。

我的脑子是懵的，对她说的这些半懂不懂，只是感觉她说的好像蛮有道理。

我指着面前的一块巨石问道："这些事和这有关系吗？"

"你觉得古人修建了这么宏伟的地下世界，是为了什么呢？"

"这我哪儿知道，不是说要当神仙吗。"

一说神仙，我就想起张进步遇到神仙要许的愿望，心中一阵黯然。但随即心里就有了另一个声音——张进步并没有死。我没有任何证据能证明他还活着，但也绝非只是出于强烈愿望，而是就像有人向我传递了一个信息，我只接收到一半，另一半信息加了双重密码，死活都解不开。

在蠕虫这件事上，无论是当时，还是现在回想起来，都觉得有些反常。张进步并非一个这样冒失的人，也绝非那种牺牲自己，奉献别人的人。至少自从认识以来，我对他就是这么看的。这次他"死了"，感动归感动，伤心归伤心，其中的异样还是忍不住在脑子里翻腾。

他那么聪明一个人，为什么会突然像个傻子一样，冲到沙浪里白白送上一条命，难道仅仅是为了感动我吗？

第五十一章
枯山水和盐宫殿

◀ ||||||||||||||||||||| ▶

　　尚锦乡没注意到我的异样，她说："过神仙一样的生活，肯定是没错的，但并不止于此。天上的日月星辰，经常还对应着——建筑。"

　　"建筑？"我惊讶地抬起头，"可是这里并没有建筑。"

　　尚锦乡认真地说："会有的。本来我也不能确定，我们在石室里看到的建筑，会不会只是影子投射，甚至是幻觉。但看到这些石头后，我放心了。"

　　"这些石头是建筑吗？"

　　尚锦乡摇摇头："不是，这些是枯山水。"

　　"枯山水？是什么？"

　　"枯山水，是日本特有的一种园林景观，以石块代表山峦，以白沙象征湖海，以线条模拟水纹。在园林中，做出像山水画卷一般的意境，因其无山造山，无水喻水而得名。"

　　"那不就是假山假水吗？"

　　"是的。其实我刚来这里时就注意到了，满目的白沙，沙上的波纹，都跟枯山水如出一辙，但是一直没有遇到山，直到来到这里。你看这些巨石，像不像山？"

　　"像，很像假山。"

"因为它们就是用来模拟山峦的，差不多就是假山。"

尚锦乡继续说："无论是巧夺天工的五星七曜，还是枯山水，都充满了象征的意味。所以我认为，这些都是为某种人类活动服务的。历来，实用性不强的大型建筑，多数是宗教祭祀场所。枯山水如今虽然只在日本才有，但它的来历非常古老，远在佛教传到东亚之前，所以并非只是禅宗美学。结合我们之前的推测，这里很可能是古代中国人建造的，但是中国从来没有过如此大规模的宗教建筑。古代的中国人能耗费大量社会资源，修建宏伟建筑，只有两种情况——皇帝的园林或者陵墓。"

"你的意思是说，这里是陵墓？"我不由一阵感慨，如此宏大的一座海底神迹，竟然只是陵墓？而那些周而复始运转的日月星斗，只是陵墓的装饰品？

"目前看来是这样。"尚锦乡说。

"那棺材呢？我一定要看看，究竟是谁这么大手笔。"

尚锦乡说："别着急，既然找到了园林，那么宫殿也不远了。可能就在附近，只不过我们暂时还没有机缘遇到。"

"你还是不是个历史学家，怎么越来越像个巫婆了，说话神叨叨的。"

"历史学是人类之学，人类史上很重要的一部分历史是巫的历史，不知巫，焉谈史。"

我只好认怂："好吧，我说不过你，但是妹子，我现在要渴死了，万一没等到机缘就死了，你后悔去吧。"

"嗯？你渴死，我会伤心难过，为什么要后悔呢？"

"你后悔没早点儿让我喝到水。"

"如果你没喝到水渴死了，那我肯定也渴死了，地狱没有后悔药。"

石林错落如迷宫，我们在其中绕了半天，仍然没有看到尚锦乡所说的建筑。

我看尚锦乡依然不着急，也不好意思问，跟着她只管往前走。

赤红色的太阳已经缓缓进入中天，可是前面的路看上去依然有些模糊不清，就像是远处起了大雾。我正说这么干燥的地方怎么还会起雾，却发现不是大雾，而是一座山脉，只不过山脉巨大，颜色却呈灰白色，在日光的照耀下，周围氤氲着朦胧的光线，看上去就像是雾一样。

走近些时，我们才知道山虽然大，但坡度平缓，并不险要。这样的山，很像关中一带的陵墓山，就像乾陵所在的梁山、昭陵所在的九嵕山，还有埋葬秦始皇的骊山。

不同的是，眼前的山并没有被郁郁葱葱的植被覆盖，而是通体灰白，看上去由盐结晶而成，山体上形成了大量的几何晶体，使得它看上去神秘而瑰丽。

每个传统中国人对风水多少都有了解，但阴宅风水是一门专门的学问，尤其是帝王，对陵墓的重视程度超过了宫殿，往往刚登基，就会派心腹和可信之人，负责监造陵墓。修建陵墓跟买商铺一样，选地段是其中的重中之重。宫廷里还专门有这方面的人才，负责寻龙脉，点龙穴。

我看过几本盗墓小说，也从中了解到一些浅显的知识。墓地的前方，要视野灵动开阔，而后方则要有所依靠，往往就是依靠大山的山脉。这样的地方，在视觉上，会让山下的人有肃穆庄严之感，忍不住心生景仰，而从山上往下看，要有开阔明朗、江山在怀的感觉。

临潼的骊山，就是超级符合古代风水审美观的地方，否则始皇帝也不会把自己的陵墓建在那里。眼前的盐石建筑，从我掌握的简单的风水知识来看，恐怕还超过骊山，它毕竟在天上还搭配了人造的日月星辰，这在人间只能是想象中的事。

不过，我听说秦始皇的陵墓里，穹顶上也是用夜明珠镶嵌出日月星辰，还灌了大量水银作为百川江河大海，他无论活着还是死，都想当世界的主人。这里虽然没有水银，却把整个大海都引过来，做了日月星辰的轨道，这手笔要比秦始皇大多了。

可山归山，它并不是陵墓建筑。难道这里的人也跟秦始皇陵一样，把墓葬藏在山下面吗？那我和尚锦乡是不是也要打洞盗一把墓？

如果张进步还在的话，这事儿他可能干得出来，但如今他不在了，我自己是绝对干不了的。

我问尚锦乡："要爬山还是要钻山？"她笑着说："你再仔细看看。"

作为一只蝼蚁，最大的障碍是，总不知不觉地把世界的一小点，看成整个世界。

当我按照尚锦乡的提示，再看眼前的大山时，发现一切都变了。那些几何状的盐晶体，竟然是巨大的密密麻麻的台阶，它们有规律地、却并不整齐地向上延伸。从台阶的外形来看，它们绝非自然结晶形成，而是经过精细的打磨和垒砌。

最不可思议的是，这些台阶层高至少半米，这样的高度怎么方便上下？难道住在这里的人，每一个都是巨人吗？

"本来就不是让人走的。"尚锦乡说，"主要起装饰作用。"

"那要不要上去？"

"你说呢？"

"我现在是真不想爬山，可如果不上去我就渴死了。"我舔了舔嘴唇说。

"如果上去也找不到水，怎么办？"

"那就让我渴死在山顶吧。"

我们沿着台阶向上爬，半米高的台阶，爬起来非常累，尤其它们还不是那种常见的整齐台阶，而是朝多向度延伸，也就是说，你每走一步，都有多个选择，幸亏我没有选择恐惧症，只要向上就行。每一个台阶的面积，接近一块六十平方厘米的瓷砖，一块接一块，盘绕着向上。大多时候，是我先爬上去，再把尚锦乡拉上来，虽然她身体轻盈，但总归不是一片羽毛，时间长了，那也当得起一项重体力活。

不久之后，就在我接近疲惫时，我们爬到了一处平台，眼前景象带来的惊骇，让人几乎无法用语言来形容，因为它无情地打破了我们对既往很多常识的认定。

那是一片无比疯狂的建筑物，通体是接近透明的白色，散发着幽幽的光辉，看上去竟然也是用结晶的盐块修筑而成。它鳞次栉比，重重叠叠，向各个方向延展开去，似乎看不见尽头，似乎山脉有多长，它就有多大，庄严而肃穆地矗立在这片神奇的世界里。

在这样的建筑面前，人会分分钟认识到自己的渺小。它的规模让人感觉压抑，却生不起恐惧之心，仿佛它的建筑形态给人明确暗示，这里并没有任何邪恶与恐怖的东西，而是潜藏在人内心深处的圣洁神话。我和尚锦乡互看一眼，我们眼里的疲惫似乎消失殆尽，取而代之的是目睹人类秘密的兴奋与激动。

但阻拦在我们面前的，却是尺寸更大更高的台阶，每一个都超过一米，从高处倾泻下来，就像一个巨大的瀑布，咆哮而来。与之前怪异的台阶不同，这些台阶除了宽大之外，还整整齐齐，棱角分明，侧面雕刻着细致的花纹，似乎从来没有人在上面踩踏过。

"不知道这是不是复制了阿房宫？"我下意识问道。

"应该没有那么大，阿房宫不是有三百里吗？"尚锦乡说。

"听古人扯，秦川才八百里，阿房宫占了少一半？"

"不过，如果是复制，也不一定非要等比例复制，就像京都复制了古长安，也是等比例缩放的。"

"那也不会，如果等比例，那阿房宫的台阶得有多大？二十米？"

尚锦乡笑了一下说："嗯，看来你的脑子还没有因为饥渴出现幻觉。"

"那可不一定，可能眼前这宫殿就是我们的幻觉。"

"是不是幻觉，上去不就知道了吗？"

休息了好几次后，我们终于爬到了一半，转身往下看，才知道大人物为什么都爱站在高处，简直就是江山在手，美人在侧嘛，但随即，一种感伤涌上我的心头。

天空上，那个赤红色的球体正缓慢地运行着，循环往复，刹那永恒，再伟大的人物，在它的照耀下，都将消失，化为尘埃。而它依然在无限地运转，也许在它看来，人类不过就是朝生暮死的蜉蝣而已。

那么生命是什么？简单地说，生命就是变化和运动。一切运动变化的事物均有生命，万物各得其所，生命寿长，终其年而不夭伤。这些海底的日月星辰，虽然是人类所为，但它们的生命远远超过了创造它们的人类，在人类消失以后，依然在运转，也许终有一天，它们也会死去，就连它们象征的日月星辰，都将会死去，但相较于有机生物的我们人类来说，那几乎是永恒——长生不老。

好不容易才收回心神，我问尚锦乡："如果让你长生不老，你愿意吗？"

"不愿意。"

"为什么？"

"人是社会性动物，当我身边认识的所有亲人和朋友都死了，我还活着干什么呢？"

"你还可以有新朋友，谈新的恋爱，找到新的爱人，组建新的家庭。"

"这样不是对我太残忍了吗？我生命的每一段时间，都在失去，都在独自悲伤。这样的生命，我不愿意拥有。"

尚锦乡说着，眼圈竟然红了起来，不知道让她想到了什么伤心事。

我赶紧催促她上路，我们继续携手并肩，向上爬去。也许是求生欲望强大，也许是求知的专注力，虽然台阶别扭，尺度让人抓狂，但终究我们还是爬到了顶端。

豁然展现在我们面前的，是一个平坦如镜的巨大广场，目力所及，无边无沿。

广场上，躺着一个人。

我不由心里一紧，浑身汗毛倒竖。尚锦乡也紧张起来，紧紧抓住我的手。

为什么会有人？这里不应该是死寂之地吗？

人类是一种奇怪的动物，孤独寂寞冷时，最想见到的是同类，可是最害怕见到的也是同类。人最怕的是人，这话说得一点都没错。

他是谁？活人还是尸体？是古代人还是现代人？是姆大陆后裔，还是徐福的后人？一刹那，我脑子里蹦出无数个念头。

我拉着尚锦乡，慢慢接近那个人。我们越接近他越没有威胁感，反而看着熟悉起来。

"张进步？！"我喊了一声。

地上躺着的人，听到我的声音，一转身竟然坐了起来。果然是张进步，他睡眼惺忪地看着我，嘴里嘟囔着："正睡得香呢，喊啥玩意儿啊？"

我几乎忘记了肌肉的酸痛，三两步就跑到了他身前，激动地一把将他抱住。

张进步使劲推开我，满脸嫌弃，骂道："你他娘的……"

说到一半，张进步神情一怔，似乎意识到什么，把枕着的水壶递给我。

"喝吧。"

我接过水壶，入手沉甸甸的，几乎是满的。

我难以置信地问道："这是啥？"

"放心喝，肯定不是尿。"

"哪来的？"

张进步得意地说："三爷自有妙计。"

说着他又从衣服里掏出几个野果递给我，说道："可惜没找着吃的，就剩这果子了。"

我欣喜至极，连忙把水和野果拿给尚锦乡。尚锦乡接过水，也不管干不干净，猛喝了几口，接着长吁一口气，竟然打了个嗝。不过她好像一点儿也不在乎，又拿起一个果子，大吃起来。

我一下把一个野果塞进嘴里，几乎是囫囵着吞进了肚子。

张进步看着我的样子，像个老人家一样絮叨："慢点儿吃喝，学学人家小姨。人越饿，越得吃慢点儿，懂不？"

我点点头，顾不上回答他，一连吃下三个果子，又灌了几口水，才觉得肚子里舒服了。

我问张进步："都说祸害活千年，我就知道你没那么容易死。死哪儿去了？"

张进步说："张嘴就死死死的，就不盼着点儿好，是不是把我咒死了，你就不用还债了？"

尚锦乡给我帮腔说："他以为你死了，为了找你，他都昏过去了……"

后面的她没说，可张进步的表情明显有了变化，但迅速装作毫不在乎。

"你这人就这点不好，夫妻本是同林鸟，大难临头各自飞。我们连夫妻都算不上，就算我死了，跟你有什么关系……"说着说着，他自己也说不下去了，换个口气说，"我不是给你说了，到这里来会合吗？"

"你说个屁，什么时候说的？"

"刚在梦里呀。"

我没好气地说："眼睁睁地看着你埋进盐里去了，还以为要到阎王爷那儿会合呢。"

"我也没想到沙子底下是那么大的虫子，不过再大也就是个虫子，还能把三爷我吃了不成？"

尚锦乡问道："那你是故意的吗？"

张进步老脸一红，说："那倒不是。……我没注意旁边有个坑。不过还好三爷身手好，就地一滚缩在坑里面，任凭大虫子从头上碾压过去，毫发无损，只是吃了一嘴盐，差点没被齁死……"

"后来呢？"

"后来就精彩了，来，且坐着歇歇，听三爷慢慢讲来。"

第五十二章

瀛洲

◀ ||||||||||||||||||||| ▶

"没你们两个累赘，我真是太方便了。"

张进步一开口，我就想打他。

"我本来以为，盐里有什么蜥蜴之类的小动物，就想着先下手为强，宰一个吃肉。就算打不过，也可以跟着，找到水源。这就跟在沙漠跟着骆驼找水是一样的。结果，我走近了才看清竟然是大虫子，脚下没注意还摔了一跤，差点儿被碾死。我是贝尔迷，不抗拒吃虫子，何况这种时候，吃虫子总比饿死好。结果，你猜怎么着？"

张进步掏出他的那根骨爪，骨爪少了一根手指。

"看到了吗？"张进步指着骨爪的尖端说，"那虫子皮比牛皮还韧，我这爪子跟一把匕首的锋利程度也差不多，硬是捅不穿它的皮，还把指头弄折了一根。啧啧——"

张进步一脸肉痛的表情，抚摸着那根死人骨头，像丢了钱一样难受。

"不过，我是靠着它才扒在虫子身上，那虫子其实挺软和，可就是怎么都弄不死。我又打又锤，又捅了半天，一个印子都没有给它留下。最后，还被虫子甩下来了。"

我听得心里一阵恶寒。张进步说得虽然轻巧，可我们都亲眼见过那些蠕虫，知道他也算是经历九死一生了。不过，张进步真不是凡人，普通人谁会主动去招惹几米长的虫子，还想着吃了它们？让虫子知道了怎么想？

我算想明白了，怪不得我怎么都找不着他，原来他把蠕虫当旅游大巴，搭便车出去逛了。

"那么水你是从哪儿找到的？"

"你们没遇到吗？"

"没有。"

"我还以为是你们没有水壶没办法带，原来根本都没遇到。"张进步惊讶地说，"那你们肯定经过石林了吧？"

我知道他说的就是枯山水，就点点头说："经过了，但没有水。"

"这就奇怪了，我怎么遇到的第一块石头的缝隙里就有一个泉眼呢？看来这个也得看人品。"张进步说，"我冒死尝了一口，清凉可口，就不顾死活，一头扎进去，喝饱了肚子，又专门接了一壶，给你们带来。"

"谢谢呵——"虽然我挺感谢他给我们带了水，但他也把我吓了个够。

张进步有点不好意思，说："运气、祖上德行、朋友信任和个人实力，缺一不可。"

一直在旁边休息的尚锦乡，抱着水壶，突然开口问："你说的石头，就是那些假山吧？"

"假山？"张进步恍然大悟，"还真是假山，没错，就是一座假山上有水。"

尚锦乡若有所思。每当她露出这种表情时，我就知道她肯定有了什么新的发现。不过在她主动说之前，我也不会追问。我们歇得也差不多了，就站起来活动身体。

我们此刻所在的地方，是一个巨大的广场。广场正中，是一座巨大的宫殿，跟这里的所有东西一样，是用盐块修筑而成。宫殿的建筑风格，一眼看过去，飞檐斗拱，直栏横槛，瓦缝参差，就连我这种外行都能看出是中国古代的风格，而且不是故宫那种，而是更加古老的风格。

宫殿的正中立着巨大的门楼，左右连接着一眼看不到边的宫墙。门楼的左右和正前方，各立着一个高台，看起来像箭楼，但比箭楼要小一些。其整体是下方为台，上方是阁的结构，却奇怪地分成了三层，三层台，三层阁，就像积木一样横向排列着。

它整体看起来，就像是一座古代城市的城门，朴实而恢弘。除了门口的三层"箭楼"，我从未见过，其他都和电视上的古城门没太大区别。

门楼的正前方，有一条灰色的路，从门楼一直延伸到我们这边来，把广场一分为二。路的两边，整齐排列着无数排兵马俑一样的雕塑，但因为距离尚远，还看不太清楚。

"以前我一直以为，许多古籍中记载的事物，或者地理信息，都是古人的浪漫想象。我们的历史学研究，尤其注意不能被那些毫无实证考据的信息带偏。如今看来，古人的记载哪怕掺杂了想象的部分，但一定是有来由的。"

尚锦乡说着站起来，打量着周围，表情肃然，语调缓慢地说："你们相不相信，我们今天看到的这一切，曾有古人亲眼看到，并记录了下来？而那些记录有些被完整地流传下来，只是没有人相信古籍里说的是真的。"

我和张进步都没有说话，看着尚锦乡，等她说出惊人之语。

"在中国的古书《山海经》和《列子》中都有这样的记载，在渤海之东不知几亿万里，有一条巨大无比的沟壑，在《列子》里，称为归墟。世间所有的水，都日夜不停地流进归墟，可是里面的水没有一丝一毫的增减。"

我突然想起她说的这些话，我好像在哪儿看过，就问她："难道你也认为归墟就是马里亚纳海沟？中国的网民都这么说，可是太勉强了，且不说地理位置的偏差，水有没有增减怎么测量出来的？古人哪有探测海沟的本事？"

"我要说的不是这个，你别打岔。"尚锦乡罕见地瞪了我一眼，一边往前走，一边继续讲。我和张进步连忙收拾东西跟上去。

"《列子》记载，在归墟之上有五座山，分别叫作岱屿、员峤、方壶、瀛洲、蓬莱。你们听着是不是很熟悉？"

张进步说："我知道，瀛洲、蓬莱不是神仙住的地方吗？"

"是的。"尚锦乡点点头说，"《列子》里说，这五座山相距数万里之遥，却是邻居。它们没有根，随着海浪在大海之上漂浮，没有固定的位置。天帝担心这五座山漂流到一个叫'西极'的地方，于是命令大禹，派十五只大鳌用头把五座岛顶住，五只一组，六万年换一次班，这才把五座山稳住。列子对五座仙山有这样的描绘：'其上台观皆金玉，其上禽兽皆纯缟。珠玕之树皆丛生，华实皆有滋味，食之皆不老不死。所居之人皆仙圣之种，一日一夕飞向往来者，不可数焉。'"

尚锦乡指着前面的雕塑，喃喃说道："这大概就是'其上禽兽皆纯缟'吧？"

她指的那座雕塑距离我们最近，高三米有余，身上穿着古人的宽袍大袖，而头却是一个牛头，看上去就像一头站立牛，双手抱在胸前，像是在施礼。

而它旁边的另一尊雕塑，衣着打扮完全一样，姿势也相近，却长了一颗鸟头。

我琢磨着尚锦乡引用的那段话，觉得她说的有些道理，但又觉得不是太符合。

张进步直接喊："听不懂，听不懂，说人话。"

"翻译成现代汉语就是说，五座仙山上的建筑都是用金玉建成，飞鸟兽类都是纯白色的，珠玉宝石的树一丛丛地生长，花朵果实都很鲜美，只要吃下就可以不老不死。岛上的人都是神仙圣人，白天晚上来来往往地在天上飞着，不可计数……"尚锦乡说。

张进步抬头看了看天空，问道："这地方天上飞的明明是石头跟鱼，哪有什么神仙？"

我也说道："至于果实鲜美，勉强可以说与洞穴里的瓜果相符，但这里的建筑和雕塑明显就是结晶的盐块，跟传说中的金玉差得太远了。"

"就是就是，不过真要是金玉就好了。"张进步说。

"我又没说这里是仙山。"尚锦乡说，"《列子》记载，岱屿和员峤两座仙山，后来都沉入大海，毁掉了。所以到了汉朝以后，《史记》里的记载，已经变成了三座仙山。但从没有人知道那三座仙山在哪里。虽然，历史上曾有很多人宣称自己去过，或者知道仙山在哪儿。"

"无稽之谈嘛，哪个年代都有骗子。"我说。

尚锦乡冷冷地说："不见得。这其中有两个很著名的人，一个叫徐福，一个叫东方朔。徐福对秦始皇说东海上有三座仙山，山上有长生药。东方朔则对汉武帝讲了八方巨海上有十洲，其中之一就是瀛洲。而这里，很有可能就是瀛洲仙山的仿制品。"

"仿制品？"我和张进步面面相觑，这么大规模的一座海底遗迹，前两天她还推测是姆大陆人留下的，现在又说是瀛洲仿制品，脑洞再大也不能这么开。

"徐福就不说了，本来就是方士，方士是什么，从唯物主义角度来看，就是骗子。而东方朔，虽然有名，但在历史上也就是宫廷里的一个喜剧演员，这样的人说的话，不足为凭。"我对其他人不熟悉，但徐福和东方朔还是知道一点的。

尚锦乡笑着说："你这属于主观臆断。"

"难道你不是？"我反驳说。

"当然不是。"

"那你拿出证据来，我就认。"

"证据就在那里。"尚锦乡大步走在我前面，伸手指着宫殿门楼上方。

我和张进步刚才忙着观察那些鸟兽鱼虫的雕塑，没有注意在门楼上方挂着一个巨大的牌匾，上面写着五个大字。

　　我不认识。

　　并不是因为距离远，而是那五个字弯弯曲曲，不是我认识的那些电脑常用字体。

　　"那是啥字？"张进步抢着问。

　　"瀛洲仙游宫。"

　　"我读书少，你可别骗我。"张进步说，"马龙，你看看，是不是？"

　　我瞅着那块巨大的盐晶牌匾，如果给我这五个字让我认，我肯定不认识。可是现在告诉我是什么字，让我作判断，单纯看形状的话，确实和"瀛洲仙游宫"几个字有点像。

　　我问尚锦乡："如果按你说的，那就是有人复制了一个瀛洲，给自己当墓？"

　　"是的。"

　　这人是谁呢？徐福吗？我只能想到他了。

　　"你刚才就知道这是瀛洲吗？"

　　尚锦乡露出了骄傲的神色，说："嗯。其实已经很明显了，我发现的至少有三处证据。"她的眼睛扫视着前方的建筑。

　　"这种建筑叫作'三出阙'，阙是中国古代帝王的宫廷才可以使用的建筑物，一般修在城门外和宫殿外。最早出现在商周时期，不过那时是单阙。直到周天子式微，礼崩乐坏，各个诸侯国也都开始在王宫和陵园使用阙。秦国孝公迁都咸阳，最先建造的就是阙。

　　"后来，单阙演化成二出阙和三出阙，汉朝的三出阙和城门结为一体，演变成子母阙。到魏晋时期，甚至还用城墙连起来。这种独立在城外的三重阙，是战国末期到秦朝时特有的。"

　　尚锦乡又给我们上了一课，而且还是中国历史课。

　　张进步问道："那就是说，这是秦朝的墓？"

　　尚锦乡点点头，说："你们不是从西安来的吗？秦始皇陵应该就是这样子的。"

　　我说："现在的秦始皇陵就是个土堆。"

　　"不知道里面有没有什么值钱的玩意儿。"张进步眼睛闪着绿光。

　　尚锦乡说："你们不知道这是多么伟大的发现，一定不要打鬼主意。"

张进步打哈哈道："小姨这汉语水平，简直神了，还知道鬼主意呢。"

尚锦乡瞪了他一眼，说道："我告诉你，这里的东西，你不能动。"

"为什么？"张进步说，"无主之物，谁发现就是谁的。"

眼看着两人就要争吵起来，我连忙转移话题问："阙是第一个证据，你说的另外两个证据是什么？"

张进步会意，识趣地闭上了嘴。

尚锦乡也不想跟张进步争吵，就继续说："在海底洞穴里找到的那几件文物呢？"

"你不是说那是秦朝的武器，不让动嘛，我就留下了。"张进步堂而皇之地撒谎。

"不仅如此。"尚锦乡说，"秦铍的出现，只能证明在那场战争中，有人使用了秦的兵器，但是铖在秦朝时，是仪仗兵器，几乎不太可能出现在战场上。"

"那为什么会在这里发现？"

"这就跟墓室的主人身份相关，如果是徐福，那一切都说得通。"尚锦乡继续说。

"《史记》的记载，徐福出海寻仙两次，第一次带着童男童女，但没有找到长生药。后来秦始皇东巡至琅琊，徐福害怕被降罪，就说海上有大鱼蛟龙。于是，秦始皇又派出弓手射杀大鱼，让一批士兵跟着徐福再次出海。之后，徐福就消失不见了。

"《三国志》和《后汉书》都对徐福的去向作了猜测，但都没有实证。可是日本却留下很多相关的古籍。《古事记》记载了秦朝人到日本后，带来了文明和知识，徐福在日本本土也被尊为农耕和医药方面的神。后来，徐福带人又离开了日本，抵达琉球。可是这里也不是他的终点，他最终还是去了海上，从此杳无音信。"

尚锦乡讲的这些，我之前在游老爷子和尚邦那里都听到过，甚至更详细。但很多事都属于民间传说的范畴，也没有什么实证。谁也无法证明是徐福本人来了这里，而不是别的人。

但是，尚锦乡这么肯定，我也不好提出疑问，只是继续听下去。

第五十三章
瀛洲海客

◄ ||||||||||||||||| ►

尚锦乡问张进步："你说水是从假山上流出来的对吧？"

张进步说："没错，假山上有个缝，缝里似乎有泉眼，水流下来还有个小池子。可惜池子里头没鱼，要不还能吃生鱼片……"

"我刚给你们讲过，东方朔对汉武帝讲了八方巨海上有十洲，其中之一是瀛洲。"

张进步问："你不是说这是假的吗？"

"是假的，但是在东方朔眼里却是真的。"

"什么意思？"张进步不解。

"我想东方朔记载的瀛洲，就是这个假瀛洲。"

"你是说东方朔也来过这里？"我问。

尚锦乡说："非常有可能。《海内十洲记》里有这样的记载：'瀛洲在东海中，地方四千里，大抵是对会稽，去西岸七十万里。上生神芝仙草。又有玉石，高且千丈。出泉如酒，味甘，名之为玉醴泉，饮之，数升辄醉，令人长生。洲上多仙家，风俗似吴人，山川如中国也。'"这段话虽然是古文，但是简单，我和张进步都听懂了。

尚锦乡继续说："会稽在秦朝设郡，西汉时，辖地在中国的浙江以南、福建以北。现在一般都认为，东方朔所说的位置，就是琉球。那时的一里，大约是四百米，按七十万里来算，就是二十八万公里。但地球的周长也不过四万公里，所以不足为凭。现在看来，恐怕他说的是我们脚下的海底遗迹。假设东方朔来过这里，他在海上经历了什么都不足为奇。"

我说："难道神仙芝草，就是咱们吃的那些果子吗？"

尚锦乡点点头道："的确很可能，在中国古代的道教典籍中，对仙境的记载是很模式化的，东方朔对自己不认识的东西，肯定会加以神异化。'又有玉石，高且千丈。出泉如酒，味甘，名之为玉醴泉，饮之，数升辄醉，令人长生。'有研究说千丈可能是十丈的笔误……"

"你说下边那些石头，都是玉石？"张进步眼神里贼光一闪，似乎想去裂石开碑。

"是不是不重要，对一个经过千山万水，才来到一个像仙境的地方的人来说，只需要看着像就够了。假山里流出的是水，还是酒，一点不重要。"

对尚锦乡这样的解释，我和张进步都能接受。

"最重要的是最后一句。"尚锦乡说，"'洲上多仙家,风俗似吴人,山川如中国也。'东方朔出生时，徐福出海也才几十年时间。等东方朔来到这里时，可能已经过了上百年，这里已经按照上古中对瀛洲的描述，建造完工。种种与古籍中所描述的相印证，足以让东方朔认定这里是仙境瀛洲。"

我们一边听尚锦乡分析，一边穿过那些大型人兽雕塑，正前方是一座宏伟大殿，几层阶梯连接至我们脚下的广场。回廊、阶梯、大殿，甚至包括巨大的柱子，都是一种泛着青光的白色。恍然之间，仿佛正在步入白云之上的天宫。

"徐福从琉球第一次出海后，无意中发现姆大陆的遗迹，他回到琉球后带了军队，再次出海征服了姆大陆移民，这也就解释了，为什么秦钺和铜钺会一起出现在遗迹中。因为徐福带的士兵并不多，而且有一部分属于仪仗队，所以才会使用仪仗兵器。"尚锦乡说。

我有些没想明白，就问她："假如这一切都是徐福做的，可他为什么要这么做呢？他在琉球已经是神的待遇，还有必要在海上兴兵消灭姆大陆人吗？"

"徐福出海的目的是什么？"

"找神仙哪。"

"找神仙干什么？"

"求长生不老药啊。"

"找到了吗？"

"没有。"我和张进步异口同声。

尚锦乡诡异一笑问道："你们怎么知道？"

"我们相信科学呀。"张进步说。

我问尚锦乡："难道你认为徐福是为了长生不老，才征服姆大陆人吗？这二者似乎没什么关系。"

"如果姆大陆人是他实现长生的障碍，那你觉得有没有关系？"

"不科学，不科学，我们是唯物主义者，绝不相信神仙鬼怪、怪力乱神。"张进步使劲摇着头说，"别给我们洗脑。"

尚锦乡被张进步逗乐了。

"我也没说徐福长生不老，我的意思是徐福认为自己会长生不老，比如他发现了什么药物，或者仪式，可以让自己实现梦想中的长生不老，有这么大的诱惑力，如果是你，你会去解除前面的障碍吗？"

"可是我不愿意长生不老啊。"我说。

"人跟人不一样，徐福是个方士，他追求的就是得道成仙，长生不老。"

张进步打了个哈欠，说："这理想还真是远大，不过理想太大可不是什么好事。"

"理想还是要有的，万一实现了呢？"我随口说了一句，说完就觉得自己在扯淡，这话放在别的地方合适，放在长生不老这种事上，绝不恰当。

"你说得对。"尚锦乡说，"人类既渺小又固执，总觉得自己掌握了自然规律……"

张进步抢着说："别用哲学来劝和，别的事儿可以通融，长生不老这事儿，绝不可能。"

"生命只是一种体验，有些体验长，有些体验短，从蜉蝣朝生暮死的角度去衡量人类，人早就长生不老了。而从人生百年的角度，去衡量那些千年的树木，树木也早就长生不老了。长生都是相对的。"

为了不让他俩为这种虚无的话题起争执，我只好来点万能的辩证唯物主义。

果然，好强的尚锦乡不再说了。而好斗的张进步，悄悄说了一句废话："不过，一切皆有可能嘛，我们这一路过来，就遇到很多不符合常理的东西。"

我们都沉默了。确实，经历了一路的离奇事，如今就算出现更离奇的东西，大家也能坦然接受了。

此时，我们已经登上台阶，跨过门槛，进入了大殿。

这座大殿的结构也很特别。没有墙壁，只有无数巨型盐晶柱子，并列围着大殿环绕一圈，就像是一个直径数千米大小的亭子，四处漏风，可是这里没有风。透过缝隙，远远可以看到，大殿之后，是一座古典风格的白色园林，回廊假山，小桥流水。

大殿的正中有一个方台，并不高大，抬脚就能跨上去，上面也空无一物。如此位置，总让人觉得上面应该有些什么才对，比如一个祭坛，一座雕像，或者一口大鼎，然而并没有，它只是一个台子，就是台子本身。石台的正上方，是大殿的拱顶最高处。

这座大殿虽然飞檐挂角，斗拱斜山，但整个风格看起来，与我们常见的中国古典建筑明显不同，可能因为建筑并非木质结构，而是盐晶雕铸，所以做了不同的改造。

建筑的拱顶整体呈圆弧形，就像锅盖一样倒扣下来，与外面山洞的形态很像。穹顶正中，开着一个巨大的天窗，透过天窗可以看到洞穴顶上的海水和天光。

天窗周围，大殿的顶上，刻着极其繁复的纹理。一眼看过去，竟然无法看清纹理的具体形态，似星辰轨道，似禽兽皮毛，似萨满符咒，似风生水起，其间，还嵌着无数各种颜色的宝石，熠熠生辉。

我看见张进步走来走去，像在找什么东西。

"老三，干什么呢？"

"找梯子。"

"梯子？"

"对呀，没梯子怎么爬上去。"

我抬头看见那些宝石，才恍然大悟。我也不阻拦他，他要有能力挖到宝石，那是他的造化。

正在四处察看的尚锦乡，突然大喊一声："谁？"

我和张进步吓了一大跳，转头一看，发现尚锦乡正看着大殿的一角发呆。

"怎么了？"我赶紧跑过去问。

"有人。"

这时张进步也过来了，我们俩一起往尚锦乡指的方向看去，空无一人，也空无一物。因为大殿一览无余，所以也不存在躲起来的可能。

我和张进步互看一眼，都知道对方没有看到什么。

"到处白花花的，小姨，你是眼花了吧？"张进步说。

尚锦乡也不说话，就朝着那个地方走过去。我和张进步也只好跟上去。

没走几步，就听见张进步大喊一声："小日本——"

他一边喊，一边踏着大步，好像逛街看到了熟人一般，走过去打招呼。看着他们两个人都跟中邪了一样，我心里突然泛起一阵凉意。

"老三，你干什么？"我大喝一声。

张进步回头看着我，脸上带着疑惑的神色："怎么了？"

"你要去干什么？"

"那不是伊豆和那两个小日本吗？"他转头伸手给我指，嘴里却惊异地说，"咦？人呢？"

尚锦乡这时候也停下来，问道："老三，你刚才也看到伊豆了是吗？"

"对啊，你也看见了？"

"嗯。"尚锦乡说，"我没有太看清，但应该就是他们三个。"

我想了想，提出问题："如果真的是他们，为什么你们两个看到的位置不一样？"

"哎，小姨，咱俩不会出现幻觉了吧？"

"不可能。"尚锦乡坚定地说。

我担心军心不稳，赶紧说："不管了，就算真是他们……"

我突然愣住了，因为就在我前面二十米处，伊豆、三浦和小泽三人正坐在地上，说着什么。尚锦乡和张进步也发现了我的异样，同时扭头去看。

这一次，是我们仨同时看到了，就算是幻觉，也是三个人共有的幻觉。

张进步大喊一声："小豆子！"

这么大的声音，如果在开阔的地方，三五百米外都能听见，可是他们三人似乎充耳不闻，仍在激烈争辩着什么。

"哎，这三个王八蛋聋了吗？"张进步骂着，就冲他们的方向大步走过去，没走几步，他突然一声大喊，抱着头倒在地上。

我赶紧跑过去，把他拉起来，问他："怎么回事？"

张进步的额头通红一片，隐隐渗出血迹。

"我撞墙了，疼死三爷了，这是哪个王八犊子想害我……"

他指着面前的一片虚空疯狂咒骂，伊豆他们一直坐在原地，却不为所动，似乎与我们在两个平行世界。

我伸出手，缓缓朝前面探过去，果然，在我面前半米之处，我摸到了一面墙。

坚硬，厚重，冰凉，光滑，透明。

我把手贴在上面，沿着上下左右转圈磨蹭，却一点痕迹也没有留下。

我大喊一声："伊豆。"

他们还是听不见，但忽然之间，我似乎听见了他们的声音。

"能听到吗？"我也担心自己出现幻觉。

"能。"尚锦乡和张进步同时说。

这时候，我们看见伊豆他们三人站起来，排成一列，像喊口号一样大声喊着什么话，但因为是日语，我听不懂，像极了抗日剧中日本军人宣誓的场景。

我们三人面面相觑，对眼前的奇怪景象有些理解不了。

"他们说的啥？"张进步问。

尚锦乡说："不知道，像一种宗教誓言，我没听过。"

"我就说这三个王八蛋有问题，一看就像是什么邪教组织的精英骨干……"张进步大概是突然想起伊豆和尚锦乡是好朋友，觉得骂下去不合适。

我还在想面前这堵透明的墙是怎么回事，它与我们之前所见的透明水晶还不一样。水晶有淡淡的颜色，就算透光，但看上去也是有形的东西。可这堵墙却有质无形，完全看不见形态，就像一股纯粹的能量阻挡在我们面前。

张进步说："咦，你们看那三个王八蛋，精气神这么好，哪里像三天没吃饭的。"

经他这么提醒，我也注意到了。他们三人虽然身上脏兮兮的，但面容看起来并不憔悴，甚至神情中隐约还有些亢奋。

这确实奇怪，但眼下最重要的是跟他们会合，免得因为误会引起猜忌和不快。

"我们找找，看有什么办法能过去，这堵墙不可能是无止无尽的，总有个头。"

尚锦乡和张进步听了我的话，都开始顺着墙，寻找边界或者通道。

"马龙——"尚锦乡突然叫我。

我和张进步同时停下来看着她。

她说："刚才伊豆他们喊的，好像是……'与祖先共荣'。"

张进步深深地望了一眼伊豆等人，用不易察觉的表情冷笑了一声。

第五十四章
徐福后人

天下没有无边无际的墙。我们三人大概也就沿着透明墙壁摸出几十米，我双手忽然一空，到头了。这是一个比较诡异的场景，同样的透明墙，一边可以摸到，一边摸不到。让人不禁感慨造物主的神奇。

可谁是造物主？

我们沿着边界处绕过那面透明的墙，像盲人一样伸着手，缓缓摸向伊豆他们的方向。可是看似只有百多米的距离，我们竟然走了近一个小时。每走出一段，我们就会摸到一面墙，不得不绕路而行，有时甚至需要走回头路，简直是一个透明的迷宫。

有一次，我们距离伊豆他们只有十多米远，看到他们仰着头，仿佛在观摩虚无，神情迷醉，对我们的呼喊毫无反应。

"什么叫无缘对面不相逢，我今天算是知道了。"张进步气呼呼地说。

又是一个小时后，我们竟然走出了大殿。回头看，发现大殿内层层叠叠竖立着无数白色的隔墙，墙体的颜色也和盐一样，可是我们在大殿里时，却什么都看不到。

当我们绕过最后的那堵墙，发现它就像刑侦片中审讯室的玻璃一样。从一边看是透明的，从另一边看却完全不透光。

大殿外面，果然是一处白色的园林，廊腰缦回，假山林立，小桥流水，亭台楼阁，奇花异草，奇禽异兽，应有尽有。但因为全部以盐晶为质，修建而成，毫无生机，一片死寂，氛围非常诡异。

有些位置还堆着大块的盐晶材料，似乎原本要雕刻什么，却没有完成。

尚锦乡疑惑地问："人呢？"

她说的自然不是这里的修建者，而是伊豆他们。站在这里，我们已经看不见伊豆和小泽他们了。

我们已经穿过了大殿，但一直没有遇见他们。那些白色的墙壁已经遮住了我们的视线，让我们无法看到对面。现在我们也理解了，伊豆他们看不见我们，是因为这种墙作祟。如果此刻他们在对面呼喊我们，我们也是充耳不闻，视而不见。

就在我们不知道怎么办时，尚锦乡却说："回去找他们。"

张进步说："不能回去。"

我才跟着尚锦乡走出两步，回头问道："为什么？"

"到现在你们还不明白吗？"看我和尚锦乡都不明所以，张进步轻轻叹了口气，露出了少见的严肃表情，解释道，"我第一次见这几个人，就觉得古怪，他们根本不是船员，而是职业军人或者杀手。他们此行前来，一定有明确的目标，我们，不，应该是马龙，只是他们的引路人，我甚至可以确信，那些追杀我们的黑衣人，跟他们就是一伙的。"

"什么？黑衣人跟他们是一伙的？"

"对，从那霸开始，到火山岛，再到这里，我们几乎可以说是被他们一步一步逼着往前走……"张进步直视尚锦乡说，"尚小姐，我明确告诉你，伊豆跟你接触，也是带着明确目的的，并非普通的追求者，或者异性朋友。"

尚锦乡面色冷峻地听张进步说完，转头看着大殿我们过来的方向，轻咬嘴唇说："我相信他。"

说着她往大殿里走去。我连忙把她拽住，说："找人也不急在这一会儿，我们要不先找点吃的东西再说。"

尚锦乡却不为所动，继续往前走。

张进步看我和尚锦乡往大殿里走，无奈地跟上来喊："你们想想，刚才他们三个说的话是什么意思？祖先，谁的祖先？他们肯定和这个地方有关系，而且一直瞒着我们。"

祖先？难道他们是徐福的后人？我先前听见尚锦乡说的话，但没有多想。如果按照张进步的猜测，伊豆和他的人，就是有目的有计划地抵达了这里。而之前遇到的所有意外，很可能就是出自他们的策划。

我停下脚步，犹疑不前。

"无论如何。"尚锦乡回头，语气无比严肃地说，"我相信伊豆。"

说完，她丢下我们，绕过那堵墙，不见了。

我和张进步对视一眼，都很无奈。来不及多想，我们还是追了上去。

绕过墙就看见了尚锦乡，我大喊一声，她闻声回头，看见我们两个，微微一笑，扭身循着我们看到伊豆等人的地方去了。

因为身后是透明的，所以我们可以清晰地看见园林越来越远。

回去的路和来的路并不相同，好在可以通过观察园林，辨别自己所处的位置。半个小时后，我们终于来到了之前伊豆他们所在的位置，但他们却不在原地。

但是看见面前的墙壁，我们突然明白了刚才他们在看什么。

又是一连串巨幅的壁画。

这是我们出海后第三次看到壁画。

第一次是在烽火岛上，尚锦乡发现了云雷纹。第二次是在海底山洞，我们得知了海底遗迹的来历。但这次的壁画，却和前两次都不一样。

之前的壁画，对我和张进步来说都是天书，全靠着尚锦乡的解读才能读懂。但这次的壁画，我觉得让一个小学生来看，大概也能看出个所以然来。

这幅壁画的画面实在是太具体了，里面的人物形象，都是我们在小学课本上看到的那种形象——小脑袋，细胳膊细腿，大肚子，衣服也是宽袍大袖。那画风，你说不是中国人都没人信。

说是壁画，不准确，应该是浮雕。这里分明是白色的墙壁，却通过笔触的深浅，光线的明暗比对，呈现出了一种彩色的感觉。就像国画中的墨竹、墨葡萄和墨牡丹，分明都是黑色的墨汁所绘，却在视觉上给人深绿、深紫，或者深红的印象。壁画的周围，还像大殿的穹顶一样镶嵌着无数发光的宝石，让人目眩神迷。

我回头看了一眼身后，此时，我们处在接近大殿中央的位置。

就是说，这些壁画都在大殿中央的石台后方，从大殿前进来的人，什么都看不到，但从园林返回大殿，却可以一幅幅看回去，就像走在历史画卷中一般。

第一幅壁画上，描绘的是惨烈的战争场景。

画面的底部，也就是距离我们最近的地方，是一处村庄。如今已变成了废墟，房倾屋塌，断壁残垣，烟熏火燎，人们四散奔逐。青年手里拿着农具，努力牵拽着受惊的牲畜；孩子跌倒在地，却无人照看。

村庄的远处，战马奔腾嘶鸣，无数士兵浴血搏杀。骑在马上的士兵，持弓仰头向天，仿佛刚刚射出了一支利箭；拿着长柄兵器的士兵，排列成方阵，用比人长得多的矛刺向敌人；还有许多载有士兵的战车，在战场上迅捷地穿插而过……

在画面的中央，有一个少年，他比士兵们瘦小，又比孩童年纪大，背对着我们，似乎刚从村庄里出来，将要进入战场。可是，在他和战场的中间，一条黑龙匍匐盘旋。

黑龙的线条古朴，整个身体呈门字形站在地上，转头望着少年，蒲扇般的尾巴随意扫动，看上去对眼前的一切惨象，无动于衷。那些厮杀和逃难的人们也对他熟视无睹，只有少年被他拦住了路。

我们不太明白这幅画表达的是什么，仅仅从画面上判断，少年和黑龙应该是壁画的主体内容。

尚锦乡拿出相机想拍下来，却发现相机没电了，她轻轻叹了口气，把相机装回去，继续专注地看着。

张进步扬着头一边看壁画，一边伸出手，故作轻松地抠了抠墙上的宝石。他转过身来，用身体挡住手，问尚锦乡："这画的是啥？"

尚锦乡摇了摇头说："暂时还看不出来……"

她说着，沿着墙继续往前走去。我和张进步也跟上。

我低声问张进步："怎么样？"

张进步回答："不好抠。"

我斜瞥了一眼，发现宝石似乎长在墙里面，如果没有工具，还真不好下手。

"有办法没？"

"有倒是有，可别让她注意我就行。"

我点点头说行，一边欣赏着壁画，一边气定神闲跟着尚锦乡往前走。

这幅壁画上，除了村庄和黑龙的部分，还有大片的空间，用来描绘山川、河流和人类的战争。看起来规模巨大，气势恢宏，有一种磅礴的时代感。但具体是什么时代，尚锦乡不说，我也不可能知道。壁画上的黑龙，是真的存在，或者仅仅只是一种象征？

又一幅壁画出现在我们面前。

这幅壁画上仍然有着宏大的山水图景和战争画面，但它所刻画出的氛围却与前一幅截然不同。如果说前一幅要呈现出战争惨烈的话，这幅则要表达在战争中胜利一方的强大。

那些士兵方阵被描绘为黑影，每个人都面容模糊，但又显示着强大的肃杀和威严，即使时隔数千年，那种杀气仍然破壁而出，击中画前的我们。

除此以外，画面本身的精美，也让人叹为观止，就连画面中，交战各方旗帜上的字都清晰分明。

根据画面提供的信息，尚锦乡判断，这幅画的主体内容，应该是秦始皇统一六国。可是，壁画里还有更多的内容，我们无法解读。

比如在战场的正上方，总是盘旋着好几条不同颜色的龙形生物，其中有一条，与上一幅壁画里的黑龙一样。尚锦乡说，古代壁画中用龙形图案作为纹饰并不少见。但是几条龙俯视人间众生的厮杀，这样的画面她从未见过，也许是代表了不同民族的精神图腾。

可是，中国人以龙为图腾，其实是从汉朝开始的，即使战国时期也有龙，但各个国家不可能都以龙为图腾，反而如果是鸟的话可信度更高，因为秦国、齐国、赵国和楚国都是以不同的鸟为图腾。

除了龙之外，壁画中还有一些让人更为惊异的内容。

在一场战争中，举着秦国旗帜的一方，除了步兵方阵和骑兵之外，还有一些体格庞大的士兵，几乎是普通士兵的十倍以上，每一个看起来都一模一样，就像是从流水线生产出来的巨型战争机器人。

"它们"进入战场，如入无人之境，践踏，碾压，劈砍……敌方的士兵惊惧地作鸟兽散。

"这是机器人吗？"张进步问。

我和尚锦乡都无法作答，是或不是，都已经超出了我们的认知。

如果我对别人说，秦始皇统一六国，是因为他有一支机器人部队，所以才所向披靡，扫清六合，别人会怎么看我？

而在接下来的画面中，一座巨大的城市凭空塌陷，军队从地底蜂拥钻出，人们四散奔逃。更夸张的是，几十个飞艇样式的巨大飞行器飘浮在城市上空。燃烧的火球，如雨点般从天而降，宫殿和民居都被烈焰吞没，城中居民，无论贵贱高低，皆如坠炼狱。

这不是战争，这是先进文明对落后文明的清洗，就像当初欧洲人用坚船利炮对美洲或非洲原住民的屠杀和欺凌。

之前见到的这些，我们凭现代的知识还能理解，但越往后看，壁画中出现了完全超出我们认知的事物。

大海中，一些像章鱼和蓝鲸般的巨大生物，掀起滔天巨浪，淹没了海边的城镇和港口，乘坐小船的人类在它们面前，如同蚂蚁一般不堪一击，纷纷船倾人亡……

而在山之巅，一个身材魁梧、穿着繁复的壮年男人，正昂首挺胸，睥睨天下。在他身边围绕着很多人，看上去有文人，也有军人。

"这个应该就是秦王嬴政。"尚锦乡说。

"旁边那个骑龙的呢？"张进步问，"怎么比秦始皇还势大。"

在嬴政身边，的确有一个骑着龙的人。这人长衫飘飘，腰配古剑，手执缰绳，系着高昂的龙头，龙头上方，甚至还有遮阳的舆盖，飘带随风起伏。

"《人物御龙图》？"尚锦乡惊呼。

"这又是什么？"张进步问。

我突然想起画中这个骑龙人，似乎在哪儿见过，左想右想，应该是在高中历史课本吧。我记得老师讲过他是战国时期的楚国贵族，为此我征询尚锦乡。

"是的。"她说，"《人物御龙图》是战国时期的帛画，20 世纪 70 年代在中国出土，我只见过复制品。虽然两幅画中人物造型很像，但仔细看，其实还是有差异的。且不说人物御龙图中的鲤鱼和鹭的装饰，单纯看龙的形态也是有差别的。"

第五十五章
水晶银蛇

　　尚锦乡说："《人物御龙图》是战国时期用于引魂升天的铭旌，画中人是成仙的墓主人，而壁画中的御龙人，也很可能就是这座墓的主人。"

　　"徐福吗？"张进步问。

　　尚锦乡看了一眼张进步，说："从壁画的内容来看，他是秦始皇的一位谋士，地位非常之高，甚至可以说是秦始皇统一中国的关键。"

　　"难道是项少龙？"张进步惊叫一声。

　　"项少龙是谁？"尚锦乡疑惑不解。

　　我赶紧解释道："是一个科幻小说的主人公，穿越回秦朝帮助嬴政统一六国。"

　　"噢，那应该不是，因为根据壁画来看，墓主人把自己的一生都详细记录下来了，之前那个面对黑龙的少年，就是墓主人，看上去他并不是从未来穿越回来的。"

　　尚锦乡喘口气说："如果我们依然认为墓主人就是徐福，那么前一幅壁画的意思，可能是少年徐福得到了奇遇，学会了某种法术，或者能力。黑龙就是这种能力的浪漫化表达。之后，徐福应用这种力量帮助嬴政平定了六国，我们看到的秦军强大的那些画面，应该就是龙代表的力量。"

　　"别扯了，徐福就算再厉害，会妖术移山倒海，召唤怪兽，难道他还能造机器人吗？"张进步反驳说。

"没什么不可能，人类历史上的能工巧匠非常之多，春秋战国时期的墨家学派，就掌握了很多工业技能。鬼谷一派，除了培养谋士和将军，也发明了很多超越当时的技术，比如热气球。不过，这些都是我们的推测，大胆假设并不代表就是真的。"

我们继续往前走，所看到的壁画上的内容跟历史的契合越来越多。几乎全是秦始皇一生的丰功伟绩。与前面不同的是，徐福不再陪伴在秦始皇的身边，但那些龙仍然时不时地出现在画面中。

在修筑万里长城、秦直道和阿房宫的画面里，有一条龙盘旋在空中。在泰山封禅、巡游天下、臣民拜服的画面中，有一条龙跟在身后。收天下之兵，铸十二金人时，同样有一条龙在左右逡巡。只是每次出现的龙，颜色和相貌有所差异。

到壁画的后半部分，画风陡转。原本精美的浮雕，突然变得似乎潦草起来，色调阴暗，线条粗粝。

一幅焚书坑儒的画面中，巨大的土坑里，除了人，还有一条龙仰着绝望的头颅嘶鸣。

天空中，其他龙四散而去。

尚锦乡甚至都没来得及解释一句，就急匆匆地绕过这堵墙。

连续几声鞭炮般的声响从不远处传来。我刚想追过去，却被张进步一把拽住。

"有人开枪！"

我心中一惊，难道那些黑衣人已经追到这里来了？

我大喊道："尚锦乡，快回来！"

张进步一巴掌拍在我脑袋上，骂道："你傻吗？那是伊豆的枪，别操心她了，小日本要毙也是先毙了你。"

张进步拉着我要走，我却担心尚锦乡。纠缠之际，我看到尚锦乡又跑了回来。

紧接着，伊豆出现在她身后，然后是小泽。伊豆和小泽都神色惊恐，满头大汗，气喘吁吁，似乎已经跑了很久了。他们跟在尚锦乡的身后，朝我们跑了过来。

我注意到，张进步已经摸出骨爪，微微弯曲膝盖，像一头野兽，做好了搏斗的准备。

就在我好奇三浦为什么不在时，一只手从墙后伸了出来，然后是三浦的脸。他看上去似乎筋疲力尽，一只手撑在墙上，双膝颤抖，勉强地站着，失去了继续前行的力量。

伊豆和小泽就像被狼追一样，脸部扭曲，拼命向我和张进步跑过来。

接着，我就看到三浦的脸拉下来了。

这并不是修辞，而是真真切切的事实。他的脸就像融化的玻璃一样，在重力的牵引下，向地面掉落，仿佛他的下巴无比沉重，让整个脑袋的骨头和肌肉都无法承受。他的下巴先落到脖子，又落到胸口，鼻孔和眼睛被撕扯成细细的几道缝。

同时，他的头骨就像消失了一般，使他的脸在向下牵扯时，并没有撕裂皮肤，造成血肉模糊的场面。

我看得头皮发麻，鸡皮疙瘩起了一身，根本无法理解到底发生了什么。

这一切都发生在转瞬之间，伊豆和小泽已经跑到了我们面前。此时我才注意到，小泽的右手中握着一把手枪。

张进步敏捷地双腿一蹬，向小泽扑了过去。让我惊讶的是，以张进步的身手，小泽竟然侧身躲过了这一击。但是电光石火之间，他躲过了初一，躲不过十五，就在他躲闪张进步手中的骨爪时，握着枪的那只手已经被张进步掐住了关节。

小泽受到攻击，手里的枪没有抓稳，就放开了，直接落到张进步手里。张进步拿到枪就地一滚，和小泽滚开一段距离，回身用枪指着他。

原来他从一开始的目标就是手枪。

但同一时刻，伊豆也扑向了张进步。

我和尚锦乡都不明白，为什么他们一见面就要生死相搏。就在我想出声制止他们时，我看到张进步嘴角一撇，在他脸上顶出两道法令纹。我知道，他要下狠手了。

"不要——"却是尚锦乡先我一步喊了出来。

一声清脆的机械声传进我的耳朵。

在伊豆扑倒张进步的同时，张进步竟然向伊豆开枪了。

张进步的脸上闪过瞬间的愕然，马上就明白过来，原来枪里没有子弹了。

他握着骨爪的另一只手抬起来，因为贴得太紧，骨爪太长无法打人，他干脆握短一点，把骨头当作匕首，向着伊豆的后背捅去。

我和尚锦乡终于反应过来，一起扑上去，把张进步按住，不让他对伊豆下手。

趁此之际，伊豆粗暴地拽下张进步挂在腰间的水壶，拧开盖子，把大半壶水泼在地上。

我和张进步目瞪口呆，不知道他要干什么。

张进步大声道："……老子的水！"

但因为被我压着，他无法起来攻击伊豆。这时我发现了一些不寻常的地方。

那些水泼到地面上，竟然像开水一样腾起了雾气。仔细看去，水痕中有一些像银丝一样的东西，半透明，长度不足一米，碰到水后，像生石灰一样，发生了剧烈的反应。

那些银丝在水中痉挛，像蛇一样扭动，蜷缩，发出嘶嘶的声响。转瞬之间，它们便安静下来，似乎变成了死物，就连颜色也变得愈发透明，就像一根笔直的水晶棒。

"快走！"伊豆把水壶扔给张进步，转身朝白色园林的方向跑去。

小泽恶狠狠地瞪了一眼张进步，也跟了上去。

尚锦乡也说："有事出去再说。"

张进步站起来，把枪别在身后，看了一眼伊豆他们跑来的方向，骂道："这什么鬼，摊煎饼呢？"说完，拽着我就往外跑去。

我一把甩开他，喊道："三浦怎么办？"等我回头再看，三浦已经消失了。

准确来说，他是融化了。

三浦的皮肤从他的衣服里露出来，如张进步所说，他就像是一个加水太多的面团，被摊成了煎饼。他浑身的骨骼似乎已被融化，全身只剩下皮肤包裹着血肉。此刻，它们从三浦身上的各个窍孔流出来，因为流速缓慢，使得裸露的皮肤看起来饱满黏滞，像一块正在融化的肉色橡皮泥。

突然，三浦平铺在地上的衣服里，一阵蠕动，几根细长的银丝蛇状生物，从衣服里钻出来，像不锈钢一样光洁闪亮，血珠沿着它的身体向下滚动。

"快跑哇！"

张进步的一声大吼，让我从呆滞中清醒过来。我转身刚想跑，迈出脚才发现双膝发软，竟然一步也走不动。我瞳孔一紧，似乎看见自己马上也要变成三浦那种可怕的样子。但下一刻，张进步及时托住了我，边骂边把我差点跪倒的身体稳住。

"你有毛病啊？还不走？"

张进步的大嗓门让我心安了不少，终于稳住心神，夺路而逃。与此同时，我的眼角瞥到，在我们身后，无数"银蛇"正向我们游来。

我们俩拼命向前跑，我本来担心因为这座透明的迷宫，我们的速度不会太快，没想到，张进步毫不犹豫，轻车熟路，左扭右扭地在前面带路，我在后面跟着他，竟然丝毫没有停顿。

尚锦乡和伊豆、小泽正在转弯处等着我们，小泽看张进步的眼神，就像有杀父之仇、夺妻之恨。

我对伊豆说："三浦……"

没想到伊豆直接打断我的话，说："我知道，先离开这里再说。"

说完，他继续往前跑，我们跟他后面。

我发现，伊豆对这里竟然也很熟悉，跑起来，脚下没有丝毫犹豫。想必是他们之前来过，对这里做过不止一次搜索。

然而跑出去没多远，却见伊豆突然停下脚步，拐了个弯，朝一堵透明的墙撞过去。我心里一惊，不知道他要干什么，没想到他竟然毫无阻碍地跑了过去。

我和张进步跟上来，赫然看到刚才经过的壁画上，多了几个洞，那原本是镶嵌宝石的地方。而现在，无数细长的"银蛇"密密麻麻从里面爬出来。

我恍然大悟，对张进步破口大骂："王八蛋，这是你挖的？"

张进步回道："不是你让我挖的吗？"

就算是犯了滔天大罪，现在也不是追究责任的时候。虽然我们嘴上骂着，脚下却一点也不含糊，张进步一闪身，首先跟着伊豆钻进了迷宫里。

在这种危急时刻，本来我也应该跟进去，可是一时鬼使神差，竟然对这里产生了怀疑，伸手去摸，还是什么都没有。我刚想钻进去，又一次鬼使神差，竟然回头去看。

一根"银蛇"距离我的眼睛只有几厘米，它没有眼睛，却死死盯着我。刹那间，我被巨大的恐惧笼罩，丧失了求生欲望，脚下生了根一般定在原地。

它就像一根半透明的管子，身体透亮，没有一丝杂质，身体蠕动不像虫子那样柔和，却有一点机械感，似乎它是由无数个关节组合而成。它的"头"微微颤动，发出微弱的蜂鸣，似乎是摩擦产生的声音。我们就这样互相看着，一动不动。

"马龙，干什么呢？"耳边传来一声巨喝，如晴天霹雳，把我震醒。

那根"银蛇"仍在我对面，从它身上我感觉不到些许生物的气息，可是它活生生地，就在我眼前。三浦死亡时可怖的情景，在我脑子里一遍一遍地自动播放。

如果不是亲眼看见，我宁可相信那是魔鬼所为。可是为什么我还活得好好的？这时我隐约感觉到胸前有细微的颤动，我突然意识到，莫非又是那水晶吊坠的作用？

我甚至有一种感觉，那个吊坠，也是"活"的，它和眼前的"银蛇"是同一种东西，或者说，它就是未曾孵化的"银蛇"。只有这样，才能解释为什么"银蛇"没有攻击我。

想到这里，我心里升起一阵寒意，不敢再继续想下去，只能强迫自己冷静，钻进洞中，朝着张进步的方向狂奔。

三天以来，我们除了那几个果子以外，没有吃过任何东西。尚锦乡的体力明显下降，脚步踉跄，好几次差点摔倒，幸好旁边的伊豆对她照顾有加。

"这种时候小日本还不忘泡妞。"张进步一边跑，一边对我说，"你要好好表现，别让小日本占了先……"

此时我也累得够呛，懒得再搭理他。

一阵狂奔之后，我们终于被"银蛇"追到了园林里。

伊豆喘着气大喊："水！"

却见张进步早就先一步把水壶盖子拧开，沿着大殿的出口，画下一道防线，就像是《西游记》里，孙悟空用金箍棒在唐僧周围画的那个圈。

事实证明，这是有用的。

等我和张进步前后脚跑到伊豆身边，回头再看，一阵水汽蒸腾而起。

"这可不是个办法，"张进步说，"我们已经没水了，那些玩意儿再追过来就死定了。"

"那怎么办？照这么跑下去，没被追上，我们也先累死了。"我说。

张进步突然一转身，恶狠狠地问小泽："告诉三爷，哪儿还有水？别他妈说不知道，要没有水，你们几个早死了。"

我理解张进步的想法，伊豆和小泽等人比我们先到，这都过去好几天了，如果没有水，他们早就脱水而死了。

小泽听不懂张进步的话，把脸转向伊豆。

伊豆不理他，冲着我们说："跟我来。"

他自顾自转身，朝着白色园林的深处走去。

第五十六章
方舟

◄ ‖‖‖‖‖‖‖‖‖‖‖‖‖‖‖ ►

尚锦乡和小泽跟了过去，我刚想跟上，张进步偷偷拽了我一把，往我手里塞东西。我接过来一看，竟然是那把没子弹的枪。

"当锤子，砸人。"张进步压低声音说着，也跟了上去。

我掂了掂枪，挺重，还真适合砸人，反正手头有个武器，总比赤手空拳好，就别在腰上。

一路上谁也没说话，都惊讶于眼前的景色。毫不夸张地说，这是世界上最精美的艺术品。巨大的园林，全部用盐晶雕刻而成，无论是建筑物，还是假山流水，全都精美绝伦。

奇花异草之间，有白色的蜂鸟和凤蝶翩翩起舞，树林里，有仙鹤和麋鹿悠然自得，穿行在其中，毫不怀疑自己进入了仙境。

我们经过一座桥时，张进步提议把桥砸掉，理由是可以阻挡那些"银蛇"。可是再一想，桥下并没有水，那些飞流瀑布都是盐做出来的，对阻挡"银蛇"起不到作用，于是只好作罢。

过桥之后，我们沿着台阶向上，进入一个小型的空中花园，脚下是透明的盐层，身边的一切都冰清玉洁，闪着圣洁的光辉。

一个穿着长袍的老者，站在花丛中，微笑地看着我们，仿佛在此已经站立许久，等候着我们。这是一尊真人大小的塑像，与一路上看到的白色盐晶不同，塑像透着粉红色，峨冠博带，长须垂胸，目视前方，一脚微微抬起，仿佛正向我们徐徐走来。

"徐福！"我和尚锦乡一看到雕像，就惊呼出来。

这人和浮雕上秦始皇旁边那个御龙的方士一模一样，无论形态还是表情，都栩栩如生。

我们刚想靠近观察，小泽却突然冲出来，冲到雕像面前，扑通一声跪倒在地。而伊豆则站到小泽身边，与他一向多变的面容表情不同，此刻，他一脸凝重，牙齿咬着嘴唇，似乎在做什么决定。

小泽用日语大声地说着什么，伊豆不说话。我和张进步面面相觑，一起转头看向尚锦乡，可是她也不说话，神情越来越忧虑。

"你们这是在干什么？求神拜佛吗？"张进步忍不住问。

话音未落，只见小泽突然一跃而起。同时，耳边传来一声枪响，小泽扑通一声倒在地上。

我扑过去把尚锦乡拉到身后，才回头看发生了什么事。

只见伊豆手里握着一把手枪，枪口指向小泽。鲜血从小泽身体里流出来，蔓延浸红了盐地，小泽的眼睛瞪得浑圆，惊愕地看着伊豆，不甘心地咽下了气。

我们所有人都目瞪口呆。

伊豆却跟没事儿人一样，把手枪收起来，往前走了几步，指着徐福身后的台子，对我们说："下面有水！"

我和尚锦乡还沉浸在刚才的震惊中，只有张进步跑过去，围着徐福左看右看。

徐福身后是一个方形的台子，也是用粉红色的盐晶雕成，台子上什么都没有，只有两道摩擦的痕迹，就像是施工时，有人托着石条在上面划过。

"真的哎，"张进步对我们说，"这台子下面有水。"

说着，张进步就用骨爪在地上挖起来，可是粉红色的盐晶，无比坚硬，他费了半天劲，也只留下几个白印子。但他还是不放弃，抡起旁边的一个盐晶花凳，使劲砸起来。

尚锦乡在我旁边喃喃自语："穿三泉，下铜而致椁……"

我心想这孩子不会吓坏了吧，就想把她拽到一边，可是她不仅不离开，还主动跑到张进步旁边，蹲下来看。

"《史记》中记载，秦始皇征了七十万民夫开凿骊山，一直向地下挖，直到挖出三层泉水，然后用铜汁浇灌泉眼后，于其上放置自己的棺椁。"

经尚锦乡解释后，我终于明白过来，如果下面真的有水，那就是徐福仿照秦始皇陵墓，给自己也修了一座墓。不过也有可能是秦始皇根据徐福的建议，修建了陵墓，而后，徐福又给自己建了一座。

平常我们吃的盐都是散沙，想不到结晶以后竟然如此坚硬，张进步砸了半天，累得气喘吁吁，总算把表面砸开了一点，可是要想再往下砸，基本不可能了。

想想也是，秦始皇陵是用铜汁浇筑泉眼，徐福这里虽然没有用金属，但也不是那么容易砸开的。光看他用枯山水替代了秦始皇的山川河流，用海底潜流造成日月星辰的升落，就比秦始皇手笔大多了。

我第一次见到张进步这么努力，他仿佛不知疲惫一般，疯狂地挖着，骨爪被崩断都浑然不觉，他一砸一个白印，但距离挖开还遥遥无期。

突然，我仿佛听到了下雨的声音，是春雨落在树林中的沙沙声，可是这里分明不可能下雨，更不可能有雨打树叶。我心里一紧，猛然回头，发现台阶下，无数的"银蛇"像潮水般蠕动着涌过来。

我绝望地大喊："还有什么办法？"

我甚至都不知道自己在问谁，只是不甘心就这样死去，总要做点什么才行。

"尿有没有？"张进步一声大喊，解着腰带就冲出去。

我听见旁边一个女声问："纳尼[3]？"

在我们三人目瞪口呆的注视下，张进步解开腰带，冲着台阶撒尿，可是仅仅只有几滴。

闻鼓鼙而思良将，这时候我突然想起我的师父黄起，他每次尿尿，都会尿很久，最长的一次，应该超过五分钟。他并不是那种站在尿池旁边等尿来的老年人，而是从头尿到尾，一刻不停息，不换气，有时候我怀疑，他是否会一直尿下去，尿到天荒地老。

如果张进步的尿有师父的一半多，我们可能还会有活路，可是，没想到，胖乎

3　日语"什么"的意思。

乎的张进步挺着那么大的肚子，竟然只尿了几滴。

我心里暗骂了一句。

这时我看见张进步身体摇晃了两下，似乎站不稳。

"老三，怎么了？"我赶紧问。

他一边系腰带，一边抬头看着我，嘴角苦笑着说："尿脱水了……"

说着，他突然猛跑几步，一头栽倒，在他面前，正是徐福的雕像。

因为事发突然，我距离他还有两三步远，已经来不及扶住他，只能眼睁睁地看着他，一头撞在徐福雕像身上。

"老三——"我大喝一声。

只听嚓一声，徐福雕像竟然像风干的沙雕一样，轰然倒塌，成了一堆粉红色的细沙。只有他腰间挂的那把剑，掉在了地上，发出咣当一声。

张进步的脸埋在沙子里，似乎没有受伤。

我正想过去扶起他，脚下却发出"嘎嘣"一声脆响。

大地裂开了。

噼里啪啦的声音渐次响起，地面上的裂纹像蛛网一样蔓延开裂。与此同时，"银蛇"群已近在我眼前。慌忙之际，我把水晶徽章拿出来举到身前。果然，那些"银蛇"顿了一下。

片刻后，从徐福雕像站立的地方，一股水像喷泉一般涌出来，就地开花。"银蛇"一碰到水，就在嗤嗤的水汽中变得僵硬，不再动弹。

这时，我们脚下的透明盐晶开始坍塌，就像初春的冰面，突然开裂。

我刚松的一口气，马上又提了起来，赶紧跑到张进步身边，把他扶起来。

"哎哟，丢人了——"张进步有气无力，脸色煞白地说。

"别想了，这里是待不成了，得赶紧离开。"话音刚落，花丛中突然又冒出一股水，冲天而起，起码有十多米高，紧接着又是一股……

眼前的景象让人惶恐，尤其是一想到我们还在海底，就更加惶恐。

地面上不断裂开巨大的缝隙，吞没园林中的石桥假山，亭台楼阁，与此同时，无数水柱从地下喷出来，只一小会儿，身边已经汪洋恣肆。

张进步正萎靡不振，伊豆也不说话看着我，他此刻又恢复了以前的神情，似乎眼前发生的一切，都与他没有关系。

"我们还是离开这儿吧。"我说。

我知道尚锦乡不甘心就此离开，可这种时候，多待一分钟，就多一分危险。幸亏她也不是书呆子，知道现在不是做研究的好时候。

我们一行四人，沿着台阶下来时，先前经过的桥已经断了。到处都是裂缝和水柱，不仅要防踏空，还要谨防那些不知道从哪里会冒出来的"银蛇"。

因为不知道方向，我们只能朝着大殿的方向跑，反正到处都是水，那些"银蛇"应该不敢再出来了。

幸好坍塌的只是园林，大殿毫发无损。殿内只有薄薄的一层水，但身后的园林已经化为一片废墟。

"哎哟，可惜了……"张进步感慨。

"是啊。"我和尚锦乡同时应答。

这时我们发现脚下的水也在上升，不禁觉得荒谬，就在刚才我们还在为找一点水而拼命，现在却不得不躲开它。

我们蹚着水穿过大殿，来到大殿前门的回廊里，居高临下，极目四望，眼前的一切，再次震撼了我们。

广袤的盐漠里，无数庞大的水柱冲天而起，像一栋栋闪亮的摩天大楼，而原本雪原一般的盐漠，此刻已经一片汪洋，那些巨大的假山石柱即将被淹没。滔天巨浪中，无数巨型的蠕虫，像一艘艘小船随波起伏。

在如此浩大的自然伟力之下，我们几个人如同小蚂蚁，连反抗的欲望都没有。

照此下去，用不了多久，我们面前的广场和身后的宫殿都将被淹没。幸好，海水并不是从天而降，将我们打晕，而是从地底涌出，可以让我们安心地等待死亡来临。

"别跑了，歇会儿吧。"尚锦乡悠悠地说。

我们都没有异议，默默地并排坐在大殿的门槛上。

沉默了好一会儿，张进步突然问："说真的，我们就这么等死？"

"那你说怎么办？"我问。

"死没问题，但死之前我必须得弄明白，这究竟是怎么回事。"

"谁知道怎么回事，再说，我们知道的，已经够多的了。"

这时，我们身后传来巨大的轰鸣声，应该是大殿后面开始坍塌了。那么多精美的浮雕和徐福一生的故事，随着我们的死亡，终将都化为乌有。

徐福追求的长生，也化为汪洋中的泡影。一想到徐福，我眼前老是闪过那个粉红色盐晶的雕像，实在是太真切了，仿佛有一个活着的灵魂附在上面。不过，就算有灵魂，随着雕像的粉碎，也应该烟消云散了。

这时候，张进步突然跳起来，朝着大殿内跑去。

"你去哪儿？"我问。

"别管我，反正都是死，人生何处不青山哪。"他头也不回地喊着，消失在大殿里。

他说的也对，我们没必要非要死在一起，每个人都有选择自己葬身之地的自由。

就这么一会儿，水已经漫上了广场，那些巨大的雕像站在水中，仿佛大洪水来临后，那些未赶上诺亚方舟的物种。

这时，大殿一阵摇晃，却并没有倒塌。大殿门口的台阶下，一条裂缝越来越大，将大殿与广场分开。我们可以很明显地感觉到，大殿在随着水位上涨，缓缓上升。

广场和那些雕像已经完全被淹没，眼前白浪滔天，远处的水柱仍然在喷涌，就像水面上开起一朵朵巨大的白花。

"什么情况？"张进步从里面跑出来。

原来整个大殿，已经脱离了地面，像一艘方舟，漂在水面上。

"这可是航母啊，不如我们就叫它'琉球'号吧。"张进步兴奋地大喊大叫。

只有尚锦乡依然保持了一贯的严谨作风，发现有异样，马上就站起来，到大殿里面观察。

"马龙，你过来。"她突然叫我。

"你发现没有，"她说，"这里的地面是空心的。"

经她提醒我才注意到，原本白色的地面，此刻似乎变成透光的，很明显地可以看到地板下面，有水波涌动。

我正在思考为什么大殿会漂浮起来，如果整个地板全是空心的，我们相当于乘坐在一个巨大的密封箱子上，而且这里的海水含盐量高，密度肯定远远高于普通海水，大殿能浮起来，勉强可以解释通。

时间一分一秒过去，似乎这艘"大殿方舟"漂浮得也越来越稳，水面已经看不见大浪，但还是有无数蠕虫在旁边漂来漂去。

天地之间，忽然安静下来，日月星辰，缓缓升降。

我以前看过一个好莱坞早期电影的纪录片，应该是拍摄《海底两万里》，银幕上看到的大海，其实是影棚里的一个大水池，演员坐的小船在水池里漂浮，假装迎接朝阳，目送晚霞。我们此刻其实也差不多，在一个人造的大海里漂浮，只是不知道谁导演了这场戏。

不过这些已经与我们没有关系了。

"你刚才干什么去了？"我问张进步。

他笑着从兜里掏出一把东西给我看，原来是一大把宝石，红红绿绿的。

"你这人还真是要钱不要命。"

"你这可我污蔑我了，我只是想反正要死了，找一些陪葬品，到了地府，也能当个有钱人，逍遥自在。"

"喊——"

"真的，你想啊，我又没有儿孙后代，家人也从来不管我，连我死活都不知道，肯定没人给我烧纸。"

"你到了地府也可以当个追债鬼。"

"唉，我心善良啊，干不了这种恶狠狠的事，否则怎么会落个这样的下场。"他一边说，一边用宝石在水里打着水漂。

第五十七章
长生

天色缓缓地暗下来，穹顶上，那颗赤红色的球体已经沉入海中。而那颗散发着幽幽蓝光的白球还没有升起来。

"咦，月亮被水淹死了吗？"张进步嘀咕着。

我们坐着聊了一会儿，天色已经完全黑了，虽然看不清穹顶，但凭感觉就能知道，脚下的大殿又向上浮了不少。

张进步突然对我说："走，到时间了。"

"干什么？"

"你别吭气，看戏就行。"

说着，张进步就朝伊豆和尚锦乡走过去。

我担心他出什么乱子，赶紧跟上。

即使在这种时候，尚锦乡还是在废寝忘食地看壁画，而伊豆出人意料地没有跟她在一起，而是坐在旁边，闭目打坐。

"小姑娘，别装了，再装下去我们就同归于尽了，快说说吧！"

张进步这话阴阳怪气的，我以为他在跟尚锦乡说话，就伸手想拽住他，问清楚究竟怎么回事。

一个清脆的声音响起："我最喜欢张先生这种聪明人。"

说话的不是尚锦乡，却是在旁边打坐的伊豆。此刻他已经睁开眼睛，脸上带着微微的笑容和诧异。

什么情况？我就像个被愚弄的人，茫然不知头绪，傻傻地看着他们。

"嘿嘿。"张进步嘴里笑着，脸上却没有丝毫笑容，"三爷我在江湖上这么久，能活下来全靠招子亮。不过，你也够厉害的，差点就把我们当傻子耍了。"

伊豆脸上的表情瞬息万变，最后化为一脸苦相，说："现在说什么，你都不会相信，其实事情不是你想象的那样。"

"哪样啊？"张进步说，"你都没说，怎么知道我不会相信。"

我像个傻子一样，看他俩一人一句说相声。

我实在忍不住，就问了一句："老三，究竟怎么回事？"

"我怎么知道怎么回事，听小姑娘说。"

"小姑娘？"

张进步哈哈一笑道："马龙啊，怪不得你做生意赔钱，相处了这么久，你竟然没发现我们这位伊豆先生不是先生，而是女士吗？"

什么？女的？我不敢相信自己听到的是真的。

当我看向伊豆时，他从地上站起来，认真地对着我说："对不起，我一直隐瞒了我的身份，张先生说得对，我是女人。"

"那尚锦乡……"我突然想起，如果伊豆是女人，尚锦乡应该也知道。

"是的，我知道，我一直知道她是女孩子。"尚锦乡从旁边走过来，大声说。

敢情这四个人中，只有我一个人被蒙在鼓里。这个发现让我很懊恼，但转念一想，她是男是女跟我有什么关系？只是她为什么要隐瞒我们？

当我提出这个问题时，伊豆沉默了。

"其实，伊豆并不是坏人……"尚锦乡打破沉默。

"小姨，还是让她自己说吧。"张进步打断了尚锦乡的话。

伊豆咬了咬嘴唇，抬起头，缓缓地说："假如我们能够活着出去，你们必须帮我保守秘密，你们也看到了，一路过来，我并没有害你们。"

张进步转头看着我，我点点头说："她说的没错，反正到现在我们还活着。"

张进步笑着说："你这人啥都有毛病，唯独心大。"

尚锦乡看气氛缓和了，说："大家都坐下吧，听伊豆慢慢说。"

等我们坐下来，伊豆说："我女扮男装，并不是针对你们，因为我父亲没有儿子，所以从小我就被当作男孩子来养，除了家里人和很亲近的朋友，没有人知道我是个女孩。"

"女扮男装是你自己的生活方式，跟我们没有关系。"我说。

"谢谢你的理解。"伊豆冲我点头致谢。

"张先生说的没错，我们确实是带着使命来到这里的，而且我也实话实说，我确实利用了锦乡小姐和马龙先生，至于张先生，您是不小心自己卷进来的。当然，事已至此，说这些已经没有了意义。我想你们肯定很想知道我的身份，和我来这里的目的。"

"你这不废话吗？"张进步嘟囔道。

伊豆并不生气，她顿了顿，继续说："因为你们一直和锦乡在一起，我想你们肯定已经知道了这瀛洲仙游宫的来历。"

我点点头道："知道，徐福的陵墓。"

"也许你们并不知道，我们都是徐福的后人。"伊豆想了想，指着张进步说，"张先生除外。"

我们都安静下来，静静地听伊豆讲述。

"大家都知道，徐福东渡日本之后，借用秦始皇的军队，征服了日本的土著居民，并把自己的几个儿子留在了日本本土。他离开后，他的儿孙在日本开枝散叶，一直到今天。日本人的姓里有很多带福字的，比如福田，福山，福岛……都是徐福的直系后裔，而我是福原一脉，我的原名不重要，认识我的人都叫我伊豆。"

伊豆接着说："世人都以为徐福出海寻找长生术，不过是躲避秦始皇暴政的幌子，其实不然，按照我们家族的传说，徐福出海是有明确目的的，只不过他并不是为秦始皇寻找长生术，而是为自己，甚至说他本来就掌握了长生术，只是在寻找一个完成的契机，而他出海，就是为了寻找这个契机。所以，他并没有留恋在日本本土当国主，而是继续出海。跟你们了解的一样，他来到了琉球，成了当地的神，并且在当地留下了后人。他的后人建立了琉球史上的天孙王朝，流传到后来，成了尚氏琉球王国。"

尚锦乡说："这一部分历史跟琉球王族的记载相符合。接下来的部分，在来此之前，仅限于传说和猜测，但我们一路遇到的所有事物，都完全印证了传说。"

伊豆说："徐福在琉球岛上无意中发现了姆大陆的痕迹，他顺藤摸瓜，找到了姆大陆的遗迹。而在遗迹中久居的姆大陆后裔，因为没有了天敌，不堪一击，很快就被徐福征服。因为姆大陆人严重退化，形同野兽，所以徐福并没有把他们当成人来看待，而是完全当作奴隶。他利用法术，为他们建立了一种崇拜兔子的宗教，驱使他们改造了海底遗迹，并修建瀛洲仙游宫。也是在这里，徐福找到了长生的契机，并且完成了长生仪式。

"因为仙游宫工程量庞大，徐福的长生仪式完成后，仙游宫还远没有建成。接下来的一千多年里，姆大陆后裔世世代代都成了建筑奴隶，直到四百多年前，在仙游宫进入收尾阶段时，这里出事了。"

在伊豆讲述的过程中，张进步几次三番想插话，都被我按住。可是太多太多的疑惑，让我也忍不住打断她。

"这些你是怎么知道的？"

"一部分是有人告诉了我们，一部分是我们的合理推测。"

"有人告诉你们，谁？"

"东方朔。"

尚锦乡惊讶地大叫："东方朔？！"

"对，东方朔。东方朔在中国是一个智者，而对日本人来说，是一个妖怪。"

张进步问："啥玩意儿？妖怪？吃人吗？"

"是的，日本的妖怪文化源远流长，跟中国人说的妖怪有区别，但更接近妖怪的本意，反常即为妖。在日本传说中，东方朔是长生不老的。"

"长生不老这么容易？"

"日本有一个传说，是关于东方朔和一个女妖的故事，这个女妖叫八百比丘尼，因为吃了人鱼肉而长生不老，所以跟同样长生的东方朔成了朋友。"

"不是只有吃唐僧肉才长生不老吗？怎么吃美人鱼也有这个功效？"张进步不解。

"但是根据我的研究，东方朔自己并没有长生不老。"

"这也能研究？"张进步大惊小怪，真是把一辈子的惊都吃完了。

"《海内十洲记》是东方朔游历的记录，他记载了长生，却没有选择长生，究竟是什么原因，我们待会儿再说。反正东方朔是见过长生术的。而在日本民间传说中，东方朔游历日本以后消失不见，他的女妖朋友八百比丘尼因为长生不老，寂寞难耐，所以最终选择了绝食而死。"

"既然长生这么苦，你研究长生干什么呢？"我问伊豆。

"这就是我的任务。"

"什么？"张进步哈哈大笑，"你的任务是长生不老？我×，你们小日本还真是，……你让我说你什么好呢。"

"张先生觉得很好笑吗？"

"我不是觉得好笑，我是觉得可笑，这可是21世纪，光天化日，朗朗晴空，你竟然说出这种话，你叫一个长生不老的人来，让我看看。"张进步有些被戏弄的愤怒。

"你已经见过了。"

"谁？你吗？要不要我试试？"张进步说着，把只剩下两根指骨的爪子挥舞起来。

但伊豆眼睛看着他，一动不动，似乎一点也不担心。

我突然想起什么，转头看尚锦乡，她的脸上也露出难以置信的表情。

"没错，就是我们共同的祖先——徐福。"她又指着张进步说，"不过，已经被他杀了。"

"你说什么呢？我怎么就杀了徐福？噢，你说那个盐雕啊？雕成像就长生不老？那么刚才那一堆猪狗牛羊鸡鸭鹅还长生不老呢。"

伊豆不说话，她的脸上写满了不屑，似乎已经不想和张进步说话了。

张进步还想磨唧，被我一把拽住，阻止道："你的嘴能不能先闭会儿？"

"能啊，怎么不能，你是我老板，你说什么，我就做什么。"张进步愤愤地躺一边去了。

我说："伊豆，别管他，你讲你的。"

伊豆点点头继续说："我最初也不理解长生，以为这只是人类的一种幻想，直到我看到家族那部关于长生药的记载，里面说长生药'服之飞升为天仙，百年不过刹那，画地为江河，撮土为山岳……'我就换了一种思考方式。人类生命的短暂，并非因为灵魂或者意识会死亡，仅仅是因为肉体的衰退，任何一个器官的衰竭都能致人死亡，所以人活着，才是一种偶然。假如人类的肉体不会衰竭，那么从理论上说，人就不会死亡。"

伊豆说得对，人体是由六十万亿个细胞组成，新陈代谢，就是新细胞代替老细胞的过程，年轻人制造新细胞的能力强大，但到了一定年纪，细胞死亡的速度超过了新生的速度，会引发身体的病痛，和功能衰退，最终导致死亡。

所以人的死亡究其根本是肉体的死亡，而人的意识不能脱离肉体而存在，所以肉体死亡后，皮之不存，毛将焉附，意识也就烟消云散。

"如果有一种技术，能改造人的肉体，用更加强大和稳定的细胞替代现有细胞，使得新陈代谢的速度减缓百倍，千倍，万倍……那么对于生而不满百的人类来说，就算是长生不老了。"

"想法当然是好的，但无法实现。"

"不，已经实现了。东方朔留在日本的记录里说得特别明白，徐福已经实现了长生不老，而且他详细记录了实现长生的过程。如果我们没有来这里，我也只是半信半疑，直到我看见徐福像，我就知道所有的记载全都是真的。

"自东方朔以后，徐福的后人一直在寻找长生不老药，当然这只是一部分，其他的以后再说。他们自东方朔处知道徐福已经实现了长生，就成立了专门的组织寻找长生不老药。一直到丰臣秀吉当权，才知道可以通过琉球国找到天神，但他自己担心引火上身，才鼓动萨摩藩进攻了琉球国。想不到琉球国不堪一击，大明也不肯施援手，这才得寸进尺，一步一步蚕食琉球，直到灭国。"

"那么这么说来，二战末期日本对琉球的大屠杀也有这个原因吗？"我问。

"是的，不过那时候他们要找的还不只是长生，还有水德。"

"水德？"张进步突然跳起来，惊讶地问。

第五十八章
生命

我们三个对张进步的反应感到吃惊。我以为他又要故意捣乱，就对他说："你能不能安静一点，等我们把长生先问完，再说其他话题。"

"行行，从现在开始，我装聋作哑，千万别让我说话。"

伊豆说："琉球灭国后，王族世子一脉一直都在被监视下生活，但一直没有什么成果。不过马龙的奶奶把徽章带到中国这件事，当时并没人知道，直到很多年后，才打听到。一直到20世纪90年代，我们的人知道了马龙的奶奶在西安，就派人以旅游的名义去西安找寻，却莫名其妙遭了毒手，在酒店被人劫杀。"

"什么？"我惊呼。

"直到十年以后，凶手才被抓住判了死刑。可是自此以后，组织行动就特别谨慎，再也没有派人去过中国。"

伊豆看着我说："直到你出现。"

"我？"

"对，从你踏上日本的第一分钟开始，你就在我们的监视范围内。我也不怕吓着你，你从小到大经历的所有事，我们全都有记录。"

"我呢？"张进步还是忍不住问。

"不好意思，张先生，在这件事里，你是个变数。如果没有你，这件事可能早就结束了。"

我的头皮发麻，浑身肌肉发紧，心脏怦怦直跳。无法想象，我竟然在别人的监控下活了这么久。我想起一部叫《楚门的世界》的电影，我简直就是里面的男主角，就差全球现场直播了。

尚锦乡看我不舒服，就赶紧换话题："还是继续说长生吧。"

"好的，我第一眼看见徐福的雕像，就有一种感觉，它是活的。我能感觉有一个灵魂住在里面，我甚至觉得自己可以跟它交流，当然不是语言交流，而是意识。我猛然意识到，这尊雕像就是服用了长生药之后的生命形态，它是与我们完全不同的另一种生命。"

"就像硅基生命？"我想起了科幻作家阿西莫夫的作品。

"对。"

"你的意思是长生，就是把人变成石头？"张进步问。

"可以这么说，但不仅仅是石头。"

"那徐福不就是孙悟空吗？"

"孙悟空？"

"孙悟空就是石猴啊。可是孙悟空是金刚不坏之身，为什么徐福一撞就碎了？"

"可能比我们想象的更不可思议，他的灵魂并不只存在于雕像之中，中国古代的诗人陶渊明有一句诗，'托体同山阿'，虽然他说的是死亡的状态，但长生的状态更接近于此，长生者的灵魂不再局限于一隅，而是化作大山。"伊豆站起来遥望着黑暗。

"权且认为你说的都是真的，徐福已经实现了长生，那他是怎么做到的呢？"尚锦乡问。

伊豆转头对我们说："你们还记得那些追逐我们的怪物吗？"

"银蛇？"我脱口而出。

伊豆想了想说："你这样说也挺形象，但它本来的名字应该叫玉醴泉或者管狐。这两种名字分别指它的两种形态。玉醴泉是东方朔的命名，但他应该也是听徐福后人讲的。《海内十洲记》里说它'饮之，数升辄醉，令人长生'。"

对这种说法，我们都无法理解。

张进步抢先问道："泉？还饮？敢情那玩意儿还能当棒棒糖吃？"

"没错，它们就是长生药。还没变成长生药时，它们叫管狐。根据日本的传说，管狐是一种会钻进人体的细长妖怪，被它寄宿的人会失去神智。但管狐又会在危机时刻救人性命，就是当它变成玉醴泉时。"

伊豆坐下来，继续说："我比你们来得早，所以把里面所有的壁画全都看完了，壁画里记载了徐福实现长生的整个经过，这个过程极其漫长而煎熬，持续达一年之久。刚开始，他只是关节变得僵硬，先是四肢，逐渐蔓延到全身，但还能说话。半年以后，全身已经不能动弹，浑身的肌肉和皮肤，都变成像骨头一样坚硬的物质，直到最后完全变成石人。"

"肌肉骨化症？"我脱口而出。

这不就是奶奶患的那种病吗？难道因为奶奶是徐福的后人，身上自带了这种基因？不对，这种病虽然少见，但并不是孤例，难道全世界那么多患病的人都有徐福的基因？世界太大了，徐福距今也不过两千多年而已，他的基因不可能影响到全世界。

突然，我想起另一种可能，姆大陆人不是往全世界各地逃生了吗？难道这种病是来自他们的基因？如果是这样，徐福，我奶奶和我，难道都是姆大陆后裔不成？

尚锦乡问："那他到底长生了吗？"

"当然。"伊豆想了想，继续说，"关于长生不老，其实都是我的猜测。这些内容，壁画里并没有记载，我们家族也没有人见过。因为只有这样的猜测，才能解释这里发生的一切。"

"徐福服下长生不老药后，变成一种与我们截然不同的生命形式，他的生命变得无限长，因此我们人类的百年，于他而言，不过是一瞬间。他看我们，相当于我们看蜉蝣。蜉蝣朝生暮死，我们的一天，对它们来说就是一生。这就是所谓'百年不过刹那'。

"他用了一千多年的时间，才从石台上走下来。至于'画地为江河，撮土为山岳'，大家已经见识过了，对他来说，这里所有的巨变，只不过信手拈来。也就是说，这里的一切，包括整个洞穴，甚至其他的遗迹都是他……"伊豆终于说出了她要说的。

她如此匪夷所思的说法，震撼了我。如果这里真有一个神一般的意志在控制，那么我们先前经历的一切不可思议，都可以解释。

我进一步推想，如果世界上真的存在这样的生命，那么会不会某个大陆也有一个视人类若蝼蚁的意志？甚至不只是大陆，或许是整个星球呢？

我也终于理解了伊豆说的，长生就是把人变成石头。

如果这就是长生的话，几千年时间才能走出两三步，古往今来多如牛毛的长生追求者，不知道还有几人愿意？

直到这时，我才明白小泽为什么看见徐福的雕像就跪下来，可是我还是没想通为什么伊豆要开枪杀死小泽。

我直截了当地向伊豆提出我的疑惑。她说自己是家族中唯一的后人，因为身负使命，所以从小就被当男孩子养大。后来，她被安排和尚锦乡成了大学同学，任务是通过接触尚锦乡，获取尚家隐藏的秘密。但伊豆在和尚锦乡的交往中，和其建立了深厚的友谊，便向尚锦乡坦白了自己的身份。她和尚锦乡的关系引起了家族的怀疑，于是就安排小泽等人做她的随从，顺便监督她执行任务。

我和张进步到达大阪后的第一时间，伊豆就得到了消息，除了想方设法接触我们，还要清除掉我们的跟踪者。

"跟踪者？"我和张进步同时惊问。

"是的，有人跟着你们一路从中国来，并住进了你们的隔壁。当天晚上，小泽和井上接到组织命令，干掉了跟踪者。"

我和张进步同时想到了当天晚上隔壁的枪声。

"他们不是你派去的吗？"我问。

伊豆摇摇头说："他们平常只负责我的安全，听从我吩咐，但他们执行的命令都是组织直接传达，包括黑衣人对你们的追杀，我虽然知道是怎么回事，但无权过问。"

"那跟踪我们的是什么人？"

"我不知道他们的身份，但他们是从中国跟过来的。"

"身份都不知道就杀了？"

"我只是说我不知道，小泽可能也不知道，他们也只是执行命令而已。"

我突然想起一件事，就问伊豆："你认识孔孟荀吗？"

伊豆说："我知道他跟你们接触过，我并不认识他，他是一个没有来由的人物。"

"你们没有杀他吧？"

"没有，虽然我并不知道他的身份，但据我所知，杀他没有那么容易。"

"那你为什么要杀死小泽呢？"

"因为你们。"

"我们？"我不禁纳闷。

"对，从找到徐福的这一刻起，你们所有人都失去了价值，如果让你们出去，这里的一切可能就大白于天下，所以小泽的根本任务，就是除掉你们。"伊豆缓慢地说。

"可是，我们也是徐福的后人哪！"我说，"难道还要自相残杀？"

"这就是另一个问题，"伊豆说，"萨摩藩进攻琉球的时候，传说中的神兵并没有出现。你们知道为什么吗？"

"因为海底发生了战争。"尚锦乡说。

"对，从海底的遗迹看来，应该是当了上千年奴隶的姆大陆后裔，突然在某一天觉醒，并发起了反抗，就像古罗马的斯巴达克起义。徐福后人猝不及防，双方发生了惨烈的战争，最终虽然姆大陆后裔全军覆没，但徐福后人也从此一蹶不振。自那以后，他们自顾不暇，废弃了整个海底遗迹，也与琉球王族断了联系。"

尚锦乡长叹一声，继续道："本是同根生，相煎何太急。徐福的后人中，有留在日本的，有在琉球建国的，也有出海瀛洲的，各自走上的道路截然不同，经过不知道多少代的繁衍更迭，对远古共同的血脉意识已经淡漠，虽然是一个祖先，但早已分化成完全不同的族群，所以小泽并不会把你们当作徐福后人。"

沉默片刻后，张进步说："如果说徐福的后人镇压了奴隶起义，那么他们人呢？肯定不可能全都同归于尽了吧？"

伊豆摇摇头，说："虽然现在我们不知道他们在哪里，可是种种迹象表明，他们并没有灭绝，只是藏匿在某个地方。"

"有什么证据吗？"张进步问。

"我记得在游艇上的时候，曾经说起过，二战期间，美国和日本的多艘战舰在这个海域或者失踪，或者遭遇莫名袭击，当时就有人怀疑这是人为造成的。二战末期，日本政府曾派军舰到附近海域执行秘密任务，却船毁人亡，杳无音信。直到二战结束后，日本政府也多次派人，到附近海域以科考的名义搜索，无一例外，全都莫名遭遇袭击，舰船被毁，人员失踪。所以，这一片海域，一直被称为恶魔海。"

"难道这些都是徐福后人所为？"张进步说。

"只是猜测，无法求证。"伊豆答道。

"可是，就算徐福和他的后人掌握了长生不老药，难道他们还掌握了能和现代化武器抗衡的力量吗？还有，这一路走来，我们遇到的很多事物，就算是现代科技也无法做到，比如对海底潜流的应用，还有水动力自动驾驶船。"此刻我一肚子都是疑惑。

"这就跟你的吊坠有关系了。"伊豆说。

我从怀里掏出吊坠。此时再看它，心里多了几分异样，这个小东西，竟然也是一个生命，即使把它握在手里，我还是觉得匪夷所思。

伊豆说："你大概也知道了，它和玉醴泉其实是同一种东西，至于它们之间怎么转化，谁也不知道。如果不是亲眼见了管狐，我也决然不会相信它是活的。其实现代人类对生命的认识还很低级，只是以自己作为生命的参照标准，对其他的生命形式还缺乏最基本的认识。反而上古人类，秉持了最朴素的万物有灵论，并尝试用巫术来与万物沟通。当然这也不是厚古薄今，只是看世界的角度不同。"

张进步喊道："哎哟，咱奶奶还真是心大，把一个定时炸弹挂在你身上，万一哪天它突然苏醒了，咬你一口，你可就长生不老了。"

我虽然也不想长生不老，但是没么害怕。这个东西既然可以做成吊坠，肯定有相当的稳定性，否则徐福的后人，也不可能用它作为琉球国联络的钥匙。

伊豆抬头看了看穹顶，漆黑一片。

"唉，遗憾，今天晚上看不见了。"她说道。

"什么？"我和张进步异口同声道。

"上面那些星辰轨道图案，你们都看出来了吧？"伊豆说。

"五星七曜？"我问道。

"对，看来你们跟锦乡学了不少东西。"伊豆看着我说。

"啥东西？"张进步当时没跟我们在一起，没听过这段。

我就把关于五星七曜的说法，以及尚锦乡关于五星对应人间五行种族的猜测讲了一遍。

"你的意思是，徐福带领了一帮古代的水利学家，征服了这里的姆大陆后裔，还修建了如此壮观的海底奇迹？而且除了他们之外，世界上还存在金木火土四个种族？"张进步问。

"这只是推测而已，不能当真。"我说。

"不，"伊豆大声说，"你们的推测都是真的。"

第五十九章
五德

◄ ‖‖‖‖‖‖‖‖‖‖‖‖‖‖ ►

"因为这些都被刻在墙上。"伊豆说，"你还记得壁画上的黑龙吗？"

"嗯，不只黑龙，还有好几条。"尚锦乡回答。

"那你一定还记得《封禅书》里秦孝公和黑龙的故事。"伊豆说。

这会儿我才想起，伊豆既然是尚锦乡的同学，那她应该也是学历史的才对。只是没想到这么一个纨绔子弟，竟然对中国历史比我们知道的还多。

尚锦乡露出恍然的表情，兴奋地说："实在不好意思，这几天脑子一直高强度运转，很多事都想不起来。《封禅书》和《汉书》中都有记载，秦孝公打猎时，得到一条黑龙，从此就得到了水德的庇护。战国时期，阴阳家邹衍发明了五德之说，宣扬朝代更迭会按照土、木、金、火、水依次相胜，又按照始于土、终于水、徙于土的往复而周期循环，周而复始控制着王朝的兴衰更迭，黑属水，秦朝尚黑，青属木，白属金，赤属火，黄属土……五德的说法一直到清朝都还存在。"

"想不到竟然这么复杂，只是不知道属于迷信还是牵强附会。"张进步不在意地说，"历史书上说了，这都是古代统治者为自己的政权稳定找的理由，这玩意儿你们也信，还是历史学家呢……"

"张先生的说法跟大多数历史学家类似，但我们不妨换个思路，假如金木水火土，并不是什么天命，而是某种技术呢？"伊豆反问。

"什么意思？"我问。

"《左传》里说，天生五材，民并用之，废一不可。对于古人来说，金木水火土只是五种材料，关键在于一个字——用。如何用？抛开玄学来说，即使是现代的科学技术，也只是对这五材进行利用而已。"

"这么说当然没错，但是我并不认为古人对材料的应用，会比现代人更厉害。"张进步不认可道。

"也许，但也不能这么肯定。按照壁画上的说法，五条龙并不是从天而降的，而是可以追溯到轩辕黄帝甚至更久远，轩辕黄帝本人，就是土德的代表。"

眼看张进步又要和伊豆抬杠，我赶紧插话："那可不可以这么认为，上古时期，有五个部落，各自掌握了一种科学技术，比如黄帝部落掌握了应用土的技术，炎帝部落掌握了应用火的技术，其他三种技术也各有不同部落掌握，各个部落，各有传承，有些年这家兴旺，有些年那家兴旺，后来有人据此发明了五德循环的说法。到秦的时候，水德兴盛，帮助秦始皇统一了中国。"

"那为什么徐福又要带着人离开，导致秦朝只传了两代就灭亡呢？"张进步问。

"我知道了！"尚锦乡大叫，"壁画交代得很明白，秦始皇统一六国，并非水德一家的功劳，而是五德联手的后果。"

我也想起壁画里那场战争，天上飞的，地里钻的，水里游的，各个兵种联合进攻，甚至还有空中轰炸，简直就是一场现代战争的简朴版本。

伊豆说："秦始皇在五德支持下，统一中国后，一定是对五德颇为忌讳，不想陷入天道循环，企图千秋万代一直统治下去，于是开始迫害五德，坑杀了五德传人，烧毁了相关的书籍……"

"焚书坑儒！"我和张进步喊道。

"是的，并不是坑儒，坑的是上古五个部落的传人。或许他们厌倦了春秋战国几百年的无义攻伐战，想凭借自己的能力消除战乱，想不到却给自己带来了灭顶之灾。正像壁画中所画的一样，五德剩余的人，各自遁世。而徐福以寻找长生不老药为名，得到暂时的信任，并获得秦始皇支持，带船队出海，一去不返。"尚锦乡兴奋地从地上蹦起来。

"这么说来，秦始皇陵的修建应该也是五德人干的，所以才和徐福墓如此相似。"我也被尚锦乡的情绪感染了，由徐福墓想到了秦始皇墓。

"可能还不止。"伊豆说，"万里长城、阿房宫和秦直道这些大工程，应该也是五德中土德的人主持修建的。所以当他们修完始皇陵后，才被封杀在坑内陪葬……"

脑洞打开后，话题越来越广泛。此前零碎的片段，被一点点粘合起来，眼前似乎出现了一个漫长的历史背后的图景。

我想起尚邦说，我奶奶当年去中国就是为了寻找复国的力量，现在看来，应该是去寻找五德其他的人，可是她又是怎么知道这些纷繁复杂的历史呢？

此时天色渐渐亮了起来，我们竟然整整聊了一夜，而且并没有疲倦感。也许这就是绝望之后、无望的力量吧。

"看，那是什么？"张进步大喊一声。

我们抬头一看，大殿距离穹顶还很远，但似乎已经不再上升了。

穹顶中央，有一个巨大的发光圆环，就像日食，却比日食大得多，而且外围多了一圈强光。

"我们快到海面了吗？"尚锦乡问。

没有人回答，大家都被那个越来越亮的光环吸引。那是一个绝对的圆形光圈，镶嵌在天上。如此美丽，难以言喻。

它的光芒越来越亮，刺痛了我们的眼睛，可是没有人垂下头，或者闭上眼，就像这是我们最后一次看到光明。

不知道过了多久，就在我已经完全忘记了饥渴，神情即将涣散之时，耳边传来清脆悦耳的天籁之声——

"爸爸——"

恍惚之间，我看见水面上，一大群鲸鱼缓缓朝大殿游过来，没有激起波浪。

领头的大鲸背上，站着两个人。

其中一人，身着粗布长袍，背着双手，面无表情。

而另一个，竟然是尚儒！

我强忍着没有让自己晕过去，我希望这不是死前的幻觉。

我已经忘了，自己如何爬到高大的鲸鱼背上，但我终生都不会忘记，自己是如何走进鲸鱼的身体里。

这只鲸鱼比旁边的鲸鱼至少大上一倍，长度少说也有五十米，它的表皮伤痕累累，就像是被科学怪人解剖后又缝合。

除此之外，它的头部有一个巨大的瘤子，就像一个驾驶舱，散发着幽幽的蓝光。

这只大鲸，我曾经见过两次。第一次是我们乘游艇从鹿儿岛到冲绳的海上，但那次只是惊魂一瞥。第二次就是我们乘坐石室，从海底遗迹沿着海底潜流漂到徐福墓的路上。那时我看到鲸鱼头顶发着蓝光的瘤子里，有一个隐约的人影。

等我们全都爬上鲸鱼背后，那个穿长衫的人一脸警惕地看着我们，尤其是伊豆。但我们又饥又渴，根本没有精力在乎这些，尤其是张进步一直在用沙哑的嗓子喊饿。

看我们这个样子，尚儒也来不及说什么，只是简单问候了一下，轻声向那个长衫人说了几句话。那人看着我，微微点了点头。虽然我头昏脑涨，但中国人的礼貌不能丢。

"你好，我叫马龙。"我向他伸出手去。

他看了看我的手，没说话，转身走开，把我晾在一旁。

尚儒笑了笑说："走吧，先吃点东西，休息好再说。"

尚儒跟在长衫人身后，我们跟在尚儒后面，怀着一肚子的疑问，摇摇晃晃，朝着鲸鱼的尾部走去。很快，我们就看见鲸鱼背上有一个椭圆形的洞口，长衫人先走进去，看着像是鲸鱼肚子里有楼梯一样。

尚儒对我们说："小心点儿，进去别乱动。"

他自己也走进去，探出头来让尚锦乡进去，接着是伊豆和张进步，我紧跟在后面。

我刚一进去，就听见顶上咔嚓一声，洞口被什么东西盖上了，眼前一片漆黑。

"哎，怎么回事？"我听见张进步在喊。

我感觉自己踩在一个梯子上，脚底却传来柔软的感觉，就像是踩着厚厚的地毯一般。因为眼前什么都看不见，大家只好摸黑往下走，大概下了半层楼的高度，楼梯消失，感觉已经到底了。这时听见"咔"一声，眼前突然出现一道门，是竖起来的椭圆形，里面透出明亮的白光。

长衫人率先进入，我们跟着他陆续进到里面。

这是一个像船舱一样的房间，形状有一种奇异的流线感，眼前所有的颜色都是灰黑色，表面光滑却不泛光，和洞穴里那艘铜车马形状的船的材质非常接近。房间中间一个圆形台子和四把圆凳子，也是同一种材质，似乎和房间是一体的。

我迅速观察了整个房间，除了门以外，没有找到窗户，甚至没有找到缝隙。在房间顶上我再一次看到熟悉的五瓣水波花纹，发着温和的白光。曾经在海底见过那么大的世面，这样的场景已经无法给我内心带来太大的波动了。

尚儒让我们坐下来，并没有向我们介绍那个穿着长衫的人，而那人也一直不说话，站在旁边，默默地看着我们，从他脸上看不出任何表情。

他的年纪应该在五十岁左右，脸颊消瘦，皮肤有一种异样的苍白，似乎常年不见太阳。眼睛狭长，但炯炯有神，直直地看着我们，也不觉得尴尬。

张进步在我旁边压着声音说："我知道他是谁。"

"谁？"我问。

"尼摩船长。"他又说了一遍。

"谁？"我再次确认。

"尼摩船长啊，你没看过《海底两万里》吗？"张进步解释。

"我去——"我实在受不了这个货了，提高声音骂了一句。

张进步扑哧一声笑出来，我也忍不住跟着笑起来，两个人笑得前仰后合，其他几个人看着我们，像看两个神经病。

刚才诡异的严肃气氛，一下变得轻松起来。

"爸，你究竟去哪儿了？让我担心死了。"尚锦乡挽住尚儒的胳膊问。

尚儒微笑着说："说来话长，吃点东西再说。"

"舅姥爷说得对，赶紧让尼摩给我们弄点吃的，不要太丰盛，有炭烤海鲜就行，如果船上生火不方便，生蚝也可以。不过最好有酒，最好是夏布利酒……"张进步听见吃的，精神就来了。

不过长衫人似乎没有听到他说话，默默出去了。

等他一出门，我们赶紧围住尚儒。

"舅姥爷，这尼摩究竟是谁呀？"

"尼摩？"尚儒没听懂张进步的幽默。

"尼摩船长啊，就法国那个科幻小说《海底两万里》，驾驶着'鹦鹉螺'号潜艇在海底旅游的那个人。"张进步恨不得把小说讲一遍。

"他不叫尼摩，叫徐海。"尚儒说。

"徐海？是徐福的后人吗？"一直在旁边不说话的伊豆突然问。

尚儒点点头："是的，看来你们这几天收获不少。"

我们七嘴八舌，大致把这几天的经历给尚儒讲了一遍。奇怪的是，尚儒似乎也不太吃惊，就像是事先都知道一样。

我刚想问尚儒跟我们分开后的经历，门口影子一闪，长衫人徐海进来了。

"哇，太棒了，海哥您真是太客气了……"张进步猛然跳起来。

原来，徐海手里端着一个巨大的木盆，里面满满当当堆着张进步要吃的生蚝。

徐海不说话，咚一声把整盆生蚝放在圆台上，一股浓烈的海腥味顿时充满了整个房间。看我们坐着不动，他又随手不知道从哪里掏出一把黑漆漆的小刀，放在桌上，转身就向外走去。

"哎——"张进步喊，"送佛送到西，有没有柠檬？拿几个新鲜的。"

徐海在门口顿一顿，没回头，很快消失在门外的黑暗中。

"没有就没有，装这么高冷干吗？"张进步一边嘀咕，一边就伸手拿了一个大生蚝。

这些生蚝个头很大，外壳看着黑乎乎的，比我们平常吃的颜色深得多。不过对于我们这些饿坏了的人来说，别说是生蚝，就算是生菜，也是绝世美味。

在场的除了尚儒，都算是生死之交，也不需要各种谦让，大家七手八脚、毫不客气地开动了。

接下来的半个小时，房间里除了吸溜声和咂嘴声，再也没有其他声响。就连矜持的伊豆，也顾不得吃相，跟张进步争抢小刀。

尚儒看着我们，也不说话，出去提来一壶大麦茶和几个杯子，给我们倒上。

终于，随着张进步一个长长的饱嗝，生蚝盛宴结束了。我不怕丢人地说，这是我人生中第一次纯粹靠生蚝吃饱，相信其他人也差不多。张进步吃得直翻白眼，摸着肚子，辅助消化。

"船上没有其他的食物，你们就凑合一下，到地方再吃吧。"尚儒又把我们的茶杯加满。

这时候，我才感觉到船身微微震动，应该是正在行进中。

"爸，我们现在去哪儿？"尚锦乡站起来，挺着肚子，一边活动身体，一边问。

"到了你们就知道了，现在先去睡一会儿吧。"

第六十章
同舟危时避秦客

◀ ‖‖‖‖‖‖‖‖‖‖‖‖‖‖ ▶

黑暗中，我被一阵火车的鸣叫声惊醒。

我睁开眼，梦里不知身是客，过了大半天，才渐渐清醒，这时才想起自己不在什么火车里，而是在大鲸鱼的肚子里。耳边此起彼伏的"火车鸣叫"，只是张进步在打鼾而已。

这一觉不知道睡了多久，反正感觉把几天欠的觉都补回来了。但醒来归醒来，我还是一动也不想动，如果身边要是没有一个火车头，我宁愿就这么一直躺下去。

我躺了一会儿，被鼾声震得耳鸣，只能坐起来，看旁边的张进步睡得正香，一时半会儿醒不来，就干擦了把脸，从榻榻米上爬下来。

房间外面是一条狭窄的走廊，走廊两边有好几道紧闭的门。这会儿我想起来了，吃完生蚝后，尚儒带着我们来到这里，各自选了房间。所以尚锦乡和伊豆，应该就在这些门里面睡觉，不知道她们起来没。

我沿着走廊走到尽头，又是一道门，轻轻一拉就开了。门里面是一个五边形的房间，尚儒正坐在一把椅子上，在一个笔记本上写着什么。

也许是他太入神，并没有发现我进来。我只好轻轻地咳嗽了一声，他抬头看见我，笑着说："醒了？休息得怎么样？"

"好极了，我睡了多长时间？"我说道。

"没多久，四五个小时吧。"尚儒说。

才四五个小时，我以为把一天睡过去了。

"来，过来喝茶。"他唤我过去

我走过去，在他旁边坐下来，他起身给我拿了一个杯子，倒上茶递给我。

杯子不是瓷器，像是竹子做的，入手却很沉。

"怎么样？这一趟没失望吧。"尚儒问道。

我苦笑着摇摇头，说："九死一生啊，要不是您及时赶来，我估计就葬身大海了。"

尚儒听我这么说，哈哈大笑说："是不是怪我来得太迟了？"

"哪有，主要是您一直没有消息，锦乡和我们都很担心。"

尚儒敛住笑容，长叹一声，缓缓说道："漾舟雪浪映花颜，徐福携将竟不还。同舟危时避秦客，此行何似武陵滩。"

见我不说话，他问："以前听过这首诗吗？"

我摇摇头说："我是个理工男，学鱼雷的，在诗词歌赋方面知道甚少。"

尚儒喝了一口茶，说："这是唐朝诗人汪遵的一首咏古诗，说的是传说中徐福东渡的事。历史上对徐福东渡一直有很多种说法，主流的说法是徐福为秦始皇寻找长生不老药未果，不敢回去，躲藏在海外岛上。也有说法是徐福为避秦乱，以长生为名，带族人远走东瀛，得平原广泽，自立为王，号神武天皇。当然还有其他种种说法，说徐福并没有来到日本，而是去了美洲，因为徐福出海的时代和玛雅文明的兴起刚好是同一时期。汪遵这首诗里表达的就是第二种说法，避秦难，也不知道是他掌握了什么资料，还是歪打正着，反正说对了。你们在徐福陵墓中看到的那些壁画，也证实了这一点。"

"是啊，虽然很多东西都是我们的猜测，但大体应该就是如此。"我说道。

尚儒又说："其实日本对徐福的研究比中国更多，毕竟日本掌握了很多的一手材料。如果你了解日本历史，就应该知道日本虽然经过多次幕府更迭，却一直没有像中国那样改朝换代，跟徐福有很大的关系。历代天皇都是徐福的嫡系子孙，虽然近代中日多次交恶，但日本皇室一直没有否认自己的先祖就是徐福。只是事关政治，很多资料只能秘不示人，而且在日本存留的文献中，徐福这个名字被故意隐匿了。"

我问："那么尚邦老先生说到关于徐福后来南下琉球的事，是可信的吗？"

尚儒点点头："琉球和日本还不一样。日本算是徐福亲自建立的国家，但琉球是徐福的子孙，甚至可能是徐福身边人的子孙后人建的国。当时徐福并没有把琉球当作一个国家，而是当成一个海外避世的场所，只不过后来他发现了更为理想的去处。"

我犹豫了一下，说出我的疑惑："我粗浅的理解：我认为徐福东渡日本，再到琉球，后来再找到海底遗址，并不是偶然的。我和锦乡、伊豆他们也分析过，长生药并不是徐福在海上找到的，而是他很早就获得了药方，出海只是找一个契机，甚至说是找一个药引子。所以，我们推断，他事先就知道海上有什么，而不是根据虚无缥缈的传说，盲目出海。"

尚儒听着我的话，脸上露出一阵惊喜。

"后生可畏，后生可畏啊，想不到仅仅凭借那些壁画，你们就能联想到这么多，而且判断得如此准确。"

"您这么说，看来您已经知道了。"

尚儒神秘一笑："我先不说，自有人告诉你们。"

既然他这么说，我就不要再追问下去，换个话题继续问。

"徐海真的是徐福的后人吗？"

"是的，千真万确。不过他还有一个称号，叫牧鲸人。"

"牧鲸人？"

"对，你见过他几次，不觉得他像一个在海上放牧鲸鱼的人吗？"

"我还有一个问题，难道跟随徐福出海的后人，现在只剩他一个了吗？"

尚儒摇摇头，说："不是，虽然人数不多，但绝不止他一人。"

"那他们现在在哪里呢？"

"我也不知道，不过他说会让我们见到的。"

我们正聊得热火，尚锦乡和伊豆前后脚走进来，看起来她们恢复得也差不多了。

"我刚才做梦，梦见我们还在海底被兔子追呢。"尚锦乡伸着懒腰说。

"难怪你刚才一直在喊马龙的名字。"伊豆自己倒了杯茶，一口喝下。

"有吗？"尚锦乡坐在尚儒椅子的扶手上，抱住尚儒的肩膀。

伊豆说："我正睡得香，听见你喊，以为马龙又出什么事了，一下惊醒，才知道你在说梦话。"

尚锦乡不好意思地笑了笑，说："爸，你说说这几天你究竟去哪儿了？怎么会跑到鲸鱼肚子里来？"

尚儒说："这可不是什么鲸鱼肚子，这是琅琊鲛舟。当初徐福初出海时，在海上遇到巨鲛，命令射杀后，经百工高超技艺，花了三十年方才造成，横行东海之上。当然这已经不是当初那艘，不过就算是这艘，至少也有百年了。"

原来我们躲避黑衣人追杀，想前往火山岛躲避时，就已经惊动了牧鲸人，所以他先招来鬼火水母，后制造海水陷阱，想阻止我们前往火山岛，可是并未成功。

等我们上了火山岛上触动了召唤程序，他也无法阻止，但在关键时候，还是救了尚儒。

"原来我在火山岛上看到他不是幻觉呀。"张进步惊呼道。

牧鲸人在这片海域生活了很久，知道尚儒与其父亲之前多次来过火山岛，也知道尚儒的身份，但因为之前他们没有钥匙，无法触动召唤神兵的程序，所以他以前从未露过面。

这次出乎他的意料，既定召唤程序竟然启动了，说明琉球王室世子一脉来了人。牧鲸人思量后，决定现身，把事情的缘由说清楚，从此以后远遁汪洋，与此再无牵挂。

他选择救了年纪最大的尚儒，把几百年来的事全告诉了他。尚儒这才明白，为什么几百年来，神兵不再露面，导致琉球灭国。

自此尚儒知道复国无望，也就断绝了念想。不过，他请求牧鲸人把我们几个救出来。但是牧鲸人说，他们已经几百年没有进过海底遗迹，也不打算再回去。如果我们运气好，能找到中转站，也就是那个最大石兔子雕像的洞穴，乘坐运输器出来，那么他可以保证我们不会死。但是如果我们脑子不够好，饿死渴死，或者被食肉兔吃掉，那他也就没办法了。

幸好我们几个人的脑子还不算笨，几经波折找到了出路。从石室进入海水中开始，牧鲸人就一直在我们左右。刚开始，他其实不想让我们进徐福陵墓，试图在半路拦截，可是星辰运转，非人力所能阻挡，他只能眼睁睁地看着我们进去了，这才造成后来的一切。

不过，尚儒说，即便我们毁掉了徐福陵墓，牧鲸人也没有怪我们。反而据他自己说，这是天道运转的规律，对他们是一种解脱。至于解脱什么，尚儒也不知道。

"马龙，我们现在这是去哪儿啊？"张进步人还没进来，嚷嚷的声音已经传了进来。

他睡眼惺忪，看上去还没有完全醒过来。

尚儒看见张进步，就站起来说："既然大家都醒了，我们就出去看看。这也是牧鲸人吩咐过的。"

我们跟着尚儒，在鲸鱼肚子里左转右转。期间我们提出想参观一下这条琅琊鲛舟的内部，但是被尚儒拒绝了，他说未经牧鲸人允许，擅自行动，可能引起不必要的误会。既然他这么说，我们也就不好坚持，只能遗憾地跟着他，沿着爬梯，爬到鲸鱼背上。

刚一出来，我们就被眼前的景色震惊了。此时这艘鲸鱼形状的琅琊鲛舟已经停止航行，海面上，碧波万顷，一望无际。牧鲸人站立在大鲸的头上，长衫在海风的吹拂下，猎猎作响。

虽然他还是面无表情，可是似乎看着心情不错。

我们还没有说话，他就主动开口："各位休息得可好？"

"好，太好了，很久没睡过这么舒坦的觉了。"张进步抢着说，"海哥，这是哪儿啊？"

牧鲸人对张进步如此称呼自己，感觉很新奇，他的神色微微一动："你看呢？"

"这里似乎是海上吧……这不废话嘛！"张进步一开口，随即就否定了自己，但他马上又说，"这里应该距离徐福老祖的陵墓不远。"

"哦？何以见得？"牧鲸人问。

张进步嘿嘿一笑："如果我没猜错，我们这艘神舟的下面就应该是陵墓所在地。"

牧鲸人没说话，但也没有否认。

只见他掏出一根透明的短笛，放在嘴边轻轻一吹，笛声清脆而悠扬，但似乎没有什么旋律。吹完之后，就收起了短笛，静静矗立，似乎在等待什么。

我们面面相觑，尚儒摇摇头，意思是让我们不要着急。

片刻之后，不知道从何处，传来一阵呜呜的响声，既像是鸽哨声，又像是海风吹响了海螺。这时平静的海面有了动静，荡漾的微波，似乎被音波搅动，出现了细密的有规律的纹理。脚下的琅琊鲛舟，随着海水的起伏，开始"游动"起来。

因为我天生会游泳，从来不怕水，尚儒、尚锦乡和伊豆都在海边长大，也很适应，只有张进步，他平常天不怕地不怕，此刻竟然双腿发颤，一屁股坐下来。幸好鲸背够宽大平整，只要坐下来，不看海水，也就好多了。

琅琊鲛舟并没有朝着一个方向前行，而是在海面上转起了大圈，画起了"8"字。牧鲸人站在船头，就像一座雕塑般，纹丝不动。

慢慢地，我们注意到，鲸鱼并不是在原地画圈，而是沿着某种看不清的轨道在前进，速度并不慢，可是丝毫没有颠簸感。

大约行驶了二十多分钟，一座岛屿凭空出现在我们前方。远远望去，岛上郁郁葱葱，姹紫嫣红，仿佛一处海上的世外桃源。

尚锦乡走到我身边，轻声说："你看那个岛，像不像一艘船？"

"船？"我仔细观察了一会儿，没发现什么异样，明明就是一个岛。

"它在动。"尚锦乡又说。

"你这是眼睛的幻觉，那是海水在动。"我笑着说，"这个世界上还没有人能造这么大一艘船。"

"也许吧。"尚锦乡不再说话。

虽然琅琊鲛舟距离岛屿直线距离最多五公里，可是却迟迟不驶过去，而是一直围着它绕圈。我心想，会不会是牧鲸人在考虑要不要把我们带到岛上去。

我听见伊豆对尚锦乡说："怪不得我们找不到人，原来他们不住在海底。"

我刚想说话，突然发现海面上出现了异样。

那是一个个螺旋，不是水面螺旋，而是像有人在海底挖出的螺旋状槽沟，而琅琊鲛舟正是沿着那些槽沟螺旋行驶。

难道这是在浅海？我心想，但随即就否定了自己。举目四望，几十里内除了那个岛，再无陆地。如果不是浅海，那么应该是海底山脉。

第六十一章
此行何似武陵滩

鲸鱼背上的所有人都发现了这个奇景，发出惊叹。就连张进步也忍不住好奇，站起来盯着海里。

"这也太牛了——"张进步说道。

很多时候，面对看到的一切，你会觉得语言是无力的。

这几天经历的事，比我前三十年的总和还要复杂得多，一而再、再而三的震撼，基本已经让我麻木了。可是眼前这种大手笔，还是让人瞠目结舌。

就连尚儒也在旁边一直感慨："真是不可思议。"

张进步说："你们发现没，这个玩意儿，是个大阵哪。"

"什么是阵？"伊豆问。

"阵就是……怎么给你说呢，这是中华文明神秘而强大的文化，就是古代的军队打仗的时候要排兵布阵，什么一字长蛇阵、二龙出水阵、九宫八卦阵，最牛的是封神榜里的诛仙大阵，是鸿蒙开辟以来，天地间第一杀阵，就算是神仙进去也得灰飞烟灭。不过有些阵法是用来困人的，武侠小说里有些阵法高手，用落叶飞花都能布阵，你知道黄药师吧，在桃花岛上用桃树布阵，再牛的高手都进不去，进去出不来……"恢复精力的张进步同时也恢复了话痨的本质。不过这些话题对于伊豆和尚锦乡来说，应该算是新鲜事儿，竟然真被张进步唬得一愣一愣的。

不过虽然他热爱胡喷，这次还真有可能歪打正着了。只看琅琊鲛舟的航行轨迹就能看出，这海底的轨道绝非天然形成，而是经过高人精密部署的。如果不按照轨道航行，非常有可能搁浅，甚至触礁。

随着琅琊鲛舟沿着轨道一圈一圈地转，岛屿也距离我们越来越近。

张进步说："马龙，你发现了吧？"

我问："什么？"

"这阵是按照吊坠上那个图布置的。"他说。

其实我也注意到了，琅琊鲛舟航行的轨道，刚好是五瓣水波纹的螺旋花纹，而小岛位于五瓣的中心——花蕊的位置。

"哎，你们看那是什么？"尚锦乡在旁边大喊。

我顺她着的目光往海里看去，心里一惊。

在轨道深处，海底山脉的沟壑里，竟然有大量海底沉船。再细看，不只是舰船，还有飞机，看样式，都是电视上二战电影里那种老式轰炸机，它们大都还完整，似乎不是被炸毁的。

越靠近岛屿，舰船和飞机的残骸越多，在一些海水较浅的位置，还能隐隐约约看到上面的字迹，有字母，有数字，还有日文。不过我们并不是军事迷，对这些飞机和舰船并不认识。但根据这个场面看，至少有二三十艘舰船和几十架飞机，沉没在此处。

"舅姥爷，你知道这是怎么回事吗？"张进步问尚儒。

尚儒摇摇头："不知道。"

"哎，伊豆，你家不是打捞沉船的吗，你看这些有没有打捞价值？"

伊豆说："我家打捞的都是有价值的商船，军舰和飞机一旦沉没，就相当于废铁，何况还过了这么久，当金属处理，可能价值还抵不上打捞费用。"

"哦，那就算了。哎，你家这么些年，有没有捞到什么价值连城的东西，比如北京人头骨什么的？"

"很抱歉，我对家族这方面的生意很少参与，所以……"

"早知道你会这么说，我都忘了，你家不是正经生意人，只是挂着羊肉头卖狗肉罢了。"

伊豆说："也不能这么说，生意是真的生意。不过，打捞海底沉船的同时，如果再能找到别的东西，我们也非常愿意。"

张进步说："那你猜猜，这儿为什么会有这么多沉船和飞机？"

伊豆沉吟道："其实也不难判断，七十多年前，这里一定发生过非常惨烈的战斗，可能这种战斗还不止一次，最终来犯者全军覆没。"

"你的意思是这些飞机军舰是被他们打败的？"张进步抬手指着牧鲸人。

伊豆说："看上去应该是这样。"

"一定是的，"尚锦乡也说，"二战中后期，一直到二战结束后，日军都曾派出军舰出海寻找琉球神兵，全都有去无回，应该是全都折在了这里。"

"相关方面的事，我了解的并不多，但锦乡说的这些事，的确是有的，只不过文件还没有解密，我回去后可以想办法调查。"伊豆说。

说话间，琅琊鲛舟已经靠近了小岛。

这时候我想起尚锦乡说，这个小岛像艘船，当时我觉得不像，但越靠近越觉得她说的有道理。倒不是看着摇晃，而是它的外形，离近了看，就像一艘漂在海上的船。

郁郁葱葱的花木紧紧把小岛包裹成一个五彩斑斓的球，但仔细看，在小岛靠近水面的地方，似乎被人整修过——石岩平整，透过清澈的海水往下看，能清楚地看到水面以下的小岛收缩了，也就是说这个岛屿是上面大，下面小。

"我知道了！"张进步狂叫道，"马龙，你还记得我们在徐福墓里看到的那个光圈吗？"

"怎么了？"我问他。

"就是这里呀，你看海里。"他指着海里说。

沿着岛屿边缘看下去，在深度不会超过十米的海底，能看到一片与别的地方泾渭分明的区域，就像是岩石被高温玻璃化，向各个方向反射着五颜六色的光。

从我们的角度看下去，这片区域呈弧状，不过根据它的弧度来算，它应该是围着海岛绕了一圈。联系到此岛是船的想法，那这片区域应该是这艘"岛船"的专享泊位。

突然，琅琊鲛舟猛然向下一沉，引来一阵尖叫。牧鲸人徐海回头说："不用担心，我们到家了。"

如今的琅琊鲛舟只剩下鱼背露出水面，它朝着海岛的方向，丝毫不减速地向岩壁"撞"上去。但很快我们就发现，岩壁上有一个不太大的洞口，刚好够琅琊鲛舟载着我们穿过，不过看着水面下应该有更大的空间，才能供它穿行。

山洞不大，干燥而洁净，洞壁的光滑度，看上去就像是贴了灰色的瓷砖，但我们都知道这是不可能的。

最关键的是，这里有人！

岸上有五六个人，正在搬运东西，看到琅琊鲛舟，纷纷放下手里的东西，笑着迎上前来。看见我们，他们脸上先是惊讶，但马上就恢复了笑容。

"天池，我们这里好久都没有来客人了。"一位渔民打扮的长须长者声如洪钟，冲着徐海喊道。

"是啊，博老，身子骨还好吧？"徐海也问候着他。

"好得不得了，这不，我刚带着孩子们采珠回来。"长者笑着说。

"您怎么还下海啊？我不是跟您说过吗，七八十岁的人，不要再跟年轻人较劲儿了。"

两个人且说着，鲛舟已经靠岸，我们跟着徐海从鲸鱼背上跳下来。

"天池，这些就是你说的那些孩子吧？"长者问。

"对，博老，我来给您介绍一下。"

"这位就是琉球尚氏王族的子孙，这是他的女儿。"徐海指着尚儒父女向博老介绍道。

"好，好啊。"博老一脸笑容，慈祥地看着尚氏父女，就像看着自己的后辈。

徐海又指着伊豆说："这是福祖留在平原广泽的嫡系后人。"

"哦？"博老转头看着伊豆，脸色有些诧异。

"博老您好，我叫福原真，代表福原家族向您问好。"

这时我才知道伊豆的原名竟然是福原真。

"原来是福原家的丫头，你爷爷还在吗？"

"祖父已于八年前仙逝了，博老跟他老人家有过来往吗？"

博老脸色一沉，昂首说："来往谈不上，五十多年前，我跟他见过一次，该说的话都说过了，他这人虽然野心勃勃，但还算信守承诺。算了，过去的事就不说了，来者都是客。"

博老又转头看着我和张进步问："这两位小友，看面相不像是东瀛人。"

"他们是从秦地过来的。"徐海说。

"秦地？哈哈哈，那也算是故人了。老夫明博，是秦大夫百里奚之后，不知道两位是哪族后人？"长者看向我和张进步。

我和张进步互相看了一眼，赶紧说："博老，我叫马龙，我奶奶是尚氏后人。他叫张进步，是我的朋友，跟我一起来的。"

博老摇摇头，笑着说："小友既然不愿意多说，我自然不当多问。"说罢，他哈哈大笑，看我们的眼神里多了些什么东西。

我心里觉得莫名其妙，看上去博老似乎不相信我刚说的话。我的身份大家都清楚，难道张进步祖上也是什么名门望族？

博老没有在这件事上纠缠，转头对徐海说："天池，这里不是说话的地方，既然有客远来，自然应设酒款待。我先去准备，你带客人们在岛上看看。"

"好的，麻烦博老。"徐海对博老非常客气。

博老爽朗一笑，不再言语，转身离开，经过我和张进步身边时，停顿了一下。

"两位小友远道而来，一定要和老夫痛饮几杯。"他说。

我和张进步连连答应。

送走博老，徐海告诉我们，博老是前任族长，一生经历非凡，有什么不明白的，一会儿可以向博老请教。

我总觉得博老对我和张进步的态度，和其他人不一样，不知道是不是因为我们是中国人的缘故。张进步应该也有类似的感觉，但旁边有人，也不好多说。

我们沿着一条狭窄的石阶向上攀行，一路无话。

石阶尽头，是一扇石门，石门两旁的墙壁上，刻画着一些精美的兽纹，看上去年代并不久。徐海在墙壁上虚按了两下，轰一声，石门打开，豁然开朗。

"哇，好漂亮的地方。"尚锦乡感慨道。

石门之外，竟然是一片绚烂的桃林。如今已是8月，并非桃花开放的季节，可是这里的桃花竟一点没有衰败。走在桃花林里，微风拂来，粉红花瓣如雨，淋了我们一头一脸。

"海哥，这里就是黄药师的桃花岛吧？"张进步大惊小怪。

徐海说："此岛名为浴月。"

"浴月？莫非是取自常羲浴月之说？"尚儒问道。

徐海说："正是。东南海之外，甘水之间，有羲和之国，有女子方浴月，帝俊妻常羲，生月十有二，此始浴之。"

"常羲为东西二母之西母，为月亮神，有不死神药，传说中后羿之妻嫦娥所服用的不死药就是西母所赐，可是传说中西王母，不是在西方昆仑山吗？"尚儒追问。

徐海呵呵一笑："古来谬论多矣，不足为凭，历经千万年，沧海桑田巨变，何况人世。"

看来徐海并不愿意就此深谈，也许涉及很多机密的事，也不好追问，我们只能感慨着眼前的美景，跟着徐海往前走。

桃林少说有三五里，穿过桃林，又一幅田园画卷展示在我们面前。

虽然是在岛上，但一眼望去，竟有无边无垠的感觉。土地平旷，屋舍俨然，似有万亩良田，阡陌交通，田间有农人在劳作，一派怡然自乐的美好风光。

仔细看，那些阡陌并非田间土路，而是一条条水道，一米多宽，流水潺潺。水道里，不时有农人骑着"自行车"穿行而过。

"这又是什么高科技？"张进步问。

徐海不说话，拿出短笛轻轻一吹，没过多久，远处的竹林里出来三个人，骑着"自行车"不一会儿就到了我们面前。

这时候我们看清楚了，那是一种木质的机械装置，有点像以前那种拉人的人力三轮车，但只有后面的座位，能并排坐两个人。轮子有一尺宽，不知道是什么材质的，漂在水上，不会下沉。看那些人的操作，反而有点儿像景区里面那种鸭子船，坐在座位上，双脚轻蹬，就会前行。

那三个年轻人从车上下来，他们都身材魁梧，面容英俊，天然带着微微的笑意，让人忍不住有好感。

"徐海叔叔，您什么时候回来的？"一个穿着青色麻布衣的年轻人大声说。

徐海说："伐檀，我没在的时候，大家还好吗？"

"您放心吧，都挺好的，不过有一件好事要告诉您。"

"好事？莫非是绿衣的孩子出生了？"

"徐海叔，您真是神仙哪，这都能猜到。"旁边另一个黑衣年轻人笑着说。

徐海说："你们先回去帮博老的忙吧，一会儿我要招待客人，你们要陪客人喝酒。"

"好嘞，徐海叔，那我们先去了。"黑衣年轻人应道。

"嗯。"徐海点点头。

三个年轻人没有上车，而是沿着田垄大步朝房舍那边去了。

徐海说："几位上车吧。"

徐海和尚儒在前面，伊豆和尚锦乡跟在后面，我和张进步断后，六个人，三辆车，沿着水道，穿行在田野里，如在画中巡游一般。

第六十二章
海客谈瀛洲

◄ ‖‖‖‖‖‖‖‖‖‖‖‖‖‖‖‖ ►

没想到这个小小的岛屿，竟然别有洞天。整个岛上，找不到任何工业社会的痕迹，可是并非前农业社会的刀耕火种，在某种程度来说，这些海上的移民也已实现了"自动化"。

以我们骑的"自行车"为例，它看似需要使用人力，但并不费力，至少没有景区的鸭子船费力。我只要把脚放在踏板上，几乎不需要使劲，单凭腿脚的重力，就能驱动。

我们轻快地穿过一片片农田，不同区域栽种着各式各样的农作物，大面积的水稻田，怒放的油菜花，葱郁的甘蔗林，还有形形色色的蔬菜。

每走一段就能遇到一个巨大的木质水车，悠悠地旋转。偶尔遇到同样骑着车的人，远远就打着招呼，对我们这些陌生人的到来，似乎毫不惊异。

农田的尽头是一大片果林，金黄灿烂的橙子，饱满圆润的柚子，鲜嫩水灵的番石榴，鹅黄嫩绿的阳桃，……看得张进步嘴里一直吸溜。

"老马呀，你知道现在我脑子里在想什么？"张进步对我的称呼一天三变。

"想吃橘子呗。"我打趣道。

"不止，这里让我想到了云南和缅甸，你知道那地方也是水果的天堂，每天我的办公室都会放着几十种最新鲜的水果，只要我想吃，就有美女给我剥好，喂到嘴边。"

张进步长叹一声："唉，我那时候真是身在福中不知福，回到北方以后，才真是怀念南方，那大木瓜，那大芒果，那大榴梿哪，哎，这里这么多水果，怎么没有榴梿啊？"

"榴梿又不是每个人都喜欢，属于小众水果。"我说。

"也是，我有一年回家，给我爸妈带了两颗大榴梿，一进门去撒尿，出来就被我妈扔大门外了，我赶紧跑出去捡，发现被邻居扔到猪圈里去了。"张进步又贫嘴道。

我们俩一阵狂笑，引得尚锦乡和伊豆频频回头。

"老三，你记得伊豆说，咱俩从西安出门就被人跟踪了，你说是什么人呢？"我问张进步。

"这我哪知道，没准是跟你追债的，怕你跑了，跟着你，被伊豆的人误杀了吧。"他说。

"扯淡，除了你，谁会干这么无聊的事。"我说。

"哎，以前你家不是进贼了吗？你说会不会就是他们哪？"张进步问。

"贼跟着我干什么？"我反问他。

"不怕贼偷，就怕贼惦记。这不是普通的贼，肯定是到你家偷什么东西去了，没找到，发现东西在你身上，就偷偷跟着你，找机会下手。"他分析道。

张进步这么一说，我倒觉得很有可能，可是我身上有什么东西值得贼惦记呢？

吊坠？！"对呀老三，你说贼是不是惦记上我这个吊坠了？"我突然想到。

"我觉得可能性不大吧，那玩意儿扔大街上都不一定有人捡，再说，也没人知道你有这玩意儿啊！"张进步也疑惑道。

"谁说不知道，伊豆他们就知道。"

"那会不会是伊豆她老子派的人去的？"

"不可能，人不是被小泽杀了吗。"

"她说杀了就杀了？这女娃嘴里没实话，要不是我揭发她，她会自己说吗？"

我看着前面车上伊豆和尚锦乡谈笑风生，心情似乎很不错。

参观活动进行了一个多小时，眼看着天边日斜，晚霞在海上焚烧。

"太阳真好啊——"张进步长长感慨一声。

"你这是怎么了？"我问他。

"没怎么，感觉好久都没看太阳了，还以为再也见不到了呢。"张进步的脸被晚霞照得红彤彤的。

天色渐晚，我们把水车停在岸边，跟着徐海朝村庄走去。

打眼望去，在一片山坡上，排列着至少几百间房子，房屋大都用石头和木头修建，地基和底层墙壁是切割整齐的石头，石头上面是紧密排列的圆木，房顶也是木质的，所有木质材料外层，都刷着一层清漆，摸上去却十分坚硬，有玻璃的质感。

因为村子建在坡上，我们沿着石板路一路向上，不时有村民和孩子从自家院子走出来，跟我们打招呼，他们脸上的纯真和温暖，感觉很久都没有见过了。

他们穿着整齐干净，既不是现代衣服，也不是徐海那种长衫，上衣有点像半襟，腰上扎着布腰带，裤子宽大，打着轻绑腿，穿着布鞋。他们的穿着五颜六色，并不是想象中那种朴素的性冷淡色。

沿着坡向上走，我们跟着徐海拐进了一处院子。院子里人声鼎沸，人们走来走去忙碌着，院子中间点着篝火，粗大的木柴发出噼里啪啦的声音。

篝火旁边，摆放着一张巨大的木桌，桌子周围，围着一圈木墩，看样子应该是凳子。

徐海招呼我们坐下，很快就有人端来热茶。

"这是海草茶，是我们在浅海采集的一种海草，经过炒制，可以代替茶叶。岛上的环境不适合种植茶树，只能靠海吃海。"徐海介绍。

我尝了一口，味道清香，丝毫没有海腥味。海草茶叶形状不像我们平常喝的任何一种茶，而是像发菜，纤细的绿丝漂在水里，杯底似乎还有一些小圆球，仔细看似乎还发着微微的光。

"咦，珍珠奶茶？"张进步惊异地问。

"海草有微微的咸味，这种珍珠有吸附味道的能力，两者简直是天生的搭配呀！"一个洪亮的声音从身后传来，回头一看，原来是博老。

博老换了一件灰色长袍，从屋子里出来。大家赶紧起身，宾主互相问候。

"各位远道而来，觉得我们这岛上如何？"博老问我们。

我们自然争先恐后地说好。

博老哈哈大笑说："请你们来长住，如何？"

这下轮到我们面面相觑，虽然此地美如天堂一般，没有任何人间纷扰，但我们这些在红尘中打滚的脏人，还真不习惯此处高浓度的含氧量。

只有尚儒说："能在如此天堂般美景长居，自然求之不得。"

博老说："好，如果你愿意留下，当然没问题，只是你舍得抛弃家业，来此度日吗？"

"我尚儒一生怀着复国大梦，为了寻求神兵相助，殚精竭虑，如若不是有幸遇到马龙，根本没有机会触及这些千百年来的前尘往事。虽不至于万念俱灰，然而终究是一生碌碌无为，经历此番再回去之后，已经丧失了活下去的动力，不如留在岛上，与沧海夕阳为伴，了却残生。"尚儒说。

博老轻轻一笑："客亦知夫水与月乎？逝者如斯，而未尝往也；盈虚者如彼，而卒莫消长也。盖将自其变者而观之，则天地曾不能以一瞬；自其不变者而观之，则物与我皆无尽也，而又何羡乎？且夫天地之间，物各有主，苟非吾之所有，虽一毫而莫取。惟江上之清风，与山间之明月，耳得之而为声，目遇之而成色，取之无禁，用之不竭，是造物者之无尽藏也，而吾与子之所共适。"

"苏东坡，前赤壁赋。"尚锦乡惊讶地问，"不好意思，你们不是秦以后就避世不出，怎么会知道苏东坡呢？"

徐海接过话说："这事说来话长，你们这一天也饿了，不如我们先让上酒菜，边吃东西边聊如何？"

张进步第一个赞成，大家也跟着纷纷附和。

宾主各自坐定后，徐海给旁边一个年轻人吩咐了一声，年轻人下去了。

只听得一阵嬉笑声，一排十来个年轻的男孩女孩，端着木盘，从屋子里出来。木盘里放着粗瓷的器皿，各色菜肴热气腾腾，香味扑鼻而来。

那些端菜的男孩女孩，一点也不拘谨，热情大方，随意地跟我们聊着天。往来几趟，不一会儿工夫，桌上已经摆满美酒菜肴。盛放菜肴的器皿不大，可是种类非常丰富。

徐海说："丫头们自己玩去吧，让小伙子留下陪客人饮酒。"

又是一阵嬉闹，女孩子们结伴出去了，几个男孩被留下来，坐在我们中间。

刚开始场面还略显拘谨，随着一杯杯烈酒下肚，气氛马上就变得热烈起来。除了徐海较为沉稳，就连博老被男孩们一鼓动，也和张进步拼起了酒。现场一片欢声笑语，众人的脸上被酒精和篝火染得通红。

酒过三巡，男孩们都被女孩子叫走了，说要去给我们摘水果。

张进步从自己贴身的兜里，掏出巴掌大一小块普洱茶，大着舌头说："博老，这次过来仓促，也没给您和海哥带礼物，这是我身上唯一能拿出手的东西了，九死一生才保存下来，几十年的老普洱了，由我亲自动手为大家冲泡一道好茶解酒，怎么样？"

徐海让人打来热水，拿来茶壶和碗。虽说不像我们平常喝工夫茶那么讲究，但比起我们在兔子洞里用水壶煮茶已经不知道好到哪里了。

茶一入口，我内心顿时沉静下来。这时候我才突然体会到，张进步为什么会一直夸这茶好，就连徐海和博老也是赞不绝口。

"小丫头，你不是奇怪我们为什么会知道苏东坡吗？"博老对尚锦乡说，"其实我们避世，只是逃避人世间的灾祸和劫难，当年福祖带人出海，避世是主要原因，其实还有别的缘故。"

"完成长生仪式是吗？"我问。

"是的，想不到你们已经连这些都知道了。不过这也没什么好隐瞒的。"博老惊异地说。

"据传，上古年间，金木水火土五族争斗不休，持续千年，厚土族轩辕黄帝继位后，立志要结束五族之间无意义的消耗。

"他先与炎火族神农在阪泉展开争斗，后双方达成谅解，结成同盟。

"冶金族九黎蚩尤原本为神农好友，以为神农被轩辕胁迫，起兵攻击厚土族。蚩尤麾下，冶金族能工巧匠无数，制造出大批钢筋铁骨的战争机器，所向披靡。开始轩辕黄帝节节败退，但最终在瑶水一族西母的支持下，在涿鹿大败蚩尤。

"之后，五族会谈，同意和平，并推举盟主，以五年为一届，按照土、木、金、火、水依次轮流当盟主。有背弃同盟者，其他四族群起而攻之。

"自此以后，五族轮流执政，天下太平。有好事者，根据流言蜚语，编造出五德天道轮转之说，后来风行于世间。

"殷商末期，五族辅助武王姬昌战胜了纣王，天下归周，四海升平。

"五族族长商议后，决定不再参与人间纷争，五族大批精英，皆归隐于云梦山中，传道授业讲学，可并不限制弟子出山入世，但不能以五德之名，之以鬼谷弟子自称。"

"啊？鬼谷子？"张进步惊叫道。

"是的，世人皆以为鬼谷是一位圣人，尊称为子，只有五德中人才知道实情。"博老继续说。

"可是如此一来，又出现了新问题，五族传人在内部虽能做到和平相处，但入世之后，效力的势力不同，难免明争暗斗，刚开始还只是各国内部革新图强，通过政治变法使得国力强盛。但国力强盛后，就有人野心膨胀，争霸称雄，一旦不满足，就付诸武力。于是中国历史上拉开了长达三四百年的战乱时期，各国连年混战不休，五德弟子有大量有能有识之士也卷入其中，争权夺利，钩心斗角，明枪暗箭，尔虞我诈。

"于是五族族长再次开会，一方面为五族的团结，另一方面为天下黎民百姓免遭战争之殃，决定联手出山，支持一国，一统天下，结束战乱纷争。"博老耐心说完。

"噢，原来是这样！"尚锦乡说，"后来，肯定就是选中了秦国，所以秦始皇才能横扫六国，统一中国。"

"简单地说就是这样，但实施过程中难免有各种波澜和障碍，最终五族在时任盟主的瑶水族长徐福的带领下，帮助秦国平定了天下，当然也招来了后来的事。"博老感慨道。

"是你们功高震主，让秦始皇对你们产生了忌惮，要谋害你们吗？"张进步问。

博老咧嘴一笑："功高震主？我们并没有什么主。秦始皇确实对我们产生了忌惮，并听信了阴阳家蛊惑，要想千秋万代统治下去，就要结束五德，摆脱天道往复，强行终结周期循环。"

"可是你们那么厉害，他们敢动手吗？"张进步问。

"不敢。"博老自信道。

"那为什么……"张进步问。

"如果嬴政真敢动手，五德弟子虽人数不多，但个个都是经天纬地之才，移山倒海之能，岂能怕了他。"博老说这话绝不是吹牛，他们的能力我们已经见识过了。

博老说："可是五族盟主徐福不愿意刚刚平定的天下再起烽烟，他去找秦始皇谈判，说五族愿意带族人退出中原，秦朝存在一天，五族就一天不现世。秦始皇虽然忌惮五族，但当时还离不开五族，尤其是离不开厚土一族。两人商议后，达成协议，冶金、青木、炎火三族先带族人退出中原，厚土族留下，帮助秦国修建长城、秦直道、阿房宫，尤其是始皇陵。

"另外，秦始皇并不信任五族会履约，提出要把五族十二岁以下的孩子全部扣为人质，待确定三族离开后，再把人交给徐福。"

第六十三章
兽变

◀ ‖‖‖‖‖‖‖‖‖‖‖‖‖‖‖‖‖ ▶

"徐福答应了秦始皇的所有条件，尽快安排冶金、青木、炎火三族精英退出了中原。只有厚土和瑶水暂时留下，厚土族长士弥行带人加紧了对始皇陵的修建。

"五族中人虽实力非凡，但只存在于传说中，世人并不了解。所以他们离开，不会引起太多的人注意。可是，徐福名满天下，对始皇帝统一天下做出巨大贡献，他要是跟其他人一样悄然离开，一定会引起朝野各种猜忌，对刚刚稳定的秦国不利。

"所以徐福和秦始皇决定，在天下人面前演一场戏，由徐福在朝堂上进谏，说海上有仙山，有长生不老之药，始皇帝功高盖世，应得长生。满朝愕然，斥责徐福为虚妄之徒，但秦始皇还是同意了徐福的请求。

"按照徐福的要求，秦始皇准备了大船上百艘，所谓三千童男童女，其实是五族质押的幼童，而百工技师，则是瑶水一族的精英，以及五族尚未来得及离开的家眷。

"嬴政生性多疑，亲率大军，将徐福送至琅琊，并派军队护卫与徐福等人一起登上大船，亲眼看着船队浩浩荡荡驶入浩渺东海，才放下心来。嬴政聪明一世，却无论如何都想不到，徐福所说的长生药，并非虚妄之说，而是将计就计，前往东海之上完成'长生之术'。"博老说到这里，沉默下来。

"博老，真的有长生不老药吗？"我忍不住提问。

博老喝了一口茶，说："是的。"

"可是，"张进步问，"就算是你们五族在上古掌握了一些高科技，但长生不老这种事，似乎不是高科技就能实现的吧？"

博老摇摇头说："你问的这些我也不知道，瑶水一族距今已经上万年，很多记载已经模糊，甚至消失了，不要说长生药，就连瑶水一族引以为傲的瑶水之力，我们也不知道它的源头，只是照猫画虎，应用而已。我可以告诉你们的是，福祖当年是遵循上古山海图，找到海底遗址的。"

"那这么说来，在他之前就有人去过姆大陆遗址了？"尚锦乡问。

听她这么说，我不禁心里一动，说："也有可能是有人从姆大陆遗址去了古代中国大陆。"

"对呀！"张进步一声怪叫，"马老板你真是太聪明了，我一直理解不了古代中国人为什么会掌握如此高科技，如果是姆大陆人带过去的，就完全可以解释了。"

张进步站起来说："事情应该是这样的，一万多年前，或者更久吧，姆大陆灾难不断，有人钻进海底，有人爬到山上，有人出海远航。这其中有一部分人，或者有可能是几部分吧，远渡重洋到了古代中国大陆。这些人掌握着各种先进科学技术，慢慢形成了不同的族群，简单地说，就是金、木、水、火和土五族，水族的人手里有一种可以让人生命延续的药，至于是他们自己发明的，还是从姆大陆带来的，我倾向于后者。于是，水族当时的族长西母常羲，就被传说成掌握了长生药的神仙。这药可不是那么好吃的，所以自古以来，其实真正吃的没几个，有名的就是那个后羿的媳妇嫦娥了，再后来要到了徐福手上，徐福决定试试。应该是这样吧？"

大家针对张进步刚才的话，展开热烈讨论，虽然在细节处各执己见，但基本认同张进步的说法。

"只是我们不知道，徐福来海上干什么？也许是那长生药缺个药引子，只有在姆大陆遗址才有吧。"我说。

"霓蛇。"博老说。

"什么？"

"是鬼火水母。"尚儒说。

我想起最初遇到鬼火水母时，尚儒说过它的古名叫霓蛇。

大家都看着博老，等他说，可是他却看着徐海说："天池，我现在已经不是族长了，这些族内的秘事，还是你来说吧。"

徐海正襟危坐，说："博老，按理说关于长生之术不该向外人道，可是海底兽变后，剩余长生药胎全部丢失，至今已五六百年，长生之术名存实亡，道与不道无甚差别。"

"也是，那你就说说吧。"博老说。

徐海说："按照瑶水一族秘传，长生药胎必须经霓蛇重孕后，以玉醴泉煨之，才能成药。"

"那管狐呢？"张进步问。

"长生之药，必须经管狐送入人体内，方能起作用。"徐海说。

我心里一动，掏出吊坠问："那这个是什么东西？"

"此为管狐卵。"徐海道。

"啊？不会孵化了吧？"张进步抢先问道。

"管狐见水化石，风干方变，以吸食钙质为生，十年方生一卵，有避水之能，须在火中焚烧数日后才能孵化，你只要不让它接触烈焰，它不会孵化的。"徐海解释。

"噢，真是太好了。"我放下心来。

"马龙，你以后可不能发烧啊，万一孵出来，你就变成地毯了。"张进步说。

一句话引得大家哄堂大笑。

"徐海兄，您刚才说的海底兽变是什么事？"尚儒问。

徐海长叹一声，捧起桌上的烈酒壶猛喝了一大口，向我们解释了原委。

当时徐福发现姆大陆遗迹的同时，就发现了遗迹中的姆大陆遗民，但是那些人经过万年的海地生存，已经完全退化。眼睛不能见日光，耳朵灵敏，鼻子丧失了嗅觉，但善于攀爬，双手双脚角质化，茹毛饮血，还丧失了语言能力，见外人入侵，只会大声咆哮，或者本能地攻击，完全丧失了作为人类社会的分工协作能力。

所以，征服他们变成一件简单的事，只是展示了几次"神迹"，这些兽一般的人，就完全拜服在征服者的脚下，成为征服者的奴隶。

有了如此多身强力壮的免费劳力，徐福一方面立即开始改造海底遗迹，另一方面利用姆大陆原有的贵族避难所的基础，兴建瀛洲仙游宫。

在跟随徐福的人里，不光是有水德的族人，还有其他四德的部分精英，由于劳动力充沛，所以海底遗迹的改造，大约只花了不到二十年的时间，就完全兴建成一个具备几十万人生活的海底城。同时利用原有动植物资源，开辟了海底农场、牧场、矿场、淡水处理场等其他可以满足人类生活需求的功能性专属区域。

仙游宫及其附属设施的兴建，陆陆续续用了七八百年的时间。在这个过程中，那些兽人退化的智慧慢慢被激发了，他们中间出现了一个新的领袖阶级。

后来一直没有想明白，如果没有外来力量的催化和引导，那些事情是绝不可能发生的，可是，就是发生了。

公元1580年左右，五六十万兽人惊变，兽人的领袖精密部署了反抗计划，在五德的人完全没有防备的情况下，突然发动攻击，导致五德一方伤亡惨重。

当时瑶水族长是徐福的嫡系子孙徐渭，他正在海外巡游，得到消息时，迅速返回，组织镇压。虽然他们有先进技术，但人数相较于兽人不及万一，最后在付出惨重的代价后，平定了叛乱。可是，水族传世之宝——长生药胎却在动乱中消失。徐渭盛怒之下，对兽人下了通杀令，并将堆积如山的尸体交给鬼火水母处理，可惜仙游宫中的部分细节工程还未完成。

在清理仙游宫的过程中，所有人都发现福祖的仙躯，不知道什么时候，向前移动了约两步远。更让人震惊的是，当天在场所有人几乎都听见脑子里，有人以不容置疑的语气对他们说，要离开海底，到海面上来生存。所有人都相信，那是福祖降临。

自那以后，再没有人对长生有丝毫怀疑。按照福祖的要求，劫后余生的所有人，都迁出海底，到岛上生活。

又过了二十多年，他们突然接到琉球王国求救的烽火。徐渭与族内商议后，鉴于当时经过兽变一事，剩余人员十不存一，如果招来祸端，恐难以自保，决定从此之后，断绝与外界联系，不再派人救援。但是毕竟同根同脉，历届族长还是会经常关注琉球，但仅限于旁观，绝不再插手。

徐海如此一讲，所有人都明白了，为什么再无天降神兵，原来是"神兵"自顾不暇。

伊豆问道："东方朔，或者其他人是否真来过仙游宫？"

徐海跟博老互相看了一看，博老说："非常抱歉，这方面的信息因为涉及其他四族，所以不能向各位透露，请谅解。"

既然不能说，那也不可能继续追问，伊豆只好换另外的话题。

"博老，您提及我的祖父，似乎以前与他有过交往？"她问道。

"交往谈不上，应该有过争斗，但我们占据了天时地利人和，福原康泰虽然有飞机军舰，仍然还是全军覆没。不过看在他是福祖后裔，我对他网开一面，放他独自离开了，他也向我承诺，绝不将此处的任何信息向外透露，如此看来他的确做到了。"

博老亲自给在座所有人倒了一杯茶，端起茶杯说："有些话作为族长的天池不好说，但我一个野老头子可以说，我想代表瑶水一族感谢你们。"

"感谢？"我们所有人都一头雾水，面面相觑。

博老说："你们先喝了茶，我再说。"

"您还是先说，要不这茶喝下去，能把我们呛死。"张进步喊道。

"好吧，"博老坐下来说，"这么说吧，今天各位来到岛上，第一件事就是天池带你们去游览，这并不是炫耀，而是想让诸位了解，在这个世界上有这么一小块美好的地方，我们想把它一直保留下去。可是，你们也知道，目前人类社会的技术日新月异，如果我们一直停泊在这里，用不了多久，就会被人发现，后果不堪设想。但福祖仙游宫在此一天，我们就只能守卫一天……"

"明白了，我们毁掉了仙游宫，你们就海阔凭鱼跃、天高任鸟飞了呗。"张进步插话说。

"是这个理。"博老倒是坦荡，并不否认。

尚儒问："你们要从岛上搬走吗？那这里岂不是太可惜了。"

"爸，你没听懂，博老的意思是他们要把整个岛都搬走。"尚锦乡说。

"什么？"尚儒惊讶道。

"小丫头说的没错，不瞒各位说，这个岛并不是普通的岛，而是一个漂流岛。我们经过几百年的改造，把它彻底改造成一个能在洋流表面漂浮的岛屿，而且我们在太平洋里已经找到了好几处停泊基地，随时可以操控它前往各处。万事俱备，你们离开之后，就是我们启程的日子。"

"博老，你们还真是够鸡贼的，把这种脏活交给我们来干，你们坐享其成。"张进步大着舌头，看上去真是喝多了。

博老并不在意，他说："其实这也是福祖的意思，但我们毕竟是他的子孙，总是无法亲自动手。直到你们出现，无意中，破开了这个死局。"

我问博老："你们跟其他四族还有联系吗？"

博老摇摇头："以前没有，估计以后也不会有了。"

说完他看了我一眼又若有所思地说："各族的血统其实有其特殊之处，像具备我们瑶水一族血统的孩子，天生就会游泳。"

"哦？那我应该就是了。"我说。

"那我怎么不是天生会呢？"尚锦乡突然问。

我心里一紧，看向尚儒，尚儒微笑说："我也是属于学而知之的那种人。"

博老微微点头没说话，但我总感觉他看我的眼神里还有别的东西。

接下来说了些闲话，博老和徐海对我们也算知无不言，除了涉及其他四族的信息，此外我们问什么，他们就回答什么。很多事已经年代久远，他们也不清楚，我们就一起猜测，推论，很多想不通的事，慢慢也能推出个一二。

篝火慢慢熄灭，众人酒意上来，也是哈欠连天。徐海帮我们安排了住处，我扶着踉跄的张进步回到房间，把他扔到床上，听着他的呼噜声想了很多很多。

假如五德并未因秦始皇而离开中原，很可能中国文化后来的发展，就是和现在完全不同的轨迹。他们的离开并不是单纯只是人的离开，而是带走了一种科学精神，带走了对科学技术的探索意识，带走了高超的科学研究能力。自此以后，中华文明进入了人文抒情阶段，而对理性与技术抱有天然的敌意。

越想越宽泛，不知不觉，到了凌晨3点，恍惚之间，竟然听到了鸡叫声。再仔细听，似乎不是鸡叫，而是有人在吹竹哨。

屋外一阵嘈杂的脚步声。我心生警觉，从床上跳起来，穿上鞋来到院子里，刚好看见伐檀正在急匆匆往外跑。

"伐檀，怎么了？"我紧张地问。

"没事的，您休息吧。"他说。

看他的神色，一点都不像没事，就再追问究竟发生了什么事。

他说："有船入侵。"

第六十四章
人性的光辉

◄ ⅡⅡⅡⅡⅡⅡⅡⅡⅡⅡⅡⅡⅡⅡⅡⅡ ►

"怎么回事？"我赶紧问。

"海上巡逻人员发现，有四艘快艇正在靠近。"他说。

"是什么人？"我又问他。

"暂时不知道，不过马先生，您放心吧，别说快艇，这里就是军舰来，都有来无回。"

"好吧，小心点，有什么需要帮忙的尽管说。"

"谢谢您，马先生。"

送走伐檀后，我竟然有些心神不宁，不会是我给他们招来了祸患吧？

我刚想回去，看见尚儒也从房间里出来。

"马龙，发生什么事了？"他问我。

我把伐檀的原话和我的隐忧告诉他，尚儒也眉头紧皱。

这时，漆黑的夜空中，一道白光闪过，一个发着强光的球体，从远处飞到小岛上方，轰然炸开，光芒四射，似乎是一颗照明弹。可是炸开之后，它并没有熄灭，而是分裂成成百上千个小光球，飘在小岛上空，就像狂欢派对时，那种星星点点的灯带。

那些光球缓缓降落到一定高度，就滞留在空中，整个岛上顿时如白昼一般。一下子，似乎周围所有人都醒了，我听着院子外面传来嗡嗡的人声，但似乎没有人惊慌。

也许这样的场面，他们见得多了吧。我想，这也应该是他们要离开的主要原因。

尚儒焦虑不安，说："马龙，你在这儿等着，我去看看什么情况。"

"我跟你一起去吧。"我说。

我们俩出了院子，似乎整个村子的人都出来"看星星"，他们穿着古朴，神色从容，看见我们还热情地打招呼。

我们提出要去看一下情况，他们不仅没有阻拦，反而给我们骑来自行水车，并让一个十来岁的小男孩给我们带路，我和尚儒面面相觑，觉得真的匪夷所思。

小男孩叫鹿鸣，看我们俩神色凝重，他还安慰我们，说这样的场面他见多了，在他小时候，曾来了好多架飞机，不过，最后还是被击沉在海里。

"你小时候？那不就是这几年吗？"我问他。

鹿鸣一歪脖子："是吗？那我记错了，应该是我爸小时候。"

有这个小男孩为伴，我们一路上轻松了许多。

我们骑了十几分钟，穿过了一片树林。这时看到博老和一群年轻人，他们每个人手里都拿着一根短笛，博老看见我们，走过来说："真是抱歉，劳客人操心了。"

他打发鹿鸣回去，可是鹿鸣不回去，非要待在这里看，他也就同意了。

透过外围一排大树的缝隙，我们看见光亮的海面上，两艘快艇正沿着五瓣水波花纹疯狂旋转，看上去，它们已经摸到了规律。

"不是说有四艘吗？"我问。

博老指着远处说："一艘还在外面停着，一艘转错了方向，触礁了。"

"这些人是怎么知道行驶航道的？"我纳闷道。

"我们也觉得奇怪，当年日本军舰可没有这么聪明。"博老说。

"徐海兄呢？"尚儒问。

"在那里。"博老指着一片黑暗的海域。

这时两艘快艇已经转完了第二个圈，向我们右手边的第三个圈转过来，在博老的带领下，我们所有人也向右挪动。这时快艇刚好进入一个近岛轨道，船上的一切，我们都看得一清二楚。果然是那些黑衣人，小泽和三浦的同伙，伊豆嘴里说的"组织"。

一想到伊豆，我心里隐隐有一丝不安。黑衣人能如此顺利地找来，会不会跟她有直接关系，比如她随身携带了隐瞒我们所有人的通话器，或者定位器。有了这个念头，我的思绪就停不下来了，回想着她的所有反常行为，包括后来的坦白，都像是一个阴谋。

又想起此时她还在岛上，和尚锦乡在一起，我就愈发心慌。

"不好。"我说。

"怎么了？"尚儒问我。

"伊豆，这些人都是伊豆的人。"我说。

"什么？"尚儒对伊豆的身份并不清楚。

我简要地把伊豆的身份告诉了尚儒，他沉吟了片刻说："这么说来，她倒是真有嫌疑，不过她又何必打死小泽，向你们坦白呢？"

"或许只是想得到我们的信任吧？"我也想不明白。

"先不着急下这样的结论，我对伊豆这孩子一直印象很好，我不相信她会做出这样的事。"尚儒仿佛也在自我安慰。

我对伊豆没有显明的好恶，只是天生对这种多重身份的人抱有警惕，再加上张进步一直在我耳边叨叨，遇到事难免会往坏处想。既然尚儒这么说，我也自然不好多说。

这时两艘快艇已经距离我们越来越近，每艘船上大约有十多个人，每个人手里都拿着枪。

"爷爷，他们过来了。"鹿鸣在旁边叫。

博老笑着没说话，拿起短笛放在嘴边轻轻一吹，发出一声短促而清脆的声响。片刻之后，远处传来婉转的笛声，似乎在回应博老。

快艇声音大，上面的人应该没有注意到笛声，还在加足马力往岛上而来。在距离我们不足二百米的地方，海面突然下陷，就像马路上凭空掀开了下水盖，出现一个直径至少十米的黑洞，第一艘快艇来不及躲闪，直直地栽进水洞里，随后刹那间，海面就恢复了原状。

整个过程发生在电光石火之间，一艘载了十多人的快艇，在眨眼之间就了无踪迹，就像从来都没有出现过一样。第二艘快艇上的人，似乎被吓坏了，拿起枪朝着岸上一通狂扫。

为了避免被流弹打伤，我们都躲在几株大树后。枪声响了好一会儿，终于稀拉下来，游艇上的人荷枪实弹，却没有目标，乱打了一气，又绕着圈，向岛上驶来。

这时，林子里钻出几个人，是张进步、伊豆和尚锦乡。我赶紧招呼他们躲在树后，小心被误伤。

"这怎么回事啊？我正睡得香，听见枪声还以为炒豆子呢。"张进步问。

我把大致情况跟他们说了一下，说的时候，特别留意了伊豆，也没发现有什么异常。但是来者既然是黑衣人，跟她就有撇不清的关系。

没等我说什么，张进步就问："小豆子，不会是你把我们卖了吧？"

伊豆估计想到会有人质疑自己，所以即便张进步这么直接，她也没有生气。

"不是我，"她直接否认，"但跟我有关。"

她这么一说，所有人都诧异地看着她。

"你们还记得井上吗？"她问。

"就开始跟着你那个麻子脸，后来从火山洞掉下去就再没见了，我以为他死了。"张进步说。

"我们都死不了，他更不会死。井上除了身手不凡，还是三个人里的通信专家，随身携带着先进的卫星通信装备。每到一处，他都会留下信号发射器。这种发射器在没有能源补充的情况下，能持续发射信号一个月，即使是在海底五千米以下，信号也能发射出去。"伊豆说。

"这就难怪了，不过他们是怎么知道要转着圈走呢？"我疑惑地问。

张进步嘿嘿一笑说："伊豆爷爷不是来过吗？他吃一堑长一智，把这里的情况告诉了伊豆的老子，下面那些王八蛋都是她老子派来的，自然知道怎么走。"

伊豆神色肃然，很显然张进步的这个猜测基本是成立的。

"张先生，这么说吧，这些人并不是我父亲的人。我父亲也只是组织大树上的一个枝杈，他有自己负责的部分，并没有权力调动武力。但，您刚才说我祖父的部分，的确是事实，可是为了遵守承诺，他只告诉了父亲，并要求他也要遵守。我父亲是一诺千金的人，不知道他为什么会突然言而无信？"伊豆看来也不太清楚这事。

"这好理解，完全是为了你呀。"张进步说。

"为了我？"伊豆疑惑道。

"这是父亲对自己女儿的爱促使的。你想啊，你莫名其妙在海上失踪，你父亲当然会调查，按你刚才说的井上没有死，把信号传递出去，你父亲肯定非常担心你的安危，为了救你这宝贝女儿，他肯定不会再管什么诺言了。你问问舅姥爷，要是小姨出了事，他会不会不顾一切去救她？"张进步说。

尚儒说："进步说的是，如果锦乡是你，我是你父亲，我也会这么做。"

"可是……"伊豆还想说什么。

"没什么可是，这是人性的光辉，值得赞美呀！"张进步突然之间又变身哲人。

这时，我突然想到我的父亲，如果我失踪，父亲肯定会不惜一切代价去找我。那么反过来，父亲失踪，我会不会抛下一切去找他呢？我几乎没有犹豫就回答了——会！

我决定回去之后，马上就出发去寻找父亲。

虽然伊豆父亲的这种行为，值得赞扬，可眼下的事情还得解决。

我看着越来越近的快艇，突然意识到不对，就对博老说："博老，不知道这里距离最近的大陆有多远？"

博老说："方圆三百海里内，再无片瓦之地。"

"哦，这样啊，不是我对岛上的布置不放心，只是想提个醒，如此快艇在短距离内航行没问题，但几百海里的距离，我相信对方肯定不是驾驶快艇过来的。"

"嗯，你提醒得对，天池刚传讯来，在东边十里外，停着一艘登陆舰。"博老说。

"这帮小日本真牛，登陆舰都开来了。小豆子，你家老爷子对你可够亲的啊。"张进步说。

伊豆没有理张进步，在一旁皱着眉头想办法，但她那张脸，天生表情过于丰富，即使是严肃的时候，也看着傻乎乎的。

说话间，那艘快艇已经靠近了岸边，只是这岛没有海滩，他们只能停在岩壁下。

博老刚想吩咐，只听得远处又一声悠扬的笛声。他轻声笑道："看来天池最近心情不错，竟然主动要带大家逛鲛人海市。"

"鲛人海市？怎么听起来这么熟。"张进步忘了尚儒说过，古人看到海上的发光的水母群，以为是鲛人海市。

"你们别聊天了，快看哪！"小鹿鸣坐在石头上大声尖叫。

我们从石头后探出头去，刚好看到一幕美景，无数发着多彩光芒的水母，不知道从哪里漂来，在海面上形成了巨大的发光区域。接下来就是惨绝人寰的一幕，快艇上的人看到水母，不仅没有防备，反而有两个人跳进水里，只一瞬间，他们身上就燃起了烈焰，发出凄厉的惨叫声，让人毛骨悚然。

那些同伴应该被吓坏了，朝着海里开枪，攻击水母。可是水母的身体里，含水量高达百分之九十八，按道家说法，水是天下至柔之物，可以包容一切，那么水母自然不受影响。密密麻麻的鬼火水母，把船死死地围住。

快艇上的人吓坏了，吱哇乱叫。刚才入水那两人，早已烧得尸骨无存。但我们知道，尸骨还在，只是沉入海底罢了。

亲眼看见了岛上居民的战斗力，我们开始的焦虑已经彻底散去，只需要保护好自己，不要被流弹所伤就好。

那艘游艇终于忍不住了，放弃登陆，调转船头，沿着来路飞快逃窜，我听见在场所有人都轻轻一叹。海中一声巨响，游艇撞上了什么，船体碎裂，瞬间起火，把船上的人扔进了鬼火水母群里。……这个结局从他们做出原路返回这个决定，就已经注定了。

万物的运转永远是不可逆的，何况是昼夜奔腾的不息之水。

这时漂在半空发光的球体已经渐渐暗淡，远处的快艇已经没有了踪影，鬼火水母也缓缓沉没，只有大海苍茫如故。

岛上没有一丝灯火，仅有的光，来自漫天璀璨的星斗。

很多年都没有见过这么多星星了，密密麻麻的，就像烧饼上的芝麻。在如此星空之下，人难免有渺茫虚无之感。

"诸位对我们放心了吧？"博老说，"请你们回去休息吧，等天亮后，天池就会安排送你们离开。"

我们知道留在这也没什么意义，还要让他们分神替我们操心，不如回去睡觉。

告别博老后，我们踩着星光，沿着稻田和树林间的小路，朝着村舍走去。

走了半响，我才突然发现跟着我们的鹿鸣不见了。我们呼喊了几声，也没有回应。

"是不是先跑回去睡觉去了？"张进步说。

我们当然期望是这样，可是一种莫名其妙的不安感侵袭了我，总觉得出了什么事。

第六十五章
古来万事东流水

◀ ‖‖‖‖‖‖‖‖‖‖‖‖‖‖‖ ▶

巨大的爆破声把我和张进步从床上震起来，天色已经大亮。

我们来不及洗漱，就窜出大门，发现岛上不远处浓烟滚滚，居民们惊慌失措，都朝那个地方狂奔。我们来不及问出了什么事，也跟着一起跑过去。

想不到徐海和博老早就在现场，除了外围的村民，他俩周围站着上百个衣着统一的青壮年人，所有人的目光都汇集在一处规模不小的石头建筑上。

我和张进步穿过人群，跑到徐海身边。只见他和博老都眉头紧皱，眼神里还隐隐透出一种狰狞的神情。

"博老，海哥，出什么事了？"我问。

"鹿鸣被绑架了。"博老说。

"啊？谁干的？"张进步问道。

原来，昨天晚上的快艇并不止我们看到的那几艘，反而那几艘明目张胆的，倒像是幌子，掩护着另外一艘船悄悄靠了岸，有人偷偷登上了岸。

这些人绑架了鹿鸣，并找到了控制室，引爆了炸弹。

"这是控制室？"我问。

徐海点点头："对，这里可以控制浴月岛在海上自由漂流。"

"被炸了？"张进步追问。

"嗯，只是不知道毁坏的情况。"博老无奈地说。

"那意思就是我们离不开了？"张进步说。

徐海没说话，看上去应该是这样。

"这是有组织有预谋有明确目的的犯罪活动啊。"张进步说。

我问："有几个人？"

"还不清楚，至少应该有两个。"博老回答。

两个人就让我们这么多人手足无措，占据了控制室，还绑架了博老的孙子鹿鸣。对方知道知道这两个，哪一个都不允许有损伤，只要控制住，就能起到制约作用，然后再等待援军到来，能这样做的，一定是高手。

这时，尚氏父女和伊豆都来了。知晓了情况后，伊豆判断应该只有两个人，而且有一个还是井上。

"井上？他是怎么出去的？"尚锦乡惊异地问。

"你别看井上其貌不扬，这人到全世界很多秘境探过险，跟他一起去的人，不乏高手，每次都有伤亡，只有井上至今毫发无损。甚至有传说他在北极圈内见到了穴居人，受到围攻，最后还是逃脱了。"伊豆说。

这时候，屋子里传来一阵剧烈的咳嗽声，一个身影从浓烟中缓缓走出来，一边走，一边咳嗽。伊豆猜得没错，那人正是麻子脸井上。

伊豆一步踏出去，大声喊道："井上君，你这是干什么？"

井上刚被屋子里的烟熏得头昏脑涨，看见伊豆，猛然吃了一惊。

"伊豆君，你怎么在这里？"也许是伊豆说的汉语，他下意识暴露了自己会汉语。

"这话应该我问你吧？你怎么在这里？"伊豆反问。

"我在执行任务，伊豆君，您的父亲如果知道您安然无恙，一定特别高兴。"

"你别拿我说事，告诉我，你来这里的任务是什么？"

井上双脚立正身体前倾，正色说："抱歉伊豆君，我虽然负责你的安全，但我其他的工作没有向您解释的义务。"

他在伊豆身后瞅了瞅，疑惑地问："小泽君和三浦君呢？"

"他们去了该去的地方。"伊豆冷冷地说。

井上脸色一变："死了吗？"

伊豆没有说话。

井上着急说：“伊豆君，是你杀了他们吗？”

“井上君，请注意你的言辞，你的生命是属于我的。”

井上一个立正，鞠躬道：“非常抱歉！”

张进步走过来说：“井麻子，你是个人才呀，掉到海底都能钻出来。”

井上脸色阴霾地看着张进步说：“没想到你还能活到现在。”

“老子福大命大造化大，跟你们这些短命的小日本不一样。别废话，是男人快把那小屁孩放了，出来堂堂正正跟老子打一架。”张进步说道。

井上阴阴一笑：“武士怎么会和地痞流氓拼命。”

张进步做出气急败坏状要冲进去，井上却反手拿出一把枪，指着他说：“不要过来，我答应你，任务完成后，跟你约战一场。”

张进步再二，也不会冲上去跟子弹较量，只好在原地用污言秽语招呼井上，可是井上不为所动，冷笑着看着我们。

伊豆说：“井上君，我不管你在执行什么任务，能不能先把孩子放出来，换我进去。”

井上摇摇头：“非常抱歉，恕难从命。”

场面一下子陷入了僵局。

我悄悄提醒徐海应该注意海上有入侵者，他说没关系，岛上的所有防御系统已经打开，就算海军舰队来了，一时半会儿也攻不进来。

这时我才注意到海上起了大雾，但岛上却没有一丝雾气。

孙子被挟持，博老的脸上露出从未见过的焦躁，但并没有乱了方寸。他把徐海叫到旁边，两人压着声音说着什么。

“老板，你脑子灵活，有什么好方法？”张进步问我。

“关键是不知道里面什么情况，贸然行动，后果不可预知。”我说。

“说是这么说，咱总不能一直这么僵持下去，万一小日本真的带来飞机军舰，那后果就严重了。”张进步说道。

旁边的尚锦乡突然问：“我爸去哪儿了？”

场面凌乱，不知道什么时候，尚儒不见了。不过老爷子也不是第一次消失，这又是在岛上，我们也没太在意。

伊豆又和井上沟通了很久，可是这个麻子脸像茅房里的石头又臭又硬，坚决不松口。

正在我们一筹莫展时，变故忽生，一声枪响让所有人疲惫的神经瞬间绷紧。

大家四下张望，想知道谁在开枪。紧接着，又是两声枪响。这次听清楚了，枪声来自控制室内。

井上猛然转身，朝着里面大嚷了几声日语，里面没了动静。井上看起来有些紧张，面朝向我们，晃了晃手里的枪，向着门口退去。

突然门口人影一闪，一个黑色人影从里面冲出来，猛然撞在井上身上，把井上撞了个跟跄。井上转身回腿一脚，踹在那人胸口，那人口吐着鲜血，倒在了地上，挣扎了两下，蹬腿了。

那人穿着一身黑衣，应该跟井上是一伙的，倒在地上后，鲜血从他身体里流出来，看上去应该在出来之前就中枪了。

井上大喊一声，就朝屋子里跑去，可是他还没跑出两步，突然脚下一绊，身体像筛糠一样抖动，扑通一声跪倒在地上，嘴里发出凄厉的惨叫。

"管狐？"尚锦乡惊叫了一声。

没错，看井上的状态和三浦死前的状态，几乎一模一样。眼看着他的双腿像面条一样融化，接着是腰部、胸部和胳膊，最后头部……井上就像一摊稀泥在地上涌动。

徐海带头朝着控制室跑过去，我犹豫了一下，也跟上去。张进步应该跟我想的一样，既然徐海过去，那他肯定有控制管狐的方法，也跟在我后面跑过来。

等我们来到井上跟前时，他竟然还没有断气，眼珠在一包血肉上转动，喉咙竟然还发出呼噜噜的声音，连我和张进步都不忍心看，从他身边绕开，直奔门口而去。

徐海在我们前面，已经冲进了控制室内，我和张进步紧随其后。

室内的浓烟已经散了，还没等我打量室内的环境，就看到鹿鸣跪在地上，扶着一个人的头，不住地抽泣。

"舅姥爷？"张进步大叫一声，我才发现，躺在鹿鸣面前的人，正是刚才突然消失的尚儒。他的胸部中弹了，血从他的衣服里渗出来，在光滑平整的石头地面上，像小河一样流淌。

徐海赶紧查看尚儒的伤势。

"海叔叔，救救这位爷爷吧！"鹿鸣看见我们竟然放声大哭起来。

"鹿鸣——"博老的声音从门口传来。

鹿鸣听见爷爷的声音，哭得更加大声。

"鹿鸣……怎么了这是？"博老进来看见躺在地上的尚儒，惊诧地问。

"爷爷，我被坏人绑着，是这位爷爷从洞里爬进来，救了我，被坏人开枪打中了……"鹿鸣一边大哭，一边说事情的经过。

这时候我才注意到，拐角处有一个洞，看上去是被炸弹炸开的。

博老问："天池怎么样？"

徐海脸色凝重，摇摇头："子弹打中了动脉，出血太多……"

这时，尚儒猛然清醒过来，长吁一口气，吃力地说："天池兄，我说……我要在这里了却残生，……担心你不收留我……"

"尚儒兄，别说话了，我和博老已经同意让你在岛上留下了。"徐海说。

尚儒脸上露出笑容，说："谢谢两位。……我一辈子追寻神兵的力量，想复兴琉球。……本以为此生已经没有了机会，可是想不到，……临终之前，有幸见到祖先的后人，我也算得偿所愿，……死也瞑目了。"

尚儒顿了顿，长吸了一口气，看着我说："马龙，……谢谢你……"

我刚想安慰他两句，他摇摇头说："你不要说话，……听我说完，锦乡虽然没有我的血缘，却是我的女儿，你……好好照顾她……"

尚儒嘴角微微抽动，眼睛闭上了。

这时候我听见耳边传来撕心裂肺的哭喊声："爸爸——"

等尚锦乡醒来时，已经是中午时分，她因为伤心过度，当场哭喊着昏厥过去。

她斜靠在床上，不住地流着泪，我坐在旁边不知道该说什么才好。节哀顺变这种话，听起来实在是太轻巧了些。

"要不要喝水？"这是我说的第一句话。

尚锦乡没说话，轻轻挽住我的胳膊，靠在我的肩膀上，泪水顺着她的脸颊落在我的衣服上。

一直到午后，尚锦乡止住泪水，从床上爬起来，跟我走出了门。

伊豆、张进步、鹿鸣、博老和徐海等人都在院子里，安静地坐着，看到我们出来，赶紧站起来。

"丫头……"博老一开口，却哽咽住了。

尚锦乡赶紧说："谢谢大家关心，我没事了。我想去见见父亲，和他告个别。"

鹿鸣上来拉住尚锦乡的手，说："姐姐，我带你去。"

我们一群人来到一处肃穆的石林前，绿草如茵，一块块大石头零散地摆在草地上。

草地中间有一块形状奇怪的的石头，上面似乎被削成平台，走近看才知道原来是一个石棺。尚儒安详地躺在里面，身上穿着白色的粗麻长衫，表面覆盖着一层透明的物质，应该是用于保护尸体。

石棺旁边，斜靠着一块长条石头，仔细看，才发现是石棺的盖子。

原来这是一块不规则的大石头，从四分之一处被裁开，中间挖空，放置遗体，再把盖子盖上，完全看不出这是一个棺材。

我们围在棺材旁边，跟着尚锦乡鞠躬，与尚儒告别。就连岁数比尚儒大得多的博老，也心甘情愿鞠躬，向尚儒表达尊敬。

随后，有八个小伙子，把长条石抬起来，小心翼翼地盖在石棺上，竟然严丝合缝，如果不细看，绝对看不出这是两块石头。

"谢谢您。"尚锦乡走到博老身边鞠躬行礼，又到徐海面前同样行礼。

两人赶紧把她扶起来，安慰她。

我看着草地上尚儒的石棺，心里感慨了很久。正如他临终前所说，他这辈子，也算是得偿所愿了。这不就是生而为人最大的成就吗？

这时候，伊豆突然走到尚锦乡面前，深深一鞠躬说："对不起！"

尚锦乡摇摇头，扶起她说："这不能怪你……"两个女孩紧紧抱在一起，免不了又流泪。

回去的路上，我问徐海控制室被炸了有什么影响。

他说："其实被炸的只是备用控制室，是在主控制室检修时，才临时启用。而主控制室只有族长和得到族长同意的人才能进去。除非把整个岛炸裂，否则不可能对主控制室形成破坏。"

徐海不是吹牛的人，他既然这么说，那肯定没问题。

我问他什么时候把我们送回去。

他说："本来准备是今天早上，可是出了这么大的事，影响了原有计划，你们想什么时候回去？"

我说："越快越好，把我们送走，你们就可以心无挂碍，驾驶着浴月岛，横流沧海了。”

"既然马兄弟这么说，我也就不用客气了。我跟你想的一样，日本人虽然此番没有得手，但能让人偷偷潜伏上岛，已经非常危险，下一次会发生什么事，真是不可预知。"徐海满脸忧虑，作为族长，他要操的心太多了。

张进步说："走之前，先得让我吃一顿，多来点生蚝、鲍鱼、龙虾什么的。"

现场一片寂静，大家对此应该是没意见。但谁都不好意思像张进步这么无耻地要。

尾声

◀ ‖‖‖‖‖‖‖‖‖‖‖‖‖‖‖‖ ▶

当天晚上，我们与岛上的朋友道别，登上琅琊鲛舟，由徐海负责把我们送回二松屿。虽然和徐海才交往只有两天时间，可是却像个老朋友一样依依不舍。

我们双方都知道，从此一别，就是永诀。

第二天，我们四个人坐船回到那霸，一下船，伊豆就要和我们分开了。

按她的说法，不想给我们带来伤害。我们担心她回去会不会受到什么惩罚，她脸上又恢复了那种不屑、无聊、无所谓的混合表情，"惩罚哪有那么容易，你们别忘了我母亲的身份。"她说，"锦乡有我的联系方式，我要找你们易如反掌。"

跟伊豆分别后，我和张进步先去买了手机，谢天谢地，旧手机里的卡泡了水竟然还能用。

我先给父亲打电话，还是没有人接。再给师父家里打电话，师母告诉我，师父到重庆找战友聚会去了，还说给我打了几次电话联系不上，特别担心我。我告诉师母，过几天我就回去。

在二松屿上我们没有找到尚邦老人。

我很担心尚锦乡的安危，就问她要不要跟我一起去西安，她立即就同意了。

一切风平浪静，再也没有追杀和奔波。但眼前美好的风景，对我们已经丧失了吸引力，急于返程。

尚锦乡很快就办好了旅游签证手续，我们很快定好了从那霸直飞西安的飞机票。

在机场，张进步问我："回去后，你的债怎么办呢？"

我说："大不了把我家的房子抵押出去，贷款还债。"

张进步嘿嘿一笑，在怀里掏了半天，掏出一个手纸包，递给我说："看看。"

我疑惑地接过来，打开包了几十层的纸，发现是一颗像杏一般大的珠子，泛着微微的绿光。

"哪来的？"我问他。

"还能在哪儿，就徐福墓呗。"张进步得意道。

"还有吗？"我问。

"全都打了水漂了，早知道还能活着出来，我就算把那些宝贝全吞肚子里，也得带出来。"张进步懊悔道。

"也不知道值不值钱。"我说。

"值钱哪，怎么不值钱？反正回去卖了，我们俩一人一半。"他笑道。

"行，这事儿你自己定吧。"我说。

这时，我看见身材婀娜的尚锦乡，端着两杯咖啡，亭亭袅袅，向我走过来。

我想起在离开浴月岛之前，博老私下对我说的话："你不只是瑶水族的后人，还混杂了其他四族的血脉。你可能是当初那些童男童女的后人，如果不是，那么就是你的家人，你父系有其他四族的血脉。至于是哪一族，我也看不出来。"

我的父系？那不就是我爸我爷爷吗？难道他们也是五德后人？

我奶奶当初去重庆，难道是专门去找我爷爷的吗？

那我爷爷去了哪里？

我爸又去了哪里？

全国总经销

捧读文化
触及身心的阅读

出 品 人　张进步　程 碧

特约编辑　林香云

封面设计　@AllenChan_cxl

封面插画　hum

怪谈文学奖
微信公众号

关注我们
免费阅读小说，了解大奖征文详情

法律顾问　天津益清（北京）律师事务所　王彦玲

出版投稿、合作交流，请发邮件至：innearth@foxmail.com
了解新书，图书邮购、团购、采购等，请联系发行电话：010-85805570